MELATENBLOND

Christoph Gottwald, geboren 1954, M.A. der Germanistik, lebt und arbeitet in seiner Heimatstadt Köln als Schriftsteller, Drehbuchautor, Dokumentarfilmer, Regisseur und Theatermacher.

CHRISTOPH GOTTWALD

MELATENBLOND

Köln Krimi

emons:

Bibliografische Information der Deutschen Nationalbibliothek
Die Deutsche Nationalbibliothek verzeichnet diese Publikation in der Deutschen Nationalbibliografie; detaillierte bibliografische Daten sind im Internet über http://dnb.d-nb.de abrufbar.

MIX
Papier aus verantwortungsvollen Quellen
FSC® C083411

Umschlagmotiv: christinakohnen/photocase.de
Umschlaggestaltung: Nina Schäfer, nach einem Konzept von Leonardo Magrelli und Nina Schäfer
Umsetzung: Tobias Doetsch
Gestaltung Innenteil: César Satz & Grafik GmbH, Köln
Lektorat: Dr. Marion Heister
Druck und Bindung: CPI – Clausen & Bosse, Leck
Printed in Germany 2018
ISBN 978-3-7408-0447-3
Köln Krimi
Originalausgabe

Für meine beiden Brüder
Ulrich und Dietrich

Our life is like our music,
it's here and then it's gone.
Mick Jagger/Keith Richards

1

Dieses hinterhältige Schwein! So einem miesen Betrüger hatte sie all die Jahre vertraut! Dabei war sie es, die das Geld verdiente, die ihn durchfütterte, die ihn immer wieder getröstet hatte, wenn er durchhing und jammerte, dass die ganze Welt sich gegen ihn verschworen hätte. Petra schloss die Augen und versuchte, ihren keuchenden Atem etwas zu beruhigen. Schluss, aus, Feierabend! Mit Max Grünfeld war sie fertig. Ein für alle Mal. Da konnte er angekrochen kommen auf blutenden Knien und sie heulend um Verzeihung bitten. No way. Das Kapitel war beendet, das Buch zugeschlagen und verbrannt.

Durch die verkratzte Scheibe des U-Bahn-Zugs, der gerade am Ernst-Reuter-Platz hielt, schaute Petra hinaus in eine ihr fremde Welt. Fahles Neonlicht, trostlos gekachelte Wände, zerlumpte Menschen auf eisernen Sitzbänken, Jugendliche mit in die Stirn gezogenen Kapuzen, gelehnt an Abfalleimer, aus denen die Hälse leerer Schnapsflaschen ragten.

Eine zwergwüchsige Frau mit geblümtem Kopftuch stand regungslos am Bahnsteigrand und schaute Petra aus schwarzen Augen an, bis der Zug anfuhr und sich in den Tunnel schob.

Seit Jahren war Petra nicht mehr nachts mit der U-Bahn gefahren. Und auch heute hatte sie es nicht vorgehabt. Aber als sie ein Taxi anhalten wollte, hatte sie bemerkt, dass sie in der ganzen Hektik ihr Portemonnaie verloren oder in der Wohnung liegen gelassen hatte. Und zurückzugehen kam nicht in Frage. Nicht heute Nacht. Morgen würde sie Max eventuell eine SMS schreiben und ihn auffordern, die Wohnung für zwei Stunden zu verlassen, damit sie ein paar Koffer und Kartons mit ihren Lieblingssachen packen könne.

Auf einem Firmenevent in Schwerin war sie gewesen. Ihr Chef hatte seine sechsundzwanzig erfolgreichsten Mitarbeiter ins Hotel »Niederländischer Hof« geladen. Seit fünf Jahren rekrutierte und betreute Petra Schiffer Anleger, mit deren Geld Dr. Siegmar Hoss Immobilienprojekte plante und meist auch realisierte. Sie war für den Verkauf von Anteilen an Hotelbauten entlang der deutschen Ostseeküste zuständig.

Schon auf der gemeinsamen Anreise im Luxusbus am Samstagmorgen hatten mehrfach Sektkorken geknallt. Nach einer launigen Begrüßungsrede des Chefs und einem ausgiebigen Brunch rackerten sich im Tagungsraum »Wilhelmina« ein schnieker Herr Bungert und eine noch schniekere Frau Zilinsky damit ab, die angeschickerte Belegschaft für Rollenspiele, spaßige Reimkreationen und assoziatives Turmbauen mit unbehandelten Kiefernklötzen zu begeistern.

Ausklingen ließ man den Nachmittag in einem Spaziergang rund um den Pfaffenteich. Anschließend gab es eine Stunde zur freien Verfügung, und um neunzehn Uhr dreißig ging es im Restaurant weiter, wo an einer langen Tafel ein hervorragendes Menü serviert wurde.

Vier der fünf Gänge leitete der wortgewandte Kellermeister mit Monologen ein, die den begleitenden Wein beschrieben, und keiner der Anwesenden wagte es, das emsige Schankpersonal daran zu hindern, die gerade angepriesenen Tropfen in ihre Gläser fließen zu lassen.

Die Folge war, dass die gesamte Belegschaft bedenklich wankte, als man geschlossen in die Hotelbar umzog, wo schon ein öliger Barkeeper diverse Cocktails vorbereitet hatte.

Neun Frauen, siebzehn Männer. Es wurde gebalzt, als ginge es darum, noch heute Nacht eine ganze Generation innovativer Immobilienmakler zeugen zu müssen. Irgendwann war es Petra zu viel geworden, und sie hatte sich von ihrem Chef verabschiedet. Wobei auch der ansonsten distinguierte Dr. Siegmar Hoss seine rechte Hand reichlich übergriffig um ihre Taille geschlungen hatte.

Kaum war sie eingeschlafen, bummerte es an ihrer Zimmertür. Natürlich öffnete sie nicht, aber sie lauschte hinaus und hörte zwei Männerstimmen auf dem Flur herumalbern. Sven

Möller und Peter Gerlach. Beide verheiratet, beide Väter von Kindern. Möller baggerte schon seit Monaten unverhohlen an ihr herum, Gerlach erst seit heute Abend. Gegen drei Uhr haute dann wieder jemand an ihre Tür, und eine Stimme, die sie keinem ihrer Kollegen zuordnen konnte, zischte:

»Mach auf, du Nutte!«

Es war etwas in der Stimme, das ihr Angst machte. Petra knipste das Leselicht an und überlegte, ob sie die Rezeption anrufen sollte. Sie legte die Hand auf den Hörer des Telefons, das auf dem Nachtschränkchen stand, und lauschte. Auf dem Flur blieb es stumm. Es dauerte eine Stunde, bis Petra endlich wieder eingeschlafen war.

Am Morgen stand sie frühzeitig auf, duschte und machte einen langen Spaziergang. Auf ein Frühstück im Kreis ihrer mit Sicherheit verkaterten und vom eigenen Verhalten im Suff angeekelten Kollegen verzichtete sie und tunkte stattdessen auf einer Bank vor dem Bahnhof ein noch warmes Croissant in einen Pappbecher mit Milchkaffee.

Auf der Agenda standen Schlossbesichtigung, Schifffahrt über den Schweriner See und am Abend gemeinsames Kochen in Toms Gourmettempel. Das war alles ganz nett, aber als die Kollegen nach der selbst gemachen Crème brûlée gegen neun Uhr ihre Alkoholpegel wieder auf das Niveau des vorherigen Abends hochgestemmt hatten und sich zum gemeinsamen Tagungsausklang in der Hotelbar verabredeten, zog Petra den Stecker.

Um zweiundzwanzig Uhr bestieg sie mit ihrer kleinen Reisetasche den Zug nach Berlin. Offiziell hatte ihr Chef seinen Leuten den Montag als Urlaubstag spendiert und die gemeinsame Rückfahrt im Bus für den nächsten Morgen um elf Uhr festgelegt. Aber Max würde sich bestimmt freuen, wenn sie ihn in der Nacht noch überraschte, hatte Petra gedacht. Die Überraschung war ihr gelungen. Nur etwas anders, als sie es sich vorgestellt hatte. Am Hauptbahnhof war sie gegen Mitternacht ausgestiegen und hatte sich bis zur Taubenstraße ein Taxi genommen.

Als sie die Wohnungstür im dritten Stock öffnete, roch es im Flur nach Marihuana, und aus Richtung Schlafzimmer drangen eindeutige Geräusche. Sie schlich an die Tür heran und hörte dahinter die Stimme von Max ekstatisch jubilieren: »Das ist so geil, Baby, das ist so geil.«

Und eine Frauenstimme quiekte: »Jahh, fick mich, du verkiffte Sau, fick mich.«

Petra stieß die Tür auf. Max kniete auf dem Bett, und vor ihm kauerte in Hundestellung die tätowierte Mutter aus dem zweiten Stock, die ihre fünfjährige Tochter allein erzog, seit sie deren Erzeuger rausgeschmissen hatte. Ihre Ellenbogen waren aufgestützt, ihr Hintern klatschte gegen Max' Unterleib, und ihre Brüste schlackerten runter bis fast aufs Bettzeug. Max hielt ihre Hüfte umkrallt und schaute zu, wie sein Schwanz mal mehr, mal weniger im Körper seiner Gespielin verschwand. Aber dann hob er plötzlich den Blick zur Tür und schrie: »Scheiße!«

Und auch die tätowierte Mutter hob den Blick zur Tür und schrie: »Scheiße!«

Petra drehte sich um und hastete den Flur entlang, sie nahm einen Schlüssel von der Hakenleiste und stürmte mit der kleinen Reisetasche aus der Wohnung. Sie hetzte die Treppe runter und rannte aus dem Haus bis zur Ecke Glinkastraße, wo sie stehen blieb und versuchte, in klare Gedankengänge zurückzufinden. Ausgerechnet das! Und dann auch noch mit einer Nachbarin! Dabei hatten sie und Max schon seit Langem keinen Sex mehr gehabt. Noch nicht mal an Sexualität grenzende Berührungen. Weil er sich mental dazu nicht in der Lage gefühlt hatte. Solche Sprüche musste sie sich von ihm anhören. Dabei hatte sie mal seinen Browserverlauf zurückverfolgt. Pornoseiten rauf und runter. Während sie im Büro die Brötchen verdiente, saß der Herr zu Hause mit dem Notebook im Bett und onanierte. Und abends war er dann mental nicht mehr in der Lage, seine Partnerin in den Arm zu nehmen. Unmöglich. Mit Voyeurismus im Internet konnte sie noch so gerade leben. Zumal der Sex mit Max im Laufe der Jahre enorm an prickelnder

Spannung verloren hatte. Aber gerade deshalb zerstörte das, was sie eben erlebt hatte, mit einem Schlag alles, was sie jemals für ihn empfunden hatte. Sie spürte nur noch tiefe Abscheu und Hass für den Mann, mit dem sie seit ihrem vierzehnten Geburtstag zusammen war. Das ist so geil, Baby, das ist so geil!, hallte seine Stimme durch ihren Schädel. So etwas hatte er ihr noch nie gesagt. Auch nicht vor zehn Jahren, als sie so richtig wild aufeinander gewesen waren.

Sie war zur U-Bahn-Station Mohrenstraße gelaufen, und als sie unten am Bahnsteig ankam, hielt gerade ein Zug der Linie U2 Richtung Ruhleben.

Es waren nicht viele Menschen in dem Waggon. Die meisten zwischen zwanzig und dreißig Jahre alt. Nur einer war älter. So um die fünfzig und unrasiert. Der Mann trug die rote Fan-Kappe eines Sportvereins und eine Hornbrille. Er zog einen kleinen Spiralblock aus seiner olivgrünen Outdoorjacke und schrieb etwas hinein. Vielleicht war er ein Schriftsteller, der nachts durch die Gegend fuhr und sich in der U-Bahn inspirieren ließ. Der Mann schien zu spüren, dass Petra ihn beobachtete. Er steckte den Block in die Tasche seiner Jacke zurück und schaute aus dem Fenster, hinter dem die Tunnelwand vorbeiraste.

Drei junge Männer standen vor der Ausstiegstür. Sie sahen aus wie Flüchtlinge. Durften alle Flüchtlinge eigentlich kostenlos mit den öffentlichen Verkehrsmitteln fahren? Aber morgens um zwei waren bestimmt keine Kontrolleure unterwegs. Hoffentlich nicht. Denn Petra hatte sich schließlich auch kein Ticket kaufen können. Aber sie hatte es nicht mehr weit. Der Zug hielt gerade am Sophie-Charlotte-Platz, und in Neu-Westend würde sie aussteigen. Zum Glück hatte sie noch ihre Wohnung in Charlottenburg. Das beste Geschäft, das sie in ihren neunundzwanzig Lebensjahren bisher gemacht hatte. Wenn man in der Immobilienbranche tätig ist, dann hört man das eine oder andere und kann zuschlagen, bevor ein Objekt offiziell auf dem Markt erscheint. Petra hatte die gut aufgeteilte Zwei-

Zimmer-Wohnung mit Küche, Bad und Balkon von einer alten Dame auf Rentenbasis gekauft. Sie hatte der dreiundsiebzigjährigen Eigentümerin einmalig zehntausend Euro bezahlt und überwies ihr achthundertfünfzig Euro im Monat. Bis zu ihrem Lebensende. Das hätte in zwanzig Jahren sein können. Aber Petra musste nur vier Mal achthundertfünfzig Euro überweisen. Dann starb die Frau. Petra ließ die Wohnung renovieren und im Internet von einem rund um den Globus aktiven Portal wochenweise an Touristen vermieten. Da es eine ruhige und verkehrsgünstig in der Marathonallee gelegene Adresse war, funktionierte das prima, egal in welchem Monat. Gestern war das australische Paar nach sechswöchigem Aufenthalt ausgezogen, die nächste Reservierung stand in acht Tagen an. Petra würde sie stornieren und die Wohnung vorerst selbst beziehen. In die Taubenstraße zu Max in die Wohnung, die seiner Mutter gehörte, würde sie nie wieder zurückgehen. Sollte er sich dort mit der Schlampe vom zweiten Stock bekiffen und den restlichen Verstand aus dem Schädel rammeln. Petra würde sich was Besseres suchen. Chancen hatte sie reichlich. Als sie eben durch die Bahn gegangen war, hatten die Männer sie mit Augen wie Nacktscanner angeglotzt.

Am Sophie-Charlotte-Platz stieg eine punkige junge Frau mit einer offenen Weinflasche in der Hand ein und blieb an der Tür stehen. Ihr folgten zwei schwarzhaarige unrasierte Männer, die neben ihr in Halteschlaufen griffen. Sie redeten nicht miteinander. Mit leicht gesenkten Köpfen schauten sie die punkige Frau an. Auch Petra konnte ihren Blick nicht von der bizarren Nachtschwärmerin lassen. Sie hatte eine ähnliche Figur wie sie, zierlich, jungenhaft, Konfektionsgröße maximal sechsunddreißig. Ihre rechte Kopfseite war fast kahl rasiert, die übrigen Haare rot gefärbt. Sie hatte Piercings und Ringe im Gesicht und rund um Hals und Nacken unprofessionell eintätowierte Worte. Sie trug eine knappe Motorradjacke, einen extrem kurzen Rock über einer zerrissenen schwarzen Strumpfhose und ausgetretene Wanderschuhe. Sie nahm einen Schluck aus der

Weinflasche, was sie eigentlich nicht tun sollte, denn sie war offensichtlich schon ziemlich betrunken. Einen Schluck Wein aber hätte Petra jetzt auch gut vertragen können. Am liebsten hätte sie die Punkerin gefragt, ob sie ihr mal kurz die Flasche reiche. Aber das passte natürlich nicht. Welten lagen zwischen dem abgerissenen Mädchen und ihr, der gepflegten Jungmanagerin in dunkelblauem Blazer über weißer Bluse, makelloser Jeans und edlen Sneakers, mit auf dem Hinterkopf zu einem Pferdeschwanz zusammengebundenen dunkelblonden Haaren und dezenten Perlenstickern in den Ohrläppchen. Wie gut es ihr doch eigentlich gehen müsste. Eigentlich. Aber vielleicht ging es ja dieser jungen Frau, die sich mit einer Weinflasche in der Hand durch Berlins Nächte treiben ließ, in Wirklichkeit viel besser als ihr.

In Petras unmittelbarer Nähe intonierte Freddie Mercury plötzlich »We Are the Champions«. Das war ihr Klingelton. Wie oberpeinlich! Hastig kramte sie in ihrer Tasche. Aber sie fand das Smartphone nicht, das weiterhin den Queen-Song absonderte. Alle Insassen des Waggons starrten sie an. Auch die Punkerin, mit Fremdschämblick. Der Mann mit der roten Kappe stand auf, kam zu ihr, zog das Handy unter ihrem Sitz hervor und reichte es ihr.

»Vielen Dank«, stammelte sie mit geröteten Wangen. Auf dem Display stand der Name Max. Die Reue kam ja schnell. Aber trotzdem zu spät. Sie klickte den Anruf weg. Die Bahn hielt am Theodor-Heuss-Platz, und die Punkerin stieg aus. Die beiden schwarzhaarigen Männer ließen die Halteschlaufen los und folgten ihr. Kurz bevor sich die Türen wieder schlossen, erhob sich der Mann mit der roten Kappe. Er machte drei hastige Schritte zum Ausstieg und verließ ebenfalls die Bahn. Er war schlank, hatte breite Schultern und humpelte. Vielleicht trug er eine Prothese. Ein einbeiniger Schriftsteller schreibt nachts Gedichte in der U-Bahn. Ein Lächeln huschte über Petras Gesicht. Der Mann blieb auf dem Bahnsteig stehen und suchte ihren Blick. Sie schenkte ihn ihm und las eine mitfühlende Sorge in seinen Augen. Mit den Lippen formte sie ein stummes »Danke schön!« und streckte ihren rechten Daumen in die Höhe. Der Mann mit der roten Kappe nickte lächelnd. Die Bahn setzte sich in Bewegung. Für Sekunden hatte Petra die tätowierte Mutter aus dem zweiten Stock vergessen. Ein Anfang war gemacht.

An der Haltestelle Neu-Westend stieg sie aus. Mit ihr verließen ein paar weitere Personen die Bahn. Petra eilte die Treppe hoch und lenkte ihre Schritte in die Preußenallee. Keiner der Leute, die mit ihr die Bahn verlassen hatten, ging in dieselbe Richtung wie sie. Jedenfalls schien es so zu sein. Den Kopf gesenkt, hastete sie voran. Es war nicht weit. Etwa fünfzig Meter, dann links in die Marathonallee. Sie drehte sich kurz um. Hatte sie gerade hinter sich Schritte gehört? Nein. Niemand war zu sehen. Sie brauchte dringend Schlaf. Ihre Nerven lagen blank. Sie zog den Schlüssel aus ihrer Jackentasche. Nur noch zehn Schritte bis zur Haustür. Nur noch fünf. Sie steckte den Schlüssel ins Schloss, da nahm sie im Augenwinkel eine lautlose Bewegung hinter ihrer rechten Schulter wahr.

2

Wie jede Nacht um dreiundzwanzig Uhr zog Karol Stanjek die Tür seiner Wohnung hinter sich zu und trat mit einem Leinenbeutel über der Schulter ins Treppenhaus hinaus. Den Lichtschalter drückte er nie. Es gehörte zu seinen täglichen Herausforderungen, mit der rechten Hand das Geländer zu ertasten und im Dunkeln die zweiunddreißig Stufen vom zweiten Stock hinunterzusteigen. Immer stellte er zuerst den linken Fuß auf die nächste Stufe, dann zog er den rechten nach. Unten angelangt ließ er den glatt lackierten Handlauf los und schlich die siebzehn Schritte bis zur Haustür, ohne die Seitenwände dabei zu berühren. Das gelang ihm. Das gelang ihm fast immer. Wenn er aber seine Linie mal verlor und eine seiner Schultern den groben Putz der Flurwände berührte, dann musste er zurück zur Treppe, die zweiunddreißig Stufen wieder hoch und wieder runter und dann wieder ganz vorsichtig Richtung Haustür schleichen. Im zweiten Anlauf hatte er es bisher immer geschafft.

Er verließ das Haus und ging durch die mattschwarze Aprilnacht auf der Möckernstraße zum Ufer des Landwehrkanals. Die Luft war feucht und diesig, es roch nach Regen. Karol folgte dem Uferweg ostwärts. Links das bleiern stehende Wasser, rechts vereinzelte Bäume und Büsche und in unregelmäßigen Abständen immer wieder Sitzbänke. Karols Bank befand sich etwa dreißig Meter hinter der Waterloobrücke. Sie stand etwas abseits zwischen wild gewucherten Büschen und war nur von der Uferseite aus zu erkennen.

Karol nahm aus dem Leinenbeutel eine Brille mit ungeschliffenen Gläsern, einen olivgrünen Anorak und die rote Fan-Kappe des FC Union Berlin. Er zog die Jacke an und überprüfte, ob sich sein Notizblock und der Kuli in der linken Innentasche und das Bündel Kabelbinder in der rechten befanden. Da dies der Fall war, setzte er die Kappe auf den Kopf und platzierte das etwas zu große Brillengestell aus beigefarbenem Hornimitat in seinem Gesicht. Er breitete den Leinenbeutel auf der Bank aus, ließ sich darauf nieder und schaute zum dunklen Wasser des Kanals. An einigen Stellen schwebten Schlieren aus weißem Dunst auf der Oberfläche. Die Gläser seiner Brille beschlugen und trübten seinen Blick. Er nahm das Gestell von der Nase, hauchte die Gläser an und rieb sie am Ärmel seiner Jacke.

Weder Fußgänger noch Radfahrer waren auf dem Uferweg unterwegs. Karol genoss die Stille und die angenehm reizlose Umgebung. Nach etwa fünf Minuten stand er auf und setzte seinen Weg in Richtung Carl-Herz-Ufer fort. Sein rechtes Knie schmerzte. Es hasste feuchte Luft.

Zwanzig Minuten später stieg er am Kottbusser Tor in den hinteren Wagen der U8 Richtung Wittenau. Die Bahn war gut gefüllt. Sonntagsausgänger, die gegen Mitternacht zu Hause sein wollten, weil morgen früh das Hamsterrad wartete. Darunter viele Paare, die aus dem Kino oder einem Theaterstück kamen, die bei einem Konzert oder im Restaurant gewesen waren. Nach Hunderten von Nächten konnte Karol die Fahrgäste einschätzen. Ohne wirkliches Interesse hatte er unzählige ihrer Gespräche mitgehört. Karol ging durch den Waggon. Der Geruch war in Ordnung. Ab und zu fand die Sekundenbrise eines Parfüms den Weg zu seiner Nase.

Es war nur noch ein Platz frei. Eigentlich nur ein Dreiviertelplatz, denn daneben saß ein Mann um die zwanzig, der so dick war, dass seine Körpermasse auf die angrenzende Sitzfläche rüberquoll. Als Karol sich auf die noch freien dreißig Zentimeter quetschte, seufzte der Kloß schicksalsergeben, als hätte sich das ganze Universum in dieses Moment gegen ihn verschworen.

Fette Sau, dachte Karol, kommst gerade von Mama, für die es nichts Schöneres auf der Welt gibt, als sonntags einem Mastschwein dabei zuzusehen, wie es sich Unmengen seiner

Lieblingsspeisen einverleibt, und du glaubst, die ganze Bahn gehört dir. Karol machte es selbst ja auch keinen Spaß, neben und wegen dem Riesenbaby mit einer halben Arschbacke über dem Abgrund zu hängen. Er war schließlich kein Alpinist in den besten Jahren, sondern ein offiziell ausgewiesen schwer behinderter Mann mit siebenundfünfzig Lenzen auf dem Buckel. Er hätte seinen Ausweis zeigen und sich den Behindertenplatz neben der vorderen Ausstiegstür frei machen lassen können. Aber das machte er nicht. Das wäre zu auffällig. Er wollte nicht auffallen. Also quetschte er sich neben das Mastschwein. Denn Stehen in der Bahn ging gar nicht. Beschleunigen, bremsen, Kurven fahren, alles, was ihn dazu zwang, das Gewicht zu verlagern, verursachte Schmerzen. Gehen konnte er ganz gut. Wenn er das Bein bewegte, gelang es ihm meist, den Schmerz zu ignorieren. Es sei denn, die Luft war feucht. Dann half auch Gehen nicht. Heute Nacht näherte sich die Luftfeuchtigkeit der Schwelle des Unerträglichen. Aber egal. Es lag schließlich an ihm selbst, wie nachtaktiv er war.

Die Strecke vom Kottbusser Tor unter dem Alex durch bis zum Schnittpunkt mit der S-Bahn gehörte noch nicht zu seiner Mission. Er empfand diese neun Stationen in der U8 als Fahrt zur Arbeit, denn seine Nächte begannen erst in der Ringbahn. Karol verließ am Gesundbrunnen die U8 und fuhr die Rolltreppe hoch zum Bahnsteig der Linien S41 und S42. Die S42 fuhr im Uhrzeigersinn um die Stadt, die S41 gegen den Uhrzeigersinn. Karol wechselte die Richtungen von Nacht zu Nacht. Nach vier Minuten fuhr die S41 ein. Karol ließ sie fahren. Sieben Minuten später hielt die 42. Karol stieg ein. Es waren genügend Plätze frei. Er wählte einen am Fenster mit Blick gegen die Fahrtrichtung und streckte sein rechtes Bein aus.

Als der Zug einige Minuten später die Haltestelle Landsberger Allee hinter sich gelassen hatte, schloss er die Augen und ließ sich fallen in das monotone Gebummer, das Räder und Schwellen durch den Boden des Waggons zu ihm hochschickten und seine Fußsohlen angenehm vibrieren ließ. Seine Arme wurden schwer und warm, und der Schmerz verschwand aus seinem Bein. *Tu- dumm. Tu-dumm. Tu-dumm. Tu-dumm.* Karols Körper schmolz ein zu einer teigartigen Masse, die Gedanken befreiten sich aus seinem Hirn und stiegen auf in den Himmel über Berlin.

So wie heute Nacht hatte es angefangen vor fast drei Jahren. Zufällig eigentlich. Nach dem Unfall, den vielen Operationen und den Monaten in der Reha.

Am Westrand von Kreuzberg in der Wartenburgstraße hatte er das Apartment angemietet. Zwischen Möckernstraße und der Einfahrt zum Krankenhaus am Urban. Haus Nummer 17 gehörte einer vietnamesischen Familie, die während des Kriegs in die DDR geflohen war. Da die junge Frau, die ihm den Mietvertrag vorlegte, nicht nach seinem Personalausweis fragte, nahm Karol den Kuli in die linke Hand und krakelte »Peter Müller« darunter. Auf dem Briefkasten an der Flurwand im Erdgeschoss ließ er das Namensschild seines Vormieters kleben. Die Ein-Zimmer-Wohnung war knapp vierzig Quadratmeter groß, sie bestand aus einem Wohnraum mit Kochnische, einem winzigen Flur und einem Bad ohne Fenster, aber mit Wanne. Darauf hatte Karol Wert gelegt. Seinem Bein tat es gut, in warmem Wasser zu marinieren. Karol hatte in der Möbel-Oase Bozkurt am Kottbusser Damm einen Tisch mit zwei Stühlen, ein Bett und einen Fernsehsessel gekauft, bei dem man per Fernbedienung die Beinablage ausfahren und die Rückenneigung regulieren konnte. Karols Vormieter, ein Slowake namens Mikailovic, war mit einem One-Way-Ticket nach Kuba geflogen, um in Havanna ein neues Leben zu beginnen. Von ihm hatte Karol für neunhundert Euro die Einrichtung der Kochnische und den flachen Fernseher mit achtziger Bildschirm übernommen. Im Preis inbegriffen war eine Satellitenschüssel, die windgeschützt auf dem Flachdach stand. Gesehen hatte Karol das Teil noch nie. Aber es lieferte etwa dreihundert Programme. Er saß in seinem Sessel und schaute

Sportsendungen. Rund um die Uhr. Sein Bett blieb so gut wie ungenutzt.

Alle drei Tage stand er auf und ging auf eine Krücke gestützt mit dem Rucksack zum Penny-Markt. Er kaufte Toastbrot, Müsli, Äpfel, Bananen, Aufschnitt, ein paar Konservendosen und H-Milch.

Am dritten Tag jeden Monats schellte gegen Mittag die junge Vietnamesin, überreichte eine unleserlich ausgefüllte Standardquittung und kassierte die Warmmiete in Höhe von fünfhundert Euro. Einen Festnetzanschluss brauchte Karol nicht. Auch keinen Internetzugang. Sein letztes Handy hatte er während der Reha in Bad Saarow zertreten und die Einzelteile in den Scharmützelsee geworfen. Wenn Karol in Mülleimern oder in der Bahn auf leeren Sitzen zurückgelassene Seiten einer Tageszeitung fand, las er jedes darauf abgedruckte Wort. Manches fand er sogar recht interessant. Das meiste aber erreichte ihn nicht. Es blieb draußen. Er las und vergaß. Das hatte nicht unbedingt etwas mit dem Unfall zu tun. Indirekt natürlich schon. Denn sein Leben war seitdem beendet, auf jeden Fall die Existenzform, die er unter Leben verstand. Warum sollte er informiert sein über das, was in der Welt vor sich ging? Er war nicht mehr wert als ein Haufen Hundekacke. Irgendwann kam ein Müllmann mit dem Kehrblech, und das war's. Ob ein verrückter Amerikaner einem genauso verrückten Nordkoreaner eine Atombombe auf den hohlen Schädel hauen wollte oder ob ein schiitischer Moslem eine Moschee voller sunnitischer Moslems mit sich in die Luft sprengte, das musste er nicht verstehen. Und das wollte er auch nicht. So dachte Karol damals. Tief in ihm drin aber hauste seit Millionen von Jahren eine Druckkammer, klein wie ein Tischtennisball, gefüllt mit glühendem Magma, und bevor die Lava nicht aus ihm herauskatapultiert war, konnte er nicht sterben. Das hatte er während seiner ersten ziellosen Fahrt in der S41 geträumt.

Er hatte es sattgehabt, immer nur in den Fernseher zu starren und sich von einem halbwachen Schlummer in den nächsten rüberzuretten. Tief und traumlos geschlafen hatte er nicht mehr, seit die Schmerztabletten und die Tranquilizer aufgebraucht waren. Und zu Ärzten ging er nicht mehr. Sie hätten sein Bein hinkriegen können. Davor war er überzeugt. Aber es gab da einen Mann, der etwas dagegen gehabt hatte, dass er wieder gesund würde. Dieser Mann verfügte über sehr gute Kontakte und genügend Geld, um ehrgeizigen Chirurgen klarzumachen, dass es für sie sehr lohnend sein könne, den einen oder anderen Schnitt mit dem Skalpell ein paar Millimeter mehr rechts oder mehr links im Knie eines dahergelaufenen Polacken anzusetzen. Aber das war Schnee von gestern, geschmolzen und in die Kanalisation geflossen.

Als nach monatelangem Sitzen im elektrischen Fernsehstuhl sein Rücken im unteren Bereich immer wieder von messerstichartigen Attacken heimgesucht wurde, in deren Folge seine gesamte Wirbelsäule bis hoch in den Nacken über Stunden hinweg versteinerte, kramte Karol im Penny anlässlich der »Aktionswoche Fitness« aus einem Wühlkorb ein dunkelblaues Plastikköfferchen mit einem Paar zwei Kilo schweren Hanteln hervor, und er begann seinen Oberkörper, der nicht nur schmerzte, sondern vom ewigen Sitzen auch schlaff und krumm geworden war, täglich dreimal eine Stunde lang zu trainieren. Die entsprechenden Übungen hatte er noch drauf. So was verlernte man nicht. Schon nach einer Woche fühlte er sich entschieden besser. Die verstärkte Durchblutung des gesamten Systems verfehlte auch bei seinem rechten Bein nicht ihre Wirkung.

Karol machte seine Einkäufe von nun an ohne Gehhilfe und schenkte die Krücke einer Bettlerin, die seit drei Wochen vor dem Penny auf einem Kissen hinter einem leeren Kaffeebecher von McDonald's und einem Pappschild kniete, auf dem geschrieben stand, sie habe ihren Fuß beim Kampf um Aleppo verloren.

Aber schlafen konnte Karol trotzdem nicht. Selbst wenn er fast den ganzen Tag lang trainiert hatte, stieg die ersehnte

Müdigkeit nicht in ihm auf. Eine halbe Stunde dösen bei Snooker im TV, dann aufwachen beim Werbebreak mit zappelnden nackten Frauen, wieder wegtauchen bei einem Pferderennen in der Mongolei, endlich hochkommen bei fahlem Licht, das durch die Jalousie drang. Wieder eine Nacht vorbei. Wieder überlebt. Ohne Sinn und Verstand.

So konnte es nicht weitergehen. Und so ging es auch nicht weiter. Das frühmorgendliche Programm zwischen vier und sechs eines Senders, in den Karol sich zufällig reinzappte, als er es mit der Fernbedienung zum ersten Mal bis zur Nummer 245 geschafft hatte, bestand darin, dass ein Bummelzug durch Mecklenburg-Vorpommern fuhr, aufgenommen mit einer im Führerstand installierten Kamera. Das war alles. Keine Werbeunterbrechungen. Keine zappelnden Frauen, keine überschminkten Propagandistinnen, die Billigschmuck oder Mikrofaserlappen vertickten, oder fiese Animateure, die dazu aufforderten, eine bestimmte Telefonnummer anzurufen, um sich die bereitliegenden zehntausend Euro abzuholen, indem man die Frage beantwortete, wie eine dem Menschen ähnliche tierische Spezies mit vier Buchstaben und zwei Effs in der Mitte hieß, die sich mit Vorliebe von Bananen ernährt. Die Perspektive stur nach vorn, sanfte Kurven im gefühlten Abstand von zehn Minuten waren die Highlights. Ob es an der Verblüffung lag, die das Programm bei ihm auslöste, oder ob der starre Blick in die von den parallelen Linien des Schienenstrangs durchtrennte Landschaft tatsächlich den Ausschlag gab, wusste Karol selbst nicht. Tatsache aber war, dass die Schmerzen aufhörten, nachdem er das Programm eine halbe Stunde lang geschaut hatte, und er anschließend für zwei Stunden in einen traumlosen Schlaf sank. Da kam ihm die Idee, bei einem realen Erlebnis auszutesten, ob ihm dies ähnlich gut bekommen würde.

Während seiner Zeit als Personenschützer hatte er sich mit dem Netz der öffentlichen Verkehrsmittel Berlins vertraut gemacht. Aber eher theoretisch. Als mögliches Ziel von politisch motivierten Terroranschlägen zum Beispiel. Oder als Fluchtmöglichkeit für Intensivtäter nach einem Coup. Deshalb wusste er, dass die S-Bahn-Linien 41 und 42 in beiden Richtungen die Stadt umkreisten. Freitag- und Samstagnacht konnte man unendlich lang in der Ringbahn sitzen, ohne jemals eine Endstation zu erreichen. Karol war damals erst insgesamt vielleicht fünf Mal mit der U-Bahn gefahren, aber noch nie hatte er eine S-Bahn oder einen Linienbus, der durch Berlin fuhr, bestiegen. Das hatte er nicht nötig gehabt. Er war leidenschaftlicher Autofahrer und durfte den Dienstwagen über Nacht auf dem Stellplatz in der Tiefgarage abstellen, bevor er im Lift acht Stockwerke hochfuhr in seine Neunzig-Quadratmeter-Wohnung mit einem Balkon, der groß genug war, dass darauf bequem sechs Liegestühle nebeneinander Platz gehabt hätten.

Aber Karol empfing außer seiner Chefin keinen Besuch. Deshalb stand auf dem Balkon nur ein Sylter Strandkorb, in dem er in vielen Nächten saß und zu der beleuchteten Kuppel des Reichstagsgebäudes rüberschaute. Manchmal hatte seine Chefin neben ihm im Strandkorb gesessen und Champagner über ihre Unterlippe perlen lassen. Dann hatte sie das schlanke Glas abgestellt und den Zipp vom Reißverschluss seiner Anzughose gesucht und immer gefunden. Damals war er von einer Monatskarte für die Berliner Verkehrsbetriebe so weit entfernt wie der 1. FC Union Berlin vom Gewinn der Fußball-Champions-League.

Die Ringbahn wurde Karols rollende Reha-Klinik. Heilung auf Rädern. Er machte es sich auf einem Fensterplatz bequem und schlummerte ein und wachte auf und schlummerte weiter. Oder er schaute stundenlang nach draußen, wo die vorbeifliegenden Bilder der Stadt seinen Blick füllten. An den Wochentagen stand die Ringbahn zwischen ein und vier Uhr still. Während dieser Stunden ließ sich Karol durch das U-Bahn-Netz treiben, und wenn er das Gefühl hatte, gebraucht zu werden, erfüllte er seine Mission.

Gegen sechs Uhr verließ er am Südkreuz die S41 oder die S42 und ging zu Fuß nach Hause. Nach dem langen Sitzen tat das seinem Körper gut, vor allem seinem Bein. Es dauerte zwei Monate, dann konnte er sogar wieder langsam joggen. Mit steifem Knie sah das bestimmt irgendwie witzig aus. Manchmal drehten sich Kinder nach ihm um und grinsten. Karol hatte nichts dagegen, Kindern Spaß zu bereiten. Wenn Mädchen darunter waren, fünf oder sechs Jahre alt, dann lächelte Karol ihnen zu.

Um kurz nach eins stieg dann am Westkreuz eine junge Frau mit prallem Rucksack auf dem Rücken in die S42. Sie sah aus wie die typische asiatische Touristin. Klein, zierlich, naiv und unbeholfen, aber voller Zuversicht, solange ihr Smartphone die gewünschten Informationen übermittelte. Aber irgendwas stimmte bei dieser jungen Asiatin nicht. Offensichtlich übermittelte das Display nicht die erhoffte Hilfe. Nervös tippte sie auf dem kleinen Bildschirm herum, ohne zu einem befriedigenden Ergebnis zu gelangen.

Nicht nur Karol beobachtete die Frau, sondern auch ein etwa vierzigjähriger glatzköpfiger Mann mit breiter nach vorn gewölbter Stirn und kleiner Nase darunter. In seinem braunen Tweedsakko erinnerte er Karol an den Rektor seiner Grundschule in den Sechzigern. Den Kopf leicht weggedreht und etwas gesenkt schaute der Mann die Frau aus den Augenwinkeln verstohlen an. Erst dachte Karol, der Mann würde aufstehen und der Frau Hilfe anbieten, aber dann änderte sich etwas an seinem Augenausdruck. Eine Scham stieg darin auf, als täte er gerade etwas Verbotenes. Als hätte er ein ungutes Gefühl bei den Gedanken, die sein Hirn gerade produzierte. Er rieb seine Handflächen aneinander und presste dann mit der linken Hand die Finger seiner rechten fest zusammen. Seine Schultern zuckten leicht. Er musste sich beherrschen. Irgendetwas passierte mit ihm, etwas, über das er zunehmend die Kontrolle verlor. Seine Augenbrauen wackelten hoch und runter, während sein Blick an der Asiatin klebte.

Karol zog sein Notizbuch aus der Jackentasche und notierte Ort und Zeit und einige Stichworte, die den Mann in dem Tweedsakko beschrieben. Im Laufe der Jahre hatte Karol schon mehrere Notizbücher mit solchen Angaben gefüllt. Er hatte auch schon einige Male von einem öffentlichen Telefon anonym und mit verstellter Stimme die Polizei angerufen und Tipps gegeben. Ein paar Täter konnten aufgrund seiner Hinweise überführt werden. Nicht nur Sexualtäter, auch Räuber und Messerstecher, einmal ein verurteilter Mörder, der aus der Krankenstation geflohen war.

Die junge Asiatin drückte auf den Ausstiegsknopf. Die Bahn hielt an der Hermannstraße. Die Asiatin stieg aus. Der Mann im Tweedsakko stieg auch aus. Karol folgte ihm. Der Mann stellte sich an den Kasten, hinter dessen Scheibe der Plan mit dem Liniennetz aushing. Aber er schaute nicht wirklich auf den Plan.

Als die Asiatin ihrem Handy offenbar irgendeinen Hoffnungsschimmer entlockt hatte, folgte sie dem Wegweiser zur U8 Richtung Wittenau. Der Bahnsteig war voll von jungen Leuten, von denen die meisten nicht so aussahen, als müssten sie morgen früh zur Arbeit.

Als die kleine Asiatin, die mit ihrem hin- und herschwankenden riesigen Rucksack verloren wie ein Alien wirkte, stehen blieb und ihr Smartphone anstarrte, checkten viele der herumlungernden jungen Männer sie hemmungslos ab. Überfallen? Ausrauben? Vergewaltigen? Schlafplatz anbieten? Ihr Drogen verticken? Fast keiner der Männer auf dem Bahnsteig schien wirklich auf die Einfahrt einer U-Bahn zu warten.

Der Mann im Tweedsakko hielt sich im Hintergrund, immer im Rücken der Asiatin, die mit ihrem Smartphone beschäftigt war und seine Blicke nicht bemerkte. Vermutlich nicht. Vielleicht ignorierte sie den Mann in ihrem Rücken ja ganz bewusst. Was hätte sie sonst in ihrer Situation machen sollen? Die U8 fuhr ein, und die Asiatin stieg in den vorderen Waggon. Ein ganzes Rudel junger Menschen folgte ihr und auch der Mann im Tweed. Er blieb etwa fünf Meter hinter ihr stehen und ließ ihren Rücken nicht aus den Augen.

Am Alexanderplatz stieg sie aus, orientierte sich kurz und entschied sich für den Weg zum Ausgang links. Das Tweedsakko folgte ihr, und Karol folgte dem Tweedsakko. Als die Asiatin fast die Rolltreppe erreicht hatte, ertönten von oben mehrere weibliche Stimmen, und drei junge Frauen kamen die Treppe hinuntergerannt und umarmten die Asiatin herzlich. Die vier schienen sich gut zu kennen. Temperamentvoll quasselten sie in englischer Sprache mit unterschiedlichen Akzenten aufeinander ein, während sie gemeinsam die Rolltreppe hochfuhren.

Das Tweedsakko blieb stehen und drehte sich dann ruckartig um. Karol wurde von dieser Bewegung überrascht, der Blick des Manns, der nur ein paar Schritte vor ihm stand, saugte sich fest in seine Augen. Irgendwas schien ihm dabei durch den Kopf zu gehen. Erkannte er die rote Fan-Kappe wieder oder die zu große Hornbrille? Karol hielt dem Blick stand. Wie der unterlegene Rüde auf einer Hundewiese senkte der Mann endlich den Kopf. Vielleicht fühlte er sich durchschaut, vielleicht war er erleichtert, dass diese Nacht so endete. Vielleicht war er kein aktiver Sexualverbrecher, sondern nur ein kranker Mann, der danach gierte, nachts attraktiven Frauen hinterherzuschleichen, zu spüren, wie ihre Angst wuchs, wenn er seinen Schritt beschleunigte. Vielleicht machte ihn das geil. Vielleicht folgte er der Frau, bis sie ihr Ziel erreicht hatte, und hetzte dann zur nächsten dunklen Parkbank, um sich Erleichterung zu verschaffen. Karol war schon einigen solcher Verfolger in dunkle Parks gefolgt. Er hatte sich versteckt, bis der Mann einen Ständer hatte. Dann war Karol aus dem Gebüsch gekommen und hatte gefurzt, während er langsam an dem Wichser vorbeischlenderte, und wenn kein Furz in der Warteschleife war, hatte er einen herzlichen Gruß von Mutti ausgerichtet.

Manchen Männern, denen er immer wieder mal im U-Bahn-Netz begegnete und die schon mehrfach hinter Frauen hergeschlichen waren, folgte Karol, bis sie in irgendeinem Haus verschwanden. Diese Adressen notierte er.

Der Mann im Tweed drehte sich mit einer linkischen Halbdrehung aus Karols Blick und eilte auf die Treppe neben der Rolltreppe zu, über die der schwere Rucksack eben verschwunden war. Er würde die Frauen nicht verfolgen. Er würde den Anblick der hilflosen Asiatin mit in sein Bett nehmen. Er wollte so schnell wie möglich nach Hause und den stechenden Blick dieses seltsamen Hornbrillenträgers mit der roten Fußballkappe aus seiner Erinnerung löschen.

Karol schaute dem Tweedsakko hinterher, bis es oberhalb der Treppe kleiner wurde und verschwand.

Um zehn nach zwei fuhr die U2 Richtung Ruhleben ein. Im vorderen Waggon war einer seiner Lieblingsplätze frei. In Fahrtrichtung außen am Gang mit Blick durch den ganzen Wagen. Etwa die Hälfte der Plätze war besetzt, fast alle von jungen Menschen. Studenten, Touristen, Drogenabhängige, osteuropäische Mindestlohnempfänger, Bettler, Partygänger, die von Partys kamen, und welche, die zu Partys unterwegs waren.

Ein dunkelhäutiger Mann mit wilden Rastalocken stand mitten im Gang und begann hin und her zu swingen. Er streckte die Arme in die Höhe und lachte. Er schloss die Augen, und seine Bewegungen wurden größer. Geschmeidig wie eine Natter ließ er seinen dürren Körper um eine innere Mitte kreisen. Er legte die Hände auf seine Ohren, als wären sie Kopfhörer, aus denen ihm ein Playback eingespielt würde. Er lauschte, nickte im Takt, wartete auf den Einsatz und begann zu singen. Sein Mund öffnete und schloss sich bis zum Anschlag, weiße Zähne blitzten auf, und dazwischen bewegte sich eine rosafarbene Zunge. Er sang voller Hingabe, aber er sang stumm. Als würde er den Song in seinen eigenen Kopf hineinsingen. Irgendwann erstarben seine Bewegungen abrupt. Er nahm die Hände von den Ohren, schaute hinein und schüttelte sie, als könnte er so einen Wackelkontakt beheben. Er hielt sie wieder an die Ohren und zuckte machtlos mit den

Schultern. Dann verbeugte er sich lachend und drückte den Halteknopf.

Der Zug stoppte an der Mohrenstraße, und der pantomimische Sänger machte sich bereit zum Ausstieg. Der gelang ihm auch. Aber erst nachdem er mit einem Hüftschwung wie ein Torero einer Frau ausgewichen war, die in die Bahn stürmte, sobald sich die Tür geöffnet hatte. Die Frau hastete ungesund hechelnd durch den Waggon und ließ sich auf einen Platz am Fenster fallen. Schräg gegenüber von Karol. Die Frau war elegant gekleidet und trug eine kleine Reisetasche und ein großes Problem mit sich durch die Nacht. Ihre Welt schien aus den Fugen geraten zu sein. Sie stellte die Tasche in ihren Schoß und stemmte die Ellenbogen darauf. Sie faltete die Hände, schloss die Augen und ließ ihren Kopf auf die Fingerspitzen sinken. Durch die Nase stieß sie in unregelmäßiger Folge kurze Atemstöße aus und schüttelte immer wieder in minimaler Amplitude den Kopf.

Karol holte sein Notizbuch hervor und schrieb ein paar Worte hinein. Was mochte der Frau zugestoßen sein? Sie passte nicht in eine U2, die zwei Stunden nach Mitternacht durch die Unterwelt Berlins rauschte. Vielleicht brauchte sie Hilfe. Vielleicht vor sich selbst.

Karol würde ihr folgen, und falls sie von einer Brücke springen wollte, würde er sie in ein Gespräch verwickeln und ihr ein Taxi oder einen Krankenwagen besorgen, je nachdem. Sie war eine sehr schöne Frau, mit einer guten Figur. Ihre äußere Erscheinung, dezent und stilsicher, entsprach exakt dem Muster einer erfolgreichen Geschäftsfrau oder der Frau eines erfolgreichen Geschäftsmanns. Ein ähnlicher Typ wie Silke Mertens, seine ehemalige Chefin. Nur fünfzehn Jahre jünger. Karol horchte in sein rechtes Bein. Gepuscht vom Adrenalin, das in seinen Adern schwamm, pulsierte das Blut heftig unter der steifen Kniescheibe. Ein gutes Zeichen. Er könnte dieser Frau folgen, auch wenn sie mit großen Schritten losmarschieren würde.

Karol sondierte die Klientel in der Bahn. Niemand außer ihm selbst zeigte offensichtliches Interesse an der eleganten Frau. Karol notierte die Station, an der die Frau eingestiegen war, die aktuelle Uhrzeit und ein paar Stichworte, die ausreichen würden, dass er sich immer wieder an den Anblick dieser eleganten Frau zurückerinnern würde. Vielleicht war sie keine Geschäftsfrau, sondern eine Schauspielerin oder eine Moderatorin. Vielleicht war ja irgendwann mal ein Foto von ihr auf einer der Zeitungsseiten abgedruckt, die er in Bahnen oder Papierkörben fand.

Am Sophie-Charlotte-Platz stieg eine Punkerin in extrem kurzem Minirock ein. Sie hob eine Weinflasche an ihre schwarz gefärbten Lippen und nahm einen tiefen Schluck. Zwei schmale Männer um die zwanzig, gelbliche Haut und ölige Haare, griffen drei Meter neben ihr in die Halteschlaufen und schauten ihr aus schwarzen Augen dabei zu, wie sie sich mit dem Handrücken Rotweintropfen vom Kinn wischte. Nicht befremdet, angewidert oder mitleidig schauten die Männer sie an, sondern wie zwei Füchse, die im Park die Witterung eines verwundeten Kaninchens aufgenommen hatten. Es war der Klassiker. Hilflose junge Frau, betrunken und sexy gekleidet, nachts allein in der Bahn. Die war ja so zugedröhnt, die würde sich doch an nichts mehr erinnern, wenn sie morgen früh zerschunden und mit zerrissenem Slip in irgendeinem Gebüsch aufwachte.

»We are the champions, my friend.« Aus der entgegengesetzten Ecke der Bahn ertönte die triumphale Songzeile. Versteckt lächelnd schaute Karol der eleganten Frau dabei zu, wie sie mit Panikflecken im Gesicht in ihrer Tasche wühlte. Da sah er ein zartes Blinken unter ihrem Sitz. Er ging hin, hob das Handy auf und reichte es ihr. Sie nickte dankbar und würgte hastig den Heldentenor ab.

Die Bahn stoppte am Bahnhof Theodor-Heuss-Platz. Türen gingen auf, ein paar Fahrgäste stiegen ein. Die Punkerin schaute auf den Bahnsteig hinaus, rülpste und stieg aus. Die beiden Füchse stiegen ebenfalls aus. Karol schaute noch mal kurz zu der eleganten Frau und entschied sich für die Punkerin. Er stemmte sich aus dem Sitz hoch und schaffte es gerade noch, aus der Bahn zu kommen, bevor sich die Türen hinter ihm schlossen. Er drehte sich um und schaute zu der eleganten Frau zurück. Sie hob ihren Blick und schickte ihm lächelnd ein »Danke schön«. Die Bahn fuhr los, und das Band ihrer Blicke zerriss.

Die Punkerin stieg die Treppe hoch. Im Abstand von zehn Metern folgten ihr die schwarzäugigen Füchse. Karol heftete sich an ihre Fersen.

Die Punkerin stand auf dem Theodor-Heuss-Platz, leerte die Weinflasche in ihren Mund und ließ sie fallen. Sie kratzte sich am Ohr und schlug dann den Weg in Richtung Pommernallee ein. Die beiden Männer folgten ihr. Ab und an schauten sie sich verstohlen nach Karol um, der die Hände in seinen Jackentaschen vergraben hatte und in gleichbleibendem Abstand hinter ihnen herging.

Kurz vor dem Karolingerplatz blieben die Männer stehen und warteten, bis Karol an ihnen vorbeigehumpelt war. Sie drehten ab und gingen zurück in Richtung Theodor-Heuss-Platz.

Karol schaute der jungen Frau hinterher, deren zierliche Silhouette sich vor den Laternen abzeichnete und ab und an im Schatten der Bäume verschwand, die den Bürgersteig flankierten. Sie schwankte leicht. Aber es wirkte nicht wie ein betrunkenes Schwanken, eher wie der nächtliche Flug eines Schmetterlings, dessen natürliches Umfeld diese einsame und kaum beleuchtete Allee im Westen Berlins war. Sie schien eingebettet zu sein in diese Umgebung, die ihr das Gefühl von Sicherheit und Freiheit verlieh. Karol genoss die Situation. Bis ans Ende der Welt würde er der jungen Frau in dem viel zu kurzen Minirock heute Nacht folgen. Die Gewissheit, sie zu beschützen und eine Gefahr von ihr abgewendet zu haben, die sie selbst gar nicht bemerkt hatte, gab Karol das Gefühl, dass seine Existenz doch etwas mehr wert war als ein Stück ungekackte Scheiße im Po.

Der Schmetterling passierte den Karolingerplatz und setzte seinen Flug fort in die Ubierstraße. Außer Karol und der jungen Frau war kein Mensch mehr weit und breit zu sehen. Als links eine matt leuchtende Bierreklame auftauchte, unterbrach die junge Frau ihnen träumerischen Flug und verschwand in der Kneipe. Falls sie sich nur Zigaretten kaufen wollte, würde er seinen Weg später mit ihr fortsetzen, dachte Karol und blieb stehen.

Die Tür der Kneipe ging auf, und der Schmetterling trat hinaus und mit ihr ein Hüne mit Schultern, so breit wie ein Klavier, und einem glatt rasierten Schädel ohne Hinterkopf. Über seinem tätowierten nackten Oberkörper trug er eine schwarze Lederweste, aus der seine muskelbepackten Oberarme herausquollen wie Presswürste. Die junge Frau nickte zu Karol rüber, und der Hüne setzte sich breitbeinig in Bewegung. Karol wendete und setzte sich ebenfalls in Bewegung.

»Bleib stehen, du perverse Sau!«, hörte er eine raue Stimme in seinem Rücken. Karol blieb stehen und drehte sich um. Einen Meter vor ihm stoppte der Mann und starrte ihn hasserfüllt an. »Du schleichst also nachts hinter den Bräuten her!«

Karol nahm die Hände vorsichtig aus seinen Jackentaschen und schaute in die Augen seines vor Aggressivität berstenden Gegenübers.

»Ich schleiche nicht hinter Bräuten her«, sagte er. »Für so was bin ich zu alt.«

»Genau deshalb machst du es ja!« Aus dem Mund des Hünen sprühten Speicheltropfen. »Weil dich keine mehr ranlässt und du fürn Puff nicht die Patte hast!«

Karol hatte genügend Erfahrungen gesammelt mit Typen wie diesem angetrunkenen Schläger, der sich vor einem Mädchen zum edlen Rächer aufpumpte. Es konnte Karol jetzt nur darum gehen, sich möglichst nicht wehren zu müssen. Aber das würde schwierig werden bei diesem verstrahlten Flachkopf, dem er sofort angesehen hatte, dass er nicht weiter denken konnte als von der Wand bis zur Tapete.

Der Hüne hob die Hand und schnappte in Richtung Karols Kappe.

»Auch noch 'n Freund von den Eisernen! Dieser verkackten Ossibrut!«

Karol machte einen Schritt nach hinten. »Da hat die Kleine was missverstanden«, sagte er ruhig. »Ich bin ihr nicht hinterhergegangen. Ich hab nur zufällig denselben Weg.«

»Wohin bist du denn ›zufällig‹ unterwegs? Ich hab dich hier in der Gegend noch nie gesehen.«

»Ich arbeite als Wachmann drüben auf der Messe. Die Frühschicht fängt in 'ner halben Stunde an.«

»Das kannst du morgen früh deinem Zahnarzt erzählen, aber nicht mir! Niemand stellt 'ne Spreewaldgurke wie dich als Wachmann ein!«

»Ist aber die Wahrheit.«

»Dann zeig mir mal deinen Passierschein fürs Messegelände, du Klugscheißer. Ich bin da nämlich auch ab und zu tätig.«

»Ich brauche keinen Passierschein. Ich bewache auf dem Parkplatz zwei Lkw-Container, die morgen entladen werden.«

Der Hüne schien einen Moment lang abzuwägen, ob Karol log oder vielleicht doch die Wahrheit sagte. Da schob sich hinter seinem Rücken der Schmetterling in Karols Blickfeld und sagte: »Mach das Schwein fertig, Kroko!«

Sie schaute zum Hosenstall des Hünen runter und legte kurz ihre Hand an den Schwanz, der sich unter dem verschlissenen Stoff seiner Jeans abzeichnete. »Er soll bluten für alle Schwestern, die er in Nächten wie dieser in die Büsche gezerrt hat.«

»Ich habe noch nie eine Schwester in ein Gebüsch gezerrt«, sagte Karol.

»Halt deine dumme Fresse und gib mir deine Scheißkappe«, sagte der Schläger, »dann kann ich besser deinen Kopf abreißen und dir in den Hals scheißen.«

Der Schmetterling kicherte. »Yep, dann piss ich ’nen Schwall drauf und spül die Scheiße in seinen Magen ab.«

Das war jetzt genug. Der Karren saß zu tief im Dreck.

»Gib mir deine coole Brille«, sagte der Schmetterling. »Wär schade drum, wenn Kroko sie dir auf der Nase schmäscht.«

Sie streckte die Hand aus.

»Tu, was die Dame sagt!«, befahl der Hüne. »Und die Kappe gibst du mir!«

»Ich gehe jetzt zum Messeparkplatz«, erwiderte Karol. »Und meine Brille und meine Kappe behalte ich lieber. Die sind mir ans Herz gewachsen.«

Karol machte einen Schritt zur Seite, um an dem Hünen vorbeizukommen.

»Du bleibst stehen!«

»Nein.«

Karol machte einen weiteren Schritt. Da holte der Hüne aus. Er kündigte seinen Schlag an, indem er die Schulter nach hinten zog, um Schwung zu holen. Das dauerte viel zu lange. Als sich die schwere Faust endlich in Bewegung setzte, bog Karol sich aus der Hüfte heraus leicht zur Seite, packte mit seiner Linken die herbeifliegende Faust, riss sie mit und blockte den vollen Schwung mit der Vorderkante seiner Rechten auf dem Kehlkopf des Schlägers ab. Es hörte sich an, als würde eine Schildkröte von einem Lkw überfahren. Der Hüne fiel auf den Rücken. Wie ein vom Blitz gefällter Baumstamm blieb er liegen. Seine Augen standen offen und schielten in unterschiedliche Himmelsrichtungen. Das Leder seiner Weste war nach hinten geklappt. Unter seinem rechten Schlüsselbein hatte er als Tattoo die miteinander verschlungenen Buchstaben ABB. Als aus seinen rechten Mundwinkel hellroter Sabber schäumte, ging der Schmetterling mit schneeweißem Gesicht in die Knie, kotzte eine Flasche Rotwein und ein Dönersandwich über den Kopf seines Beschützers und sank ohnmächtig auf seinen Brustkorb nieder.

Karol schaute sich um. Niemand schien den Vorfall beobachtet zu haben. Auch die Kneipentür war die ganze Zeit über geschlossen geblieben.

Mit großen Schritten humpelte Karol los in Richtung Messegelände. Er hörte und sah weder Polizeiautos noch Notarztwagen, und niemand schrie ihm etwas hinterher. Er stopfte Anorak, Kappe und Brille in den Leinenbeutel und ging weiter und weiter. Er hatte viel Zeit, bis die Ringbahn wieder fahren würde. Zeit genug, um zu Fuß zum Westkreuz zu gehen. Und dabei Adrenalin abzubauen.

3

In normalen Nächten hätte er Berlin um diese Uhrzeit noch zwei Mal mit der Ringbahn umkreist. Aber weil heute keine normale Nacht war, stieg Karol um kurz vor fünf am Tempelhof aus und setzte sich auf dem Tempelhofer Damm in Richtung Norden in Bewegung.

Die Sache mit dem Hünen und der Punkerin saß ihm in den Knochen. Vielleicht hätte er etwas milder mit dem Mann verfahren sollen. Aber Karol war stocksauer gewesen. Erstens weil der Typ ihn mit Sicherheit mindestens halb totgeschlagen hätte, wenn er wehrlos gewesen wäre, zweitens weil der Typ ein hirnloses Arschloch war.

Das auf der Brust eintätowierte Monogramm ABB bedeutete Arische Bruderschaft Berlin. Geklaut hatte die Schlägerbande die Idee aus US-Gefängnissen, wo sich weißhäutige Mörder Aryan Brotherhood nannten, ihre muskulösen Körper mit Hakenkreuzen verzierten und sich gegen den Rest der eingeknasteten Welt verbündeten.

Falls der Hüne den zertrümmerten Kehlkopf überlebte, würde er mit seinen arischen Brüdern Jagd auf ihn machen. Kaum einer von denen hatte Arbeit, die meisten lebten von Sozialhilfe. Sie würden sehr gründlich nach ihm suchen, denn sie hatten viel Zeit.

Und drittens war Karol von dem Schmetterling maßlos enttäuscht. Klar, sie hatte gedacht, er wäre hinter ihr her gewesen. Vielleicht hatte sie auch schon mal jemand während eines ihrer Nachtflüge durch die City überfallen. Aber wie sie eben vor ihm durch die dunkle Allee geflattert war, hatte Karol sich mit ihr auf magische Art verbunden gefühlt. Er hatte ihr diese ausgelebte Unbekümmertheit so sehr gegönnt, und sie hatte sich die Schwerelosigkeit erlauben können, denn sie stand unter seinem Schutz. Sie war unantastbar. Und dann das. In den offenen Hals hätte sie ihm am liebsten gepisst. Die Sache war auf sehr unschöne Art eskaliert.

Vor drei Jahren, als er damit begonnen hatte, freitags und samstags die Nächte von dreiundzwanzig Uhr bis morgens um sechs in der Ringbahn zu verbringen, war er nur daran interessiert gewesen, seine Schlaflosigkeit und seine Knieschmerzen zu vergessen. Aber weil die Ringbahn an den Wochentagen zwischen eins und vier stillstand, beschloss Karol, diese Stunden im U-Bahn-Netz zu verbringen. Er stieg an irgendwelchen Stationen ein, an den Endstationen wieder aus und fuhr mit dem nächsten Zug in die entgegengesetzte Richtung zurück.

Er lernte jede Berliner Bahnstation kennen und sah Tausende von jungen Frauen, die allein in den Zügen und auf den Bahnsteigen unterwegs waren, und er wunderte sich, dass offenbar gar nicht so viel Schlimmes mit ihnen geschah. Jedenfalls las er auf den Zeitungsseiten, die er in Mülleimern oder auf Bahnsitzen fand, nur selten Artikel über Attacken gegen junge Frauen, die nachts von Bahnstationen auf dem Nachhauseweg waren.

Dann aber sah er eines Morgens in Hasans Kiosk auf der Titelseite der BZ den fetten Aufmacher vom Mord an einer achtzehnjährigen Abiturientin. Nach einer Party hatte sie die U5 in Wuhletal verlassen und war zweihundert Meter vor dem Haus ihrer Eltern tot aufgefunden worden. Auf den Bildern der Überwachungskameras konnte man sehen, wie der mutmaßliche Täter das Mädchen schon am Bahnhof Frankfurter Allee ins Visier genommen hatte.

Nachdem Karol den Artikel mehrfach gelesen hatte, entschloss er sich, von nun an in den Stunden zwischen eins und vier junge Frauen ohne deren Wissen zu observieren, bis sie ihr Ziel erreicht hatten.

Bereits nach sieben Nächten war aus diesem Zeitvertreib eine Besessenheit geworden, die in ihm die Leere auffüllte, die er brunnentief in sich gespürt hatte, seit er ein Krüppel war.

Jede seiner Begleitaktionen dokumentierte er mit Datum, Uhrzeit und den entsprechenden Bahnstationen, und er machte stichwortartige Notizen über Männer, die ihm verdächtig vorkamen. Über ihr Äußeres, über die Bahnsteige, auf denen sie herumstanden, und darüber, welche Züge sie bestiegen. Ihm war natürlich von vornherein klar, dass diese Zweitexistenz als Schutzengel für ihn nicht ungefährlich war. Wenn Frauen, die er zwangseskortierte, sein Verhalten falsch deuteten, wie es eben der Schmetterling getan hatte, und sie zur Polizei gingen. Wenn man ihn zur Fahndung ausschrieb und im Zuge der gegen ihn eingeleiteten Ermittlungen tatsächlich herausfand, wer er in Wirklichkeit war, dann wäre das sein Ende. Aber die Wahrscheinlichkeit, dass dies geschah, war nicht besonders groß.

Trotzdem musste er vorsichtig sein und unnötige Risiken vermeiden. Eine Maßnahme in diese Richtung war, dass er sich bei seinen nächtlichen Missionen mit der roten Fankappe und der auffälligen Hornbrille verkleidete. Jede Frau, die aufgefordert würde, den nächtlichen Verfolger zu beschreiben, der in der U-Bahn schon so seltsam geguckt hatte, würde sich immer zuerst an die Kappe und die Brille erinnern. Selbst auf den in mindestens zwei Metern Höhe angebrachten Überwachungskameras war sein Gesicht unter dem Schirm der Kappe vermutlich kaum zu erkennen.

Das Schema war immer das gleiche: Wenn junge Frauen allein aus der Bahn stiegen und von verdächtigen Männern verfolgt wurden, ging Karol im Abstand von etwa fünfzig Metern hinterher und ließ die Frauen nicht mehr aus den Augen, bis sie ihr Ziel erreicht hatten.

Als er eines Nachts einer Frau in Hoppegarten folgte, hörte er aus einer Grünanlage unterdrückte Hilfeschreie. Er eilte in den Park und fand unter dem Klettergerüst eines Spielplatzes ein heftig miteinander ringendes Paar. Der Mann lag auf der Frau, hielt mit der einen Hand ihren Mund zu und zerrte mit der anderen an ihrer Gürtelschnalle. Karol riss den Mann an den Haaren hoch und rammte ihm sein gesundes Knie in den Sack. Er zurrte die Handgelenke des etwa vierzigjährigen Täters mit Kabelbindern an einer Reckstange fest, zog ihm Turnschuhe, Hose und Boxershorts aus und steckte ihm eine halbvolle Limoflasche aus dem Mülleimer in den Arsch. Dann suchte er mit der weinenden Frau ihr Handy, das aus der Jeanstasche gerutscht war, als der Mann sie von der Straße zum Spielplatz gezerrt hatte.

Ein Stich fuhr in seine Brust. Seine Lunge verkrampfte. Er atmete so flach wie eine Schuhsohle. Er brauchte dringend Ruhe, er brauchte seinen Fernsehsessel. Nach vorn gebeugt blieb er stehen, stützte sich mit der Hand auf dem Oberschenkel seines gesunden Beins ab und keuchte wie ein altersschwacher Ochse, der einen festgefahrenen Karren aus dem Schlamm ziehen sollte.

Nach einigen Minuten löste sich der Krampf seiner Atemwege etwas, und er konnte langsam weitergehen. Er holte die Kappe aus dem Leinenbeutel und rieb den Schirm sorgfältig an seinem Sweatshirt ab. Er steuerte den Altkleidercontainer an, der neben dem Eingang zum Flüchtlingsdorf Tempelhof stand, und warf die von Fingerabdrücken befreite Kappe hinein. Er nahm Notizblock, Kuli und das Bündel Kabelbinder aus den Taschen und stopfte seinen Anorak hinterher. Die Kappe hatte er vor vier Jahren in einem Gebüsch neben dem Stadion »An der alten Försterei« in Köpenick gefunden, der Anorak stammte aus einem pakistanischen Ramschladen in Neukölln. Niemand würde jemals den Weg zu ihm zurückverfolgen können. Auch die arischen Brüder nicht.

Aber das steife Knie war natürlich verräterisch. Da der punkige Schmetterling sich von ihm verfolgt gefühlt hatte, würde die Frau ihn irgendwann mal kurz in ihrem Rücken bemerkt haben. Und dabei konnte sie gesehen haben, dass er hinkte. Oder aber sie war multitoxisch so zugeballert, dass sie es nicht mitbekommen hatte. Was aber eigentlich unwahrscheinlich war. Wenn sie der arischen Bruderschaft erzählte, dass ein Hinkebein ihren Kroko plattgemacht hatte, dann musste Karol seine junge Frauen eskortierende Zweitexistenz neu bedenken.

Aber um all diese Gedanken zu sortieren, brauchte er Ruhe. Und vorher sein Frühstück.

Wie jeden Morgen saß Hasan im Kiosk hinter dem Monitor des Notebooks und verfolgte Nachrichtentweets aus seiner Heimat. Neben dem Mauspad, auf dem seine Hand ruhte, stand ein kleines Radio, aus dem das Programm von B1 plätscherte.

Hasan war der einzige Mensch in Berlin, mit dem Karol regelmäßig redete. Nicht viel, aber regelmäßig. Hasan war fünfunddreißig Jahre alt und lebte seit neun Jahren in Deutschland. Er war freundlich und nicht neugierig. Denn er interessierte sich nicht für Berlin, er interessierte sich für Kurdistan, wo seine Mutter noch lebte und seine Großmutter väterlicherseits auch. Karol hatte ihn mal gefragt, aus welchem Teil des Kurdenlands seine Familie stamme, und Hasan hatte geantwortet, das Dorf liege im Nordirak nahe der Grenze zum Iran.

Den Kiosk, der rund um die Uhr geöffnet war, betrieb er zusammen mit seinem Bruder und einem Vetter in drei Acht-Stunden-Schichten. Hasan machte immer die Schicht von vier Uhr bis mittags um zwölf. Jeden Morgen, meist gegen halb sieben, betrat Karol den Kiosk und setzte sich auf einen der beiden Klappstühle, die neben dem Metalltischchen standen.

Hasan schaute von seinem Monitor auf, zapfte eine Tasse Kaffee aus einem Warmhaltespeicher und stellte sie vor seinen Stammgast.

»Danke, Hasan«, sagte Karol.

Hasan lächelte und zog eine Dose Ölsardinen aus seinem facettenreichen Sortiment, steckte den Zeigefinger in die Öse und öffnete sie mit geübter Grazie. Er drapierte sie neben einem Sesamring auf einem ornamentierten Teller, umwickelte eine Gabel mit einer Serviette und servierte. Karol aß und trank. Er schaute mit trägem Blick auf die drei Titelseiten der deutschsprachigen Blätter, die neben ein paar arabischen Magazinen in Hasans Zeitungsständer steckten. Würden darauf morgen früh die Aufmacher den gewaltsamen Tod des arischen Bruders

Kroko in die Welt hinausposaunen? Karol schloss die Augen. Grelle Rottöne tanzten einen wilden Tanz mit gezacktem Gelb, waberten unrhythmisch wie eine ausgeleierte Herzklappe zwischen Horizont und Vordergrund.

Karol legte den obligatorischen Fünf-Euro-Schein auf die schmale Verkaufstheke. »Stimmt so.«

Ohne den Blick vom Monitor abzuwenden, erwiderte Hasan: »Schöne Tag noch.«

Karol war erleichtert, als er endlich den Schlüssel ins Haustürschloss steckte. Er betrat das Treppenhaus und drückte auf den rot leuchtenden Knopf, der mit lautem Klacken die Treppenhausbeleuchtung erstrahlen ließ. Das tat er heute zum ersten Mal seit drei Jahren. Aber heute war der Tag, an dem er alle seine eingefahrenen Rituale einer grundsätzlichen Sinnhaftigkeitsprüfung unterziehen musste.

Karol stieg die Treppe hoch, Stufe für Stufe, das gesunde Bein zuerst, dann das steife hinterher. Er betrat seine Wohnung und ließ die Badewanne volllaufen. Er rührte einen guten Schuss Latschenkiefernextrakt unter und senkte seinen Körper in den dampfenden Sud.

Er erwachte, als er im kalten Wasser zu frieren begann. Er zog den Stöpsel, stemmte sich hoch und griff zum Handtuch. Er putzte sich die Zähne, zog seinen Jogginganzug aus chinesischer Baumwolle an, wickelte sich in zwei übereinandergelegte Vliesdecken und lehnte sich in seinen Fernsehsessel zurück. Nach drei Stunden stand er auf, schob zwei Scheiben in den Toaster und erhitzte Wasser im Elektrokocher. Er legte eine dicke Scheibe Käse zwischen die gerösteten Brotscheiben und schüttete kochendes Wasser über einen Teebeutel.

Er hatte nun einen Plan A und einen Plan B. Welchen der beiden er in Angriff nehmen würde, entschied sich morgen früh in Hasans Kiosk, nachdem er die druckfrischen Tageszeitungen durchgeblättert hatte. Wenn nichts über die Attacke gegen den arischen Bruder drinstand, würde Karol die S1 oder die S7 nehmen und zum Wannsee rausfahren. Er würde ein kleines

Kajütboot chartern und mit gutmütigen dreißig Pferdestärken auf der Schraube eine Woche lang die Havel rauf- und runterschippern. Das hatte er immer schon mal vorgehabt. Er würde genug Zeit haben, um zu überlegen, wie sein Leben weitergehen könnte. Ob er weiterhin ein Schutzengel sein wollte. Ob er seine nächtliche Mission in absehbarer Zeit mit neuem Outfit wieder aufnehmen sollte. Er könnte sich einen buschigen Schnäuzer unter seine Nase kleben, er könnte einen jagdgrünen Trachtenjanker mit Lederherzen auf den Ellenbogen tragen und die New York Times lesen.

Natürlich würde er die Gegend zwischen Messegelände, Olympia-Stadion, Westend und Westkreuz meiden. Vielleicht aber kam ihm ja während der langen Stunden auf der Havel eine ganz neue Idee, wie er zukünftig junge Frauen unauffällig auf ihren nächtlichen Heimwegen beschützen könnte. Das war Plan A.

Die nächsten Stunden verbrachte Karol im Dämmerzustand vor dem eingeschalteten Fernseher. Er fand nicht die Kraft, aus dem wärmenden Sessel aufzustehen, sich die beiden Hanteln zu greifen und sein Trainingsprogramm durchzuziehen. Wenn der Hunger größer wurde als das Bedürfnis, mit abgeschaltetem Hirn zwischen Ohnmacht und Tagtraum hin- und herzupendeln, griff er zu den Bananen, die er neben sich auf dem ausklappbaren Snacktablett deponiert hatte. Um fünf Uhr morgens stand er auf, zog Jeans, Sweatshirt und Turnschuhe an und verließ sein Apartment. Das Licht im Treppenhaus schaltete er ein. Er wollte jedes Risiko, sich zu verletzen, vermeiden, denn er spürte, dass er seinem Körper und seinen Sinnen in nächster Zeit unter Umständen einiges zumuten musste.

Die Straßen waren menschenleer, ein paar Vögel zwitscherten, und im Osten zog der schwarze Himmel einen hellgrauen Vorhang unendlich langsam hinter den Häuserblocks in die Höhe. Karol betrat den Kiosk und setzte sich auf seinen Stammplatz. Hasan schaute vom Monitor auf und zapfte Kaffee in eine Tasse. Karol wandte den Blick zum Zeitungsständer.

Alle drei Boulevardblätter titelten mit derselben Story. MORD AN MAKLERIN (29).

Es gab viele neunundzwanzigjährige Maklerinnen in Deutschland, die letzte Nacht hätten ermordet werden können, aber Karol wusste sofort, dass die Tote die elegante Dame war, die gestern Morgen gegen zwei Uhr an der Mohrenstraße in die U2 gestiegen war, die innerlich so aufgewühlt gewirkt hatte, deren Handy mit der Fanfare »We Are the Champions« alle Mitreisenden für Momente aus der morgendlichen Lethargie gerissen hatte.

Als Hasan die Tasse Kaffee vor ihm abgestellt hatte, stand Karol langsam auf und nahm die drei Zeitungen aus dem Ständer. Auf zweien war ein Foto der Toten abgedruckt, das Karols letzten Rest von Zweifel zerbröselte. Das Mordopfer war eindeutig die gut gekleidete Dame aus der U2 Richtung Ruhleben, die ihm in die Augen geschaut hatte, bevor der Zug sich am Theodor-Heuss-Platz in Bewegung setzte und im Tunnel verschwand. Die BZ brachte auf Seite drei eine große Story über den gewaltsamen Tod von Petra S. Der Täter hatte ihr demnach vor einem Mehrfamilienhaus in der Marathonallee aufgelauert und sie im Treppenhaus vergewaltigt und erwürgt oder umgekehrt. Die Reihenfolge würde die Rechtsmedizin feststellen. Auch ob verwertbare DNA-Spuren am Tatort gefunden wurden, wollte die Polizei weder bestätigen noch dementieren.

Rechts unten auf der Seite war ein Foto abgedruckt, aufgezeichnet von einer Überwachungskamera aus der U2, die Petra S. kurz vor ihrem Tod an der Haltestelle Neu-Westend verlassen hatte. Es zeigte einen Mann in olivgrüner Jacke mit einer roten Fußballfan-Kappe auf dem Kopf. Die Hautfarbe war vom Neonlicht in der Bahn gelblich überstrahlt, und sein Dreitagebart trat kräftiger hervor, als es Karol vorkam, wenn er morgens in den Spiegel schaute und mit dem Bartschneider daran herumschabte. Man konnte die Brille auf seiner Nase erkennen, aber das Gesicht blieb ohne genaue Konturen. Hasan brachte die Ölsardinen und den Sesamring zum Tisch. Er schaute auf den Artikel, der vor Karol lag.

»War gestern schon im Radio«, sagte er, »Frau getötet in Charlottenburg. Hoffentlich war der Täter kein Kurde.« Er betrachtete das Foto der Überwachungskamera. »Kann man nicht sagen bei dem Foto. Kann Ausländer sein, kann Deutscher sein. Nur kein Neger.«

Er lächelte und setzte sich wieder hinter seinen Monitor.

Unter dem Foto stand nicht, dass es sich bei dem Mann um den Tatverdächtigen handele, sondern nur, dass im Zusammenhang mit der Bluttat nach ihm gefahndet werde. Zeugen, die den Abgebildeten in der Tatnacht gesehen hatten oder die irgendetwas zu dessen Identifizierung beitragen konnten, wurden aufgefordert, sich bei der zuständigen Kriminalinspektion, deren Telefonnummer und E-Mail-Adresse angegeben war, umgehend zu melden.

Karol schaute von der Zeitung auf und zur Glastür, durch die fahles Morgenlicht in den Kiosk fiel. Draußen begann der Tag in Berlin. Unzählige Bahnkunden würden gerade diesen Artikel lesen und sich anschließend bei der Kripo melden, denn in den vergangenen tausend Nächten hatte Karol stundenlang in den S- und U-Bahnen Berlin verbracht. Immer hatte er die rote Fankappe vom 1. FC Union Berlin, die zu große Brille mit der hellbraunen Fassung aus Hornimitat und den olivgrünen Anorak angehabt. Er musste sehr vielen Menschen aufgefallen sein. Auch einer der arischen Brüder würde das Foto in der Zeitung entdecken und bei seinem ausgeknockten Kumpel nachfragen, ob es dieser Frauenmörder mit der roten Kappe der Eisernen gewesen sei, der ihm den Kehlkopf püriert hatte.

Morgen würde das Ergebnis der ersten Zeugenbefragungen veröffentlich werden. Irgendeinem der Zeugen würde mit Sicherheit aufgefallen sein, dass er humpelte. Dann würde ihm kein neues Outfit mehr nützen. Wenn er sich das Handicap vor drei Jahren ausgedacht hätte und es in Verbindung mit der roten Kappe, der auffälligen Brille und dem Dreitagebart als Tarnung eingesetzt hätte, wäre er jetzt auf der sicheren Seite. Aber leider war das Humpeln keine Tarnung. Er konnte es nicht abstellen. Sein rechtes Knie war steif.

Karol las mehrfach jedes Wort, das in den drei Zeitungen über den Mord abgedruckt war. Petra S. war an der Haltestelle Neu-Westend ausgestiegen, eine Station nach Theodor-Heuss-Platz, wo er die Bahn verlassen hatte. Wieso fahndete man nach ihm mit dem Foto der Überwachungskamera? Er war ihr nicht nachgegangen. Leider nicht. Sonst wäre sie noch am Leben. War er jemandem so verdächtig vorgekommen, dass dieser Mensch sich sofort bei der Polizei gemeldet hatte, nachdem er von dem Mord im Radio erfahren hatte?

Der Kaffee war kalt geworden. Karol aß die Sardinen und den Sesamring, dann nahm er sich die Zeitungen noch mal vor und suchte sie Spalte für Spalte nach einer Meldung über eine Schlägerei in der Nähe des Messegeländes ab. Es gab nicht mal eine kleine Notiz. Das schien darauf hinzuweisen, dass Karols Faustkante den Hünen offenbar nicht lebensgefährlich verletzt hatte.

Karol faltete die Zeitungen zusammen und ging damit zu der Verkaufsvitrine. Er legte einen Zehn-Euro-Schein auf die Geldschale. »Stimmt so.«

Hasan schaute hin und zog die Augenbrauen hoch. »Danke, Mister.«

»Ich hab einen neuen Job bekommen, in Panama«, sagte Karol. »Die nächste Zeit werde ich nicht mehr bei dir frühstücken.«

»Was machst du in Panama?«

»Hightech.«

»Aha. Hightech.«

»Installationen und so weiter.«

Hasan fummelte einen Papierstreifen aus seiner Kasse, auf dem sein Name und eine Handynummer abgedruckt waren. »Wenn es Jobs für mich gibt in Panama, ruf an.«

»Mache ich.«

Karol steckte den Papierstreifen in die Hosentasche, nickte Hasan zu und verließ den Kiosk. Jetzt war Plan B angesagt.

Er ging nach Hause und packte seine Kleidung und seine vollgeschriebenen Notizbücher in zwei Reisetaschen. Er zog sich dünne Putzhandschuhe an und begann das Apartment zu reinigen. Er ließ sich viel Zeit damit. Jede Stelle, an der Fingerabdrücke von ihm hätten sein können, wischte er mehrfach mit einem Lappen ab, den er immer wieder mit Waschbenzin tränkte. Um vier Uhr nachmittags war er fertig.

Er schüttete den Inhalt zweier Dosen Ravioli in Tomatensoße in eine Pfanne und erwärmte die Nahrung. Nach dem Essen stutzte er mit dem Bartschneider seine Haare auf die Länge von einem Zentimeter und rasierte seinen Dreitagebart ab. Dann setzte er sich ein letztes Mal in den Fernsehsessel. Er ließ die Beinablage hoch- und runterfahren, er veränderte die Neigung der Rücklehne und lächelte dabei. Dann döste er weg und wachte gegen dreiundzwanzig Uhr wieder auf. Seine innere Uhr sagte ihm, nun sei es Zeit aufzubrechen, um gegen dreiundzwanzig Uhr fünfundvierzig in der Ringbahn zu sitzen. Die innere Uhr würde sich umstellen müssen.

Er erhob sich aus dem Sessel, und im selben Moment vermisste er ihn schon. Seine erste Investition in seiner nächsten Bleibe würde der Kauf eines solchen Möbelstücks sein.

Mit einem Schraubenzieher hebelte Karol die Bodenplatte des eingebauten Kleiderschranks hoch, ergriff die Geldscheine, die darunter lagen, und zählte dreißig Fünfziger ab. Die tausendfünfhundert Euro legte er auf den Tisch neben seine Wohnungsschlüssel. Er spülte die Pfanne, stopfte die Putzlappen und die Konservendosen in den Müllsack und knotete ihn zu. Er nahm den Mietvertrag aus der Besteckschublade, öffnete die Tür zum Treppenhaus und lauschte hinaus.

Er drückte den Lichtschalter und zog die Tür zu seiner Wohnung hinter sich ins Schloss. Er zog die Putzhandschuhe aus und verließ das Haus mit dem Sack Müll in der Hand und den Riemen der beiden Reisetaschen über den Schultern.

Am Ufer des Landwehrkanals nickte er der Bank zu, auf der er sich drei Jahre lang jede Nacht in einen Schutzengel verwandelt hatte. Wehmut kam nicht in ihm auf. Seit er sich für Plan B entschieden hatte, war es ihm nicht schwergefallen, mit dieser Epoche seines Lebens abzuschließen. Es war nicht das erste Mal, dass sein Lebensweg eine komplett neue Richtung einschlug.

An der Haltestelle Schönleinstraße stopfte er den Müllsack in einen Abfalleimer und stieg in die U8. An der Hermannstraße wechselte er in seine geliebte S42, die er aber schon am Ostkreuz wieder verließ. Mit der S7 erreichte er kurz vor Mitternacht den Potsdamer Hauptbahnhof. Falls man tatsächlich schon nach einem mordenden Hinkebein fahndete, war die Wahrscheinlichkeit größer, dass er am Berliner Hauptbahnhof auffiel als in Potsdam. Das dachte Karol jedenfalls.

Er schaute sich in der Vorhalle des Bahnhofs nach dem Ticketschalter um und erschrak, als er sich plötzlich in der Scheibe eines Schaufensters gegenüberstand. Mit Bürstenschnitt und glatt rasiert, den kräftigen Oberkörper in die dunkelgraue Kapuzenjacke gepackt, sah er eher nach einem amerikanischen Elitesoldaten aus als nach jenem Rotkäppchen mit der Hornbrille, dessen Foto heute in der Zeitung abgedruckt war.

Karol holte den Mietvertrag aus der Jackentasche und ging zu den sechs öffentlichen Telefonen, die an der Wand neben den Toiletten hingen. Er warf einen Euro in den Schlitz und wählte. Nach einiger Zeit meldete sich der Anrufbeantworter mit einer asiatischen Frauenstimme, die hektisch einen Text aufsagte, der irgendwann von einem Piepton unterbrochen wurde.

»Peter Müller, Apartmentmieter in der Wartenburgstraße 17«, sagte Karol. »Ich kündige ab sofort. Drei Monatsmieten und der Schlüssel liegen auf dem Tisch. Alles, was noch in der Wohnung ist, gehört Ihnen. Danke schön, auf Wiedersehen.«

Er hängte den Hörer in die Halterung, schloss sich in einer Toilette ein und zerriss den Mietvertrag in kleine Schnipsel, die er in die Kloschüssel rieseln ließ. Er zog ab, wusch sich die Hände, steckte sie in den Turbotrockner und ging zum Fahrkartenautomaten. Als Fahrziel tippte er »Hauptbahnhof Dortmund« ein und schob zwei Fünfzig-Euro-Scheine in den Schlitz. Ein paar Münzen Wechselgeld plumpsten mit dem Ticket in das Ausgabefach.

Auf Gleis 3 bestieg Karol den ICE 948 und wählte einen Fensterplatz im fast leeren Großraumwagen Nummer 5. Die beiden Reisetaschen verstaute er auf der Ablage über dem Fenster und setzte sich. Er streckte sein rechtes Bein aus und legte die Hand auf das steife Knie. Nach dem ganzen Stress hatte er sich eine mehrstündige Ruhepause redlich verdient. Pünktlich um null Uhr zwanzig fuhr der Zug los.

4

Von den Wänden bröckelte Putz, vor den Wohnungstüren stapelte sich Altpapier neben leeren Flaschen und vollen Mülltüten. Niemand hielt sich an den Putzplan, der unten aushing. Schon bei seinem Einzug waren die meisten Lampen der Treppenhausbeleuchtung kaputt gewesen, und daran hatte sich nichts geändert im Laufe der vergangenen zwei Jahre.

Im Halbdunkel stieg Timo Neufert die ausgetretenen Treppenstufen hinunter und zog angeekelt die Finger vom Handlauf, denn er hatte in einen frischen Kaugummi gegriffen, der an der Unterseite klebte. Jetzt klebte der Kaugummi an seiner Fingerkuppe und ließ sich nicht mehr so leicht davon entfernen. Das eklige Zeug zog Fäden und klebte nun auch noch an der Innenfläche seiner anderen Hand. Er hasste dieses Haus. Er hasste Köln-Bickendorf. Aber ganz besonders hasste er dieses Treppenhaus. Jedes Mal bevor er sein Apartment im obersten Stock verließ, öffnete er die Tür einen Spalt und lauschte. Nur wenn er nichts hörte, trat er auf den Flur hinaus. Er wollte niemanden seiner Mitbewohner sehen, diese Versager, Schmarotzer, Säufer und Asylbetrüger. Das ganze Pack widerte ihn an. Er hasste sie alle. Und er hasste sich selbst in diesem verkommenen Bau. Er hasste sich, weil er fünfundzwanzig Jahre alt war und in so einem Saustall hauste. Das hätte nicht sein müssen, absolut nicht.

Er passierte im Erdgeschoss die aufgebrochenen und verbeulten Briefkästen und stieg die Treppe weiter runter ins stockfinstere Untergeschoss. Er schnallte sich seine Camping-Lampe an die Stirn und schlich durch den Gestank von Rattengift und Pisse zu seinem Keller. Er öffnete das Zahlenschloss und schob sich in den doppelbettgroßen Verschlag. Ein paar Umzugskartons, ein alter Computer, eine Stehlampe und ein Stuhl, den man auf dem Flohmarkt als Antiquität hätte anbieten können, wenn ihm nicht ein Bein fehlte. Das war die Tarnung, über die er stieg, um zur hinteren Wand zu gelangen. Er legte die Fußmatten aus seinem in der Schrottpresse komprimierten Renault Clio zur Seite und öffnete den Deckel des alten Werkzeugkastens, den er darunter deponiert hatte. Er wühlte sich durch Schraubenschlüssel und Zangen und umfasste das in einen Frotteelappen gewickelte Stück Metall. Er faltete den ölgetränkten Stoff auseinander und betrachtete seine P226. Sie war sein in Stahl gegossenes Symbol für Respekt, Zuverlässigkeit und Sicherheit. Er liebte die zinkgraue Pistole aus dem Hause SIG Sauer, er liebte sie, wie ein Kleinkind seinen Teddybären liebt. Wenn die Waffe nachts neben ihm auf dem Kopfkissen lag, dann schlief er wie ein Baby an der Mutterbrust. Seit aber Araya ab und zu bei ihm übernachtete, musste seine Siggi in den Kellerverschlag umziehen und dort darauf warten, dass Timo sie aus dem Werkzeugkasten holte und mit dem öligen Lappen polierte. Das tat er etwa dreimal die Woche.

Er ließ das leere Magazin herausspringen, pustete hinein und schob es wieder in den Griff. Zärtlich wie den Rücken eines Hamsters streichelte er den kurzen Lauf und hob die Pistole vor seine Augen. Er streckte den Arm aus, neigte den Kopf ein wenig, schloss das rechte Auge und schaute mit dem linken durch den milchigen Schein der Stirnlampe über Kimme und Korn. Er drückte ab. Klick. Lächelnd schnupperte er am Lauf.

Nach dem Rennen in Zandvoort im vorletzten Sommer hatte ihn ein holländischer Mechaniker gefragt, ob er Interesse an einer P226 MK 25 habe, für zweihundertfünfzig Euro würde er ihm das gute Stück überlassen, inklusive zweihundert Schuss 9 mm Parabellum. Timo hatte gezögert. Nicht weil er keinen Bock auf die coole Waffe gehabt hätte, sondern weil er nachdenken musste, wo er die zweihundertfünfzig abknapsen sollte. Denn die Steuerkette seines Clio musste vermutlich erneuert werden, und auch der Auspuff war um einige Dezibel lauter als ein gesundes Teil. Zweihundertfünfzig Euro sei ein Superpreis, drängte der Holländer, die Waffe stamme aus dem Bestand des niederländischen Heers und sei ein so gut wie unbenutzter Markenartikel. Der Preis war wirklich mehr als korrekt, das wusste Timo, und da ihm sofort ein paar potenzielle Interessenten einfielen, denen er die Waffe mit ordentlichem Aufschlag anbieten konnte, machte er den Deal. Vielleicht bekam er in Köln fünfhundert Euro für das Teil, und damit wäre der neue Auspuff für den Clio schon mal finanziert.

Timo hatte die Waffe vor der Rückfahrt in der Werkzeugkiste versteckt, und als er den Wagen in Bickendorf geparkt hatte, nahm er den kühlen Schatz in die rechte Hand und hielt sie in seiner Jackentasche fest umschlossen. Während er auf das hässliche Haus in der Nöckerstraße zuging, in dem sich sein Apartment befand, verspürte er plötzlich ganz deutlich so etwas wie eine magnetische Anziehung, die den Griff der Pistole mit seiner Handfläche für Sekunden verschmelzen ließ. Erklären konnte er sich dieses Phänomen nicht. Aber er sah darin ein Zeichen. Er sollte die Waffe nicht verkaufen. Er sollte sie behalten und sein zukünftiges Leben mit ihr planen.

In jener Nacht ging Timo um zwei Uhr auf die Hundewiese hinter den Häuserblocks, schob eine Patrone ins Magazin und feuerte auf den vollen Mond. Der Knall war so laut, dass in mehreren Fenstern der angrenzenden Wohnhäuser die Lichter angingen und sich augenblicklich die Balkone bevölkerten. Abgedeckt vom Nachtschatten, den die Parkhecke spendete, hastete Timo nach Hause, und als er die Wohnungstür hinter sich ins Schloss zog, jaulte das Martinshorn einer Polizeistreife am Haus vorbei.

Nach jenem für ihn überraschend lautstarken Erlebnis hatte Timo sein Schätzchen nur noch an Silvester aktiviert. Mit der Pistole, dem Ersatzmagazin, dem kleinen Pappkarton voller Munition, seiner Stabtaschenlampe, zwei Müllsäcken und einer Rolle Gewebeband im Rucksack war er gegen elf Uhr in nordwestlicher Richtung aus der Stadt zu einem Wäldchen geradelt, das er seit seiner Kindheit kannte. Dort gab es eine tote Eiche, deren Stamm in etwa drei Metern Höhe auf eine benachbarte

Kastanie abgesackt war. Das so entstandene schräge Tor hatte sich mit ineinander verwachsenen Ästen gefüllt, in denen Timo nach der Grundschule oft herumgeklettert war.

In der Silvesternacht hatte Timo das Fahrrad neben der Eiche abgestellt und die Taschenlampe mit dem Klebeband an einem Ast der Kastanie befestigt. Er richtete den Lichtkegel auf den oberen Teil des verrotteten Eichenstamms, entfernte sich zwölf Schritte, griff in die Pappschachtel und ließ die schlanken Projektile durch seine Finger gleiten. Er genoss den zarten Sound des klimpernden Metalls, obwohl die Patronen so kalt waren wie Eiszapfen. Er klickte das Magazin aus dem Griff und schob die Patronen hinein. Nachdem er auch das Ersatzmagazin gefüllt hatte, breitete er die beiden Müllsäcke neben sich auf dem modrigen Waldboden aus. Er hob seine Siggi und nahm den Lichtfleck ins Visier, den die Taschenlampe auf den toten Eichenstamm gelegt hatte. Seine Haut klebte fest am eisigen Griff der Waffe.

Die letzten Minuten des Jahres wurden zur Ewigkeit, bevor am Stadtrand endlich die ersten Raketen hochgingen und die ersten Böller krachten. Timo wartete, bis um Punkt vierundzwanzig Uhr in seiner Hosentasche das Handy vibrierte. Bis zehn zählen, Schuss, bis zehn zählen, Schuss, bis zehn zählen, Schuss, in diesem Rhythmus feuerte er die fünfzehn Projektile aus dem Magazin. Dann wechselte er die Magazine und schoss wieder fünfzehn Mal. Alle Kugeln trafen das morsche Eichenholz und verschwanden im Stamm.

Timo stand da und atmete tief in sich hinein. Adrenalin hatte jede seiner Körperzellen angenehm belebt, und nun tat sogar die eiskalte Luft seinen Lungenflügeln gut. Er sammelte die versprengten Patronenhülsen ein, machte die Taschenlampe von der Kastanie los und radelte auf den flackernden Teppich der explodierenden Feuerwerkskörper zu, der sich über die Stadt spannte.

Auf dieser Heimfahrt wurde Timo endgültig klar, dass der Holländer ihm die SIG Sauer nicht zufällig angeboten hatte. Es war der Plan einer Macht, deren Existenz er in sich verspürte. Es lag an ihm, nun die richtigen Entscheidungen zu treffen. Seine Siggi war die verlängerte Hand der Gerechtigkeit. Sie war dazu bestimmt, Blut mit Blut zu rächen. Timo schlug das ölige Tuch um seine Pistole, hangelte sich aus dem Kellerverschlag und stieg die Stufen hoch zu seinem Apartment. Ab heute würde weder Araya noch sonst wer das zweite Kopfkissen auf seinem Bett belegen, ab heute war dieser Platz für Siggi reserviert.

5

Tu-dumm, tu-dumm ... das Schlagen der Achsen auf den Bahnschwellen hörte sich im ICE deutlich eleganter an als in der Berliner Ringbahn. Gedämpft, abgehoben, entrückt. Um Viertel vor eins hatte der Intercity Potsdam verlassen. Gleich würde er auf leisen Kufen in den Wolfsburger Hauptbahnhof gleiten. Berlin lag eine gute Stunde hinter Karol Stanjek. Eine gute Stunde und sieben Jahre. Vier fette und drei magere.

Die fetten hatten mit Polen zu tun, die mageren mit Deutschland. Denn vor seiner Berliner Zeit hatte er in Danzig das Leben eines besessenen Asketen geführt. Nach dem Aufstehen um Punkt sieben eine Stunde Joggen am Strand, dann, egal bei welchem Wetter und zu welcher Jahreszeit, fünfzehn Minuten in der Ostsee geschwommen und anschließend gefrühstückt in der kleinen Pension, in der er langfristig ein Zimmer mit Meerblick gemietet hatte. Um neun mit dem Fahrrad ins Fitnessstudio, dort zwei Stunden an die Eisen, Pause mit Bananen, Äpfeln und Müsliriegeln, bis um zwölf Uhr der Boxclub aufmachte.

Angefangen hatte er mit normalem Boxen, dann kam Thaiboxen dazu, später machte er fast nur noch MMA. Bei den Cagefight-Events, an denen er teilnahm, gewann er im Mittelgewicht alle Kämpfe der Altersklasse Ü40. Bis auf den letzten, bei dem ihm ein Usbeke den Spaß an diesen Wettbewerben nachhaltig aus dem Skelett klöppelte.

Die Tage verbrachte Karol im Club. Erst nur als aktiver Sportler, dann auch als Trainer. Drei Stunden täglich brachte er Kindern und Jugendlichen die Grundlagen des Schlagens und Geschlagenwerdens bei. Er schlief, joggte und frühstückte in Brzeźno, Boxclub und Fitnessstudio befanden sich in der Plattenhaussiedlung von Wrzeszcz, die auf dem Weg zur Danziger Altstadt lag, in die Karol abends zu einem der Steakhäuser radelte.

Touristen aus aller Herren Länder überschwemmten tagsüber die Strände und nachts die restaurierte Altstadt. Viele der Gäste setzten Urlaub in Polen gleich mit Saufen von Wodka. Aber nur wenige Touristen hatten Erfahrungen mit Schnaps. Halbnackte torkelten mit Filmrissen durch die Altstadtgässchen, randalierende Nachtbarbesucher weigerten sich, ihre Zechen zu zahlen, Schnapsleichen übergaben sich in Hauseingängen und legten sich neben ihren Ergüssen schlafen.

Die überforderten Gastronomen und genervten Anwohner heuerten Karol und seine Kumpel aus den Boxclubs an, damit die furchtlosen Krieger rund um die Vergnügungsmeile für Ruhe und Ordnung sorgten. Karol sprach fließend Polnisch und Deutsch. Deutsch, weil es seine Muttersprache war, und Polnisch, weil er seit fünfzehn Jahren in Polen lebte, ausschließlich unter polnisch sprechenden Menschen. Er hatte noch einen leichten deutschen Akzent. Aber es gab viele Polen, die einen leichten deutschen Akzent hatten. Manche fanden es sogar sexy, und sie gewöhnten sich einen leichten deutschen Akzent an.

Da eine Menge der Betrunkenen aus Deutschland stammte, war es von Vorteil, dass Karol sie in ihrer Muttersprache beschwichtigen oder zurechtweisen konnte. Ein weiterer Vorteil war, dass Karol, seit er in der Hohen Tatra zusammengebrochen und am 14. September 2005 im Krankenhaus aus dem Koma aufgewacht war, keinen Tropfen Alkohol mehr zu sich genommen hatte. Falls es zu Handgemengen mit Betrunkenen kam, behielt er immer einen kühlen Kopf, auch noch um vier Uhr morgens, wenn einige seiner Kollegen selbst schon ordentlich betankt waren.

Die Truppe vom Boxclub schaffte es, den Kiez im Zaum zu halten, und der Ruf ihrer Professionalität verbreitete sich wie ein Lauffeuer. Da seit der Wende der Megakapitalismus wie eine Krake das Land an sich gerissen hatte, verlangten viele der neuen Superreichen, die ihre Milliarden in der zwielichtigen Sphäre von Korruption, krankhafter Gier und skrupelloser

Brutalität zusammengerafft hatten, nach Beschützern ihrer Familien, ihrer Besitztümer und ihrer selbst.

Mateusz Czarnecki, der die Danzig Werft AG mit Stahl und anderen Metallen aus Aserbaidschan belieferte, hatte Karol damals ein Angebot gemacht, das er nicht ablehnen konnte. Sein Kernjob bestand darin, mit einem 320er BMW, den er rund um die Uhr zur Verfügung gestellt bekam, die beiden Kinder der Czarneckis zur Schule zu bringen und mittags wieder abzuholen. Darüber hinaus bekam Karol montags einen Wochenplan, auf dem die Termine aufgelistet waren, die Czarnecki in seiner Begleitung wahrzunehmen gedachte. Karol parkte den BMW auf dem gesicherten Firmenparkplatz und setzte sich ans Steuer des gepanzerten Bentleys des Oligarchen, der hinter getönten Scheiben auf der Rückbank Platz nahm.

Vor seiner ersten Dienstfahrt klappte der neue Chef das Handschuhfach auf, holte eine Pistole heraus und fragte Karol, ob er damit umgehen könne. Karol zuckte mit den Achseln und erwiderte, er könne damit umgehen, dürfe es aber nicht. Am selben Tag noch war Karol in einem Sportschützenverein angemeldet und ballerte von nun an jeden Abend zwei Stunden auf Scheiben und Hirsche aus Pappe. Nach fünf Wochen hatte er den Sportschützenschein und eine weitere Woche später einen speziellen Waffenschein für Handfeuerwaffen und Jagdgewehre.

Es war schon eine seltsame Zeit mit Czarnecki und Konsorten. Die geschäftlichen Treffen fanden meist in abgelegenen Landgasthöfen statt. Auf dem Parkplatz fuhren vier bis sieben Luxuslimousinen vor, die jeweiligen Bodyguards geleiteten ihre Herren zum Eingang und lümmelten dann neben oder in ihren Dienstwagen herum. Man redete nicht miteinander. Checkte sich nur aus dem Augenwinkeln ab. Es hätte schließlich sein können, dass man in absehbarer Zeit aufeinander schießen müsste. Aber dazu kam es nicht.

Paweł, einer der hungrigen Jüngeren aus dem Boxclub, hatte die Idee, eine Firma zu gründen, die Karol und seine Kollegen zentral vermittelte, ihre Gagen tarifmäßig festlegte und sie vor allem vernünftig als Privatpatienten und auch gegen Berufsunfähigkeit und Tod versicherte. Karol blieb in Diensten des Stahlmagnaten, abrechnet aber wurden seine Leistungen von nun mit der neu gegründeten Firma PolSecur. Pawełs Idee funktionierte, bald hatte PolSecur fast fünfhundert Männer und Frauen unter Vertrag und eröffnete Filialen in allen großen Städten Polens.

Als der gute Ruf der polnischen Bodys ins nahe Deutschland rüberschwappte, stellte sich Karol der Herausforderung, mit elf Kollegen nach Berlin zu gehen, um den dortigen Markt für PolSecur auszuloten. Die Firma bot Politikern, Bankern, Lobbyisten und Unternehmern einen bisher nicht gekannten Service an. PolSecur vermietete perfekt ausgebildete Personenschützer im Paket mit gepanzerten Luxuslimousinen, nicht personenbezogen, sondern jeweils tageweise oder nur für bestimmte Termine. Der Vorteil war, dass mutmaßliche Attentäter oder Entführer sich nicht auf einen bestimmten Dienstwagen und eine bestimmte Begleitperson einstellen konnten. Eine durchgängige Observierung würde in jedem Falle äußerst schwierig sein. Der angesprochenen Klientel leuchtete dieses Modell ein, und die zwölf Limousinen von PolSecur waren sehr bald ausgebucht. Noch im selben Jahr expandierte Paweł auf fünfundzwanzig.

Karol, der aufgrund seiner perfekten Zweisprachigkeit eine Sonderstellung in der Firma genoss, verdiente damals achttausend Euro brutto, die PolSecur in Deutschland versteuern musste. Es landeten aber immer noch fast fünftausend Euro am Monatsende auf dem Girokonto, das Karol bei einer spanischen Bank im Internet eröffnet hatte. Er mietete eine schöne Wohnung im Bezirk Tiergarten, mit Tiefgaragenplatz, großem Balkon und Blick auf den Reichstag. Er trainierte in einem Gym mit Boxabteilung, besuchte nachts edle Clubs mit unverbindlichem Sexservice, schaute sich in der Alten Försterei die Heimspiele von Union Berlin an und machte einen tadellosen Job.

Eines Tages holte er Dr. Raymund Mertens von einem Meeting in der ägyptischen Botschaft ab. Der Jurist bat, ihn zum Innenministerium zu bringen. Dort wurde der FDP-Politiker, wie Karol unter der Hand von anderen Kunden erfahren hatte, als der mögliche neue Chef, also als kommender Bundesinnenminister, gehandelt. Der siebenundvierzigjährige freundliche Mann, den Karol schon mehrfach chauffiert hatte, saß im Fond des 500er Mercedes und tippte in sein Notebook, als er sich plötzlich leicht nach vorn beugte und flüsterte: »Bitte fahren Sie rechts ran. Mir ist nicht gut.«

Karol lenkte den Wagen auf den Bürgersteig neben der Einfahrt zu einem Parkhaus und drehte sich zu Mertens um. Der Mann war weiß im Gesicht, hatte die Augen halb geschlossen und röchelte leise.

»Soll ich Sie ins Krankenhaus bringen?«, fragte Karol.

»Nein, nein«, wehrte Mertens ab und reichte Karol sein Smartphone. »Suchen Sie bitte unter den Kontakten Frau Koll. Das ist meine Sekretärin.« Mertens unterbrach sich kurz, um durchzuatmen und dann einen neuen Ablauf zu nehmen. »Sagen Sie ihr, ich hätte eine ... eh ... Zahnwurzelentzündung ... ja, eine Zahnwurzelentzündung. Sie möchte bitte alle Termine bis ... bis morgen Mittag absagen.«

Als Karol diesen Auftrag ausgeführt hatte, flüsterte Mertens mit tonloser Stimme: »Grunewald, Undinestraße 37 bitte ... Da wohne ich.«

Karol gab den Straßennamen ins Navi ein und fuhr los. Er ließ den Blick nicht vom Rückspiegel und beobachtete, wie Mertens zusammensackte und nur noch vom Sicherheitsgurt so halbwegs in der Senkrechten gehalten wurde. Er lenkte den Mercedes in die Undinestraße und machte den Motor auf einem der fünf Stellplätze vor Haus Nummer 37 aus, einer alten Villa, in der sich drei Wohneinheiten befanden. Das Ehepaar Mertens besaß die obere, eine Maisonette über zwei Ebenen mit Dachterrasse, wie ihm Mertens irgendwann mal unaufgefordert mitgeteilt hatte. Karol stieg aus und öffnete die Tür zur Rückbank.

»Undinestraße 37«, sagte er.

Mertens atmete schwer, öffnete die Augen und orientierte sich.

»Vielen Dank«, murmelte er.

»Ich denke, ein Arzt sollte nach Ihnen schauen«, sagte Karol.

Mertens hob sein Smartphone, tippte aufs Display und hob es ans Ohr. Als sich jemand am anderen Ende meldete, räusperte er sich, um seiner Stimme etwas Volumen zu verleihen, und sagte: »Silke, Liebling, ich bin …«

Dann brach er ab und ließ das Handy sinken.

Karol nahm es ihm aus der Hand und sprach hinein: »Sind Sie Frau Mertens? … Mein Name ist Stanjek, Ihrem Mann geht es nicht gut. Er sitzt auf der Rückbank des Dienstwagens, vor Ihrem Haus in der Undinestraße … Okay. Dann bis gleich.«

Er klickte das Gespräch weg und reichte Mertens das mobile Telefon. »Ihre Frau kommt gleich«, sagte er. »Sie meint, ich solle Sie hochbringen.«

Dr. Mertens nickte schwach und versuchte in Richtung Tür zu rutschen. Karol löste den Sicherheitsgurt.

»Gibt es einen Aufzug im Haus?«

Mertens schüttelte den Kopf.

Karol beugte sich vor und legte den linken Arm um den Rücken des Juristen und schob die Hand unter dessen Achsel. Der Mann wog maximal fünfundachtzig Kilo. Karol hob ihn aus der Limousine, kickte mit der Ferse die Wagentür zu und schleppte den kraftlosen Körper zur Haustür. Mit unendlich träger Bewegung kramte Mertens einen Schlüssel aus seiner Jacketttasche und reichte ihn Karol.

Boden, Wände und Treppe des Treppenhauses waren aus hellem Marmor gestaltet. Karol trug den Hausherrn hoch in den zweiten Stock, schloss die Tür auf und hievte ihn über die Schwelle in den riesigen lichtdurchfluteten Wohnraum, der sich vor ihnen auftat. Rechts ein Küchenbereich aus Holz und Edelstahl, leicht versetzt daneben in einer Nische zwei Ohrensessel mit kleinen Tischchen davor, geradeaus eine gläserne

Fassade, durch die man auf die Terrasse hinaustreten konnte, links eine monströse Sitzgarnitur mit geschätzt fünfzehn, von anthrazitfarbenem Leinen umhüllten Sitzgelegenheiten, dahinter ein Regal voller Bücher, mindestens vier Meter breit und bis zur Decke hoch. Ganz rechts in der Ecke führte eine weiße Wendeltreppe durch ein rundes Loch in die obere Etage hoch. Karol legte Dr. Mertens auf einem der grauen Sofas ab, schob ihm ein Kissen unter den Hinterkopf und nahm schräg gegenüber von ihm in einem Sessel Platz.

»Vielen Dank«, hechelte Mertens. »Wenn Sie etwas zu trinken wollen oder sonst etwas: Bedienen Sie sich drüben am Kühlschrank.«

»Vielleicht würde Ihnen ein Glas Wasser guttun«, erwiderte Karol und erhob sich.

Auf dem Bord in der Küche standen dunkelgrüne Flaschen voller Heilwasser. Karol kam mit einer der Flaschen und zwei Gläsern zur Sitzgarnitur zurück. Er stellte die Gläser auf einen der Beistelltische und füllte sie mit Wasser.

Als er das Glas Dr. Mertens reichen wollte, rührte sich der FDP-Mann nicht mehr. Mit leeren, halb geöffneten Augen starrte er in Richtung Bücherregal. Karol stellte das Glas ab und legte die Hand an Mertens' Hals, kein Pochen, er suchte vergeblich nach dem Pulsschlag am Handgelenk und riss dann das Hemd des Mannes auf und legte sein Ohr an dessen Brust. Nichts. Karol kniete sich vors Sofa und presste mit beiden Händen in rhythmischen Stößen den Brustkorb. Immer wieder. Immer wieder.

»Komm jetzt!«, schrie er. »Komm jetzt!«

Und Mertens kam tatsächlich. Langsam und holprig begann das Herz wieder zu schlagen. Karol nahm sein Handy und rief den Notarzt an. Man solle sich bitte beeilen, ein zweites Mal würde er den Patienten vermutlich nicht retten können. Karol setzte sich neben Mertens und hielt dessen Hand. Der Puls war jetzt am Handgelenk wieder schwach zu spüren, und sein Brustkorb bewegte sich langsam auf und nieder. Da drehte sich ein Schlüssel im Wohnungsschloss, und Silke Mertens betrat den Raum. Sie trug eine weiße Bluse, einen grauen Rock und in der Hand das passende Sakko dazu. Ihr dunkelblondes Haar war zu einem Pferdeschwanz zusammengebunden und ihr makelloses Gesicht dezent geschminkt. Sie ließ ihre Jacke zu Boden fallen und stürmte zum Sofa. Sie kniete sich vor ihrem Mann nieder und ergriff seine Hand.

»Mein Gott, Raymund«, hauchte sie voller Sorge. »Was machst du nur für Sachen!«

Mertens reagierte nicht auf sie. Er lag da und atmete flach. Da wandte Silke Mertens ihren Blick zu Karol, der neben ihrem Mann auf dem Sofa saß.

»Was Ernstes?«, fragte sie.

Karol nickte. »Ich habe den Notarzt angerufen. Ihr Mann war eben weg.«

»Was meinen Sie mit ›weg‹?«

»Sein Herz hatte aufgehört zu schlagen.«

»Sie haben ihn zurückgeholt?«

»Ich denke, ja«, sagte Karol. »Vermutlich hatte er einen Herzinfarkt. Ich glaube, er braucht dringend eine OP.«

Silke schaute Karol genauer an. Es war etwas in ihrem Blick, das vieles vorwegnahm, was in den nächsten Monaten Wirklichkeit werden sollte.

»Danke«, sagte sie.

»Gehen Sie bitte zur Seite«, sagte Karol und federte aus dem Polster. »Er verlässt uns gerade wieder.«

Karol schob Frau Mertens zur Seite und bearbeitete wieder den Brustkorb ihres Mannes, bis die Rippen knackten. Zwischendurch meldete sich für Sekunden der Puls, dann aber verebbte er immer wieder. Es war harte Arbeit. Karols Hemd war schweißdurchtränkt. Frau Mertens biss sich auf die Finger und beobachtete die martialischen Rettungsversuche mit einer Mischung aus tiefer Sorge und noch tieferer Bewunderung im Blick. Als das Glockenspiel über der Wohnungstür ertönte, sprang sie auf, drückte den Öffner und schrie ins Treppenhaus: »Zweiter Stock! Beeilen Sie sich!«

An jenem Nachmittag vor fünf Jahren waren sich Silke und Karol zum ersten Mal begegnet, und vor drei Nächten hatte er wieder intensiv an diese ungewöhnliche Lady denken müssen, als sich die elegante junge Dame schräg gegenüber von ihm in der U2 niederließ und ihre kleine Reisetasche auf dem Schoß umklammerte. Petra S. (29), die erfolgreiche Maklerin, die kurz darauf ermordet wurde. Von einem Mann mit roter Fankappe und heller Hornbrille, wie in der Presse spekuliert wurde.

Ein Kellner mit einem Barwägelchen kam vorbei. Karol kaufte einen Kaffee und ein Päckchen mit drei Keksen. Die sonore Damenstimme aus dem Lautsprecher verkündete, dass der Zug keine Verspätung habe und in sechs Minuten Hannover erreichen werde.

Silke Mertens wurde Stammkundin bei PolSecur, und sie vereinbarte mit dem Disponenten, dass ausschließlich Karol Stanjek sie chauffierte und beschützte. Sie war eine vielseitig begabte Frau, auf deren Ratschläge und Beurteilungen man in bestimmten Kreisen offenbar großen Wert legte. Karol fuhr sie von Meeting zu Meeting, in Luxushotels, in den Schaltzentralen bekannter Unternehmen, in Bankpalästen oder Handelsmissionen.

Als Karol sie fragte, was sie konkret mache, antwortete sie, ihre Tätigkeit sei eine rein beratende. Eines Nachmittags, auf der Rückfahrt von einem Termin in Luckenwalde, forderte sie Karol auf, von der Landstraße in einen kleinen Forstweg abzubiegen, dem holprigen Pfad bis zu einem schlammigen Wendeplatz zu folgen und dort den Motor auszumachen. Den Blick vor sich in den Wald gerichtet, sagte sie: »Meinen Mann kenne ich seit dreiundzwanzig Jahren, ich war neunzehn, er vierundzwanzig. Wir waren –«

»Wenn ich ehrlich bin«, unterbrach sie Karol, »interessiert mich das nicht.«

Da schaute Silke ihn an und sagte: »Umso besser.«

Sie zog seinen Krawattenknoten runter und öffnete einen nach dem anderen die Knöpfe seines weißen Seidenhemds.

Über Monate lang verbanden sie von nun an das Nützliche mit dem Angenehmen. Wobei die Initiative immer von Silke auszugehen hatte. Sie befahl, und er gehorchte. Obwohl es Karol tatsächlich nicht interessierte, wie es um sie und ihren Mann, der mit einigen Stents in der Brust wieder sein altes Leben aufgenommen hatte, im Hinblick auf häusliche Intimitäten bestellt war, hatte Silke ab und zu das Bedürfnis, sich zu erklären. Wenn dies geschah, dann immer nachdem sie Sex gehabt hatten und die Verabschiedung anstand.

Sie habe jahrelang unverhütet mit ihrem Mann geschlafen, in der Hoffnung, mal eine Familie um sich zu haben. Aber es klappte nicht. Also pflegten beide ihre Karrieren und wurden ein Team, das sich achtete, sich gegenseitig unterstützte und auf eine entkörperte Weise auch liebte.

Silke bevorzugte ausgefallene Orte, um ihre lange im Verborgenen glühenden Phantasien auszuleben. Die Schutzhütte auf einem Golfplatz, die Besuchertoilette im Reichstagsgebäude, das Dach eines Parkhauses, eine fast leere Kinovorstellung am Nachmittag, der Stall, in dem sich die Pferde nach einem Poloturnier ausruhten, ein Zimmer im Stundenhotel, auf dessen Matratze sich vor ein paar Minuten noch zwei Stichjungen an einem Freier abgemüht hatten.

Es gab eine Menge zu tun für Karol. Aber er genoss es. Unabhängig davon, dass es sich bei Silke um eine Kundin handelte. Und die Kundin ist die Königin.

Als er eines Tages vor ihrem Haus in Grunewald hielt, blieb sie auf dem Beifahrersitz sitzen und ballte die Fäuste in ihrem Schoß.

»Was ist?«, fragte Karol.

»Ich gehe da jetzt nicht rein«, sagte sie.

»Wie meinst du das?«

»War nur ein Spaß«, antwortete sie mit einem schattigen Lächeln, stieg aus und verschwand in der Villa.

Als sie eines Nachts bei ihm in der Wohnung war, während sie offiziell in einem Hotel in Hannover logierte, schaute sie am Morgen auf ihr stumm geschaltetes Handy und sagte: »Er hat heute Nacht acht Mal angerufen. Das letzte Mal um fünf Uhr.«

Auf einer Fahrt durch die Innenstadt drehte sich Silke mehrfach um und stellte dann den Rückspiegel so ein, dass sie den nachfolgenden Verkehr im Blick hatte.

»Ich glaube, er ahnt etwas«, sagte sie. »Vielleicht lässt er uns beschatten.«

Nachdem sie eine Nacht in der Suite eines Hotels in Binz verbracht hatten, wo Silke als Gastrednerin beim Vorstandstreffen eines DAX-notierten Konzerns gebucht war, zog Karol sich um sechs Uhr morgens an, um zu der benachbarten Pension zu schleichen, in der PolSecur ihn einquartiert hatte. Als er sein Sakko vom Bügel nahm, erhob sich Silke aus dem Bett und kam zu ihm.

»Ich halte das nicht mehr aus«, sagte sie und küsste ihn. »Ich werde mit Raymund über die Scheidung reden.«

Drei Wochen später stieg sie vor der amerikanischen Botschaft in den Wagen. Als Karol die Limousine in den fließenden Verkehr einfädelte, sagte Silke: »Ich habe es nicht übers Herz gebracht.«

»Was?«

»Wenn ich ihn verlasse, ist das sein Ende. In jeder Hinsicht. Das weiß ich, und das weiß er.«

Karol schaute in den Rückspiegel, suchte ihren Blick und sagte: »Du musst ihn nicht verlassen.«

Es war an einem späten Vormittag im Juni. Silke hatte sich mit drei Geschäftsfreundinnen zu einer Runde über den Golfplatz in Gatow verabredet. Karol holte sich im Restaurant, das von den Golfern »Das Neunzehnte Loch« genannt wurde, aber offiziell »Birdie« hieß, einen Kaffee im Pappbecher und ging zurück auf den Parkplatz zu dem dunkelgrauen Audi A8, den ihm PolSecur heute zugeteilt hatte. Als er die rechte Hand an den Türgriff legte, standen drei Männer hinter ihm. Sie trugen schwarze Overalls, Lederhandschuhe und Mützen mit schmalen Sehschlitzen. Einer hielt Karol eine Kalaschnikow an den Kopf, der zweite nahm ihm den Wagenschlüssel aus der Hand, der dritte schoss ihm mit einer Pistole ins rechte Knie.

Vier Monate verbrachte Karol in Krankenhäusern und Reha-Kliniken. Sein Knie war nicht mehr zu retten. Der Fall »Golfplatz Gatow« wurde nie aufgeklärt. Auch der Presse waren ein gestohlener Audi und ein angeschossener polnischer Chauffeur nicht mehr wert als ein kleiner Artikel auf der vorletzten Seite. Vermutlich seien die Täter Osteuropäer, die sich auf den Diebstahl von Luxuskarossen spezialisiert hätten. Der Name Silke Mertens wurde nicht erwähnt, auch nicht verstümmelt als Silke M. (42). Die Sache stank zum Himmel. Aber die Ermittlungsbehörden hielten sich die Nasen zu. Dass es sich um Profis aus Osteuropa handelte, war Karol sofort klar, als er die Männer neben sich stehen sah. Aber Profis, die es auf Luxusfahrzeuge abgesehen haben, würden niemals den gepanzerten Wagen einer international agierenden Sicherheitsfirma stehlen. Denn Profis wussten, dass diese Fahrzeuge perfekt verwanzt und nicht so leicht zu dechiffrieren waren. Außerdem schossen Profis keinem Chauffeur ins Knie, der keinerlei Gegenwehr geleistet hatte. Entweder schossen sie ihm in den Kopf, oder sie schlugen ihn nieder. Meist aber sperrten sie ihn in den Kofferraum und schmissen ihn nach ein paar Kilometern auf einer einsamen Landstraße raus. Eine Woche später wurde der Audi in Litauen geortet und unbeschädigt nach Berlin zurückgeführt. Von den Tätern fehlte jede Spur.

Silke kam ihn zweimal in der Klinik besuchen. Später rief sie ihn in der Reha an und sagte, ihr Mann sei nach Brüssel ins Europaparlament berufen worden. Sie werde ihn begleiten. Und Karol werde sie auch dorthin begleiten. In ihren Träumen. Ihr Leben lang. Da zertrat Karol sein Handy und warf die Trümmer in den Scharmützelsee.

Die Versicherung, die Paweł für ihn abgeschlossen hatte,

zahlte die medizinische Versorgung und eine monatliche Invalidenrente in Höhe von 1458,66 Euro.

Der ICE hielt um zwanzig nach vier in Dortmund. Karol hängte sich die beiden Reisetaschen an die Schultern und verließ den Zug. Er setzte sich ins Bistro einer Backwarenkette, aß ein Käsebrötchen und trank eine Cola. Plan B war eigentlich immer mal wieder in ihm hochgeköchelt, aber die Vernunft hatte immer wieder das Feuer darunter erstickt. Seit dieser Plan B jedoch nun vor zwei Tagen mehr und mehr an Realität gewonnen hatte, traf ihn hier im Dortmunder Bahnhofsbistro plötzlich eine ziemliche Keule in den Magen. Sein Magen war immer schon das Organ gewesen, das sich gemeldet hatte, wenn er mit seinem Leben zu sorglos umgegangen war. Zum Beispiel in der Zeit, in der er bis zu drei Liter Wodka pro Tag getrunken und dazwischen ein halbes Paket selbst gedrehte schwarze Zigaretten geraucht hatte. Vielleicht war Cola im Moment nicht so ganz das richtige Getränk. Ein Kamillentee wäre vermutlich besser gewesen. Vielleicht lag es aber auch daran, dass er wieder sehr intensiv an Silke und Dr. Raymund Mertens gedacht hatte. Silke war sowieso die Frau in seinem Leben, an die er am zweitmeisten denken musste. Oder besser gesagt: am drittmeisten. Aber die dritte Frau war damals noch ein fünfjähriges Mädchen mit blonden Zöpfen gewesen. Er hatte sich oft vorgestellt, wie sie heute wohl aussehen würde. Eher wie er oder eher wie ihre Mutter?

Karol ging zum Fahrkartenautomaten und gab als Fahrziel »Köln Hbf.« ein. Was würde ihn in seiner alten Heimat erwarten? Würde er noch irgendetwas wiedererkennen? Außer dem Dom und dem Rhein? Um fünf vor sechs stieg Karol auf Gleis 11 in den ICE 813, planmäßige Ankunft in Köln um neun nach sieben.

6

Lotta Jefferson quetschte die letzten Tropfen aus der Shampooflasche und verteilte die schäumende Creme auf ihrem Kopf. Sie schloss die Augen und hob ihr Gesicht in die lauwarmen Wasserstrahlen, die der Duschkopf auf ihren Körper niederregnen ließ. Sie legte ihre Hände auf die kleine Wölbung über ihrem Bauchnabel und massierte sie leicht. Gestern war sie bei ihrer Frauenärztin gewesen. Obwohl Lotta gerade erst die zwölfte Schwangerschaftswoche hinter sich gebracht hatte, konnte man auf dem Monitor des Ultraschallscanners das kleine Wesen schon deutlich erkennen. Sogar das Profil des Menschleins zeichnete sich vor dem dunklen Fruchtwasser ab. Die Ärztin hatte ein kleines Schwarz-Weiß-Foto ausgedruckt und es ihr bei der Verabschiedung überreicht. Jetzt war es zu spät. Das fühlte Lotta, das wusste sie. Sie würde das Kind, das sich in ihrem Körper eingenistet hatte, zur Welt bringen. Egal wie blöd alles gelaufen war und wie schwer die Zukunft sich für sie und das Kind auch gestalten würde.

Oft hatte sie gehofft, das Problem würde sich auf natürliche Art und Weise in Luft auflösen. Wenn sie nachts allein mit Krämpfen im Bett gelegen und gedacht hatte, dies seien die Vorboten einer verspäteten Periode, oder wenn sie auf der Hohenzollernbrücke plötzlich vom Fahrrad absteigen musste, um sich über das Geländer in den Rhein zu übergeben. Oft hatte sie sich selbst verflucht, wenn sie Florian auf dem Flur im Präsidium oder in der Kantine begegnete. Oder wenn sie im Internet die Foren durchforschte, in denen alleinerziehende Mütter sich gegenseitig Ratschläge gaben. Lotta liebte Kinder, sie wollte irgendwann einmal ein ganzes Rudel davon haben. Aber doch jetzt noch nicht. Und nicht unter solchen Umständen. Sie war neunundzwanzig Jahre alt, und sie liebte ihren Beruf als Kommissarin.

Vor einem halben Jahr hatte sie sich von Florian getrennt, den sie während des dualen Studiums an der Fachhochschule für öffentliche Verwaltung kennengelernt hatte und der nach dem Bachelor ebenso wie sie bei der Kölner Kripo eingestellt worden war. Lotta hatte man der Kriminalpolizeiinspektion 2 zugeteilt, zuständig für organisiertes Verbrechen und Bandenkriminalität. Ein wichtiges Kriterium für ihre Aufnahme ins KK2 war, dass sie fließend Englisch und Italienisch sprach. Florian, im Studium der Starstudent in den theoretischen Fächern, hatte sich erfolgreich beim KK4 beworben und war nun zuständig für die Analyse und Auswertung von Einsätzen aller »Kommissariate« – wie im TV die Kriminalpolizeiinspektionen fälschlicherweise meist bezeichnet wurden.

Ihre Büros befanden sich im selben Gebäude, zum Glück nicht auf derselben Etage. Florian liebte sie immer noch. Erst vorgestern hatte er sie zu Hause angerufen und es ihr mal wieder gesagt. Dass sie ihn verlassen hatte, war für ihn mit Sicherheit die schlimmste Enttäuschung seines bisherigen Lebens gewesen. Wenn er jetzt aber noch erfahren musste, dass sie schwanger war, würde dies seinem hehren Frauenbild tiefe Risse zufügen. Er konnte ja nicht wissen, dass es bei einem One-Night-Stand passiert war, trotz des Einsatzes von Kondomen und zudem an einem eigentlich unbedenklichen Tag ihres Zyklus. Er würde ihr nicht glauben, wenn sie ihm erklärte, dass keine Liebe im Spiel gewesen war. Nur eine gewisse Anziehungskraft und ein sehr netter und unbeschwerter Abend in einer Hotelbar, an dem sie mal wieder so richtig gelacht und getanzt und einige Gläser Gin Tonic getrunken hatte. Florian würde das alles nicht verstehen. Deshalb würde sie ihm die genauen Umstände nicht schildern. Warum auch. Vielleicht in ein paar Jahren, wenn genügend Gras über seine Enttäuschung gewachsen und er glücklich verheiratet wäre.

Sie gönnte ihm alles Glück der Welt. Er war ein treuer Gefährte, ein kluger Kopf, ein verlässlicher Charakter, aber er war nicht der Mann, mit dem sie zusammen alt werden wollte. Er sah das anders. In der letzten Silvesternacht hatte er ihr in der Glaskuppel des Maritim Hotels einen Heiratsantrag gemacht. Als er gerade einen Brillantring, den seine Oma ihm hinterlassen hatte, an ihren rechten Fingerfinger stecken wollte, zog sie ihre Hand zurück und schüttelte den Kopf.

Diese Aktion hatte tiefschürfende Folgen für sie beide. Die Unbefangenheit war verflogen. Florian ließ Lotta seine Enttäuschung über die Zurückweisung oft durch versteckte Zickigkeiten spüren, und Lotta ärgerte, dass sie sich oft schuldlos schuldig fühlte an dem nun vermehrt von ihm zur Schau gestellten Selbstmitleid. Am Aschermittwoch hatte sie ihm beim Fischessen in der Malzmühle gesagt, dass sie ihn gern habe, aber nicht so sehr liebe, wie sie den Mann lieben sollte, mit dem man eine gemeinsame Zukunft plant.

Lotta frottierte sich ab und richtete die Düse des Föhns auf ihre brünetten Haare, die sie seit einigen Jahren als Bob trug, der etwa fünf Zentimeter oberhalb ihres Schlüsselbeins endete. Als die Haare angetrocknet waren, machte sie den Föhn aus, denn sie war zu ungeduldig, um das nervende Gebläse minutenlang um ihren Kopf kreisen lassen. Auch Schminke setzte sie nur sehr sparsam und kaum sichtbar auf den Lippen und um die Augen ein.

Sie zog ihre Jeans an und ließ den oberen Knopf offen. Das kam jetzt auch noch auf sie zu: Schwangerschaftskleidung. Ein Wort, das sie instinktiv hasste. Jogginghosen wuchsen mit im Bund, da gab es keine Probleme, aber dass sie jetzt Jeans mit einem elastischen Vorbau kaufen sollte, widerstrebte ihr massiv. Sie zog BH, T-Shirt und eine Kapuzenjacke an, steckte sich Handy und Portemonnaie in die Taschen und verließ ihre Wohnung.

Sie schob ihr Fahrrad aus dem Hinterhof und stellte es vor der Bäckerei ab, die sich im übernächsten Haus auf der Neusser Straße befand.

»Wat krisste, Mädche?«, fragte die stämmige Bedienung in der hellblauen Verkaufsschürze. Allein schon wegen dieses allmorgendlichen Spruchs liebte Lotta Nippes. Sie deutete auf das Objekt ihrer Begierde in der gläsernen Vitrine. »Da vorn das Brötchen mit Ei und einen Milchkaffee, bitte.«

»Setz disch schoma, Kind, isch bring et dir.«

Lotta setzte sich an den vorderen Tisch mit Blick zur gläsernen Front, durch die sie ihr Fahrrad im Blick hatte.

»Dann lass et dir schmecken, Liebsche«, sagte die Verkäuferin und stellte den Teller mit dem Brötchen und die Kaffeetasse vor Lotta ab.

Die junge Kommissarin lächelte. Fast hätte sie eine Träne verdrücken müssen. Schwangere Frauen neigen eben zur Rührseligkeit. Natürlich war ihre momentane Lebenssituation nicht optimal. Sie war schwanger, ihr Vater war tot, ihre Mutter und ihr Stiefvater auf Weltumseglung mit aktuellem Standort Borneo, und der Vater des Kindes in ihrem Bauch war ein Geschäftsmann aus Beirut, der sich ihr als Nabil vorgestellt hatte und der am Tag nach ihrer gemeinsamen Nacht in den Libanon zurückgeflogen war.

Vorgestern hatte sie sich von ihrem Kickbox-Lehrer auf unbestimmte Zeit verabschiedet.

»Was für ein Jammer«, hatte er charmant grinsend, aber nicht ohne ehrliche Wehmut gesagt. »In drei Jahren wärst du Deutsche Meisterin bei den Ü-Dreißigern.«

Lotta hatte zurückgegrinst und erwidert: »In drei Jahren kämpfe ich bei den Ü-Dreißigern um die Deutsche Meisterschaft, und mein Sohn sitzt im Publikum und feuert seine Mama an.«

Sie würde es heute ihrem Chef sagen. Sie war dazu verpflichtet. Wann genau, wusste sie gar nicht. Aber falls dem Ungeborenen bei einem Einsatz etwas zustoßen sollte, dann gab es bestimmt mächtig Ärger. Sie würde in Zukunft mit Sicherheit mehr am Schreibtisch sitzen, als bei Observierungen, Verfolgungen oder Festnahmen eingesetzt zu werden.

Polizeihauptkommissar Armin Köhler, ihr Chef, der in vier Jahren in Rente gehen würde, war ganz in Ordnung. Er dachte bestimmt, dass Florian und sie noch ein Paar seien. Vermutlich, um sie unter Druck zu setzen, hatte Florian sie auf der letzten Karnevalsparty ihrem Chef noch als seine Freundin vorgestellt, denn er spürte, dass sie sich seit Neujahr innerlich immer mehr von ihm entfernte.

Lotta biss in ihr Käsebrötchen und schlürfte Kaffee hinterher.

»Schmeckt et?«, tönte es von hinter dem Verkaufstresen.

»Sehr gut!«, rief Lotta zurück.

Wenn alle Stricke reißen sollten, würde sie diese Bäckereiverkäuferin als Tagesmutter für ihr Baby anheuern.

7

Der ICE 813 rollte in den Kölner Hauptbahnhof ein, die Türen pufften hydraulisch auf, und Karol betrat seit über zwanzig Jahren zum ersten Mal wieder den Boden seiner Heimatstadt. Oft hatte er versucht, sich vorzustellen, was dieser Moment wohl für Reaktionen in ihm auslösen könnte. Würden ihm Tränen der Rührung aus den Augen sprudeln? Würde eine Panikattacke ihn am Genick packen und seine Schweißdrüsen zu Sonderschichten zwingen? Würde er instinktiv nach auf ihn gerichteten Schnellfeuerwaffen Ausschau halten? All das blieb aus.

Karol stand da mit seinen beiden Reisetaschen unter den Achseln und fühlte sich ausgelaugt und fremd im eigenen Körper. Er brauchte schleunigst ein Zimmer, in dem er sein Gepäck deponieren und erst mal ein paar Stunden an die Decke stieren konnte, um das in ihm herumflatternde Inventar wieder einzufangen und in neue Schubladen und Regale zu sortieren.

Er hob den Blick und orientierte sich. An der Stirnseite der Bahnhofshalle prangte immer noch in der jugendstilartigen Konstruktion aus Glas und Stahl das riesige, in gelber Neonschrift gestaltete Logo von 4711, karpfenförmig umrandet von einem Geschenkband, das vorn versehen war mit einem schweineschwanzartigen Kringelschleifchen, das hinten ein Glöckchen bimmeln ließ. Darunter standen in türkisfarbener Blockschrift die Worte »ECHT KÖLNISCH WASSER«, hinter deren letzten vier Buchstaben der Dom hindurchschimmerte wie die scherenschnittartige Silhouette eines bizarr zerklüfteten Felsmassivs.

Karol stieg die Treppe hinab und lenkte seine Schritte durch die Massen der umherwieselnden Menschen in Richtung Breslauer Platz. Geschäfte, Boutiquen, unzählige Bistros und Schnellrestaurants hatten sich im Bauch des Bahnhofs breitgemacht. Alles wirkte bunter und belebter, als Karol es in Erinnerung hatte. Damals waren nur Reisende, Stricher und Taschendiebe im fahlen Neonlicht unterwegs gewesen, und zu essen gab es nur die legendären Mettwürste, grob oder fein. Offenbar kamen heutzutage auch normale Bürger zum Einkaufen oder Schnabulieren in den Bahnhof.

Neu waren auch die vielen Polizisten, die paarweise oder als Quartette Präsenz zeigten. Es waren nicht mehr die biederen Grünen Funken vergangener Zeiten, sondern dunkelblaue Epigonen von John Rambo. Die meisten von ihnen waren nicht viel älter als die Fahndungsfotos, mit denen einst bundesweit nach ihm gesucht worden war.

Karol trat auf den Breslauer Platz hinaus und musste erst mal nachdenken, wie es hier früher ausgesehen hatte. Denn was er sah, war ihm fremd. Wo sich früher Taxis geschlängelt hatten, erstreckte sich jetzt ein großer Fußgängerbereich, teilweise überdacht von einer monströsen Betonkonstruktion, durch die man zur U-Bahn hinuntersteigen konnte. Rechts verstellte ein blaues Kunststoffgewölbe mit einer großen Tafel darüber, die für die Aufführung des Musicals »Tanz der Vampire« warb, den Blick zum Rhein. Auch jenseits der Zubringerstraße war alles neu. Wo der alte Bunker neben dem Parkdeck gestanden hatte, war jetzt die verglaste Fassade eines eleganten Bürohauses, und an der Ecke Johannisstraße residierte nicht mehr der »Basler Hof«, sondern ein internationales Hotel mit dem kryptischen Namen »Wyndham«. All das löste keinerlei Heimatgefühle in Karol aus. Ebenso wenig wie das zwar milde, aber gräuliche Aprilwetter, das ihn auf der Bahnhofsrückseite im Empfang nahm und seinem rechten Knie einen schmerzhaften Stich versetzte.

Heimatgefühle stellten sich auch nicht ein, als er das rummelige Treiben hinter sich ließ und über den Zebrastreifen geradeaus in der Johannisstraße verschwand. Die Gegend war enorm aufgehübscht worden in den letzten beiden Jahrzehnten, sogar das unansehnliche Johannishaus, früher die wichtigste

Dienststelle Kölns, in dem man Personalausweise und Pässe beantragen musste, war dem Neubau des »Cologne Marriott Hotel« gewichen.

Karol bog ein in die Jakordenstraße, in der es noch ein paar kleine Hotels gab, aber auch die hatten fesch restaurierte Fassaden und ließen Fähnchen über den Eingängen flattern. Schmals diskrete Pension, in der Karol damals ab und zu untergekommen war, gab es natürlich nicht mehr. Nur noch schnieke kleine Herbergen mit Aushängen in mindestens acht Sprachen. Wenn Karols Knie nicht zu schmerzen begonnen und ihn das Gepäck nicht genervt hätte, wäre er sofort aus der City abgehauen und hätte sich ein Zimmer irgendwo am Stadtrand gesucht. So aber betrat er das kleine »Haus Oster« und fragte die Dame, die gerade mit schmutzigem Frühstücksgeschirr aus dem Gastraum kam, ob er für die Nacht ein Einzelzimmer haben könne.

Die Frau nickte. »Ab zwölf Uhr ist ein Zimmer frei. Wenn Sie wollen, können Sie Ihr Gepäck hierlassen.«

Da Karol nur abgetragene Kleidung und seine U-Bahn-Aufzeichnungen aus der Hauptstadt dabeihatte, kam er der Aufforderung nach und stellte seine beiden Reisetaschen in die Garderobenecke.

Er verließ das Hotel und spazierte Richtung Eigelstein. Als er in die schnurgerade Straße einbog und sich vor ihm der Blick bis hoch zum mittelalterlichen Tor auftat, musste er sich kurz am Schaufenster des großen Ramschladens an der Ecke Turiner Straße abstützen, denn sein Herz hatte heftig und unregelmäßig angefangen zu bummern. Verschüttete Erinnerungen katapultierten sich in sein Bewusstsein zurück und ließen seinen Körper vibrieren. Schritt für Schritt schlich er die beidseitig zugeparkte Einbahnstraße entlang, vorbei an der bunten Kette skurriler, extravaganter oder geschlossener Ladenlokale, unter die sich ein paar der gängigen Discounter gemogelt hatten. Die Kneipen waren noch dieselben wie früher. Beim Mäus, Nico's Kneipe, Eigel-Treff, Kajüte, Em Pötzje gab es schon damals, und ähnliche Damen wie damals schauten auch heute schon oder noch zu dieser frühen Stunde aus den Eingangstüren.

Vor Haus Nummer 118 blieb er stehen. Hier war früher die Pizzeria seiner Schwiegereltern gewesen, und darüber im ersten Stock hatte er mit Frau und Tochter gewohnt. Jetzt war in dem Ladenlokal ein Dönerimbiss, der laut Aushang um elf Uhr öffnen würde. Links neben dem Eingang zum Lokal befand sich in einer kleinen Nische die Tür zum Treppenhaus. Der Name »Foggentritt« stand auf der oberen der vier Klingelschilder. Karols Festplatte britzelte ... »Foggentritt« ... So hieß der Besitzer. Aber der wohnte damals nicht hier im Haus. Der kam nur immer am Monatsanfang vorbeispaziert, kassierte persönlich die Mieten, rauchte in der Pizzeria eine Nazionali ohne Filter, die Karols Schwiegervater ihm kredenzte, und trank dazu einen Espresso und einen Grappa. Herr Foggentritt war damals schon im Rentenalter gewesen, und somit war es sehr unwahrscheinlich, dass er hier die vierte Etage bezogen hatte. Vielleicht aber sein Sohn oder seine Tochter.

Karol drückte auf die Schelle. Niemand betätigte den Türöffner. War eigentlich auch gut so. Was hätte er die Foggentritts fragen sollen? Ob sie was von Marlena Sandini gehört hätten, die vor gut zwanzig Jahren Mieterin der Wohnung im ersten Stock gewesen war? Wenn der Alte tatsächlich noch lebte und sich noch an die Familie Sandini erinnerte, was könnte der Neunzigjährige dann antworten? *Marlena Sandini, die hübsche Tochter ... ja, an die erinnere ich mich noch ... Moment, da war doch was. Hatte die nicht ein Kind mit diesem Doppelmörder, der immer noch auf der Flucht ist?*

Zum Glück war der Türöffner der Foggentritts stumm geblieben.

Karol ging langsam weiter in Richtung Eigelsteintorburg. Das Weinhaus Vogel, in dem fast nur Bier getrunken wurde, gab es noch, aber in den früheren Räumlichkeiten des Kaufhauses Domstraße, »KaDe« genannt, vertrieb jetzt REWE sein bundesweit beworbenes Sortiment. An der Ecke Dagobertstraße hatte das BackWerk eine Filiale eröffnet, in der Karol einen Kaffee und eine warm gehaltene Minipizza konsumierte. Ein paar Meter weiter befand sich ein Kiosk, in dessen hinterem Bereich drei betagte Rechner auf einem Bord aus Pressspan ihr Gnadenbrot fristeten. Karol setzte sich hinter eins der Auslaufmodelle und knetete seine Finger durch.

Seit seiner Reha hatte Karol keine Computertastatur mehr berührt, aber aus seiner Zeit bei PolSecur wusste er natürlich noch, wie man sich im Internet bewegte. Damals schon hatte er in einsamen Nächten immer mal wieder den Namen »Sandini« bei Google eingegeben. Es gab weltweit Tausende Menschen mit diesem Namen, aber kein Eintrag hatte ihm die Tür zu seiner Ex-Frau geöffnet. Kurz vor seiner Flucht damals hatte er noch mitbekommen, dass sie und Marie in den Abruzzen untergekommen waren und geplant hatten, von dort weiterzureisen zu einer Tante, die in Catania auf Sizilien lebte. Aber im Internet gab es keinen Hinweis auf das, was sie in Italien gemacht hatten, weder in den Abruzzen noch auf Sizilien. Vermutlich war Marlena in einem Zeugenschutzprogramm gelandet und hatte eine neue Identität geschneidert bekommen.

Karol gab »Paolo Sandini« ein, und da gab es einen Eintrag, der durchaus mit Marlenas vier Jahre älterem Bruder in Verbindung stehen konnte. Auf der Homepage eines Pizzalieferservice am Nordring 40 in Pulheim bei Köln war ein Paolo Sandini als Eigentümer aufgeführt. Karol notierte Adresse und Telefonnummer und verschwand in der Telefonkabine, die man aus Rigips in die Ecke improvisiert hatte.

»Pizza Turbo, was kann ich tun?«, meldete sich eine aufgekratzte Stimme.

»Spreche ich mit Paolo Sandini?«

»Nein, mit Antonino.«

»Paolos Sohn?«

»Nein, sein Koch.«

»Ich würde gern mit Paolo sprechen.«

»Ist schlecht.«
»Warum ist das schlecht?«
»Weil er nicht da ist.«
»Wann ist er denn da?«
»Vielleicht ich kann helfen, denn Cheffe knetet kein Teig und backt keine Pizza.«
»Das glaube ich sofort. Aber es geht um eine Großbestellung.«
»Große Bestellung? Wie viele?«
»Hundert.«
»Hundert Pizze?«
»Ja.«
»Das ist viel.«
»Ja.«
»Heute?«
»Nein.«
»Das ist gut. Va bene.«
»Wann ist der Chef im Laden?«
»Zwei Uhr oder drei.«
»Sicher?«
»Klar, sicher. Er bringt Mehl, er bringt Käse. Ohne kann ich keine Pizza machen.«
»Dann komme ich nachher mal vorbei.«
»Was soll ich sagen, wer angerufen hat?«
»Ein alter Freund.«
»Ein alter Freund? Da weiß er bestimmt sofort Bescheid.«
»Wieso?«
»Cheffe hat keine alte Freunde. Außer dich. Cheffe hat nur junge Freundinne.«
»Aha.«
»War Witz.«
»Aha.«
Karol hängte den Hörer in die Wandhalterung und setzte sich wieder an den Rechner. Er tippte bei Google die Worte »Mord Maklerin Berlin« ein. Es gab über hundert Einträge,

fast alles Pressemitteilungen. Karol brauchte eine gute Stunde, bis er sich einen Überblick verschafft hatte. Es gab mehrere Artikel über das private und geschäftliche Umfeld der getöteten Petra S. Man hatte ermittelt, dass sie in der Mordnacht vorzeitig eine Firmenfeier in Schwerin verlassen hatte, dass sie in dem Haus, in dessen Kellerzugang ihre Leiche gefunden wurde, eine Wohnung besaß, die sie an Touristen vermietete, und dass ihr Freund Max G., als er von ihrem Tod erfuhr, zusammengebrochen sei und seitdem psychologisch betreut würde.

Dem Aufruf der Polizei, bei der Identifizierung des Mannes mit der roten Kappe zu helfen, waren viele Bürger nachgekommen. Der Mann auf dem in der Presse veröffentlichten Foto der Überwachungskamera war etlichen Leuten in U- oder S-Bahnen aufgefallen und verdächtig vorgekommen. Zwei weibliche Fahrgäste hatten beobachtet, wie der Mann dem späteren Mordopfer in der U2 ein Handy gereicht und ein paar Worte mit ihr gesprochen habe. Danach sei er wieder zu seinem Platz zurückgegangen und habe die junge Frau nicht mehr aus den Augen gelassen. Die Fahndung nach dem Mann laufe auf Hochtouren. Genauere Angaben zum Mordgeschehen und ob DNA-fähiges Material sichergestellt werden konnte, hatte die Kripo nicht gemacht.

Karol rieb sich die Stirn. Niemand hatte offenbar mitgekriegt, dass er humpelte. Auch der arische Bruder und der Schmetterling waren nicht erwähnt worden. Daher war es sehr unwahrscheinlich, dass man eine Spur zu ihm finden könnte. Selbst wenn einer seiner ehemaligen Kollegen von PolSecur auf dem Fahndungsfoto eventuell eine gewisse Ähnlichkeit mit ihm erkennen und dies der Polizei mitteilen würde, was an sich schon absurd und gegen jeden Ehrenkodex verstieß, selbst dann würde die Suche nach Karol Stanjek im Sande verlaufen. Denn Karol war zwar im Besitz eines gültigen polnischen Personalausweises, hatte seinen Mietvertrag in Berlin aber als Peter Müller unterschrieben. Einzig sein Girokonto bei der spanischen Großbank lief auf den Namen Karol Stanjek. Die

EC-Karte, mit der er am Monatsanfang seine Rente abhob, war noch zwei Jahre gültig.

Karol besaß weder Handy noch E-Mail-Adresse, und wenn er nichts Entscheidendes übersehen hatte, dann gab es nur einen sehr versteckten Weg, wie man seine Spur aufnehmen könnte. Die Invaliditätsversicherung lief auf den Namen Karol Stanjek. Falls der Name ins Fadenkreuz der Ermittlungen geriet, könnte man anhand der Bankautomaten, an denen er Geld abhob, seinen Aufenthaltsort feststellen. Also würde er jetzt erst mal von dem Bargeld leben, das er im Kleiderschrank in Berlin angehäuft hatte. Seit dem Ende seiner Reha hatte er dort jeden Monat achthundert Euro gebunkert. Entsprechend befanden sich etwa dreißigtausend Euro in den Plastikpäckchen, die er mit Panzertape unter seine Brustwarzen geklebt hatte. Erst wenn dieses Geld verbraucht war, würde er an Geldautomaten in Koblenz, Aachen oder Duisburg Geld von seinem Konto abheben.

Die große Frage aber, die er als Erstes beantworten musste, war, ob sich sein Plan B überhaupt in Köln realisieren ließ. Oder ob er schon bald einen ICE in Richtung Sizilien besteigen müsste.

8

Natürlich war der Job eigentlich weit unter seinem Niveau. Wer war man schon als Techniker im Kundendienst für Telekommunikation? Eigentlich gehörte er nach Maranello in die Scuderia Ferrari oder nach Woking ins McLaren Technology Centre, in ein Team, das Rennwagen für Formel-1-Boliden entwickelte. Schließlich hatte er eine Lehre als Autoelektriker gemacht, und er war in der Berufsschule mit Abstand der beste aller Lehrlinge gewesen. Aber sein damaliger Chef, das war so eine mittelmäßige Lusche, der nicht annähernd so viel drauf hatte wie er selbst. Das hatte er den Chef auch ab und zu spüren lassen. Irgendwann im dritten Lehrjahr musste er dann bei ihm antreten, und der Chef sagte ihm: »Timo Neufert, du hast was Geniales, aber auch was Asoziales an dir. Gestern hast du einem Stammkunden gesagt, ich wär ein Auslaufmodell und hätte keine Ahnung von moderner Elektronik. Da mag was dran sein. Auf jeden Fall verstehe ich nicht so viel davon wie du. Aber es geht überhaupt nicht, dass du so etwas zu einem Kunden sagst. Wenn in der Richtung noch mal was vorkommt, bist du weg vom Fenster.«

Das hatte der Chef ihm damals gesagt. Aber Timo wusste, dass der Chef auf ihn angewiesen war, denn von bestimmten Einspritzern verstand weder der Chef noch der leicht unterbelichtete Geselle Pedro was. Der Chef konnte ihn nicht einfach feuern. Das dachte Timo damals.

Aber als ihm wieder so ein Spruch vor einem Kunden rausrutschte und der Kunde zufällig ein Skatkumpel des Chefs war, da konnte er sich seine Papiere abholen. Und ein neuer Betrieb, der ihn noch so kurz vor der Gesellenprüfung übernommen hätte, war auch nicht zu finden, denn die Lehrstellen im Kfz-Bereich erfreuten sich größter Beliebtheit.

Er hatte nach dem Abbruch der Ausbildung dann zu Hause

rumgehangen und sich intensiv mit Computern und dem Internet beschäftigt. Rund um die Uhr. Er war süchtig danach geworden. Programmieren, hacken, cracken, Hardwaremanipulationen. Aber Geld konnte er damit nicht verdienen, und seine Eltern waren auch nicht frisch genug, um ihm dauerhaft seine Wohnung in Köln-Bickendorf zu finanzieren.

Da kam ihm das Angebot der Firma KabelCom ganz recht. Der Job machte ihn zwar nicht reich, aber er kam seinem freiheitsliebenden Naturell entgegen. Die Firma arbeitete für die großen Anbieter, die zwar auch eigene Techniker hatten, die aber nicht alle Kunden betreuen konnten, vor allem was Alltägliches wie Störungen, Ummeldungen, Verlegung von Anschlüssen und so weiter betraf. Da war es für sie billiger und effektiver, wenn sie die Jobs an Subunternehmer wie KabelCom weitergaben.

Timo bekam rund um die Uhr einen der voll ausgerüsteten weißen Kastenwagen gestellt und jeden Morgen per SMS die Jobs mitgeteilt, die er im Laufe des Tages abzuarbeiten hatte. Bezahlt wurde er als Pauschalist. Er erhielt einen Festlohn von tausend Euro netto und Prämien für jeden abgewickelten Auftrag, was ihm am Monatsende etwa tausendachthundert Euro netto aufs Konto spülte. Damit konnte er sein Apartment bezahlen und ein bescheidenes Leben führen.

Was auf die Dauer war der Job natürlich nicht. Denn irgendwann würde Timo wieder ins Renngeschäft einsteigen, wieder selbst hinterm Steuer Gas geben und nach einer aktiven Karriere dann groß ins Development einsteigen. Aber das war Zukunftsmusik. Denn ein langes Gespräch in einem Hospiz vor ein paar Wochen hatte seinem Leben eine komplett neue Richtung gegeben. Eine höhere Gewalt hatte ihm ins Gehirn gegriffen und die Steuerung seiner Gedanken und seines Willens übernommen. Er selbst hatte dieser Gewalt die Tür geöffnet. Denn es war eine Gewalt, die sein ganzes bisheriges Leben über ihm geschwebt hatte, ja, manchmal hatte er das Gefühl, diese Gewalt sei älter als er selbst.

Nach jenem Gespräch in Bad Neuenahr waren ihm die Zusammenhänge plötzlich klar geworden. Und für das, was er nun tun musste, war der momentane Job ideal. Er konnte den ganzen Tag herumfahren, und er hatte oft Zeit zwischen seinen Terminen, die er nutzen konnte, ohne darüber Rechenschaft ablegen zu müssen. Sein beschrifteter Kastenwagen fiel nirgendwo auf, denn irgendwer konnte ja gerade Probleme mit Internet oder Festnetzanschluss haben, und der Kastenwagen war groß genug, dass er darin auch sein BMX-Rad und sein eigenes Werkzeug mitnehmen konnte.

Der größte Vorteil des Jobs aber war, dass er in jedes Haus hineinkam, wenn er in die Gegensprechanlage sagte: »Teletechnik, habe eine Störung gemeldet bekommen.«

Diese Möglichkeit in Verbindung mit seinen Kenntnissen im Programmieren und Hacken machte es ihm leicht, in fast jeden Festnetzanschluss und die entsprechenden WLAN-Verbindungen zu gelangen.

Als er bei einem größeren Auftrag mit drei Technikern der Telekom zusammengearbeitet hatte, hing nach Feierabend, als er die Baustelle abschließen wollte, noch eine der grauen Arbeitsjacken mit dem fetten Telekom-Logo auf der Brust am Kleiderhaken. Timo packte die Jacke ein, und niemand fragte danach am nächsten Tag.

Er bog vom Hansaring in die Sudermanstraße ein und fand gleich vorn rechts einen Parkplatz. Er stieg aus, öffnete die Schiebetür zur Ladefläche seines Kangoos, zog die Arbeitsjacke der Telekom an, packte den Tragegriff seines edlen Werkzeugköfferchens im Edelstahldesign und machte sich auf den Weg. Die Praxis befand sich ein paar Häuser weiter in einem viergeschossigen Jugendstilbau. »Dr. Juliane Fröhlich. Frauenärztin«, stand auf dem Messingschild neben der Eingangstür, die nur angelehnt war.

Timo betrat das Haus und hatte die Situation sofort erfasst. Die Praxis befand sich im Erdgeschoss, und der Flur, den er betreten hatte, endete mit einer Tür zum Hinterhof, und kurz davor führten rechts ein paar Stufen in den Keller. Timo stieg sie hinab und drückte die Klinke der alten Holztür, die den Zugang zu den Kellern der Mieter versperrte. Es war eine Tür ohne Sicherheitsschloss, nur mit einem simplen Zimmertürschloss ausgestattet. Timo öffnete seinen Werkzeugkoffer und holte einen Drahtring daraus hervor, an dem etwa zwanzig verschiedene Schlüssel hingen. Alle speziell mit der Feile im Schraubstock schlank gemacht. Timo hatte noch an keinem Schloss wie diesem länger als eine Minute herumfummeln müssen. Auch diesmal nicht.

Er betrat den muffigen Flur, von dem die einzelnen Kellerverschläge abgingen. Der Hauptanschluss für Telefon und TV befand sich gleich im Eingangsbereich an der Wand über der Tür. Timo holte ein Messgerät mit einem stricknadelförmigen Fühler aus seinem Koffer und drückte die Spitze an die Stelle, an der die Hauptzuleitung in dem grauen Kästchen verschwand. Er hielt eine Taste des Messgeräts gedrückt, zählte bis zehn und packte ein.

Er verschloss die Tür wieder hinter sich und betrat den Empfangsbereich der kleinen gemütlichen Praxis. Drei Türen gingen von dem quadratischen Raum ab, auf einer stand: »Wartezimmer«, die beiden anderen waren beziffert mit 1 und 2. An den gelblichen Wänden hingen bunte Blumenbilder. Rechts befand sich ein Empfangstresen mit zwei Arbeitsplätzen hinter zwei Monitoren, von denen nur einer besetzt war. Hinter dem Tresen saß eine dunkelhaarige Arzthelferin mit roten Wangen und einem etwas aufgeregten Blick. Vor ihr stand eine hochschwangere Frau, deren Krankenkassenkarte die Helferin mehrfach durch den Scannerschlitz zog. Offenbar funktionierte da etwas nicht so ganz.

»Gleich haben wir es«, sagte die Helferin mit einem expandierenden Panikfleck auf der linken Wange, »dann drucke ich Ihnen das Rezept aus.«

»Entschuldigen Sie«, meldete sich Timo zu Wort, und erst daraufhin wandten sich ihm die Blicke der beiden Frauen zu. »Ist bei Ihnen auch eine Störung im System aufgetreten?«

Als die Helferin den Werkzeugkoffer in Timos Hand und das Telekom-Logo auf seiner Jacke realisierte, leuchteten ihre Augen auf.

»Ja«, sagte sie, »eben dachte ich, alle unsere Computer wären kaputt.«

»Das Problem hatten die anderen Parteien hier im Haus auch«, sagte Timo professionell souverän. »Darf ich?«

»Natürlich«, beeilte sich die Helferin, »Sie schickt der Himmel.«

»So kann man's auch sehen«, erwiderte Timo und ging hinter den Tresen. Er stellte seinen Koffer auf den Schreibtisch und ließ die beiden Schlösser aufklappen. Er entnahm eines seiner Messgeräte und kroch unter den Schreibtisch. Über ihm begann der Drucker zu rattern.

»Da haben wir auch schon Ihr Rezept«, hörte er die Stimme der Helferin über sich. »Die Frau Doktor wird es gleich unterschreiben. Nehmen Sie doch bitte noch einen Moment im Wartezimmer Platz, Frau Kunze.«

Timo tauchte wieder auf und schaute in den Bildschirm vor der Helferin. Sie hatte noch die Patientenseite der schwangeren Frau Kunze geöffnet.

»So«, sagte Timo mit selbstverständlicher Dominanz in der Stimme, »jetzt lassen Sie mich mal an den Rechner. Dann ist das Problem gleich behoben.«

Die Helferin machte den Platz frei und tippte sich auf der Tastatur vor dem zweiten Bildschirm ins System.

Timo bearbeitete routiniert die Tasten und hatte sogleich die Datei der Patientin geöffnet, die er suchte. »Carlotta Jefferson, geboren am 13. September 1989 in Köln. Schwanger in der zwölften Woche. Ausgerechneter Geburtstermin 4. November 2018. Geschlecht vermutlich männlich«. Sogar ein Ultraschallfoto war eingescannt.

Timo klickte die Seite weg und stand auf.

»So, das war's. Ich denke, jetzt haben Sie in der nächsten Zeit keine Probleme mehr.«

»Vielen Dank«, sagte die Helferin. »Und dass Sie so schnell da waren! Ganz toll, ehrlich.«

»Drüben wird ein Haus renoviert«, erläuterte Timo bescheiden, aber selbstgefällig, »die haben bei Stemmarbeiten ein Kabel angekratzt. Deshalb war ich schon den ganzen Morgen hier im Block zugange.«

Er klappte sein Köfferchen zu und verließ die Praxis.

Als er ihr gestern auf dem Fahrrad hierhin gefolgt war, hatte er schon geahnt, dass Carlotta Jefferson schwanger war. Jetzt hatte er die Gewissheit! Und mit großer Wahrscheinlichkeit würde es ein Junge! Was für ein zauberhafter Schlüsselstein des Mosaiks, das vor seinem inneren Auge schemenhaft Konturen annahm. Alles fügte sich zu einem wunderbaren Ganzen zusammen. Noch nie in seinem Leben hatte er das Gefühl einer solchen Übereinstimmung seiner Wünsche mit der Wirklichkeit verspürt. Bislang war es in seinem Leben immer genau umgekehrt gewesen.

Als er eben die Patientendatei wieder wegklickte, hatte er vor seinem inneren Auge in kristallklarem Licht gesehen, was er nun als Nächstes tun musste. Und das war einiges.

9

Das Taxi bog vom Militärring stadtauswärts in die Venloer Straße und folgte dem Wegweiser Richtung Pulheim. Ein paar Kilometer weiter links musste sich Widdersdorf befinden. Da hatte vor dreißig Jahren eine trauernde Witwe Karol den entscheidenden Hinweis gegeben, den er benötigte, um zwei Morde aufzuklären, die ein böswilliger Staatsanwalt auch durchaus ihm in die Schuhe hätte schieben können.

Die paar Meilen zwischen Köln und Pulheim waren auch vor seiner Flucht nicht unbedingt sein Kiez gewesen, aber dass die Venloer Straße hier zu einer nicht enden wollenden Schneise durch eine Anhäufung hässlicher Gewerbebauten degeneriert war, befremdete ihn. Dagegen waren die Vorstädte von Wrocław, Poznań und Białystok geradezu Prachtalleen. Hatten hier nicht früher Bauern ihre Felder bestellt? Wo waren die Kieslöcher geblieben, an deren Ufern er vereint mit Kumpelei und Mädelei in lauen Sommernächten palettenweise Bierdosen leer gesaugt hatte?

Auch die Fahrt durch Pulheim-City erweckte nicht den Eindruck, als handele es sich bei dieser Anhäufung von Zweckbauten um eine harmonisch gewachsene Kleinstadt. Kreuz und quer ging die Fahrt, bis das Taxi am Nordring 40 anhielt.

Das Haus war zweistöckig, eine Volletage und darüber ein ausgebautes Dachgeschoss, mit einem breiten roten Streifen auf der Fassade über den beiden Ladenlokalen im Erdgeschoss. Rechts der Laden stand leer, links hatte sich unter einem grün-weiß-roten Werbebanner der Speiselieferservice Turbo Pizza sensationale einquartiert.

Karol zahlte den Fahrer, stieg aus und schaute durch die von innen beschlagene Schaufensterscheibe. Paolo war nicht anwesend. Das stand fest. Denn in dem Laden befand sich nur ein etwa dreißigjähriger dicklicher Mann mit schütteren Haaren und einer ehemals weißen Schürze bis fast zum Hals. Er stand hinter einer gläsernen Vitrine und bewegte die Hände vor sich auf einer Arbeitsplatte. In der Ecke hinter ihm flackerte ein Holzfeuer in einem weiß getünchten Steinofen mit bogenförmigem Einschub.

Karol betrat den Laden.

»Guten Tag.«

Der Mann schaute auf und strahlte ihn an. »Kann isch helfen, junge Mann? Haste Hunger?«

»Du bist Antonino, stimmt's?«

»Ah, du bist de alte Freund von de Cheffe.«

»Genau, sein einziger alter Freund weit und breit.«

Der Mann kniepte ihm verschwörerisch zu. »Nix dem Cheffe verrate, was isch habe gesagt von de junge Freundinne un de alte Freunde, d'accordo?«

»Ich schweige wie ein Fisch im Golf von Messina.«

»Wie meinste das?« Jetzt veränderte sich was in Antoninos Blick. »Witze über Mafia iste nicht gut.«

»Mafia? Hat die Mafia was mit dem Golf von Messina zu tun?«

Antonino senkte schweigend seinen Blick zu dem Teigballen, den er auf dem bemehlten Brett nun noch intensiver beknetete als zuvor.

»Ist der Chef denn da?«

»Kommt gleich rein, lädt Lager hinten voll.« Er machte eine fast tuntig beleidigte Kopfbewegung in Richtung seines Nackens.

»Wie komme ich dahin?«

»Durch die Einfahrt nebenan.«

»Danke dir, Antonino«, sagte Karol und nickte zu seinen knetenden Händen hin. »Du machst das gut.«

»Grazie.« Jetzt strahlte der Mann wieder.

»Wenn ich mal die Schultern verspannt habe, rufe ich dich an.«

Es dauerte etwas, bis der Pizzabäcker den Witz verstanden hatte. Dann lachte er. »Isch nehm aba keine Kassepatiente.«

»Keine Sorge, ich zahle privat.«

Karol verließ den Laden und ging durch die schmale Einfahrt, die links neben dem Haus in den Hinterhof führte. Ein blauer Fiat Kombi mit offener Ladeklappe stand neben ein paar Mülltonnen mit Deckeln in unterschiedlichen Farben. Ein Mann beugte sich ins Innere des Wagens hinein und räumte Konservendosen mit gehackten Tomaten auf einen starren Pappträger, von dem sie offenbar verrutscht waren. Er war ein kleiner breiter Mann, der eine Jeans trug, deren Schritt ihm fast in den Knien hing und deren Bund so weit runtergerutscht war, dass ein speckiges Arschdekolleté zum Vorschein kam. Zehn Zentimeter darüber endete eine rote Joggingjacke mit goldenem Drachen darauf.

Der Mann hatte die Dosen auf den Kartonträger sortiert, die aufgestellten Pappkanten umgriffen, seine Fracht hochgehoben und wandte sich der offen stehenden Tür zu, die ins Haus führte, als er Karol erblickte. Paolo sah jetzt so ähnlich aus, wie seine Mutter damals ausgesehen hatte. Nur mit weniger Haaren als Mama Sandini, denn auf Paolos Schädeldecke vegetierten nur noch ein paar Inselchen fettiger grauer Haarbüschel. Dass dieser Mann wirklich noch einen Schlag bei jungen Freundinnen hatte, wagte Karol zu bezweifeln. Paolo war sehr gealtert. Ob er, Karol, auch in dem Ausmaß gealtert war? Man selbst alterte von Tag zu Tag, aber Paolo war für ihn jetzt auf einen Schlag um vierundzwanzig Jahre älter geworden. Paolo schaute ihn an. Noch knisterte es nicht im Hirn des Pizzadealers. Jedenfalls drückten seine schwarzen Augen nichts Entsprechendes aus.

»Ich wollte Schulden eintreiben«, sagte Karol eiskalt.

Paolo veränderte seinen Augenausdruck nicht, er drehte sich nur in Zeitlupe wieder seinem Fiat zu, stellte die Tomatenpalette auf der Ladefläche ab und schnellte plötzlich hoch mit einem Baseballschläger, den er diagonal über seinem gedrungenen Oberkörper kreuzte und dessen Griff er mit beiden Händen wie einen Schraubstock umklammerte.

»Hör zu, du Stück Scheiße«, sagte er mit zu Schweinsäuglein

zusammengekniffenen Sehschlitzen, »wo du auch herkommst, aus Russland, dem Kosovo, Afghanistan, Ghana, Syrien oder weiß der Teufel woher, Erpressung von Schutzgeld haben wir Italiener erfunden, in Sizilien. Und zwar schon vor über fünfzig Jahren! Und jetzt mach dich vom Acker, bevor ich aus deinem Schädel zwei halbe mache.«

Karol schaute ihn unbeeindruckt an und sagte: »Lebenslänglich Pizza.«

Jetzt tat sich etwas im Hirnkasten seines Gegenübers. Aber die dazu passenden Worte kamen nicht aus Paolos Mund, der sich nur leicht öffnete und wie das Maul einer toten Dorade offen stehen blieb.

»Ich hab's mal grob überschlagen, du schuldest mir bis heute übern Daumen zwölfhundert Pizzas.«

Paolo ließ den Holzknüppel sinken und starrte Karol an, und sein Blick bekam einen leicht metaphysischen Glanz, als hätte sich der Heilige Geist auf seine Bettkante gesetzt. »Du erinnerst mich an einen, den ich mal gekannt habe«, sagte er. »Bist du ein Bruder von dem Toten?«

»Deine Mutter hatte mir versprochen, dass ich jede Woche eine Pizza umsonst kriege, wenn ich deinen Vater aus dem Knast hole.«

»Ich glaube nicht an Gespenster«, sagte Paolo.

»Ich bin kein Gespenst«, sagte Karol, »ich bin Manni.«

»Manni ist in Polen gestorben«, stellte Paolo klar.

»Lad deine Kiste aus. Ich warte draußen vor dem Laden«, sagte Karol. »Wir gehen was spazieren.«

»Arschloch.« Paolo schüttelte fassungslos den Kopf. »Einmal Arschloch, immer Arschloch, Manni.«

»Nenn mich bitte Karol.«

»Ich nenne dich Arschloch.«

»Hab ich nichts gegen«, erwiderte Karol. »Lass dein Handy bitte im Wagen.«

»Bist du verrückt?«

»Das Handy kann eine Wanze sein.«

»Du warst damals normal verrückt, und jetzt bist du abartig verrückt. Hab ich recht?«

»Tu mir den Gefallen.«

Paolo zog sein Smartphone aus der Jackentasche und schaute entgeistert hinter Karol her, der in der Einfahrt verschwand.

Fünf Minuten später gingen sie nebeneinander durch die verwinkelten Gassen einer Ansammlung von Einfamilienhäusern.

Paolo wirkte immer noch verstört. »Was sollte das eben mit ›Wanze‹ und ›Handy‹?«

»Vor vierundzwanzig Jahren habe ich zwei Männer erschossen«, sagte Karol.

»Das weiß ich, du Arschloch!«, platzte es aus Paolo raus. »Damit hast du meine Familie kaputtgemacht! Meine einzige Schwester vertrieben und meine einzige Nichte!«

»Scheiße«, sagte Karol. »Ich dachte, sie hätten Marie umgebracht. Deshalb habe ich abgedrückt.«

»Auch das weiß ich«, sagte Paolo, »hat ja sogar in der Zeitung gestanden.«

»Der eine, den ich erschossen habe, war ein Kölner Gangsterboss, der andere ein russischer Gangsterboss.«

»Warum erzählst du mir, was ich schon weiß?«

»Weil du mich gefragt hast, wegen dem Handy.«

»Du glaubst im Ernst, mein Handy wird zwanzig Jahre lang angezapft? Oder als Wanze benutzt, weil die Polizei wissen will, ob ich Kontakt mit dir habe?«

»Denkbar wäre das. Und zwar nicht nur die Polizei. Sondern auch die Leute der Toten.«

»Du bist kein Gespenst, aber du siehst Gespenster.«

»Wenn ich einen Boss der Cosa Nostra oder der 'Ndrangheta umgebracht hätte, wie lange würden die Nachkommen des Toten nach mir suchen?«

»Lebenslänglich«, sagte Paolo, »Blutschuld kann nur durch Blut vergeben werden. Das ist das Gesetz.«

»Na also.«

Paolo schaute sich um, als spüre er schon den Blick eines Verfolgers im Rücken. »Vor mehr als zehn Jahren hat im Express gestanden, dass du tot bist. Also dass der gesuchte Doppelmörder Manni Thielen tot ist, stand da drin. Gestorben in einer Scheune in Polen, mit ein paar anderen Pennern zusammen.«

»Das stand tatsächlich in der Zeitung?«

»Meinst du, so was denke ich mir aus?«

Sie schwiegen und näherten sich einem kleinen Pfad, der aus der Siedlung in eine Grünanlage führte. »Hast du Kontakt mit Marlena?«

Er schüttelte mit verkniffenem Blick den Kopf. Das Thema war ihm sichtlich unangenehm.

»Weißt du, wie ich Kontakt mit ihr aufnehmen kann?«

»Bist du verrückt? Wie stellst du dir das vor?«, fuhr Paolo auf. »Du meldest dich bei ihr und sagst, du wärest der Zombie von ihrem Ex-Mann?«

»Ist die wieder verheiratet?«

»Weiß ich doch nicht.«

Das kam viel zu schnell und zu entschieden.

»Also ja.«

»Arschloch.«

»Wo lebt sie?«

»Am Arsch der Welt, du Arschloch.«

»Wie geht es Marie?«

»Weiß ich nicht.«

»Lebt sie auch am Arsch der Welt?«

»Arschloch.«

Sie schwiegen, und wieder schaute Paolo sich um, als ob er tatsächlich sichergehen wollte, dass ihnen niemand folgte.

»Marlena und Marie glauben, dass du tot bist«, sagte Paolo, »und das ist gut so. Sie wollen bestimmt nicht, dass du zum zweiten Mal stirbst.«

»Sie haben sich damit abgefunden, meinst du.«

»Das meine ich nicht, das weiß ich.«
»Wer hat dir das gesagt?«
Paolo zog die Lippen nach innen und verbiss sich darin.
»Gib mir Marlenas Telefonnummer.«
»Warum?«
»Ich will wissen, wie es meiner Tochter geht.«
»Es geht ihr gut«, sagte Paolo.
»Woher weißt du das?«
»Leck mich am Arsch.«
»Leck deine faltige Wurststanze selber.«
»Was auf die Fresse kannst du auch haben, Krüppel.«
»Vorsicht!«
»Ich hab keine Angst vor einem Großmaul mit Hinkebein.«
»Vorsicht, hab ich gesagt.«
»Sei du vorsichtig!«
Verbissen schweigend gingen sie nebeneinanderher. Dann schwenkte Paolo leicht den Kopf in Karols Richtung. »Warum ist dein Bein kaputt?«, fragte er mit ehrlicher Anteilnahme in der Stimme.
»Ich hab damit zu vielen Arschlöchern wie dir zu fest in die knochigen Ärsche getreten.«
»Kannst du mir nicht erzählen.«
»Kaputt geschossen. Im Auftrag von einem eifersüchtigen Ehemann.«
»Typisch, Manni.«
»Nenn mich nicht Manni.«
»Okay, Arschloch.«
»Okay.«
»Arschloch.«
»Sag mir, wo Marlena und Marie leben.«
»Was willst du von denen?«
»Ich möchte sie ein Mal sehen. Von Weitem. Mit dem Fernglas. Nur so. Ich werde sie nicht ansprechen.«
»Idiot.«
»Bitte!«

Paolo wiegte eine Weile den Kopf und zuckte dann schicksalsergeben mit den Schultern. »Marlena hat einen Engländer geheiratet und heißt jetzt Jefferson. Die beiden haben Marie adoptiert. Deine Tochter heißt jetzt auch Jefferson.«

»Kein schlechter Name. Jefferson.« Karol nickte zufrieden. »Sie waren damals in den Abruzzen untergetaucht und wollten weiter nach Sizilien. Leben sie mit dem Engländer da unten?«

»Nicht mehr.«

»Wo leben sie?«

Paolo schwieg wieder.

»Lass dir doch nicht jedes Wort aus der Verpflegungsluke zerren, Schwager!«

»Schwager?« Paolos spöttischer Blicke scannte Karols Körper ab. »Schwager am Arsch.«

»Schwager bleibt Schwager.«

»Scheiße. Der Typ hat ein Segelschiff, mit dem sind sie von Sizilien vor drei Jahren losgefahren.«

»Ist nicht wahr …«

»Doch. Sie segeln um die Welt. Ab und zu schickt Marlena eine Mail. Damit niemand rauskriegen kann, wo sie gerade sind, ändert sie jedes Mal ihre Mailadresse«, erklärte Paolo. »Du hast sie total verrückt gemacht. Mit deinem Scheiß. Mit deinem Doppelmord.«

»Scheiße, ja«, gab Karol zu. »Ich hätt's lieber nicht gemacht. Glaub mir.«

»Scheiße.«

»Marlena und ihr Engländer haben Marie mitgenommen auf die Weltreise?«

»Nein.«

»Nein?«

»Sie hatte keinen Bock.«

»Wo ist Marie?«

»In Köln.«

Ein Blitz schlug in Karol ein. »Lüg mich nicht an!«

»Ich lüge nicht. Marie Jefferson lebt in Köln-Nippes.«

»Und was macht Marie Jefferson in Köln-Nippes?«

»Hab ich doch gesagt, Arschloch: Da lebt sie.«

»Hat sie einen Beruf?«

»Ja.« Paolo blieb stehen und schaute ihm in die Augen. »Sie hat einen Beruf. Einen ganz besonderen Beruf.«

»Das freut mich. Und was für einen besonderen Beruf hat sie?«

»Deine Tochter ist Kommissarin im KK2 bei der Kripo, zuständig für organisiertes Verbrechen und Bandenkriminalität.«

»Halt mich fest, Schwager. Ich glaub, ich brech zusammen.« Karol ließ den Kopf in den Nacken kippen und schaute in den milchig weißen Himmel über Pulheim. »Mein Gott«, sagte er, »wie sich Gene doch verirren können.«

»Sei froh, dass sie von deinen Genen nix geerbt hat! Deine Gene sind scheiße. Die führen einen auf direktem Weg in den Knast oder auf den Melatenfriedhof!«

Karol atmete drei Mal tief durch und schaute Paolo an. »Woher weißt du das über Marie?«

»Sie hat es mir erzählt.«

»Hat sie sich bei dir gemeldet?«

»Undercover, sozusagen.«

»Undercover?«

»Verdammt, sie ist beim KK2!«

»Organisiertes Verbrechen.«

»Genau!«, ereiferte sich Paolo. »Wenn irgendeiner meiner Italiener das rauskriegt, bin ich bei denen unten durch.«

»Seid ihr auch in der dritten Generation in Deutschland noch alle mit der Mafia verbandelt?«

»So kann man das nicht sagen. Die Mafia hat sich geändert.« Paolo winkte ab. »Aber das führt zu weit, das würde dein Spatzenhirn sowieso nicht verstehen.«

»Und so was quillt aus dem Mund eines IQ-Tycoons wie dir!«

»Ich mach's kurz: Es ist nicht gut für uns Italiener, wenn jemand aus der Familie die Mafia jagt.«

»Okay, das leuchtet ein.« Karol nickte. »Wie hat Marie Kontakt zu dir aufgenommen?«

»Während ihrer Mittagspause kam sie drüben in meinen Laden und hat eine Pizza mit mir gegessen.«

»Hat sie dir ihre Adresse dagelassen?«

Paolo nickte und schwieg.

»Sag sie mir.«

Paolo schüttelte verbissen den Kopf.

»Bitte. Ich will sie gar nicht ansprechen. Ich will sie nur mal sehen.«

»Versprochen?«

»Versprochen.«

»Neusser Straße 303.«

Karol stellte sich vor seinen Schwager und drückte ihn kurz an sein Herz. »Das vergesse ich dir nicht.«

»Schwätzer!«

»Damals hatte ich euch versprochen, deinen Vater aus dem Knast zu holen. Hab ich das geschafft?«

»Ja, hast du«, gab Paolo zu. »Aber mach bloß nicht wieder irgendeinen Scheiß! Marie ist meine einzige nahe Verwandte in Deutschland. Und für uns Italiener ist die Familie das Wichtigste auf der Welt.«

»Die einzige nahe Verwandte? Aber hallo! Du hast auch einen Schwager!«

»Arschloch.«

»Ich gehe in der Nähe ihrer Wohnung in Deckung und schaue mir Marie aus der Ferne an. Mehr nicht.«

»Sie nennt sich jetzt Carlotta, nicht mehr Marie.«

»Carlotta ist ihr zweiter Vorname.«

»Dass du das noch weißt!«

»Ich weiß sogar, dass deine Großmutter Carlotta hieß. Deshalb haben Marlena und ich uns damals für diesen Zweitnamen entschieden.«

Paolo nickte. Nicht ohne echte Verblüffung.

»Ruf mich an, wenn du sie gesehen hast«, sagte er.

»Schreib mir deine Telefonnummer auf.«

»Ich rufe dich gleich auf deinem Handy an, dann hast du die Nummer.«

»Ich hab kein Handy.«

»Red keinen Scheiß.«

»Ist die Wahrheit.«

»Ich geb dir eins.«

»Du hast mehrere?«

»Ich hatte mir mal eine Thailänderin rübergeholt, die wollte ich heiraten. Von der hab ich noch das Handy mit Prepaid-Karte.«

»Mehr hast du nicht mehr von ihr?«

»Nur ein paar unbezahlte Rechnungen.« Er wellte fatalistisch die Augenbrauen von der linken Stirnkante zur rechten und wieder zurück. »Ist nicht so leicht, eine Frau fürs Leben zu finden.«

»Da mag was dran sein.«

»Bist du wieder verheiratet?«

»Ich bin ja noch nicht mal geschieden.«

»Aber tot bist du, offiziell.«

»Das ist was anderes.«

»Du meldest dich, wenn irgendwas mit Marie ist, okay?«

Karol nickte.

»Mutter tot, Vater tot, Schwester auf der anderen Seite der Weltkugel. Marie darf nix passieren.«

»Jetzt bin ich ja wieder da, um sie zu beschützen.«

»Du bist der größte Komiker aller Zeiten!«

»Hat Marie dir ihre Telefonnummer gegeben?«

»Nein, ich hab auch extra nicht danach gefragt. Die gespeicherte Nummer von einer Frau vom KK2 macht sich unter Umständen nicht gut im Speicher. Je nachdem, wem mein Handy mal zufällig in den Hände geraten sollte.«

10

»Ich habe Ihren Bericht gelesen, Frau Jefferson«, sagte Polizeihauptkommissar Köhler und lehnte sich zurück in seinen orthopädisch korrekten Chefsessel. »Da haben Sie hervorragende Arbeit geleistet, großes Kompliment.«

Der Leiter der Zweiten Kriminalinspektion verzahnte die Hände auf seiner Gürtelschnalle und lächelte über den penibel aufgeräumten Schreibtisch zu Lotta hinüber, die auf einem frei schwingenden Chromstuhl Platz genommen hatte. Armin Köhler war für seine einundsechzig Lebensjahre, von denen er fast zwei Drittel bei der Kölner Polizei verbracht hatte, noch gut in Schuss. Haare hatte er zwar nur noch wenige, und die wenigen rasierte er jeden Samstagmorgen porentief ab, aber sein Gewicht war während der letzten Jahrzehnte stabil unterhalb der Achtzig-Kilo-Schwelle geblieben, und das, obwohl er täglich, sogar beim Essen, ein paar Gläser Kölsch zu sich nahm.

Wenn ihn gleichaltrige Männer neidvoll auf seine drahtige Figur ansprachen, nannte er als Grund, dass er mit einigen Veteranen des TUS Höhenhaus jeden Donnerstagabend in der Turnhalle der Realschule Lassallestraße zwei Stunden »knüppelhart« Fußball spiele. Mit den Kickerkumpeln schaute er in der Kneipe »Schnäuzer's Rudi« auch die Auswärtsspiele des 1. FC Köln. Für die Heimspiele hatte er seit dem sechsten Geburtstag seines Sohns Lucas, der mittlerweile in Bonn Molekularbiologie studierte, zwei Dauerkarten abonniert. Das vertraute Nebeneinander auf dem Oberrang Ost im RheinEnergieStadion war für Vater und Sohn ein etabliertes Ritual, das für beide gleichermaßen wichtig war. Während man gemeinsam jubelte oder trauerte, wurde in knappen Sätzen das Nötigste besprochen, und nach zwei Currywürsten, die den Stadionbesuch abrundeten, ging jeder wieder zurück in sein

Leben. Wenn es keine Heimspiele und Dauerkarten gegeben hätte, wären Vater und Sohn sich vermutlich nicht mal alle zwei Monate begegnet.

Seine Frau Inga traf sich mit Lucas jeden zweiten Mittwoch in einem bestimmten Café am Venusberg. Das war deren Ritual. Auch das war für beide Seiten gleichermaßen wichtig. Für Inga, weil sie bei diesem Anlass ihr einziges Kind regelmäßig zu Gesicht bekam, und für Lucas, weil er dabei zwei pralle IKEA-Tüten mit schmutziger Wäsche gegen zwei pralle IKEA-Tüten mit frisch gewaschener, gebügelter und gefalteter Wäsche tauschte.

»Die Sache ist ausgesprochen vielschichtig«, sagte Lotta. »Wir haben tausend Vermutungen und Spuren, aber keine Beweise, die dem Staatsanwalt genügen würden.«

Köhler nickte. »Letztendlich ist die Sache viel zu groß für uns. Da müssen LKA, BKA und der Staatsschutz ran. Aber, wie ich eben schon sagte, Ihr Bericht ist eine hervorragende Arbeit. Sie bildet ein solides Fundament, egal in welche Richtung ermittelt wird. Da ist für jeden was dabei. Korruption, Amtsmissbrauch, Veruntreuung, Steuerhinterziehung, Erpressung, Nötigung, Drogenhandel bis hin zu Tötungsdelikten.«

»Und natürlich Geldwäsche in gigantischem Ausmaß.«

»Auch das«, bestätigte Köhler.

»Wenigstens konnten wir eine konkrete Maßnahme einleiten«, sagte Lotta.

Köhler nickte. »Im Fall des toten Bauunternehmers Frank Scheuren.«

»Genau«, bestätigte Lotta. »Seine Leiche wurde auf dem Gelände des Mülheimer Hafens gefunden.«

»Da kümmert sich unser KK1 drum.«

»Mit den Kollegen habe ich mich gestern ein Stündchen zusammengesetzt.«

Der Hauptkommissar nickte anerkennend und stemmte sich aus seinem Sessel hoch. »Das war es dann für heute.«

»Noch nicht ganz«, sagte Lotta mit bestimmter, aber leicht

bebender Stimme. Auf jeden Fall veranlasste die Art, wie sie diese drei Worte ausgesprochen hatte, ihren Chef dazu, sich wieder in seinen Sessel zurücksinken zu lassen und sie mit besorgter Miene zu fixieren. Lotta senkte den Blick. Sie brauchte einen Moment, um nun die richtigen Worte zu finden.

»Was haben Sie auf dem Herzen, Frau Jefferson?«

Lotta atmete tief ein und wieder aus, hob den Blick und sagte: »Ich bin schwanger.«

Köhler glotzte sie völlig verdattert an, bevor ein Lächeln über sein Gesicht huschte und sogleich wieder verschwand. Er zupfte sich am Ohrläppchen und wippte mit den Augenbrauen.

»Das ist ja ein Ding«, sagte er schließlich. »Da wird Kollege Ebbers sich aber freuen.«

»Nein«, sagte Lotta schnell. Verdächtig schnell. »Eher nicht.«

»Aha. Er will noch keine Familie gründen? Kann man verstehen«, kombinierte der erfahrene Ermittler messerscharf. »Aber warten Sie nur ab, bis er das Baby dann im Kreißsaal in den Armen hält!«

»Bevor Sie es von anderen im Haus erfahren, erzähle ich es Ihnen lieber selber«, beendete Lotta die Visionen ihres Chefs. »Florian Ebbers und ich sind kein Paar mehr.«

Armin Köhler schrubbte mit der flachen Hand dreimal über seine kahle Schädeldecke und schaute Lotta irritiert an.

»Aber er ist der Vater?«

Lotta schüttelte tapfer den Kopf. »Nein. Ist er nicht.«

»Aha.«

»Mehr will ich dazu nicht sagen.«

»Das müssen Sie auch nicht.« Köhler stand auf, kam um den Schreibtisch herum und reichte Lotta die Hand.

»Herzlichen Glückwunsch!«

Lotta legte ihre Hand in seine und ließ sie von ihrem Chef drücken.

»Danke«, sagte sie leise und senkte den Blick.

»Das klingt nicht gerade euphorisch.«

»Von Euphorie bin ich weit entfernt.«

»Das tut mir leid.« Köhler hielt ihre Hand weiterhin umschlossen. »Wenn Sie irgendwelche Probleme haben sollten, dann heulen Sie sich ruhig aus bei mir. Jederzeit. Auch nachts können Sie mich anrufen. Das meine ich ernst.«

»Vielen Dank für das Angebot. Aber ich wollte Sie eigentlich nur fragen, bis zu welcher Schwangerschaftswoche ich Polizeidienst schieben darf.«

»Solange Sie wollen«, erklärte Köhler. »Selbstverständlich werde ich Sie ab dem fünften Schwangerschaftsmonat nur noch im Innendienst einsetzen.«

11

Karol hatte sich von Pulheim im Taxi zur Gaststätte Em Golde Kappes bringen lassen und war die letzten Meter zu Fuß gegangen. Wobei er eher geschlichen als gegangen war. Den Kopf runtergezogen zwischen die Schulterblätter, die geballten Fäuste in den Jackentaschen vergraben, sein gesundes Bein behäbig vorangestelzt, das steife träge mitgeschleppt. Außerdem war ihm kalt geworden, und seine Blase bat eindringlich um Entleerung.

Es kam immer seltener vor in den letzten Jahren, aber als er am Alt Neppes vorbeischlurfte und in der geöffneten Tür vier Männer mit schlohweißem Haar an Zigaretten saugten und Kölschgläser an die Lippen setzten, hätte er sich am liebsten in die dunkelste Ecke der Kneipe verzogen und innerhalb von drei Minuten zehn Gläser Kölsch geext.

Haus Nummer 303 war ein unscheinbares, schmales Haus mit vanillefarbener Fassade und vier Stockwerken mit je zwei gleichen Fenstern in weißen Kunststoffrahmen. Im Erdgeschoss bot die Filiale einer türkischen Fastfoodkette vegane Frikadellen an. Neben dem Imbiss, leicht nach hinten versetzt, führte eine Haustür aus braunem Aluminium mit Riffelglasfüllung ins Treppenhaus. Links in der Wand der Eingangsnische waren sechs graue Blechbriefkästen eingearbeitet und rechts gegenüber ein Komplettset aus Leichtmetall mit sechs Klingelknöpfen und sechs einheitlich beschrifteten Namensschildchen unter einer Gegensprechanlage. Der zweite Name von oben war Jeff Carlo. Derselbe Name stand auch auf einem Briefkasten. Postbote und erwünschte Besucher waren vermutlich darüber informiert, dass es sich bei Jeff Carlo um Carlotta Jefferson handelte. Für nicht Eingeweihte war es ein doppelter Männername. Der typische Sexstalker würde nachts nicht unbedingt bei einem Jeff Carlo schellen und auch keine perversen

Botschaften oder ekligen Utensilien in den Briefkastenschlitz von Jeff Carlo stecken. Aus Marie war Carlo geworden, aus Manni Karol. Carlo und Karol. Klang irgendwie nach einem System. Trockene Alkoholiker neigen zu Rührseligkeit und greifen gern zu metaphorischen Haltegriffen im Universum.

Karol schüttelte sein steifes Bein, bis das Knie schmerzte, und zwang sich, wieder vernünftig zu denken, denn in diesem Fall konnte er jede Art von sentimentaler Buchstabenmystik getrost in die Tonne kloppen. Dass der verstorbene Freund, dessen Identität er angenommen hatte, ausgerechnet den Namen Karol trug, hatte mit Sicherheit keine Konstellation am Sternenhimmel deshalb festgelegt, weil der zweite Vorname seiner Tochter Carlotta lautete. Das spielte aber auch keine Rolle. Was zählte, war, dass Schwager Paolo ihm ganz offensichtlich die richtige Adresse genannt hatte.

Es war unglaublich einfach gewesen, Marie zu finden. Warum hatte er nicht schon früher die Idee gehabt, hier nach ihr zu suchen? Warum war er nicht einfach mal von Berlin nach Köln geflogen, um das zu tun, was er heute getan hatte? Was hatte ihn davon abgehalten? Die Frage war leicht beantwortet. Er war fest davon überzeugt gewesen, dass Marie sich unter falschem Namen irgendwo in Süditalien versteckte und es für ihn unmöglich wäre, ihren Aufenthaltsort ausfindig zu machen. Nun begann für Karol ein neues Leben mit einer neuen Aufgabe.

Drei Jahre lang hatte er junge Frauen in Berlin beschützt, ab heute würde er seine eigene Tochter in Köln beschützen. Er musste lächeln. Aus Marie war eine Kripo-Kommissarin geworden. Bestimmt hervorragend ausgebildet und knallhart. Sie hatte sich das selbst erarbeitet. Ohne ihren Vater. Trotzdem träumte er schon wieder. Er sah eine junge Kommissarin, die durch einen Kugelhagel hechtete, und ihn, in einem Hauseingang versteckt, der ihre Verfolger mit einer abgesägten Schrotflinte außer Gefecht setzte. Mehr als zwanzig Jahre hatte er Marie nicht mehr gesehen oder gesprochen. Und jetzt war sie so nah. Er schaute sich um, ob sie vielleicht gerade die Straße entlanggeschlendert kam. Wenn sie ihn hier vor ihrer Haustür ertappte und ihm in die Augen schaute, würde er dann die Kraft haben, sich nicht vor ihr zu outen?

Er wechselte die Straßenseite und stellte sich neben eine kleine dicke Bettlerin mit Pappbecher zu den Obstkisten vor dem REWE-Markt. Verstohlen wie ein Privatschnüffler, der für ein paar lumpige Euro untreue Ehefrauen observiert, spähte er zu der gelblichen Fassade hinüber, und er kam sich dabei total blöd vor. Sollte er jetzt stundenlang zwischen REWE, Spielhalle, chemischer Reinigung und Sanitätshaus umhertigern, in der Hoffnung, dass Marie irgendwann nach Hause käme?

Die Uhr gegenüber auf dem Bürgersteig stand auf achtzehn Uhr vierundzwanzig. Karol beschloss, noch sechs Minuten zu warten und dann die Neusser Straße bis zur Inneren Kanalstraße hochzuspazieren und dann wieder zurückzukommen, immer wieder hin und zurück. Vielleicht wäre irgendwann im dritten Stock des Hauses 303 das Licht an, und dann wüsste er, dass Marie in ihrer Wohnung war. Vielleicht würde sie ja mal aus dem Fenster schauen.

Er wollte gerade die Spielhalle betreten, um dort seine Blase zu erleichtern, als sich auf der gegenüberliegenden Straßenseite etwas tat. Eine junge Frau in hellblauen Jeans, mit orangefarbenen Turnschuhen, beiger Baseballkappe und mintgrünem Kapuzenpulli stieg vor dem Imbiss vom Fahrrad und schob das weiß lackierte und mit braunem Ledersattel bestückte Gefährt in die Eingangsnische des Hauses 303. Sie öffnete einen Briefkasten, holte ein paar Sendungen heraus, schloss dann die Haustür auf und verschwand mit dem Rad im Treppenhaus.

Die ganze Aktion hatte nicht mal eine Minute gedauert. Wie versteinert blieb Karol stehen. Das war seine Tochter gewesen! Keine fünfzig Meter von ihm entfernt schob Marie gerade ihr Fahrrad in den Hof und würde dann die Stufen bis zu ihrer Wohnung hochsteigen. Wie oft in den letzten beiden Jahrzehnten hatte er sich ausgemalt, was wohl aus ihr geworden war.

Eine Lehrerin? Eine Gangsterbraut? Die Frau eines sizilianischen Fischers, mit dem sie einen Stall voller Kinder erzog? War er schon Opa?

Karol hatte mit vielem gerechnet, aber nicht damit, dass aus Marie eine Kommissarin bei der Kölner Kripo geworden war.

Damals waren sie zu Marlenas Eltern in die Abruzzen geflohen, aber er wusste, dass ein Zweig der Familie Sandini ins sizilianische Catania reichte. Dort hatte Karol sie in seinen nächtlichen Wachträumen immer angesiedelt. Aber Marie lebte in Köln-Nippes. Unfassbar. Gestern Nacht war er als Mordverdächtiger aus Berlin geflohen, heute Morgen hatte er wieder Kölner Boden betreten, und um kurz nach achtzehn Uhr schon sah er seine Tochter wieder.

Am liebsten hätte sich Karol eine der Ananas genommen, die in Plastikkisten vor dem Supermarkt präsentiert wurden, und hätte sich die piksige Frucht mal so richtig um die Backen gehauen, damit ihm klar wurde, dass er das alles nicht nur träumte. Drüben wohnte Marie, und sie war bei der Kripo.

Letzte Nacht im Zug hatte er mal grob angedacht, wie er seine nächsten Lebenswochen wohl gestalten würde. Mit Sicherheit würde es einige Zeit dauern, hatte er vermutet, bis sich eine Spur von Marlena und Marie auftat. Dieser Spur wäre er gefolgt, vermutlich nach Süditalien. Dort hätte er, wenn alles erfolgreich verlaufen wäre, die beiden irgendwann entdeckt. Er hätte sie ein paar Tage lang observiert und dann einen günstigen Moment genutzt, um vor sie zu treten. Er hätte sie in ein romantisches Restaurant mit Meerblick eingeladen und ihnen erzählt, was in den letzten vierundzwanzig Jahren passiert war.

Nach diesem Treffen hätte man gemeinsam beratschlagt, was man nun mit dieser neuen Situation anfangen sollte oder könnte. Aber seine Suche war schon nach zehn Stunden beendet. Was sollte er tun? Er konnte Marie doch nicht einfach vor der Tür auflauern und sagen: »Hallo, schöne Frau, ich bin dein Vater, der gesuchte Doppelmörder Manni Thielen, den die polnischen Behörden vor mehr als zehn Jahren für tot erklärt haben.«

Das würde sie in mancher Hinsicht massiv in die Klemme bringen. Sie war eine junge Kommissarin und hatte einen Eid geschworen. Sie müsste ihren Vater der Justiz überstellen, denn Mord verjährt nicht. Vielleicht aber würde sie sagen: »Versteck dich irgendwo, behalte deine polnische Identität, und wir telefonieren alle zwei Wochen mal ein paar Minuten mit anonymen Prepaid-Handys.«

Wenn das aber ihre Dienststelle erführe, auf welchem Weg auch immer, wäre sie ihren Job los. Also fiel die Idee flach, sich ihr einfach so zu offenbaren. Was dann? Sich hier um die Häuser drücken und täglich für Sekunden einen verstohlenen Blick auf sie werfen? Karol schaute zur Wohnung im dritten Stock. Der Rollladen vor dem Fenster links wurde gerade hochgezogen. Dritter Stock, zweite Klingel von oben. Das war Maries Wohnung. Es könnte natürlich auch eine andere junge Frau sein, die zufällig in dem Haus wohnte. Nein. Auch wenn er sie nur ein paar Sekunden lang gesehen hatte, war da etwas gewesen an ihrer Art, sich zu bewegen, das ihn stark an seine Tochter erinnerte, die kleine Marie, die damals fünfeinhalb Jahre alt gewesen war.

Karol durfte jetzt nichts überstürzen. In den letzten achtundvierzig Stunden war unglaublich viel geschehen. Das musste er alles erst mal sacken lassen. Er betrat die Spielhalle neben dem REWE, benutzte die Toilette und sah beim Verlassen der düsteren Destination in einer Ecke vier PC-Monitore auf einem Bord. Er fragte die rundliche Frau, die hinter dem mitten im Raum platzierten Tresen saß und mit ihrem Smartphone beschäftigt war, ob man mit den Computern ins Internet komme. Klar, erwiderte sie, für einen Euro pro dreißig Minuten käme man damit jederzeit ins Netz. Karol steckte ein Fünfzig-Cent-Stück in das fette Sparschwein auf dem Tresen und bedankte sich für die Benutzung des Klos.

Im REWE nebenan kaufte er ein paar verpackte Sandwiches,

zwei Smoothies, Erdnüsse und eine Dose Cola. Er ließ sich eine braune Papiertüte geben, packte ein und schaute auf die Pinntafel, die überschrieben war mit »Von Kunden für Kunden«. Kleine vollgekrakelte Karteikärtchen, eins neben dem anderen. Jemand bot Gitarrenstunden und Englischnachhilfe an, einige suchten Putzstellen oder Jobs als Kinderbetreuerinnen, viele wollten mit altem Kram ein paar Euro machen. Autoreifen. Stereoanlagen, Fernseher, Fahrräder, Markenturnschuhe, und unten auf dem Bord neben den Löchern, in die man Verpackungen stopfen konnte, lag ein Stapel mit postkartengroßen, chic gemachten Flyern von einem Hotel in der Yorckstraße, das »1stFloor« hieß.

Die Yorckstraße hatte Karol noch in guter Erinnerung, da war ganz früher mal auf der Ecke Nordstraße seine Lieblingspizzeria gewesen, mit einem Fischernetz an der Decke. Das Lokal betrieb ein origineller, immer fesch rausgeputzter Italiener mit umwerfendem Witz und Charme, seinem jüngeren Bruder und seiner Mutter, die so gut wie nie aus der Küche herauskam. Karol würde sich dieses »1stFloor Hotel« mal anschauen.

12

Vieles, was ihm früher als zufällig erschienen war, stellte sich nun als Zahnrad in einem großen Ganzen dar, das sich langsam zusammenfügte und sich unaufhaltsam den Weg zu triumphaler Vervollkommnung bahnte. Noch nie in seinem Leben hatte Timo Neufert sich so wichtig gefühlt wie in den letzten Tagen. So ähnlich musste sich Nicolaus August Otto im Jahr 1876 gefühlt haben, als er plötzlich die Gewissheit verspürte, dass sich die Forschungen und Experimente, die er seit Jahrzehnten in seiner Motorenfabrik in Köln-Deutz durchführte, gelohnt hatten. Er würde als der Vater des Viertaktmotors in die Geschichte eingehen! Der Ottomotor stand kurz vor der Präsentation!

Timo hatte immer davon geträumt, irgendein Detail zu erfinden, das in der Formel-1-Technik eine unverzichtbare Funktion eingenommen hätte und nach ihm benannt wäre. Das Neufertventil, die neufertsche Hydraulik oder wenigstens den Neufertbolzen. So was in der Richtung. Das waren Träume. Aber was nun geschah und was in nächster Zeit noch alles geschehen würde, das war die Realität. Das war die Aufgabe, deren Erfüllung sein Unterbewusstsein immer schon herbeigesehnt hatte.

Eines der Zahnräder im Getriebe seines Schicksals war der Weg zu einer perfekten Räumlichkeit, die er benötigte, um seinen Plan umzusetzen. Die Verwaltung der Pferderennbahn in Köln-Weidenpesch hatte achtundvierzig Stunden vor einem wichtigen Renntag seinem Chef die Ohren vollgejammert wegen heftiger Probleme mit der Telefonanlage, über die zwanzig Apparate und die Totalisatoren der extern eingehenden Wetten geschaltet waren.

Timo tanzte an und fand nach einer Stunde den Fehler. Ein Steuerungsmodul war defekt und hatte mehrere Kurzschlüsse verursacht. Er rief beim Zentralhändler in Kaarst an, und man vereinbarte, das Ersatzteil per Taxi auf die Reise zu schicken. Timo nutzte die Zeit für einen Spaziergang.

Er ging an der Feuerwache vorbei, umrundete den Tennisclub TC Ford und mehrere Fußballplätze, er passierte eine große Schrebergartenanlage und die Gebäude eines Schrottverwerters, der einen eigenen Anschluss zu der wenig befahrenen Güterzugstrecke vom Niehler Hafen nach Frechen hatte. Früher war das Gelände eine wichtige Anschlussstation gewesen, als die Fordwerke, die Glanzstoff-Chemie und die Esso-Raffinerie ihre Erzeugnisse auf eigenen Gleisen antransportierten und die Waggons dann hier zu endlos langen Güterzügen zusammengekuppelt wurden. Aus umgekehrter Richtung gelangten damals die Briketts aus dem Braunkohleabbau über diese Schienen zu den Frachtschiffen im Rheinhafen.

Timo ging an dem Schrottgewerbe vorbei und erblickte etwa hundert Meter weiter jenseits der Gleise ein mit unprofessionellen Graffitis und Schmiererei verunstaltetes eingeschossiges Gebäude, das sofort seine Neugier weckte, weil es in dieser Umgebung irgendwie unpassend wirkte. Durch ein lose in rostigen Scharnieren hängendes Eisengitter überquerte er den Schienenstrang und trat an den kleinen rechteckigen Industriebau heran, dessen obere Ebene eine überdachte, halb umbaute Aussichtsplattform war, die man irgendwann einmal über eine nun zugewachsene Rampe hatte betreten können. Die rechte Seite und die Front der wintergartenähnlichen Terrasse bestanden aus großen eisernen Sprossenfenstern, deren Scheiben rausgeschlagen waren. Darunter befand sich halb im Boden versenkt ein Raum, aus dessen Mitte eine Holztreppe zu der Terrasse hochführte.

Durch eines der drei halbkreisförmigen Fenster, in deren Rahmen alter Kitt ein paar gezackte Glasscherben festhielt, schaute Timo in das verwahrloste Souterrain. Die Wände planlos bekrakelt und besprüht, der Boden übersät mit leeren Konservendosen, Schnapsflaschen, Bierdosen und Zigarettenpackungen. Ein paar schmutzige Kanülen auf einem Scherbenhaufen unter dem Fenstersims ließen darauf schließen, dass hier Obdachlose mit multitoxischen Vorlieben gehaust hatten.

Vor dem Haus war ein vollgerümpelter Vorgarten und an der Rückseite ein Unterstand mit Müll, zertretenen Kartons, prallen Plastiksäcken und einer verdreckten Kloschüssel. Die Überreste eines Stromkastens hingen lose an der Außenwand neben einer offenen Tür, durch die man in einen etwa drei mal drei Meter großen Raum gelangte. Umgeben von verknüllten Papierfetzen und den Resten heruntergebrannter Kerzen lag eine angeschimmelte Matratze in der Ecke.

Als Timo den Raum betrat, knirschte zerbrochenes Glas unter der dichten Staubdecke, die den Boden bedeckte. Es war ein seltsamer Klang. Sowohl gläsern wie metallisch. Timo stampfte mit der Ferse auf, und das Geräusch klang leise nach. Er schleppte die Matratze ins Freie, wühlte aus dem Müllverschlag einen borstenlosen Schrubber mit abgebrochenem Stil hervor und befreite damit den geheimnisvollen Raum so weit von Schutt, Staub und Glasscherben, bis er feststellen konnte, dass in den Boden eine massive Eisenplatte eingelassen war, die man wohl mal mit einem Griff hatte heben können. Da, wo sich dieser Griff befunden hatte, war die Platte nun mit dem Rahmen verschweißt.

Was für eine Funktion hatte dieses seltsame Gebäude früher gehabt? Für ein Stellwerk kam es Timo zu niedrig und zu groß vor, für eine Leitstelle zu klein und zu versteckt.

Als er das Gebäude eben zum ersten Mal von jenseits der Schienen aus erblickt hatte, verspürte er den milden Hauch eines Sommerabends, und er sah auf der Terrasse die grauen Vorstandsherren der Eisenbahngesellschaft an überschminkten Huren mit wasserstoffblonden Föhnfrisuren herumzerren. Man trank Whiskey aus Tennessee und Sekt vom Rhein, man paffte bananengroße Zigarren und steckte schlanke Zigaretten in goldene Spitzen mit Mundstücken aus Perlmutt. Mit vor Stolz geschwellten Brüsten schaute man auf die vorbeidonnernden Güterzüge, denen man seinen Wohlstand zu verdanken hatte, und begab sich bei Mondaufgang ins Souterrain, um schräg unter dem bebenden Gleisstrang die Tickets für die Tunneldurchfahrt zu lösen.

Timo stand auf der zugeschweißten Eisenplatte in dem kleinen Raum, zog sein Smartphone aus der Tasche und googelte »Güterzüge Köln-Niehl«. Er gelangte sofort zu einem ausführlichen Wikipedia-Beitrag, in dem stand, dass die Anlage an der Scheibenstraße im Jahr 1925 fertiggestellt worden war. Timo schaute auf. 1925. Nach dem einen Krieg und vor dem anderen.

Timo erledigte den Job bei der Rennbahnverwaltung und parkte in der Dämmerung seinen Kastenwagen vor der Tennishalle. Er zog den Overall aus und füllte Werkzeug und seine Stirnlampe in eine Schultertasche. Ein älterer Mann mit einem trägen Rottweiler kam ihm am Bahndamm entgegen. Als der Mann ihn sah, pfiff er seinen Hund zu sich und leinte ihn an. Er nickte Timo zu, als sie aneinander vorbeigingen. Timo nickte zurück und verlangsamte seine Schritte, bis Herr und Hund verschwunden waren.

Vor dem Eisengitter schaute er noch mal in alle Richtungen. Da niemand weit und breit zu sehen war, zog er das Gitter auf, stieg über die Bahnschwellen und betrat den Raum auf der Rückseite des Flachbaus. Er nahm die Flex aus der Tasche, steckte einen Akku in den Griff, zog sein T-Shirt bis über die Nase hoch und fixierte es dort mit einer Schutzbrille. Fontänen sprühender Funken schossen durch den Raum, Eisen kreischte, beißender Qualm quoll aus der aufglühenden Kerbe. Nach einer Minute war die Aktion beendet.

Timo legte den heißen Seitenschneider ab, ging hinaus und schnappte Frischluft in seine Lunge. Niemand war zu sehen. Kein Hund bellte. Niemand hatte das Kreischen gehört. Aber ein Donnern kam näher. Timo ging in den Raum zurück und schaute durch den Spalt der angelehnten Tür dem nahenden Güterzug entgegen. Die Erde bebte. Die Eisenplatte summte dumpf. Dann war es wieder still.

Als der Rauch sich verzogen hatte, setzte Timo das Stemmeisen in die Nut und gab Druck. Die Platte bewegte sich. Zwar nur um Millimeter. Aber immerhin. Er kratzte mit einem Schraubenzieher allen Dreck aus dem Spalt zwischen Rahmen und Platte und setzte das Stemmeisen erneut an. Die Platte ließ sich heben, und aus der Dunkelheit, die sich darunter auftat, stieg kühle Luft empor.

Timo machte die Stirnlampe an und schaute hinab auf eine Eisenstiege. Vorsichtig stieg er Stufe für Stufe in die Dunkelheit. Als er festen Boden unter den Füßen spürte, schwenkte er den Kopf, und der Schein seiner Lampe fuhr durch den Raum. Mit einem Schlag war ihm klar, was für eine Funktion man diesem Gebäude damals zwischen den Kriegen zugedacht hatte. Es war ein Luftschutzkeller.

Der Bunker war knapp zwei Meter hoch, etwa fünf breit und zehn Meter lang. Es standen drei verrostete Krankenhausbetten an der Seite, es gab einen Waschtisch mit drei Krügen darunter, und in der hintersten Ecke befand sich hinter einer verschiebbaren Blechplatte ein Loch im Boden, in dem ein Eisentopf mit Tragbügel hing.

Es war gut vorstellbar, dass hier im Zweiten Weltkrieg einige Auserwählte die wütenden Bombenangriffe der Royal Air Force überlebt hatten. Als die Deutschen kapitulierten, wurde der Raum zugeschweißt. Und vergessen. Vermutlich.

Timo leuchtete die roten Backsteinwände ab und entdeckte im vorderen Bereich hinter der Ausstiegsluke eine Eisentür, die mit zwei Schubriegeln versperrt war. Er schlug mit dem Hammer so lange auf das rostige Metall, bis sich die Riegel aufschieben ließen. Er zog die Tür auf und wäre fast in einen Abgrund gestürzt, denn hinter der Schwelle klaffte ein schwarzes Loch.

Timo hielt sich am Rahmen fest und senkte den Lichtkegel der Lampe nach unten. Es war ein kleiner Raum, auf dessen Lehmboden die Reste einer Holzleiter mit zerbrochenen Sprossen lagen. Entweder hatte sich der Eigentümer des Bunkers hier ein besonders sicheres Separee konstruiert, oder er hatte den Raum als Verlies für Schutzsuchende mit ansteckenden Krankheiten, übergroßem Gewaltpotenzial oder abstoßendem Körpergeruch genutzt. Denkbar war vieles.

13

Abwechselnd schaute Karol sehnsüchtig zu dem stylischen Doppelbett in seinem Rücken und angenervt vor sich auf die blütenweiße Seite des Schulhefts, die ihn hämisch angrinste.

Er war gestern Abend die Neusser Straße noch so lange zwischen Wilhelm- und Blücherstraße hin- und hergependelt, bis im dritten Stock des Hauses 303 das Licht ausging.

Da seinem kaputten Knie der Stress der letzten Tage und die Kölner Luft offenbar guttaten, war er zu Fuß ins Bahnhofsviertel spaziert und hatte die Nacht im »Haus Oster« verbracht. Am späten heutigen Vormittag war er in der Yorckstraße vorgefahren und hatte seine beiden Taschen aus dem Taxi ins »Hotel 1stFloor« verfrachtet.

Das brandneue Mini-Hotel bot vier individuell designte Doppelzimmer an, drei davon ebenerdig, das vierte im Souterrain, zu dem man über einen kleinen Innenhof gelangte und das frei war. In seinem bisherigen Leben hatte sich Karol noch nie in einer so edlen Location einquartiert. Ein französisches Bett aus weißem Schleiflack dominierte den quadratischen Raum, dessen Rückseite eine sechsflügelige, von hellen Jalousien abgedunkelte Glaskonstruktion war. Von der Stirnwand hatte man den alten Putz abgeschlagen, um das hellrote Backsteingemäuer darunter wieder zum Vorschein zu bringen, und die Wände links und rechts waren weiß verputzt und dezent mit moderner Gebrauchskunst behängt. Es gab einen Flachbildschirm an der Backsteinwand und ein schmales gläsernes Bord, unter dem ein seidenbezogener Hocker stand. Eine schwere Glastür führte in das großzügige Badezimmer mit grauem Granit an den Wänden und auf dem Boden, zwei Waschbecken, einer Dusche und einer frei stehenden Badewanne.

Es gab kein Frühstück und keinen Aufenthaltsraum. Die paar Gäste konnten sich problemlos aus dem Weg gehen.

Das Zimmer kostete hundert Euro pro Nacht. Karol hatte eine Woche im Voraus bezahlt. Natürlich in bar. Die extravagant gekleidete Frau am Empfang hatte ihn gebeten, seinen Personalausweis vorzulegen. Karol war immer noch im Besitz des seit Langem ungültigen israelischen Passes auf den Namen Jakub Saltzman. Damit hatte er sich letzte Nacht im »Haus Oster« angemeldet, was dem Empfang nicht aufgefallen war.

Hier und jetzt im »1stFloor« aber war die Lage eine andere. Er würde vielleicht eine längere Zeit bleiben, und die Dame am Empfang wirkte nicht wie eine kühle Abzockerin von Touristen, sondern eher wie eine Künstlerin oder eine Yogalehrerin. Wenn er ihr den Pass von Jakub Saltzman vorlegte, wäre es denkbar, dass die aparte Person mit den leuchtenden Augen sich den Ausweis, nicht aus Misstrauen, sondern im Gegenteil aus natürlichem Interesse heraus, genauer anschauen würde. Jakub Saltzman, geboren in Tel Aviv, spricht akzentfrei Deutsch, hat ein Hinkebein und eine GI-Frisur und reist mit einem Pass, der vor fünfzehn Jahren abgelaufen ist. Wie würde sie reagieren? Das war zu gefährlich. Also legte er seinen polnischen Personalausweis vor und schrieb den Namen Karol Stanjek und die entsprechende Ausweisnummer in das Anmeldeformular.

Wie lange er hier zu bleiben gedachte, wollte er nicht festlegen. Auf die Dauer wäre der Raum zu teuer. Vielleicht war ja auch der Effekt, in einem Zimmer, geschätzte hundert Meter Luftlinie von Maries Wohnung entfernt, zu logieren, schon nach einer Woche verpufft. Dann würde er sich was Preiswertes am Stadtrand suchen. Aber um den Plan zu verwirklichen, den er gestern Nacht auf der durchgelegenen Matratze im »Haus Oster« geschmiedet hatte, während über ihm die Sprungfedern kräftig quietschten, war diese angenehme Unterkunft bestens geeignet. Hatte er gedacht.

Aber die Umsetzung des Plans entpuppte sich als nicht so leicht, wie er gehofft hatte. Der Plan war: Er schrieb auf, was in den letzten vierundzwanzig Jahren passiert war, und steckte die Aufzeichnungen in Maries Briefkasten. Auf der letzten Seite würde er seiner Tochter anbieten, sich selbst zu entscheiden, ob sie ihn treffen wollte.

Wenn das der Fall wäre, sollte sie in der Nacht eine Kerze in ihr Fenster stellen. Wenn nach zwei Nächten keine Kerze im Fenster leuchtete, würde er Köln verlassen. Vielleicht mit einem Boot. Das war eigentlich ein guter Plan. Eigentlich.

Aber er rutschte nun schon seit Stunden auf dem seidenen Bezug des grazilen Hockers vor dem grüngläsernen Bord herum, starrte in das aufgeschlagene Schulheft und konnte keinen Anfang finden. Das Päckchen Erdnüsse aus dem REWE hatte er schon längst verköstigt. So konnte es nicht weitergehen.

Er stand auf, umkreiste dreimal das Bett, schlug mit beiden Handflächen synchron gegen seine Schläfen, setzte sich hin, ergriff einen Stift und schrieb:

Liebste Tochter

Scheiße. Er brach ab. Hatte er mehrere Töchter? War Marie die »liebste« von ihnen? »Liebe Marie« würde doch genügen, oder? Aber woher wusste er, ob Marie überhaupt »lieb« war? Vielleicht war sie ein eiskalter Cop, vielleicht würde sie kotzen, wenn ein an sie gerichteter Text mit »liebe« oder »liebste Tochter« oder »liebe Marie« begann. Vielleicht hasste sie den Namen Marie und wollte nur noch Carlotta oder Carlo genannt werden. Außerdem kam das eigentlich sowieso irgendwie richtig kacke rüber.

Da stirbt ein untergetauchter Vater in Ostpolen, und die Nachricht von seinem Tod löst eventuell bei einem damals fünfzehnjährigen Mädchen ein furchtbares Psychochaos aus, und dann kommt der feige Doppelmörder-Paps scheinheilig mit der Anrede »Liebste Tochter« um die Ecke geschlichen. Nee, das ging gar nicht.

Karol riss die Seite raus, zerknüllte sie ausgiebig und warf das Bällchen in den Papierkorb. Beziehungsweise auf den Rand des Papierkorbs, von dem es dann auf den hart geölten Edelholzboden sprang und unters Bett kullerte. Karol hob es auf und ließ es senkrecht in den Papierkorb fallen.

Aber auch dieser sinnlose Aktionismus half ihm nicht dabei, nun geschmeidige Worte zu finden, die wie von selbst auf die neue erste Seite des Hefts niederrieselten. Scheiße. Schreiben war nicht seine Welt. Er hatte in den letzten Jahren nichts geschrieben außer den stichwortartigen Aufzeichnungen als Schutzengel in den öffentlichen Verkehrsmitteln der Hauptstadt. Trotzdem durfte sein Vorhaben jetzt nicht schon an den ersten beiden Wörtern scheitern.

Er grübelte noch eine Weile vor sich hin, dann brachte er den Stift entschlossen in Stellung und begann zu schreiben:

Hallo Marie,
diesen Text schreibt dir dein Vater Manni. Ich bin nicht tot. Seit zwei Tagen bin ich wieder in Köln. Dein Onkel Paolo hat mir gesagt, wo du wohnst. Gestern Abend habe ich gegenüber vor dem REWE gestanden. Ich habe gesehen, wie du nach Hause gekommen bist.

Karol ließ den Stift sinken und las die Zeilen noch mal Wort für Wort. Er war ganz zufrieden damit. Aber jetzt wurde es knifflig. Gern hätte er ihr nun ein Kompliment gemacht in der Art von »Toll, wie du dich entwickelt hast« … oder »Voller Stolz konnte ich feststellen, was für eine hübsche Frau aus meiner kleinen Marie geworden ist« …

Aber so etwas konnte natürlich als hinterfotzigste Schleimerei rüberkommen. Denn vielleicht hasste sie ihn ja. Vielleicht war sie abgrundtief von ihm enttäuscht, weil er ihre Kindheit zerstört hatte. Vielleicht war sie nur Kommissarin geworden, um so fehlgesteuerte Charaktere wie ihren Vater hinter Schloss und Riegel zu bringen, streunende Bastarde, die Morde beginnen, die mit Drogen und Waffen handelten und die Frau und

Tochter im Stich ließen, um ihr räudiges Fell einer gerechten Bestrafung zu entziehen.

Er setzte den Stift wieder an.

Ich habe mich dazu entschieden, dir auf diesem Weg mitzuteilen, was mit mir in den letzten Jahren passiert ist. Wenn du das dann gelesen hast, kannst du entscheiden, ob du Kontakt mit mir aufnehmen willst oder ob du es lieber bleiben lässt. Zum letzten Mal hab ich dich vor etwa vierundzwanzig Jahren gesehen, als du im Zimmer deiner Freundin Laura verschwunden bist. Weil du nicht einschlafen konntest in dieser Nacht und deine Mutter im Krankenhaus lag, hatte Lauras Mutter nichts dagegen, dass du die Nacht bei ihnen verbringst. Bei mir konntest du nämlich nicht schlafen. Denn es war die Nacht, in der ich die Waffen von Charly für eine Viertelmillion Mark verkaufen wollte. An Charly erinnerst du dich bestimmt noch. Er war mein bester Freund. Aber er war …

Karol hob die Spitze des Stifts vom Papier. Welcher Gaul war denn jetzt mit ihm durchgegangen? Konnte Marie überhaupt kapieren, was er hier in zunehmend krakliger Schrift dem wehrlosen Schulheft mitteilte? »Waffen … eine Viertelmillion Mark …« Wenn sie das las, würde sie vielleicht denken: Lieber gar keinen Vater als einen total abgedrehten Schwerkriminellen. Aber jetzt wieder alles neu schreiben? Auch keine gute Idee.

Vielleicht hatte Marie ja alles schon selbst recherchiert. Als Kripo-Frau konnte sie auf die entsprechenden Archive zugreifen. Sie war mit fünfeinhalb Jahren schon ein aufgewecktes Kind gewesen, damals, als die furchtbaren Dinge passierten. Als eine Kugelsalve das Leben des netten Kommissars Schumacher vor der Agneskirche ausgelöscht hatte, war Marie anwesend gewesen. Sozusagen. Im Arm von Andrzej hatte sie aus hundert Metern Entfernung die Schüsse gehört. Daran würde sie sich noch erinnern.

Wie weit dieses Geschehen sie traumatisiert hatte, konnte er natürlich nicht beurteilen. Vielleicht war sie gerade *wegen* dieses einschneidenden Erlebnisses zur Kripo gegangen.

Er war immer schon dazu prädestiniert gewesen, selbst als kleine Ratte einen Porzellanladen zum Zittern zu bringen. Folglich war im momentanen Frühstadium des geplanten Wiedersehens gesteigerte Sensibilität angesagt. Knapp und sachlich musste er sich ausdrücken.

Ich schreib jetzt alles einfach mal auf. Später kannst du mir dazu Fragen stellen. Also: Ich hatte eine Ladung russischer Armeewaffen von Charly geerbt. Die wollte ich verkaufen. In der Nacht der Übergabe aber ging alles schief. Ich hatte vorgehabt, die neue russische gegen die alte Kölner Mafia auszuspielen. Aber ich war zu blöd. Gegen die Superprofis hatte ich keine Chance.

Karol nahm den Stift vom Blatt und schraubte an seinen Gedanken herum. Jetzt kam der Zeitpunkt des Abschieds von Marie. Das war harter Stoff. Ihm blieb nur die Möglichkeit der Komprimierung.

Hoffentlich würde er mit Marie bald über alles reden können, nachdem sie eine Kerze ins Fenster gestellt hätte. Das hoffte er.

Er schrieb weiter.

Ich war völlig überfordert. Charly tot, Schumi tot, deine Mutter im Krankenhaus. Ich hatte die Möglichkeit, auf einen Schlag eine Menge Geld zu kassieren. Die Kohle hätte für ein paar sorgenfreie Jahre mit euch gereicht. Aber die Nummer war zu groß für mich. Ich hatte den Boden unter den Füßen verloren. Ich flog neben mir durchs Universum. Sergej Barischov und Dr. Reuter habe ich nur deshalb erschossen, weil sie dich getötet hatten. Das dachte ich zu dem Zeitpunkt. Da hab ich rot gesehen, und danach bin ich schwer k.o. gegangen. Als ich wieder aufwachte, saß ich im Auto mit Andrzej, seiner Schwester Irina und viel Kohle. Das Auto war in Richtung Warschau unterwegs. An Andrzej wirst du dich bestimmt noch erinnern. Du hast ihn »Ändi« genannt und er dich »moje słoneczko«. Das heißt »meine Sonne«. Ihr beide habt euch gut verstanden. Er hat mir die Flucht ermöglicht. Ohne ihn wäre ich jetzt tot. Ich wachte auf mit dem Kopf im Schoß seiner Schwester …

Scheiße. Den letzten Satz strich Karol wieder aus. So intensiv, dass er nicht mehr rekonstruierbar war. Marie würde sonst denken, dass ihr Vater sich auf der Flucht gleich in Andrzejs Schwester Irina verguckt hätte und am liebsten schon am ersten Abend in Warschau mit ihr in der Kiste gelandet wäre. Nachdem er am Tag vorher noch einen Doppelmord begangen hatte und angeblich seine Frau und seine Tochter über alles in der Welt liebte. Dabei war es gar nicht so gewesen. Nur ein bisschen so vielleicht.

Aber bevor er es aufschreiben konnte, musste er sich erst mal konzentrieren, um wieder ins Bewusstsein hochzuholen, was damals in Polen wirklich geschehen war mit Manni, wie Karol 1994 noch hieß.

14

Nachdem Andrzej den Golf beim ersten Ortsschild auf fünfzig Kilometer pro Stunde runtergebremst hatte und hinter den Scheiben die ersten Plattenbauten der Warschauer Vorstadt vorbeigehuscht waren, drehte er sich zur Rückbank um, auf der Manni den Kopf in Irinas Schoß gebettet hatte.

»Setz dich jetzt normal hin«, sagte Andrzej. »Falls an einer Ampel zufällig ein Polizeiwagen neben uns hält, könnte die Besatzung denken, du hättest eine Schussverletzung oder wärst ein Drogenopfer.«

»Autos mit deutschen Kennzeichen werden hier sowieso ganz gern kontrolliert«, ergänzte Irina. »Sie könnten geklaut sein.«

Begleitet von Irinas helfenden Händen und einem tiefen Seufzer hievte Manni seinen Oberkörper in die Vertikale.

»Anschnallen!«, befahl Andrzej. »Du auch, Schwester.«

Manni schaute aus dem Fenster. Ein paar Regentropfen fielen. Grauer Beton, ein paar Läden mit spärlich dekorierten Schaufenstern. Straßenschilder und Werbeplakate mit Botschaften, die er nicht verstand. Viele c in den Wörtern, viele z, viele Schnörkel und Anhängsel drunter und drüber. Keine Chance, auch nur in einem der Wörter einen Sinn zu entdecken.

Irina schaute zu ihm rüber. »Was ist?«

»Was soll sein?«

»Du siehst auf einmal traurig aus.«

»Das liegt daran, dass mein Hinterkopf nicht mehr in deiner Wärme baden darf.«

»Armer Junge.«

»Ganz armer Junge.« Mannis Hand krabbelte rüber zu ihr und kletterte auf ihren Oberschenkel. Ein kaum spürbarer Ruck fuhr durch ihren Körper. Sie ergriff seine Hand, hob sie hoch und legte sie zwischen ihnen auf der Sitzbank ab.

»Ich fahre dich zum ›Hostel Kanonia‹, sagte Andrzej, »das ist eine unauffällige Pension in der Altstadt. Da kannst du erst mal bleiben.«

»Und wo bleibt ihr?«

»Ich fahre weiter nach Berlin. Am Flughafen gebe ich den Leihwagen ab und fliege morgen nach Tel Aviv.«

Manni schaute zu Irina rüber. »Und du? Wo bleibst du?«

»Ich bin ein braves polnisches Mädchen, ich bleibe bei Mutti.« Sie lächelte ein Lächeln mit einem Hauch von Ironie in den Mundwinkeln. Aber nur einem Hauch.

»Willst du mich nicht deiner Mutti vorstellen?«

»Nein«, erwiderte Irina nun gänzlich ironiebefreit. »Vorher gehst du zum Friseur und ziehst dir was Anständiges an.«

»Zum Kofferpacken fehlte mir vor Antritt der Reise leider die Zeit. Ich hab nur das an Kleidung, was du siehst. Außer meinen Socken und meiner Unterhose.«

Irina rümpfte die Nase. »Es ist mindestens vier Tage her, dass du zum letzten Mal in deine Wäscheschublade gegriffen hast. Also erspar mir die Details.«

»Es gibt hier sehr gute Schneider«, meldete sich ihr Bruder vom Lenkrad. »Man kann sich alles nach seinen Wünschen anfertigen lassen. Hemden, Hosen, Sakkos, Mäntel, alles. Und Schuster, die Schuhe nach Maß herstellen, gibt es auch.«

»Ich dachte, ich komme in ein Land, in dem die Girls vor einer verrotteten Levi's wie meiner niederknien«, sagte Manni. »Stattdessen erzählt ihr mir was von anständigen Klamotten und maßgeschneiderten Frisuren.«

Andrzej hatte das Anmeldeformular im »Hostel Kanonia« auf den Namen Jakub Saltzman aus Wien ausgefüllt und der zierlichen alten Dame mit den großen Ringen an Fingern und Ohren einige Dollarnoten in die zerbrechlich wirkenden Hände gedrückt. Er war mit Manni durch das enge Treppenhaus in den dritten Stock hochgestiegen und hatte die Tür von Zimmer Nummer 35 aufgeschlossen. Der etwa drei mal vier Meter große Raum, der sich dahinter auftat, hatte ein Fenster zu einer belebten Altstadtgasse hinaus und eine Tür zu einem kleinen Duschbad. Die Wände waren mit zwei verschiedenen Blumentapeten beklebt, darauf genagelt ein paar kupferstichartige Tuschzeichnungen mit ländlichen Motiven. Das Bett, für einen zu breit und für zwei zu schmal, war eine massive Pfostenkonstruktion aus schwarz gebeizter Eiche und abgedeckt mit einem Überwurf aus apfelgrünem Samtersatz. Ein schmaler Tisch mit gedrechselten dunklen Beinchen und ein Stuhl aus ähnlicher Designlinie standen an der Wand. Auf der Tischplatte war ein goldgrünes Spitzendeckchen ausgebreitet, auf das so gerade ein Telefon und ein klobiges kleines Fernsehgerät passten. Der wellige Holzboden, der bei jedem Schnitt knarzte, war größtenteils versteckt unter einem sandfarbenen Teppich.

»Meinen Lebensabend werde ich hier mit Sicherheit nicht verbringen«, stellte Manni klar und kippte den Inhalt der Plastiktüte, die er aus dem Auto hochgeschleppt hatte, aufs Bett. Scheine mit Wert von knapp zweihundertfünfzigtausend D-Mark und fünfundvierzigtausend Dollar verteilten sich auf dem Apfelgrün. »Da hat man Kohle ohne Ende und muss in so was wie hier absteigen. Verbrechen lohnt sich nicht.«

»Viel größer als eine Zelle im Knast ist das Zimmer hier nicht«, sagte Andrzej, »aber du hast den Schlüssel, mit dem du die Tür von innen und außen abschließen kannst.«

Manni fummelte eine Zigarette aus seiner Jackentasche, ging zum Fenster und gab sich Feuer. Er schob den Vorhang beiseite und schaute zur Fassade des Wohnhauses auf der gegenüberliegenden Straßenseite. Aus kaum fünf Metern Entfernung blickte ein Kind durch eine Fensterscheibe zu ihm herüber. Ein Mädchen, vielleicht sieben Jahre alt. Etwas älter als Marie. Das Mädchen winkte ihm zu. Andrzej stellte sich neben ihn und schloss den Vorhang wieder.

»Du musst vorsichtig sein.«

Manni trat mit der linken Stiefelspitze gegen die Fußleiste

und pumpte sich so viel Qualm in die Lunge, wie hineinpasste. Andrzej legte den Arm um seine Schultern.

»Ich hab das Gefühl, du hast noch nicht so ganz realisiert, wie die Dinge stehen. Klar ist die Bude hier nur eine kurzfristige Lösung. Aber wenn du im Sternehotel absteigst, untersuchen sie dich sofort, und ein paar Stunden später bist du in Deutschland im Knast.«

»Ich hatte eigentlich gedacht, ich könnte bei dir und Irina bleiben.«

»Irina wohnt mit unserer Mutter in einer Drei-Zimmer-Wohnung. Wenn ich in Warschau bin, schlafe ich auch da. Auf dem Sofa im Wohnzimmer. Seit meine Ex mich rausgeschmissen hat, weil ich fast nie zu Hause war und ich ihr nicht die Wahrheit sagen durfte, wie und wo ich die Zeit verbrachte, die ich nicht mit ihr verbrachte.«

Flirrend wie eine Fata Morgana entstand vor Mannis innerem Auge eine vage Vorstellung davon, was das Leben ihm in dieser fremden Umgebung von nun an abverlangen würde. Aber noch hatte er die Wahl. Zwischen Knast mit Mauern und Knast ohne Mauern. Mit etwas Glück und guter Führung konnte er nach zehn Jahren Knast mit Mauern wieder ein freier Mann sein. Der Knast ohne Mauern aber würde lebenslänglich dauern.

»Du solltest dir die Haare kurz schneiden und einen Vollbart wachsen lassen«, sagte Andrzej, »und auch deinen Kleidungsstil solltest du überdenken. In deiner alten Jeans und den ausgelatschten Cowboystiefeln kommst du hier nicht weit.«

Nach einer unruhigen Nacht, in der er mehrfach hochschreckte, weil im Traum Maries Stimme nach ihm rief, und einer ausgiebigen Dusche unter spärlichem Strahl hatte Manni die Pension verlassen und in einer Wechselbude in der Nähe des Königsschlosses D-Mark gegen Złoty getauscht.

Ein betagter Friseur hatte ihm die Haare auf eine Länge von konsequent fünf Millimetern geschoren und mit einem eindrucksvollen Rasiermesser den wirren Fünftagebart an Ecken und Kanten begradigt. Nach dem Besuch eines Kaufhauses, das Kleidung und Schuhe im Sortiment führte, saß Manni danach am alten Marktplatz und betrachtete sich unauffällig im Schaufenster des Cafés, in dem er eine Tasse Tee bestellt hatte. Das war nicht Manni Thielen, den er dort auf dem gusseisernen Kaffeehausstuhl sitzen sah. Es war ein fast glatzköpfiger fremder Mann in brauner Stoffhose, hellblauem Hemd unter dunkelblauem Blouson und halbhohen Wildlederschuhen an den Füßen. Der erste Eindruck ist oft entscheidend. Der Typ war ihm unsympathisch. Ganz und gar.

Auch Irinas Augen strahlten nicht, als sie sich zu ihm setzte. Manni log ihr vor, dass es ihm gut gehe, dass er letzte Nacht prima geschlafen habe und ihm Warschau bestens gefalle. Und Irina erwiderte, dass sie sich darauf freue, ihn bald ihrer Mutter vorzustellen und mit ihm und ihr einen Gottesdienst in der Nożyk-Synagoge zu besuchen. Ihr Bruder habe ihr gesagt, dass er für ihn in Israel neue Papiere auf den Namen Jakub Saltzman besorgen werde. Sie werde ihm dann nach und nach beibringen, wie sich ein jüdischer Mann innerhalb und außerhalb der Gemeinde zu verhalten habe. Das dauere seine Zeit. Auch müsse erst Gras über die alten Geschichten wachsen und man sicher sein, dass die Kölner Kripo seine Spur nicht bis hierhin verfolgt habe.

Aber sie versprach, in gut einem Jahr würden sie gemeinsam eine Immobilie suchen und finden, in der er seinen Traum von einer Pizzeria verwirklichen könne. Als Manni nachfragte, ob sie keine Lust habe, das Projekt gemeinsam mit ihm anzugehen, erklärte sie mit einer Melange aus Überheblichkeit und gespieltem Skrupel, sie habe sich entschieden, in die Fußstapfen ihres verstorbenen Vaters zu treten und mit dem Studium der Tiermedizin zu beginnen. Gern aber komme sie dann mit ihren Kommilitonen in sein Lokal und lasse sich von ihm eine leckere Pizza backen. Dabei lachte sie auf und klopfte mit ihrer Hand kurz auf seinen Oberschenkel.

Aus Höflichkeit lachte Manni mit. Es gibt Getränke, die

nur dort schmecken, wo sie angebaut, gebraut oder übermäßig konsumiert werden. Nimmt man eine Flasche davon mit nach Hause, schmeckt sie nicht mehr. Bei Irina und Warschau war es genau umgekehrt. In Köln hatten sie sich auf Anhieb wunderbar verstanden. Manni hatte sogar so etwas wie Seelenverwandtschaft mit ihr verspürt. Doch seitdem sie sich in ihrer Heimatstadt befanden, war der Zauber verflogen.

Vier Tage später holte Andrzej ihn in der Pension ab, und sie gingen zu einem mächtigen Gebäude mit dem Warschauer Stadtwappen über dem Eingang. Links daneben stand ein Passbildautomat.

Manni setzte sich in die Fotobox und zog den kleinen Vorhang hinter sich zu. Er warf Münzen ein und drückte auf einen Knopf mit der Aufschrift »Początek«. Er schaute in die leicht spiegelnde Scheibe und grinste. Es blitzte. Er grinste nicht mehr. Es blitzte. Er blinzelte. Es blitzte. Er versuchte, ernst auszuschauen. Es blitzte. Das war's.

Sie warteten fünf Minuten, bis der leise grummelnde Automat den Streifen mit vier Schwarz-Weiß-Bildern auswürgte.

»Gut geworden?«, fragte Andrzej.

»Nein. Horror.«

Andrzej nahm ihm die Passfotos aus der Hand. »Die sind gut genug. In zwei Tagen hast du deinen Pass.«

Er streckte Manni lächelnd die Hand entgegen. »Schlag ein, Jakub Saltzman!«

Manni schlug ein. Aber er lächelte nicht. »Wir müssen reden.«

Sie schlenderten zur Weichsel und setzten sich auf eine Bank am Ufer.

»Was hast du auf dem Herzen?«, fragte Andrzej.

Manni schaute auf den langsam dahintreibenden Strom hinaus. »Wenn man sich vier Tage jeweils zwanzig Stunden in einem kleinen Pensionszimmer aufhält, in dem noch nicht mal der Fernseher funktioniert und sogar die Bibel neben dem Bett eine polnische Ausgabe ist, dann hat man viel Zeit zum

Nachdenken«, sagte er mit fester Stimme. »Es macht weder für mich noch für Irina oder dich Sinn, wenn ich hierbleibe. Ich wäre viel zu sehr auf euch angewiesen und müsste viel zu oft Bitte und Danke sagen. Und für euch wäre es lästig und nicht ganz ungefährlich. Denn falls die wahre Identität von Jakub Saltzman herauskäme, hättest du ein massives Problem an der Backe.«

»So ganz unrecht hast du nicht«, gab Andrzej zu.

Manni hob einen flachen Kieselstein vom Boden auf. »Außerdem komme ich nicht damit klar, dass ich keinen Kontakt zu meiner Frau und meiner Tochter haben kann.«

»In zwei Jahren könnte ich meine Connections aktivieren. Da ließe sich bestimmt was arrangieren.«

»Ein Telefongespräch pro Monat vielleicht.«

»Das wäre doch schon mal was.«

»Nein, das wäre nichts.«

Manni stand auf und warf den Kiesel mit voller Wucht auf den Fluss hinaus. Der Stein machte sechs Hüpfer, bis er gegen einen Wellenkamm schlug und versank. »Ich kann nicht als Jakub Saltzman in spießigen Klamotten durch Warschau laufen und vier Stunden pro Tag in einer Sprachschule Polnisch pauken.«

»Du hast Geld«, sagte Andrzej. »Jakub Saltzman kann sich eine nette Wohnung mieten. Die Identität, die du von mir bekommst, ist perfekt. Nicht gefälscht und nicht geklaut. Du bist Jakub Saltzman, geboren in Tel Aviv, ausgestattet mit einem zehn Jahre gültigen Businessvisum für Österreich und Polen.«

»Sei mir nicht böse, Andrzej, aber das bin ich nicht. Ich werde auch nie Jakub Saltzman sein. Und wenn ich es versuche, sterbe ich in absehbarer Zeit an Alkoholismus oder Magenkrebs. Oder beidem.«

»Alternative?«

»Ich muss mich bewegen. Ich muss gegen den Schmerz antreten. So lange und so fest, dass ich abends zu erschöpft bin, um mich den Gedanken zu stellen, die mir durch den Schädel rasen«, sagte Manni, »vielleicht wird es dann irgendwann besser.«

»Was machst du mit dem Geld? Steckst du es dir in den Rucksack?«

»Ich bin stundenlang durch die Innenstadt gelaufen. Es gibt viele schöne Häuser, die renoviert werden sollten. Seit die Mauer gefallen ist, rennen eure Männer in den Westen, weil sie dort mehr Geld verdienen. Aber das wird sich wieder ändern. Jeder, der kann, kehrt in seine Heimat zurück. Denn da, wo man geboren wurde, da gehört man hin, und da wird man gebraucht. Vielleicht kehre ja sogar ich irgendwann zurück in meine Heimat. Eure Männer werden zurückkehren. Polen tritt in die EU ein, und eure Städte blühen auf. Das liegt auf der Hand. Da muss man kein Prophet für sein. An dem Jugendstilhaus Plac Zamkowy Nummer 11 hängt ein Verkaufsschild. Für die zweihundertfünfzigtausend Mark kannst du es kaufen, für dich und deine Familie. Mir reichen die Dollars.«

»Das nehme ich nicht an«, sagte Andrzej in einer Stimmlage, die keinen Widerspruch zuließ. »Aber wenn du willst, kaufe ich das Haus im offiziellen Auftrag von Jakub Saltzman. Du musst mir nur eine entsprechende Vollmacht unterschreiben.«

Diesen Vorschlag hatte Manni abgenickt und gesagt: »Du kannst ja drin wohnen und regelmäßig ein paar Zinsen auf ein Sparbuch einzahlen. In fünf Jahren holt meine Tochter das Geld dann bei dir ab. Oder du bringst es ihr vorbei, wenn du mal zufällig in Palermo einem Terroristen den Lötkolben in die Eier drückst.«

Karol nahm lächelnd den Stift aus dem Mund. Wie weitsichtig er doch damals gewesen war. Er hatte in ein Warschauer Jugendstilhaus investiert, das heute über eine Million Euro wert war. Darüber wird Marie sich bestimmt freuen. Er setzte den Stift wieder an.

Andrzej war ein israelischer Geheimagent. Klingt verrückt, war er aber wirklich. Er besorgte mir neue Papiere auf den Namen Jakub Saltzman, und er half mir, ein schönes Haus in Warschau zu kaufen. Dafür ging das meiste von dem Geld drauf, das ich aus Köln mitgebracht hatte. Die Adresse ist Plac Zamkowy 11. Es ist im Wert ordentlich gestiegen. Hiermit vererbe ich es dir. Das Leben in Warschau aber gefiel mir nicht. Ich hockte zu viel rum und hatte zu viel Zeit, um über alles nachzudenken. Ich wollte nicht nachdenken. Deshalb kaufte ich ein Igluzelt, einen Schlafsack und ein Fahrrad mit Gepäckanhänger. Als ich aus Warschau radelte, befanden sich in meinem Rucksack fünfundvierzigtausend Dollar. Diese Summe war nach dem Hauskauf noch übrig. Immerhin. Andrzej habe ich seitdem nicht mehr wiedergesehen. Monatelang war ich unterwegs. Ich lernte polnisch sprechen und denken. Und ich lernte das Land kennen. Das Land. Nicht die Städte. Bis auf Krakau, da blieb ich ein paar Wochen. Ansonsten machte ich um die Städte immer einen Bogen. Die meisten Nächte schlief ich im Zelt. In der Nähe der Grenze zu Weißrussland lernte ich dann einen Mann kennen, der mich in eine alternative Landkommune mitnahm.

Karol schmunzelte. »Alternative Landkommune« würde bei Marie bestimmt gut ankommen. Oder überhaupt nicht. Vielleicht verachtete sie Ökos und trug Unterwäsche aus Polyamid.

Er schaute auf seine Uhr. Es war neun Minuten nach sechs. Gestern war Marie um kurz vor halb sieben nach Hause gekommen. Falls sie dies heute wieder vorhatte, wollte er sie auf keinen Fall verpassen. Ein kurzer Blick auf sie würde ihm genügen. Für heute.

Er zog die Schließkarte aus dem kleinen Schuber neben der Tür, und im Zimmer erlosch das Licht. Er trat in den kleinen quadratischen Innenhof hinaus und stieg die verzinkte Stahltreppe zur Hoteletage hoch. Der kleine Empfangstresen war leer bis auf eine Klappkarte. Verfasst in gepflegter Handschrift stand auf dem weißen Karton: »Jederzeit zu Ihrer Verfügung 0180-34343335«.

Er schwenkte von der Florastraße in die Neusser und schaute rüber zu dem Haus, in dessen Erdgeschoss das VeganLand auf Kundschaft wartete. Hinter den beiden Fenstern im dritten Stock war es dunkel. Aber die Dämmerung hatte gerade erst eingesetzt; selbst wenn Marie in ihrer Wohnung wäre, hätte sie noch nicht unbedingt das Licht angemacht.

Er blieb ein paar Minuten vor dem Schaufenster der chemischen Reinigung stehen und kam sich zunehmend lächerlich vor. Es machte wenig Sinn, hier auf der gegenüberliegenden Straßenseite abzugammeln und sein Hirn mit dämlichen Spekulationen zu malträtieren.

Vielleicht sollte er sich mit einem vorgestreckten leeren Pappbecher und einem um den Kopf gewickelten Palästinensertuch vor den REWE stellen und so tun, als wäre er ein Kriegsflüchtling. Ein zerschossenes Knie hatte er schließlich. Das wäre eine perfekte Tarnung, und er könnte aus den Augenwinkeln heraus den Eingang zu Maries Haus unauffällig observieren.

Aber die dick vermummte kleine Bettlerin, die auch gestern schon hier gestanden hatte, würde bestimmt ihren Clan herbeirufen, und die Jungs vom Schwarzen Meer würden ihm unmissverständlich klarmachen, dass alle halbwegs lukrativen Standorte für Bettler im Bereich der EU schon vergeben waren. Ernsthaft hatte Karol selbstverständlich nicht mit einer Karriere als Bettelsyrer kokettiert, es war ihm nur so durch den Kopf gegangen. Weil es einfach saublöd und verdächtig war, hier stundenlang auf denselben fünfzig Metern Bürgersteig umherzuhumpeln.

Es wurde Zeit, dass seine Aufzeichnungen in Maries Briefkasten landeten. Danach würde die Sache Fahrt aufnehmen. In welche Richtung auch immer.

Drei Häuser neben Maries Haus war das italienische Eiscafé Capri, vor dessen Glasfront ein paar kleine Tische für rauchende Gäste standen. Karol setzte sich an einen Tisch und drehte den Stuhl so, dass er den Bürgersteig Richtung City bis zur U-Bahn-Treppe unbehindert überblicken konnte. Er bestellte einen doppelten Espresso, ein Mineralwasser und ein warmes Ciabatta mit Tomate und Pizzakäse.

15

Ihre beiden Fahrräder hatten sie hinter der Rücklehne abgestellt und sich nebeneinander auf eine der Bänke vorm Hyatt-Hotel gesetzt. Sie schauten hinüber zu den unzähligen kleinen Metallschlössern, die Horden von Verliebten an die Eisengitter der Hohenzollernbrücke geklickt hatten. Im warmen Licht der untergehenden Sonne blinkten sie wie Riffe von aufgeschlagenen Bergkristallen.

Auch Lotta und Florian hatten vor zwei Jahren bei Sonnenaufgang über der Mitte des Rheins gestanden, sich minutenlang geküsst und dann ein rotes Schloss an einer Eisenverstrebung vor den Bahngleisen festgemacht. Florian musste sich auf die Zehenspitzen stellen und seine ganzen ein Meter neunzig ausfahren, um noch einen freien halben Zentimeter rostiger Eisenstange zu ergattern, an der er den Bügel des Schlosses zuschnappen ließ. Sie hatten sich tief in die Augen geschaut und dann den Schlüssel in den Rhein fallen gelassen.

Vermutlich dachten sie beide gerade an diesen magischen Moment. Lotta tat es auf jeden Fall. Aber es war ihr unangenehm. Sie wollte weg von hier, sie wollte nach Hause, Thaisuppe essen, die Kopfhörer aufsetzen und in ein Hörbuch abtauchen.

Florian war blass und zittrig. So hatte Lotta ihn noch nie erlebt. Sein Blick war wirr und abwesend. Fast hatte sie ein wenig Angst vor ihm. Oder Angst um ihn. Oder von beidem eine Schüppe.

»Wie kannst du mir das nur antun«, hauchte er stimmlos vor sich hin und schüttelte fassungslos den Kopf. »Was habe ich dir denn getan?«

»Du hast mir nichts getan«, antwortete Lotta bemüht einfühlsam.

»Ich habe immer an uns geglaubt«, haderte er verzweifelt.

»Es tut mir leid, Flo, aber es ist nun mal so, wie es ist. Damit musst du leben, und damit muss ich leben.«

»Du hast mich nie geliebt.«

»Das ist jetzt unfair, ehrlich.«

»Aber es ist doch so! Du hast mich wie ein Spielzeug benutzt und dann auf den Müll gekickt.«

»Das ist nicht wahr«, sagte Lotta entschieden. »Es hat aber eben seit ein paar Monaten nicht mehr gepasst.«

»Liebst du ihn denn?«

»Wen?«

»Den Vater deines Babys.«

»Darüber rede ich nicht mit dir.«

»Also: ja.«

Lotta zog eine Menge Luft in ihre Lunge und schaute ihn von der Seite an. »Ich bin nicht glücklich mit dem, was passiert ist, und ich würde das Kind auch lieber in einer anderen Situation auf der Erde begrüßen. Aber jetzt ist es nun mal geschehen, und Abtreiben kommt für mich nicht in Frage. Für diese Entscheidung trage ich die Verantwortung. Ich allein. Punkt.«

»Wie kann man nur so gefühllos sein«, winselte Florian.

In Lottas Magen braute sich was zusammen, ihr Speichel schmeckte plötzlich bitter. »Ich will nicht mit dir darüber streiten, wer von uns beiden gefühllos ist«, sagte sie so beherrscht, wie ihr dies gerade noch möglich war, »ich bitte dich nur, möglichst respektvoll mit der Situation umzugehen. Vor allem im Präsidium.«

»Ich werde mich versetzen lassen.«

»Das wäre vielleicht gar nicht verkehrt.«

»Ich werde mich auf unbestimmte Zeit krankschreiben lassen.«

»Überleg dir das gut. Oh Mann.«

»Am besten bringe ich mich um.«

Jetzt reichte es Lotta. »Hör zu: Das ist die unterste Schublade, die du da gerade aufziehst! Ich kriege ein Baby, ich habe keine Eltern, die mir in den ersten Monaten als Mutter helfen könnten, ich habe mich in meinem Traumjob gerade so halbwegs etabliert und will ihn auf keinen Fall wieder aufgeben müssen! Wer also hat hier die Probleme?«

Sie stand auf, beugte sich über das Mäuerchen in ihrem Rücken und würgte gelben Schleim auf den Rollsplitt. Sie putzte sich den Mund mit dem Handrücken ab und stieg auf ihr Fahrrad.

»Du kannst doch so nicht fahren!«, sagte Florian mit entsetztem Blick.

»Ich kann noch viel mehr!«, erwiderte Lotta und stieg in die Pedale.

»Ich liebe dich doch!«, rief er ihr hinterher, so laut, dass einige Passanten stehen blieben und zwischen ihm und der davonstrampelnden jungen Frau hin- und herschauten.

Als die pechschwarze Koffeinbrühe dem Ciabatta in seinen Magen gefolgt war und Karol die Speiseröhre mit fein perlendem Mineralwasser nachgespült hatte, stand die Uhr vor der Eckkneipe auf Viertel nach sieben. Was sollte er noch hier? Vielleicht war Marie auf einem Einsatz. Vielleicht war sie essen mit Freunden, Feinden oder Kollegen. Vielleicht war sie im Sportstudio und pumpte Eisen in schweißfeuchte Luft.

Karol ärgerte sich über sich selbst, dass er solchen Gedanken nachhing. Vierundzwanzig Jahre war seine Tochter ohne ihn klargekommen. Was sollten seine Sorgen und Ängste ihr jetzt auf einmal bringen? Oder ihm? Schlechtes Gewissen in gutes umwandeln? So leicht ging das nicht.

Er zahlte und humpelte zurück ins »1stFloor Hotel«.

Immer noch war der Empfang verwaist. Er betrat sein Zimmer, setzte sich ans Bord und schlug das Schulheft auf. Die letzten beiden Worte waren immer noch »alternative Landkommune«.

Welche Formulierungen müssten ihm jetzt einfallen, um wahrheitsgemäß und für Marie nachvollziehbar wiederzugeben, was sich in dieser »Landkommune« im tiefsten Podlachien tatsächlich abgespielt hatte?

Es klopfte an der Zimmertür. Oh nein. Nicht dass man ihn verhaftete, bevor er seine Aufzeichnung beendet und das Heft in Maries Briefkasten gesteckt hatte! Karol erhob sich leise und legte das Ohr an die Tür. Er hörte nichts.

Das Zimmer konnte man nur über den kleinen Innenhof verlassen. Wenn tatsächlich die Polizei vor der Tür stand, saß er in der Falle. Vermutlich hatte das Spezialkommando in einem der anderen Gästezimmer gewartet, bis er ins Souterrain zurückgekehrt war, um nun den Zugriff durchzuziehen.

»Ja bitte?«, rief er sachlich verspannt.

»Soll ich Ihnen das Bettzeug für die Nacht richten, Herr Stanjek?«, drang eine höfliche Frauenstimme durch das Türholz.

»Vielen Dank«, erwiderte Karol. »Das schaffe ich schon allein.«

»Dann wünsche ich Ihnen eine gute Nacht, Herr Stanjek.«

»Gleichfalls.«

So was nennt man persönlichen Service. *Immer zu Ihrer Verfügung.*

16

Timo Neufert schluckte drei von den Tabletten, die er früher immer vor den Rennen genommen hatte. Sie beruhigten die Nerven, fokussierten die Gedanken und sortierten die Gefühle. Er durfte heute keinen Fehler machen.

Er schraubte die Nummernschilder ab und ersetzte sie durch die beiden, die er vorgestern in Leverkusen gestohlen hatte. Danach klebte er die Firmenlogos auf den Türen und den Seiten seines Kastenwagens mit weißen Plastikfolien ab und ließ den Motor an. Über den Schotterweg holperte er an der Rückseite der Tennishalle vorbei in Richtung Scheibenstraße.

Wenn Carlotta Jefferson Tagesschicht hatte, kam sie normalerweise zwischen achtzehn und neunzehn Uhr nach Hause und setzte sich erst mal an den Rechner. Sie bearbeitete ihren E-Mail-Account, klapperte verschiedene News-Portale ab, schaute in Netflix-Serien hinein, oder sie lud sich Hörbücher hoch. Gegen zweiundzwanzig Uhr dreißig verabschiedete sie sich meist aus dem Netz. Sie war weder bei Facebook noch bei Instagram oder Twitter aktiv, sie kaufte nichts bei Amazon und trieb sich auf keinem Kontaktportal herum. Sie schaute sich ihren Kontostand online an, machte aber übers Internet keine Geldaktionen.

Es war kein Problem für Timo gewesen, diese Informationen über Frau Jefferson herauszufinden. In seiner grauen Telekom-Jacke, das edle Werkzeugköfferchen unterm Arm, hatte er den türkischen Imbisschef gebeten, ihm den Zugang zum Treppenhaus zu öffnen, damit er sich darum kümmern könne, das Internet für alle Mieter im Haus spürbar zu beschleunigen.

Vom Treppenhaus führten ein paar Stufen runter in den Keller, dessen Tür nicht verschlossen war. Von einem Gang gingen rechts sechs Kellerverschläge ab, links oben an der Wand hing die Verteilerbox. Die eingehenden Kabel waren in logischer

Reihenfolge entsprechend den Gegebenheiten im Haus montiert. Es lag nahe, dass Carlotta Jeffersons Anschluss das zweite Kabel von rechts war. Timo wollte aber auf Nummer sicher gehen und versah daher alle Hausanschlüsse mit Mikro-Sendern, deren Signale er in seinem Kastenwagen empfangen konnte.

Damit er nicht jedes Mal den Imbissbetreiber bitten musste, ihn ins Treppenhaus zu lassen, fummelte er so lange an der Falle im Schloss der Eingangstür herum, bis sie sich mit dosiertem Kraftaufwand von außen aufdrücken ließ.

Er hatte auf der gegenüberliegenden Straßenseite geparkt und verfolgte mit einem Empfänger alle Aktivitäten, die über die Telefonbuchsen im Haus liefen. Bald konnte er die Anwesenheit im Internet individuell den Mietern zuordnen. Wenn jemand das Haus verließ und sich kurz vorher aus dem Netz ausgeklinkt hatte, war die Zuordnung logisch. Genauso umgekehrt. Es war kein Problem, Frau Jefferson einem bestimmten Anschluss zuzuordnen. Es war der Anschluss, den Timo von vornherein vermutet hatte.

Den Vertrag hatte Frau Jefferson mit NetCologne abgeschlossen, und man hatte ihr eine Festnetznummer zugeteilt. Über die entsprechende Nummer aber hatte Frau Jefferson bisher noch nie telefoniert. Weder aktiv noch passiv. Das war nicht ungewöhnlich. Viele Leute telefonierten nur noch mit dem Smartphone.

Timo hatte tief in die Trickkiste gegriffen, aber keinen Dreh gefunden, wie das Handy der jungen Kripo-Kommissarin zu hacken war. Sie hatte einen sehr schlauen Sicherungscode installiert. Vermutlich mal fürs FBI entwickelt und vom Cheftechniker der Kölner Kripo installiert. Timo konnte nur hoffen, dass Frau Jefferson im entscheidenden Moment den Hörer ihres Festnetzapparats abheben würde.

17

Karol legte sich auf das noch nicht aufgeschlagene Bettzeug, verschränkte die Hände in seinem Nacken und dachte an seine Zeit in Podlachien zurück. Vor über zwanzig Jahren hatte er dort seine Identität gewechselt. Die Zusammenhänge sollte er Marie erklären.

Es war an einem Nachmittag im Oktober des Jahres 1996 gewesen, als sich Karol, der damals noch Manni hieß, in Hajnówka dazu entschied, dem Wegweiser nach Białowieża zu folgen. Eigentlich hatte er vorgehabt, in südlicher Richtung abzubiegen, aber unter dem Schild, das den Weg nach Białowieża wies, war ein vorn spitz zulaufendes Holzbrett angebracht, auf dem »Nationalpark Norodowy« stand. Das klang nach Wölfen, Bären und Pumas in freier Wildbahn.

Also radelte er los auf der schmalen Landstraße Richtung Białowieża, die durch kleine Wälder führte und Felder und Weiden durchschnitt, auf denen vereinzelte Kühe oder auch mal ein paar Schafe grasten. Die meisten Felder waren überwuchert von Unkraut, vermutlich beackerte sie niemand mehr seit der Wende.

Das erste Dorf, durch das er kam, wirkte ausgestorben wie eine Filmkulisse nach dem Dreh. Geschlossene Fensterläden, keine aufgehängte Wäsche in den Gärten, keine Autos am Straßenrand. Für die Dollars, die in kleinen Plastiktüten an seinem Oberkörper klebten, hätte er bestimmt den ganzen Ort kaufen können.

Es dauerte eine gute halbe Stunde, bis er das nächste Dorf erreichte. Es bestand aus etwa dreißig kleinen Häusern und hatte neben einer Kirche, deren Tür offen stand, einen kleinen Laden mit drei Plastikstühlen, zwei Tischchen und einem Traktor aus dem Hause Kirowez davor.

Manni stellte sein Pedalgespann vor das verstaubte Schaufenster und wischte sich den Schweiß von der Stirn, als ein Mann in dunkelgrünem Arbeitseinteiler mit schmutzverkrusteten Gummistiefeln aus dem Laden stapfte. In der einen Hand hielt er eine geöffnete Bierflasche, in der anderen eine prallvolle rot-schwarze Sporttasche.

Manni ging an ihm vorbei in das spärlich ausgestattete Geschäft, das von einer quirligen älteren Frau betrieben wurde, die sich rührend um ihren einzigen Kunden bemühte und jedes Produkt, das sie anzubieten hatte, ausgiebig anpries. Drei hellgrüne Tüten aus dünnem Plastik füllte sie mit einem Klotz Käse, vier Gläsern hausgemachter Leberwurst, einem Kilo eingeschweißtem Schwarzbrot, fünf Äpfeln, einem Zehnerpack Teebeutel, einem Glas Honig, zwei Päckchen Tabak mit Blättchen und drei Litern Wodka.

Der Mann mit den schmutzigen Gummistiefeln hatte sich auf einen der Stühle gesetzt, schluckte Bier und inhalierte Zigarettenqualm, während er neugierig zuschaute, wie Manni die Proviantüten mit Zelt, Schlafsack, Regenponcho und Klamottensack auf dem Hänger verkeilte.

»Wo kommst du her?«, rief er.

Manni schaute ihn an. Er war schätzungsweise in seinem Alter und sah aus wie ein Forstarbeiter oder ein Bauer. »Heute Morgen bin ich in Zambrów losgefahren.«

Der Mann zog die Augenbrauen zusammen. »Zambrów ist hundert Kilometer weit weg.«

»Ich bin bei Sonnenaufgang aufgebrochen.«

»Hundert Kilometer mit so einem Zweiteiler?«

Manni streichelte den durchgesessenen Ledersattel seines Fahrrads. »Ich mache jeden Tag hundertzwanzig Kilometer mit dem Gespann.«

»Verarsch mich nicht.«

»Warum soll ich dich verarschen? Ich kenne dich doch gar nicht.«

Der Mann taxierte Manni und dessen Fortbewegungsmittel

nun etwas intensiver und kam offenbar zu dem Schluss, dass es ganz interessant sein könnte, der Sache auf den Grund zu gehen.

Er hob die Bierflasche und wackelte damit verführerisch in Mannis Richtung. »Trink ein Bier mit mir!«

Ohne eine Antwort abzuwarten, stand er auf und verschwand im Laden. Eine Minute später stellte er eine geöffnete Flasche auf den Tisch und forderte Manni mit einer fast galanten Armbewegung dazu auf, hinter dem Getränk Platz zu nehmen, um ihm und dem Bier Gesellschaft zu leisten.

Manni zog sich einen Stuhl unter den Hintern und umgriff das kühle Glas. Sie stießen an und tranken. Der Mann holte eine zerknautschte Packung Zigaretten ohne Filter aus der Brusttasche seines Overalls und reichte sie zu Manni rüber, der dankbar nickte und sich bediente. Der Mann streckte den Arm aus und gab Feuer.

Sie rauchten, tranken und schwiegen. Man hätte reden können, musste aber nicht. Instinktiv verstanden sie sich.

Die nächsten zwei Flaschen Bier holte Manni aus dem Laden, und er drehte zwei Zigaretten, die sie sich anzündeten.

»Ich heiße Karol«, sagte der Mann.

Manni hob die Flasche. Sie stießen an. »Prost, Karol.«

An den Namen Jakub Saltzman hatte sich Manni nie gewöhnen können. Zumal er kein Jude war und keine Ahnung von jüdischen Bräuchen und Gepflogenheiten hatte, aber jeder, dem er diesen Namen nannte, gleich wusste, dass es sich dabei um einen typisch jüdischen Namen handelte. Eines wusste er natürlich. Nämlich, dass die vier Gläser Schweinsleberwurst, die er eben auf seinen Hänger gepackt hatte, nicht unbedingt eine typisch jüdische Wegzehrung waren.

Seine Flucht aus Köln lag jetzt schon gut zwei Jahre hinter ihm, und die Wahrscheinlichkeit, dass man ausgerechnet hier im tiefsten Podlachien nach ihm suchte, war vermutlich gleich null. Also schaute er seinem Gegenüber in die Augen und sagte: »Ich bin Manni.«

»Manni wie Geld?«
»Nee, nicht wie ›money‹.«
»Wie Männi?«
»So ähnlich.«
»Komischer Name.«
»Nenn mich, wie du willst. Meinetwegen Jakub.«
»Jakub?«
»Mein zweiter Name.«
»Jakub hieß ein Klassenkamerad von mir. Den haben wir Kubo genannt.«
»Nenn mich Kubo, wenn du willst.«
»Kubo war ein Arschloch«, stellte Karol nach kurzer Besinnung fest. »Da nenn ich dich besser Männi.«
Kling-klong. Sie stießen die Flaschen aneinander und tranken.
»Du bist kein Pole«, sagte Karol.
»Ich bin Deutscher.«
»Normalerweise gehen Polen nach Deutschland und nicht umgekehrt.«
»Normalerweise ja.«
Sie schwiegen, rauchten und tranken. »Wohin bist du unterwegs?«
»Zur weißrussischen Grenze.«
»Was willst du da?«
»Dran entlangfahren nach Süden.«
»Und wohin da?«
»Ich entscheide morgens und fahre los.«
»Ohne Karte?«
»Ich brauche keine. Wo Süden ist, zeigt mir mittags die Sonne, und wenn es bewölkt ist, macht das auch keinen Unterschied. Irgendeine Straße führt immer weiter.«
Karol schaute ihn an und ließ die Sätze sacken. Sie rauchten und tranken.
»Du lebst hier?«, fragte Manni.
»In der Nähe.«

»Bist du hier geboren?«

Karol lachte auf. »Nein.«

»Was ist daran lustig?«

Sie rauchten und tranken.

»Wo übernachtest du?«, fragte Karol.

»Meistens im Wald.«

»Die Nächte werden kalt.«

»Noch geht es.«

»Warst du letzten Winter schon mit dem Rad unterwegs?«

Manni nickte. »Wenn es zu kalt wird, miete ich ein Zimmer mit Ofen.«

»Wie lange willst du noch rumfahren?«

»Eine Stunde vielleicht, dann baue ich das Zelt auf.«

»Ich meine nicht, heute. Ich meine, überhaupt.«

Manni leerte seine Flasche und stellte sie auf das Tischchen. »Weiß ich nicht.«

»Vielleicht dein ganzes Leben?«

»Vielleicht mein ganzes Leben.«

»Wie ein Fluss, immer unterwegs?«

»Warum nicht?«

Sie lachten und schauten sich nun gegenseitig etwas genauer an. Einige Details in Karols Gesicht kamen ihm bekannt vor aus seinem eigenen Spiegelbild. Die Form und die Farbe der Augen, die kleinen Grinsefalten daneben, das leicht vorgesteckte Kinn, der kräftige Bartwuchs und die von Wind und Wetter rotbraun gegerbte Haut. Karol dachte vermutlich das Gleiche, denn er schmunzelte versonnen.

»Ich wollte mir morgen mal den Nationalpark anschauen«, sagte Manni.

»Da bin ich öfter mal zugange. Der Parkbetreiber ist ein Kunde von uns«, erklärte Karol.

»Reparierst du Zäune?«

»Nein, wir liefern Heu und Zuckerrüben für die Tiere.«

»Bist du Bauer?«

»Könnte man so sagen.«

»Hast du einen Bauernhof?«

Karol schüttelte den Kopf. »Ich arbeite in Olgas Kollektiv.«

»Klingt nach einem Relikt aus Zeiten der Planwirtschaft.«

»Einen Plan haben wir schon.«

»Wie geht der?«

»A.S.V. statt V.E.B.«

»Athletischer Sportverein statt volkseigener Betrieb?«

Wieder schüttelte Karol den Kopf, diesmal mit einem schelmischen Grinsen in den Augen, das Manni sehr gefiel.

»Arbeiten, saufen, vögeln statt verarscht, enteignet und betrogen«, sagte er.

»Das hört sich nicht verkehrt an«, erwiderte Manni lachend. »Könnt ihr noch einen pflichtbewussten Mitarbeiter gebrauchen?«

Dieser eine Moment kurz nach Sonnenaufgang in Hajnówka, als er sich dazu entschied, nicht nach Süden, sondern westlich in Richtung Białowieża zu fahren, war entscheidend für seine nächsten Lebensjahre. Dieser Moment machte aus dem ziellos vor sich selbst Fliehenden wieder das sesshafte Mitglied eines gesellschaftlichen Zusammenhangs.

Er wäre bestimmt irgendwann tot vom Fahrrad gefallen oder in seinem Zelt erfroren, und Füchse oder Dachse hätten seine Leiche gefressen, wäre er an jenem Nachmittag nicht Karol begegnet. Und wenn sie nicht zehn Flaschen Bier zusammen geleert hätten, dann wäre er in der Dämmerung nicht dem knatternden Traktor auf ausgefahrenen Feldwegen sieben Kilometer in die tiefste Einöde von Podlachien gefolgt, bis sie schließlich Olgas Imperium erreicht hatten. So kann's gehen.

Olga war fünfunddreißig Jahre alt, hatte eine kräftige, mittelgroße Statur, ein rundes Gesicht mit freundlichen schwarzen Augen, einen kleinen Mund mit vollen Lippen und wilde braune Locken, die ein auf dem Hinterkopf verknotetes chinesisches Seidentuch bändigte. Sie trug immer grobmaschig gestrickte Pullover mit eingearbeiteten Mustern und weite olivgrüne Arbeitshosen, deren Beine sie unterhalb der Knie in abgetragenen Reitstiefeln verschwinden ließ.

Der Bauernhof gehörte ihren Urgroßeltern, als nach dem Zweiten Weltkrieg der Sozialismus das stattliche Gut mit den umliegenden Höfen zu einer landwirtschaftlichen Produktionsgenossenschaft zusammenschloss. Die Urgroßeltern durften bleiben, mussten sich aber auf Milchwirtschaft spezialisieren und bekamen dafür regelmäßigen Lohn vom Staat. Nach der Wende wurden die meisten Güter dichtgemacht, weil sie unrentabel waren und sich niemand meldete, der sie vom Staat übernehmen wollte.

Da Olgas Vater einer der wenigen war, die die alten Katasterzeichnungen und Grundbucheinträge über die Jahrzehnte hinweg gerettet hatten, wartete er ab, bis man den Hof reprivatisierte und der Familie zurückgab. Der Vater starb unter dem neuen Mähdrescher, und nach seinem Tod zog die Mutter zu ihrer zweiten Tochter Nadja, die in Osnabrück mit einem Bankangestellten verheiratet war, den ihr eine Heiratsvermittlerin vorgestellt hatte. Da weder Mutter, Schwester noch Schwager irgendein Interesse an dem unrentablen Hof im tiefsten Osten hatten, überschrieben sie den Besitz auf Olga, die das karge Leben in Podlachien liebte. Tapfer ackerte sie vor sich hin, baute Obst und Gemüse an und hielt ein paar Hühner und eine Kuh. Bewachen ließ sie sich von einem deutschen Schäferhund und einer Wölfin, die sie als Welpe blutend am Straßenrand gefunden hatte. Mit einer glühenden Stricknadel pulte sie die Schrotkugel aus dem Brustkorb, und als das Wolfsjunge wieder flügge war, öffnete Olga die Stalltür. Aber die Wölfin blieb bei ihr und ihrem Schäferhund. Die beiden Tiere vertrugen sich bestens, nur die erhoffte Vermehrung klappte nicht.

Eines Morgens trat ein junger Mann an ihren Marktstand in Kleszczele, wo sie regelmäßig Obst, Gemüse und selbst gemachte Marmelade verkaufte. Er stellte sich als Karol Stanjek vor und fragte höflich, ob sie Arbeit für ihn habe. Arbeit hatte sie mehr als genug. Und genügend Platz neben sich im breiten Ehebett ihrer Urgroßeltern hatte sie auch.

Karol erwies sich in jeder Hinsicht als brauchbarer Knecht, der sofort das vielfältig zu nutzende Potenzial von Hof und Herrin erkannte. Da weder Olga noch er über finanzielle Rücklagen verfügten, kam ihm die Idee, eine besondere Kreuzung zwischen Lebensgemeinschaft und Arbeitstherapie zu erproben.

Rund um den Markt von Kleszczele, wo sie Olgas Umsatz bald verdreifacht hatten, streunten immer einige junge Menschen umher, die mit dem Traum von ein wenig Wohlstand im Rucksack aus Weißrussland oder der Ukraine geflohen waren, oder polnische Staatsbürger, die mit dem Systemwechsel ihre Arbeitsstellen verloren hatten, weil viele große Betriebe dichtgemacht wurden. Sie trafen sich regelmäßig an der Ufermauer des Nurzec, wo sie Erfahrungen austauschten, Flaschen mit Selbstgebranntem kreisen ließen und sehnsüchtig dem davontreibenden Wasser des kleinen Flusses nachschauten.

Karol setzte sich zu ihnen, lauschte ihren Gesprächen und lud einige Auserwählte in die Branntweinstube neben dem Rathaus ein. Frauen und Männer, die ihm nach dem Verzehr eines Kaffees und eines halben Liters Wodka immer noch sympathisch waren, fragte er, ob sie Lust hätten, sich auf seinem alternativen Bauernhof zu verwirklichen. Lohn könne er in der Anfangsphase des Projekts nicht bezahlen, aber niemand brauche zu hungern, und wenn alles nach Plan verliefe, würde jeder Euro an Gewinn, den der Betrieb erwirtschafte, gerecht geteilt.

Viele waren mit ihm gekommen, und viele waren sofort oder nach ein paar Tagen wieder abgehauen.

Es dauerte ein halbes Jahr, bis sich eine Gruppe von sechs Frauen und sechs Männern zusammengerauft hatte, die gemeinsam das Modell Olga stemmen wollten.

Aus den Boxen in der großen Scheune, in der früher bis zu dreißig Milchkühe gestanden hatten, wurden Schlafkojen und aus dem angrenzenden Schlachtraum eine Gemeinschaftsküche mit langem Esstisch. Das gesellschaftliche Leben fand auf durchgesessenen Sofas vor dem offenen Kamin statt, den Karol in eine Ecke der Scheune gemauert hatte und der jeden Abend angezündet wurde, im Sommer wie im Winter.

Es gab klare Vorschriften, gegen die niemand verstoßen durfte. Frühstücken um acht Uhr, dann arbeiten bis zum Mittagessen um eins. Danach ausruhen und von vierzehn Uhr dreißig bis siebzehn Uhr dreißig wieder arbeiten. Küchen-, Wasch- und Putzdienste wurden in Monatsschichten festgelegt. Alles ging reihum. Auch Olga und Karol mussten regelmäßig ran.

Da der Hof von einer riesigen Fläche fruchtbaren Bodens umgeben war, experimentierten sie mit allem Möglichen herum, immer das Ziel im Auge, ein gesundes Verhältnis zwischen Eigenbedarf und gewinnbringenden Produkten zu erreichen. Sie bauten Mais, Raps, Bohnen, Kürbisse, Salate, Gurken, Zucchini, Auberginen, Spargel, Tomaten, Möhren, Zwiebeln, Äpfel, Birnen, Pfirsiche, Kirschen, Erdbeeren, Zuckerrüben, Tabak und natürlich jede Menge Kartoffeln an. Denn der junge Weißrusse Grisha war in seiner Heimat beim staatlichen Kartell für Schnapsbrennerei beschäftigt gewesen.

Von den Erben eines Schwarzbrenners hatte Karol eine verrottete Destille geschenkt bekommen, die er mit Grisha wieder auf Vordermann brachte und die in Olgas Kollektiv rund um die Uhr auf Hochtouren abdampfen musste. Denn als Grundsoll für jeden Bewohner des Archipels wurde die tägliche Ration von einem Liter Wodka festgelegt, die dann jeden Abend im Kreise aller Mitarbeiter vor dem flackernden Kaminfeuer verköstigt wurde.

Wenn die Flaschen halb geleert waren, begannen sie die Lieder aus ihren Heimatregionen zu singen und dazu zu tanzen. Und wenn die Flaschen ganz leer waren, zog man sich meist zu zweit in eine der Schlafkojen zurück.

Am nächsten Morgen wurde nicht darüber geredet, wer mit wem was getrieben hatte. Da die Stallboxen nicht schalldicht voneinander getrennt waren, konnte sowieso jeder hören, was im Dunkeln geschah.

Wie beim Wasch-, Putz- und Küchendienst ging es auch bei den Paarungsriten immer der Reihe nach. Jeder landete mal in jeder Koje.

Wem dies auf die Dauer nicht gefiel, der packte sein Bündel und verließ die Scheune.

Um Ersatz brauchte sich Karol keine Sorgen zu machen, denn der Ruf von Olgas experimentellem Agrarprojekt und Grishas hervorragendem Wodka verbreitete sich unter den umherziehenden jungen Menschen wie ein australisches Buschfeuer.

Die Chefin selbst war nachts selten bei den Leuten am Kamin. Sie verbrachte die Abende in ihrem Fachwerkhäuschen und strickte Pullover und Socken. Karol dagegen hatte die Matratze im Ehebett ihrer Urgroßeltern gegen eine Koje in der Scheune getauscht.

Aber ein Rosenkrieg zwischen den beiden blieb aus. Denn auch Olga liebte die Abwechslung. Alle zwei Wochen erschien sie in der Scheune, trank ein großes Glas des kräftigen Kräuterlikörs, den sie nach altem Familienrezept in ihrer Küche aufsetzte, und tanzte den Tanz, den schon ihre Urgroßeltern auf der Hochzeit getanzt hatten. Die ersten zwei Minuten tanzte sie allein, dann zog sie einen der anwesenden Männer vom Sofa hoch, umschlang dessen Körper und schob und wiegte ihn über den Scheunenboden, bis sie dampfte.

Sie nahm den Auserwählten bei der Hand und führte ihn in ihr Badezimmer, wo bereits die Wanne befüllt und befeuert war. Sie zog den Mann aus, stellte ihn ins kniehohe Wasser und beschäumte jeden Quadratzentimeter seiner Haut mit einem weichen Schwamm. Anschließend musste er niederknien und sich abspülen lassen, bevor sie ihm wieder auf die Beine half, ihn mit einem flauschigem Frotteetuch abrubbelte und vor ihm ins Schlafzimmer ging, wo flackernde Kerzen das mächtige Eichenbett verheißungsvoll illuminierten.

Am nächsten Morgen saß dann der Nachtschatten wieder

pünktlich am Frühstückstisch. Nur roch er entschieden besser als die Kollegen.

Olga war eine gerechte Herrin. In vierzehn Tagen würde ein anderer Mann gewaschen, gerubbelt und gebürstet an diesem Tisch zum Frühstück erscheinen.

»Männi«, wie Karol ihn vorgestellt hatte, gewöhnte sich schnell an das Leben auf Olgas Farm. Er arbeitete hart und lernte viel dabei. Vor allem lernte er zu verdrängen. Manchmal erwachte er morgens und erschrak, als ihm klar wurde, dass er einen ganzen Tag und eine ganze Nacht nicht an seine letzten Stunden vor der Flucht aus Köln gedacht hatte. Während Karol und er tagelang nebeneinander auf den Feldern harkten, säten, düngten und ernteten, wurden sie Freunde.

Seit Charly vor vielen Jahren mit einer Autobombe in die Luft geflogen war, hatte Manni nicht mehr dieses spezielle Gefühl des seelischen Gleichklangs mit einem Mann verspürt. Sie redeten über alles und verschwiegen sich nichts. Karol war der erste Mensch, dem er von dem Doppelmord erzählte und davon, dass es das Schlimmste sei, nicht zu wissen, wie es seiner Tochter ging, dass es aber zu gefährlich sei, den Kontakt mit ihr zu suchen, denn höchstwahrscheinlich werde ihr Telefon überwacht.

Karol hatte keine Kinder. Seine Familie war vor zwei Generationen von Polen nach Russland umgesiedelt und von dort weiter nach Moldawien, wo er geboren wurde. Als die Sowjetrepublik zerbrach, vertrieb die gewählte Regierung in Chişinău die eingewanderten Relikte der Fremdbestimmung.

Karols Eltern zogen nach Kasachstan und trennten sich in Alma-Ata. Sein Vater heuerte auf einem Erzfrachter an, und seine Mutter ging als Erzieherin der fünf Kinder eines russischen Bauunternehmers nach Katar. Karol war neunzehn Jahre alt, als er in Krakau eine Lehre als Stuckateur begann. Damals gab es keine Handys und keine E-Mails. Der Kontakt zu seinen Eltern starb.

Eines Nachts, als Manni vom Klo zurück zu seiner Koje schlich, hörte er Karol leise sprechen. Er hörte ihn mehrfach das Wort »Mama« sagen. Als sie am nächsten Tag nebeneinander im Möhrenbeet knieten, sprach Manni ihn darauf an. Karol lächelte und sagte, er unterhalte sich fast jede Nacht im Traum mit seiner Mutter, über alles Mögliche, ganz normal, wie am Telefon.

Olgas Hofbewohner schwebten wie im Kettenkarussell immer im Kreis um dieselbe Achse. Mal ging es ein wenig hoch, dann wieder ein wenig runter, mal war die Luft kälter, mal wärmer, mal böig, mal feucht. Aber die Länge der Ketten veränderte sich nicht. Telefon, Fernsehen, Radio und Zeitungen gab es nicht.

Der tägliche Liter Wodka half ihnen, in den Nächten ihre Ventile zu öffnen, und der Kater am nächsten Tag half ihnen, demütig ihren Pflichten nachzukommen.

Vielleicht wäre Manni in Podlachien geblieben, bis Leber oder Nieren versagt hätten. Aber in seinem siebten Jahr auf Olgas Hof, im August 2003, geschah das Unfassbare. Grisha hatte mit verschiedenen Beerensorten experimentiert und das Ergebnis mit seinem Hauswodka zu einem exquisiten Gesöff verschnitten. Abends am Kamin verteilte der stolze Brennmeister gerade die Flaschen mit der neuen Kreation, als Olga hineinschwebte, ihren Tanz vollführte und Manni zum Begleiter durch ihre Nacht auswählte.

Als er am nächsten Morgen um acht Uhr den Schlachtraum betrat, wunderte er sich, dass niemand am Frühstückstisch saß. Er ging in der Scheune von Koje zu Koje. Alle zwölf Mitbewohner lagen verkrümmt auf ihren Matratzen. Alle waren tot. Vor dem Kamin lagen die geleerten Flaschen. Kein Tropfen von Grishas Spezialschnaps war übrig geblieben.

Olga schlug vor, die Leichen zu verbrennen und die Asche auf den Feldern zu verteilen. Manni redete ihr diesen Plan aus. Irgendjemand der ehemaligen Mitarbeiter würde bestimmt von irgendwem irgendwann vermisst, und wenn die Spur zu ihrem

Hof führe, käme sie für den Rest ihres Lebens ins Gefängnis. Sie müsse die Polizei informieren, und die Rechtsmedizin müsse ihren Job machen. Es war ein Unfall. Die zwölf Menschen waren an Grishas Schnaps gestorben. Olga treffe keine Schuld.

Manni packte seine Sachen wieder auf seinen Fahrradhänger, holte die restlichen Dollars aus dem Versteck und erklärte Olga, er werde in Deutschland von der Polizei gesucht. Wenn die hiesige Kripo ihn wegen dieses schrecklichen Unglücks verhöre, müsse er seine Personalien angeben, und man würde mit Sicherheit Rückfragen in seiner Heimat stellen. Da Karol tot sei, bitte er den Freund posthum noch um einen großen Gefallen, den sie aber absegnen müsse.

Olga gab ihren Segen. Sie umarmten sich und weinten eine halbe Stunde, bevor Olga mit dem Traktor in den nächsten Ort fuhr, um die Polizei zu informieren.

Manni wusste, dass Karol seine Papiere in einem schmalen Lederetui unter dem Gürtel bei sich trug. Er tauschte Karols Dokumente gegen seinen Personalausweis und legte eine Verfügung bei, in der er, Manfred Thielen, seine Leiche der Wissenschaft zur Verfügung stellte.

Er verließ Podlachien als Karol Stanjek. Irgendwann würde die polnische Obrigkeit ein Fax ans Kölner Standesamt schicken, in dem der Tod von Manfred Thielen beurkundet war. Vielleicht ließ die Obrigkeit es aber auch bleiben.

18

Das Gespräch mit Florian hatte Lotta aufgewühlt. Natürlich war ihr Ex-Freund enttäuscht. Er liebte sie. Mit ihr hätte er am liebsten eine Familie gegründet, mit ihr wäre er am liebsten alt geworden. Sie war seine Traumfrau. Sie hätte ihn auch gern geliebt. Es wäre schön gewesen. Vielleicht zu schön. Alles hätte gepasst. Das Traumpaar der Kölner Kriminalpolizei. Irgendwie tat er ihr leid, logisch. Denn seine Position war die schwächere. Er liebte, und wer liebt, der leidet.

Lotta stieg vom Rad, schob es durchs Treppenhaus in den Hinterhof und verließ das Haus wieder, um zwölf Meter rechts nebenan im Thai Gourmet eine Tom Kha Gai to go zu bestellen, mit der sie dann zehn Minuten später die Stufen zu ihrer Wohnung hochstieg. Sie zog sich aus, duschte und setzte sich in Jogginghose und Kapuzenpulli an den schmalen Küchentisch. Die Kokossuppe mit Huhn und Gemüse schmeckte auch lauwarm.

Es würde nicht stressfrei sein, Florian auf dem Flur im Präsidium oder in der Kantine zu begegnen und seine vorwurfsvollen und gleichzeitig sehnsüchtigen Blicke auf ihrem anwachsenden Babybauch zu spüren. Vielleicht ließ er sich aber ja wirklich versetzen. Das wäre ihr am liebsten.

Lotta klappte ihren Laptop auf und loggte sich bei Netflix ein. Vorige Woche war sie zufällig auf die Serie »Happy Valley« gestoßen, und seitdem freute sie sich darauf, jeden freien Abend eine Folge zu schauen und mit Catherine Cawood, der tapferen britischen Polizistin, durch den Sumpf einer Kleinstadt in Yorkshire zu streifen.

Leider gab es bisher insgesamt nur zwölf Folgen, und Lotta war schon bei der fünften angelangt. Einerseits wollte sie natürlich wissen, wie es weiterging und ob Catherine den Killer überlisten würde, aber trotzdem war sie schon jetzt ein wenig traurig darüber, dass dieses abendliche Vergnügen in absehbarer Zeit beendet sein würde. Aber eine weitere Staffel war geplant. Das hatte die Produktionsfirma im Netz bekannt gegeben.

Lotta hatte die Suppe ausgelöffelt und wollte gerade mit Catherine im Laptop aufs Bett umziehen, als die britische Kollegin mitten im Satz abbrach, der Monitor schwarz wurde und der Hinweis »Internetzugriff nicht möglich« darauf erschien. So ein Mist. Ausgerechnet während ihre Lieblingsserie sie mal für Minuten von den aktuellen Sorgen des Alltags ablenkte, musste das Netz streiken.

Lotta haute auf der Tastatur herum, machte einen Neustart, zog das Netzkabel für Sekunden aus der Steckdose und versuchte sich wieder einzuloggen. Keine Chance. Da brummte etwas in der Nähe. Lotta erschrak. Dieses Geräusch hatte sie noch nie gehört. Es war der Ton eines Telefons. Instinktiv schaute sie zum Kühlschrank, auf dem sie ihr Handy abgelegt hatte, als sie nach Hause gekommen war. Da lag das Teil auch noch und schwieg. Das Brummen kam aus der Diele. Jemand versuchte, sie über ihren Festnetzanschluss zu erreichen. Aber wer kannte die Nummer?

Lotta telefonierte ausschließlich mit ihrem Smartphone. Der alte Festnetzapparat, den die Vormieterin in der Wohnung zurückgelassen hatte, fristete im unteren Fach des Schuhregals ein sinnloses Dasein. Aber jetzt brummte er und brummte.

Die Rufnummer stand auf der Auftragsbestätigung, die NetCologne ihr per Brief zugeschickt hatte. Aber Lotta hatte sie nirgendwo notiert und sie auch an niemanden weitergegeben. Nicht mal an Florian. Nicht mal an ihre Dienststelle. Nicht an ihre Mutter und nicht an ihren Onkel Paolo. Die Nummer tauchte in keinem öffentlichen Telefonbuch auf, und keine Suchmaschine kannte eine Verbindung zwischen den acht Zahlen und Lottas Namen oder ihrer Adresse.

Der Apparat brummte immer noch. Bestimmt hatte sich jemand verwählt. Lotta zog das Gerät aus dem Regalfach und stellte es auf das schmale Bord, auf dem auch der Internet-Router stand.

Es war ein grünes Tastentelefon, auf dem quer der Hörer lag. Ein Standardmodel aus der Zeit, als die Post noch das Monopol innehatte und man nur zwischen zwei Geräten in jeweils drei Farben wählen konnte. Paradiesische Zustände für den Hersteller Siemens, der alle angebotenen Apparate produzierte. Eingebaute Anrufbeantworter, die nach einer halben Minute ansprangen, gab es damals natürlich noch nicht. Deshalb brummte der Apparat, bis der Angerufene abhob oder die Geduld des Anrufers verbraucht war.

Lotta zögerte. Es war halb neun am Abend. Hatte die Mafiafamilie, gegen die sie ermittelte, ihre Nummer ausfindig gemacht und begann nun mit Stalker-Anrufen, um sie zu zermürben oder in irgendeiner Form Macht über sie zu gewinnen? Und sei es nur, dass ihr die nächtlichen Telefonattacken den Schlaf raubten? Die Sorge war eigentlich unbegründet. Denn das Kabel endete in der Anschlussbuchse, in der zwei Kabel steckten, das eine führte zu ihrem Router, das andere zu dem grünen Telefon. Sie brauchte den Stecker nur aus der Buchse ziehen, und damit wäre alle mögliche Stalkerei beendet.

Lotta hob den Hörer ab und hielt ihn an ihr Ohr.

»Ja bitte?«

»Spreche ich mit einer Mietpartei des Hauses 303 auf der Neusser Straße in Köln-Nippes?« Die Stimme klang jung, freundlich und hilfsbereit.

»Um was geht es denn?«

»Entschuldigen Sie die späte Störung. Uns wurde eine Störung beim Internetzugang gemeldet.«

Lotta lachte auf. »Ja, Mensch, das ist ja toll«, sagte sie erleichtert. »Ich habe tatsächlich ein Empfangsproblem.«

»Wir bieten Vierundzwanzig-Stunden-Notdienst.«

»Sie könnten sofort kommen?«

»Das könnte ich, ja.«

»Was würde das kosten?«

»Das kostet nichts, das zahlt der Netzbetreiber«, sagte die freundliche Stimme. »Ich kann natürlich auch morgen im Laufe des Vormittags kommen, wenn Ihnen das besser passt.«

»Nein, nein«, sagte Lotta schnell. »Morgen früh arbeite ich. Dann wäre jetzt gleich besser. Schellen Sie, und ich drücke Ihnen die Haustür auf!«

»Ich bin im Keller und habe die Zuleitungen gecheckt. Ich müsste nur kurz an Ihren Anschluss.«

Lotta schaute an ihrem Jogginganzug hinab und wuselte mit der freien Hand durch ihre noch nicht getrockneten Haare. Aber was soll's? Sollte der Mann kurz hochkommen, dann könnte sie gleich wieder zu Catherine nach Yorkshire reisen.

»Okay«, sagte sie. »Kommen Sie hoch. Dritter Stock.«

Sie legte auf. Wenn der Mann unten beim Hauptanschluss tätig war, dann konnte er sie natürlich bequem übers Festnetz anrufen. Und sie hatte schon an die Mafia gedacht. Aber man musste an so vieles denken, wenn man bei der Kripo beschäftigt war. Lotta ging in die Küche, warf die leere Suppenverpackung in den Mülleimer, nahm ihr Handy vom Kühlschrank, steckte es in die Seitentasche ihrer Joggingjacke und zog den Reißverschluss hoch.

Da machte es kling-klong in der Diele. Sie schaute durch den Türspion und sah im Treppenhaus einen jungen Mann. Er trug eine graue Handwerkerjacke mit einem Logo auf der Brust und hielt ein Werkzeugköfferchen in der rechten Hand. Er war groß und schlank und sah nett aus. Lotta öffnete die Tür.

»Das ist ja schön, dass Sie so schnell hier sein konnten«, sagte Lotta und trat einen halben Schritt zur Seite, um die Tür frei zu machen.

»Kundendienst wird bei uns großgeschrieben.« Der Mann nickte bescheiden wie ein erfahrener Kellner nach dem Empfang eines üppigen Trinkgelds und betrat die Wohnung.

»Ich bin gleich wieder weg«, sagte er, »dann können Sie wieder ins Netz.«

Er schaute sich kurz um und hatte sofort die Anschlussbuchse neben dem Schuhregal entdeckte. Er ging davor auf die Knie, klappte routiniert sein edelstahlgraues Köfferchen auf und entnahm daraus ein Paar dünner Arbeitshandschuhe, die er über seinen Finger zog, und ergriff einen roten Schraubenzieher. Er zog die Stecker von Telefon und Router aus der Buchse und hatte in Sekundenschnelle den Deckel abgeschraubt. Er klemmte ein zigarettenschachtelgroßes Messgerät mit Klämmerchen an zwei Kabel und schaute auf das Display. Eine Nadel schlug aus.

»Alles klar«, sagte er. »Jetzt muss ich nur noch mal kurz in den Keller, und dann ist alles wieder okay.« Er drehte sich zu Lotta und hielt ihr das Messgerät entgegen. Die dünnen Kabel waren zu kurz, als dass er sich damit hätte erheben können. »Können Sie kurz dieses Gerät festhalten, bis ich wieder oben bin?«

»Klar kann ich das«, erwiderte Lotta. »Aber warum legen Sie es nicht einfach auf den Boden?«

»Dann stimmt die Erdung nicht. Tut mir leid. Ich kann auch gern morgen früh noch mal mit einem Kollegen vorbeikommen.«

»Nein, nein«, winkte Lotta ab. »Geben Sie her!«

Sie beugte sich runter und nahm das Messgerät aus seiner Hand. Der Mann erhob sich und schlängelte sich an Lottas Körper vorbei, was in der engen Diele nicht so einfach war. Lotta kniete sich vor die geöffnete Buchse und schaute auf das Display in ihrer Hand. Da verspürte sie einen spitzen Schmerz in ihrer Schulter.

Sie ließ das Messgerät fallen, sprang auf die Füße und starrte dem Mann in die Augen, der ihr mit einer ausgedrückten Spritze in der Hand gegenüberstand. Sein Gesichtsausdruck war weiterhin freundlich. Lottas Blick begann zu kreisen, ihre Arme wurden schwer. Mit aller noch verfügbaren Kraft drehte sie sich halb um die eigene Achse, winkelte blitzschnell das rechte Bein in der Luft an und brachte den Fußballen mit einem High-Kick krachend ans Kinn des Eindringlings, dessen Hinterkopf gegen die Wohnungstür prallte.

19

Eingesunken in das dezent nach Bergkräutern duftende Bettzeug erwachte Karol auf dem französischen Doppelbett im Souterrainzimmer des »1stFloor«. Es war kurz nach zwei Uhr morgens.

Er duschte, kramte relativ frische Wäsche aus seiner Tasche, nahm das Schulheft mit den Aufzeichnungen vom gläsernen Bord und verließ sein Domizil.

Im dritten Stock des Hauses Neusser Straße 303 war es dunkel hinter beiden Fenstern.

Er folgte der Neusser Straße in Richtung Innenstadt bis zum McDonald's an der Ecke Kuenstraße. Der Rindfleischbuletten-Gigant war das einzige Lokal in Nippes, wo man noch was zu essen bekam. Es waren einige Tische besetzt, und draußen im Parkverbot hielten Autos, deren Besatzungen sich die bewährte Einheitskost in beige Papiertüten abpacken ließen.

Karol verzog sich mit einem gefüllten Tablett an den kleinen Tisch vorn am Fenster vor der Wand und verzehrte Big Mac, Fritten und Cola. Er schob das Tablett beiseite und öffnete das Schulheft. Seine Aufzeichnungen endeten mit den Worten »alternative Landkommune«. Karol nahm die Kappe von dem Fineliner und setzte die Spitze auf das Papier.

In dieser Landkommune lebte ich sieben Jahre lang als Bauer und Gärtner. Es war eine schöne Zeit. Ich arbeitete viel und lernte interessante Menschen kennen. Mit dem Vorarbeiter Karol freundete ich mich an. Auch der Schnapsbrenner Grisha war ein netter Kerl. Aber er machte einen Fehler bei der Auswahl von wilden Beeren, und alle Mitarbeiter starben. Nur die Bäuerin Olga und ich überlebten. Ich tauschte die Papiere mit dem toten Freund. So starb Manni Thielen, und ich lebte weiter als

Karol Stanjek. Der bin ich auch heute noch. Ich fuhr wieder mit meinem Fahrrad durch die Gegend. An deinem achtzehnten Geburtstag hörte ich mit dem Trinken und dem Rauchen auf.

Karol hob den Stift. Das war jetzt natürlich extrem komprimiert. Aber er wollte es Marie ersparen, die Details des unwürdigen Daseins, das ihr Erzeuger damals fristete, schriftlich mitgeteilt zu bekommen.

Nach der Tragödie auf Olgas Hof hatte er die tägliche Dosis an Wodka auf zwei Liter erhöht. In den endlosen Selbstgesprächen, die er während der Stunden auf dem Fahrradsattel führte, nannte er sich nur noch Karol. Bald hieß er auch in seinen Träumen so.

Als Karols Personalausweis abgelaufen war, sagte man ihm im Amt in Krakau, dass diese Art unmoderner Personalausweise nicht mehr verlängert werde. Er reichte ein biometrisches Passfoto ein und wartete sechs Wochen. Dann setzte er Karols Unterschrift, die er tagelang geübt hatte, unter die vorgelegten Formulare und erhielt den zehn Jahre gültigen Personalausweis des im moldawischen Tiraspol geborenen polnischen Staatsbürgers Karol Stanjek.

In Südpolen sind die Nächte selbst im Sommer kühl, und Karol war es leid, immer wieder morgens aufs Fahrrad zu steigen, mittags die erste Flasche Wodka an die Lippen zu setzen, in der Dämmerung das Zelt aufzubauen und sich am Lagerfeuer mit stoischer Konsequenz in die allnächtliche Besinnungslosigkeit hinüberzusaufen.

In Murzasichle, einem Karpatendorf in der Podhale am Fuß der Hohen Tatra, mietete er ein Zimmer in einer ruhig gelegenen Pension, die bei sparsamen Wanderern, Wintersportlern und Abenteurern als Geheimtipp galt.

Wirtin Ewa servierte ein reichliches Frühstück und bot ihren am Abend oft verschwitzt heimkehrenden Gästen an, über Nacht deren Wäsche zu waschen und zu trocknen. Nach einer

Woche beschloss Karol, auf unbestimmte Zeit unter Ewas Dach zu bleiben.

Tagelang erkundete er die raue Umgebung und sammelte auf seinen Wanderungen Steine, Wurzeln, leere Vogeleier, Schneckenhäuser, Bergkristalle, Fellreste, Federn, skelettierte Knochen von Vögeln und Nagetieren, aber auch Patronenhülsen und angerosteten Metallabfall. Im nahe gelegenen Städtchen Zakopane kaufte er ein Schnitzmesser, eine Blechschere und dünnen Draht aus Silber und Kupfer. Bei gutem Wetter breitete er auf dem großen Tisch im Garten hinter Ewas Pension seine Fundsachen aus und ließ sich bei niemals versiegendem Wodkazufluss zu kreativen Basteleien inspirieren. Er produzierte Ketten, Broschen, Ohrringe, Lesezeichen, Hakenleisten, Schlüsselanhänger, Tierfigürchen, Sonnen, Monde, Sterne, Christbaumschmuck und Kreuze mit und ohne Jesus.

Wirtin Ewa wurde der erste und größte Fan seiner naturverbundenen Kunstfertigkeit. Sie beschaffte seinen Kreationen einen exponierten Platz im Schaufenster des Souvenirladens ihrer Cousine, und tatsächlich wurde immer mal wieder eines der Exponate verkauft.

Bei Vollmond stieg Karol mit drei Litern Wodka im Rucksack auf einen der einsamen Gipfel und lauschte dem Heulen der Wölfe.

Eines Tages erwachte er im Krankenhaus unter einem Monitor, der seine Herztöne optisch und akustisch wiedergab. Sein rechter Arm war mit einem Lederriemen fixiert, und unter einem Pflaster steckte in seiner Ader eine Infusionsnadel, die mit einem dünnen Schlauch verbunden war, der bei einem fahrbaren Tropf endete, in dem eine bläuliche Flüssigkeit träge blubberte. Seine Zunge klebte am ausgetrockneten Gaumen, und in seinen Ohren stürzte ein Wasserfall in die Tiefe.

Er schaute auf den leise bummernden Monitor, in dessen linker unterer Ecke sein Name neben einem Datum stand. 14.09.2006. Es war wohl das aktuelle Datum. *Vierzehnter Sep-*

tember zweitausendundsechs. Ein Blitz schlug in seinem Schädel ein. Der 14.09.2006 war Maries achtzehnter Geburtstag. Seine Tochter wurde volljährig!

Sofort war wieder das letzte Bild von ihr da. Wie sie hinter der Tür des Kinderzimmers ihrer Freundin verschwand. Sein Körper bebte, die Beine schlugen auf die Matratze, sein Arm rebellierte gegen den Lederriemen. Eine Schwester eilte herbei und drückte eine Spritze in seinen Unterarm.

Wie seine Pensionswirtin ihm später erzählte, hatte sie sich Sorgen gemacht, weil sein Zimmerschlüssel seit achtundvierzig Stunden unberührt am Brett hing. Ihr Freund war Wilderer. Er kannte sich bestens in der Umgebung aus. Er ließ seinen weißen Hirtenhund an der Innensohle von Karols Turnschuhen schnuppern, und das Tier nahm die Fährte auf.

Sie fanden Karol bewusstlos neben drei leeren Wodkaflaschen in einem Unterstand für Wanderer. Ewa wickelte ihn in Schaffelle, und das halbe Dorf half mit, seinen starren Körper ins Tal hinunterzutragen. Auf der Ladefläche seines Pick-ups transportierte der Bürgermeister ihn zum Szpital Powiatowy nach Zakopane, wo man sechs Tage um sein Leben kämpfte, bis er aus dem Koma erwachte.

Stationsärztin Dr. Valeria Mortzinietz erläuterte ihm, dass sein Blutbild eine einzige Katastrophe sei und er zudem eine Fettleber und beschattete Lungenflügel habe. Während der sechs Tage im Koma habe sein Körper mit heftigen Entzugserscheinungen gekämpft, die sie mit hoch dosiertem Librium behandeln musste. Wenn ihm daran gelegen sei, noch länger als maximal drei weitere Jahre zu leben, sei der totale Verzicht auf Alkohol und Nikotin die einzige Chance.

Er verließ die Hohe Tatra als trockener Säufer und stillgelegter Rauchfang. Über den Fahrradlenker gebeugt starrte er auf den Asphalt, der unter dem Vorderreifen hindurchglitt, und brummte stundenlang das Mantra: »Mariachtzehn ommm … Mariachtzehn ommm …«

Der radikale Verzicht auf Schnaps und Zigaretten hatte einen riesigen Krater in seine Seele gebombt. Ihm war klar, dass die Trauer um den Verlust seiner beiden treuesten Wegbegleiter ihn sein restliches Leben lang beschäftigen würde.

Nachdem er das Krankenhaus und Ewas Pensionszimmer bezahlt hatte, steckten nur noch achthundert Dollar in seinem Rucksack. Damit würde er drei Monate über die Runden kommen, wenn er jede Nacht im Zelt schlief. Aber es war Ende September. Die Nächte waren kalt und einsam ohne Wodka und Zigaretten.

Er hatte keine Kontaktdaten von Andrzej oder Irina. Der einzige Weg zu ihnen führte über das Haus Nummer 11 am Plac Zamkowy, das sein Fluchthelfer damals als Strohmann mit Mannis Geld gekauft hatte.

Seit er sich von Andrzej am Stadtrand von Warschau verabschiedet hatte, waren zehn Jahre vergangen, in denen sich die Hauptstadt fundamental verändert hatte.

Nach dem Eintritt Polens in die EU hatten internationale Finanzimperien und Nobellabels das Herz der alten Innenstadt unter sich aufgeteilt, glitzernde Wolkenkratzer waren in den Himmel gewachsen, fabrikneue Autos verstopften die Straßen und Alleen, und durch die Gassen der perfekt renovierten Altstadt hasteten besser gekleidete Menschen mit unstetem Blick aneinander vorbei.

Karol kettete sein Fahrradgespann an einen Laternenpfahl am Weichselufer und spazierte zum Plac Zamkowy hoch. In Höhe des Hauses Nummer 11 blieb er auf der gegenüberliegenden Straße des kleinen Platzes stehen und ließ den Blick an der prächtigen Fassade seiner Investition rauf- und runterwandern.

Da öffnete sich die Eingangstür, und der Bug eines Kinderwagens tauchte darin auf. Eine elegant gekleidete schlanke Frau manövrierte das sperrige Gefährt auf den Bürgersteig hinaus und rief in leicht genervtem Ton etwas in den Hausflur, worauf erst ein Junge von etwa acht und dann ein Mädchen von etwa fünf Jahren hinausgerannt kamen, die offenbar gerade ein Problem miteinander hatten, denn das Mädchen haute mit beiden Fäusten auf den Jungen ein, und der Junge lachte sich darüber kaputt.

Die Frau war Irina, die Schwester von Andrzej, der sie damals in Deutschland aus den Fängen eines Frauenhändlerrings befreit hatte. Jetzt war sie offenbar dreifache Mutter. Und sie wohnte mit ihrer Familie in dem Haus, das Karol mit dem Geld finanziert hatte, das er bei einem bluttriefenden Waffengeschäft unterschlagen hatte.

Er sah, wie sie mit der einen Hand die Deichsel des Kinderwagens schob und mit der anderen die rebellierende Tochter hinter sich herzog, während ihr Sohn auf dem Bürgersteig höhnisch lachend umhersprang. Er schaute der Idylle nach, bis der Kinderwagen in die nächste Straße abbog und aus seinem Blick verschwand. Er drehte ab und ging zum Weichselufer zurück.

Auf dem Bürgersteig neben der Laterne lag die durchgefeilte Schlosskette. Sein Fahrrad war verschwunden, mit dem Hänger, auf dem sich unter einer Plane alles befunden hatte, was er besaß. Abgesehen von siebenhundert Dollar, einem gültigen polnischen Personalausweis, einem abgelaufenen israelischen Pass und dem Prachtbau hundert Meter die Straße hoch.

Er schlenderte zum Hauptbahnhof und setzte sich in den Nachtzug nach Danzig. Am nächsten Morgen um sieben Uhr zog er sich am menschenleeren Sandstrand aus und schwamm mit kräftigen Zügen in die wild schäumende Ostsee hinaus.

Als er nach einer Stunde starr vor Kälte wieder aus den Fluten stieg, fühlte er sich wie besoffen. Er warf sich in den Sand und schrie so laut er konnte gegen das Tosen der Wellen an. Am nächsten Tag würde er sich in einem Fitnessstudio anmelden.

Karol schob das Tablett mit den leeren Verpackungen in den Stapler und stellte sich wieder an den Verkaufstresen. Erstaunlich, was die zwei jungen Männer vor ihm noch um drei Uhr morgens so alles an Fritten, Burgern und Süßkram bestellten. Dabei sahen sie nicht gerade unterernährt aus. Im Gegenteil. Sie waren fett wie Nilpferdärsche. Vermutlich war das Verschlingen von Schnellkost ihr Hobby. Weil keine Frau sie eines Blickes würdigte. Dabei gab es doch genügend fette Frauen, mit denen sie sich hätten verbandeln können. Aber vielleicht war ihnen das zu heftig, und sie schauten lieber zu Hause auf dem Rechner Pornos, in denen es Models mit ihren Trainern im Fitnessstudio trieben.

Nachdem die beiden Quallen ihre beladenen Tabletts weggeschleppt hatten, bestellte Karol einen großen Kaffee und eine warme Apfeltasche. Er würde es kurz machen.

Die entscheidenden Dinge, über die Marie die Wahrheit erfahren musste, waren sein Abschied von Köln und sein Tod in Polen. Und darüber hatte er geschrieben. Die genauen Umstände, warum er ein steifes Knie hatte, würde er ihr auch später noch in Ruhe erklären können. Er schlürfte einen heftigen Schluck und schaute hinaus auf die menschenleere Neusser Straße. Drüben in der Buchhandlung lagerten Tausende von Büchern, deren Seiten begabte Menschen mit Millionen von Wörtern gefüllt hatten. Bewundernswert. Ihn hatten die hundert Zeilen, die er für Marie geschrieben hatte, schon ordentlich geschafft. Aber Schreiben war nie sein Ding gewesen. Lesen auch nicht. Früher Tom und Jerry, dann zwei Karl Mays und das Zeug, das er bis zum zehnten Schuljahr durchkauen musste. Das war's.

Dabei fand er Bücher eigentlich toll. So ein volles Regal brachte eine ganz bestimmte Atmosphäre in ein Wohnzimmer. Bei den Mertens im Grunewald hatte er das so empfunden.

Manchmal hatte er auf Dr. Raymund oder auf Frau Silke im Livingroom warten müssen, bevor er sie zu einem Termin chauffierte. Dann setzte er sich so in einen der Sessel, dass er das vier Meter breite und drei Meter hohe Bücheregal im Blick hatte. Oft nahm er ein Buch in die Hand, wenn auf dem Rücken etwas stand, das ihn interessierte.

Sein früherer Kumpel Charly war jahrelang in Köln Taxi gefahren. Er hatte mal von einem Künstler erzählt, der oft besoffen zu ihm in den Wagen gestiegen war und manchmal geweint hatte und immer völlig überzogenes Trinkgeld zahlte. Deshalb war Charly ihm nicht böse, wenn der Mann am Ziel mancher nächtlichen Reise auch mal feststellte, dass er alles Geld verprasst oder verloren hatte. Der Mann hieß Kippenberger. Daran erinnerte Karol sich. Der Name war witzig. Ein Berg voller Kippen. Das hatte Karol nicht vergessen.

Auf einem der Buchrücken in Dr. Mertens' Regal stand der Name Kippenberger. Karol nahm das Buch und betrachtete den Umschlag. Darauf war ein Gemälde, ein bisschen wie von einem Kind gemalt, ein bisschen unrealistisch, und trotzdem verstand Karol das Bild. Es zeigte eine Frau mit rotviolettem Gesicht und einem komischen Hütchen auf dem Kopf. Sie stand vor einem brusthohen Lattenzaun, hinter dem das Meer ein dünner zweifarbig blauer Streifen war, und darüber ein hellblauer Himmel. Die Frau trug einen blau-lila Pullover und hatte zwei verschiedenfarbige Hände. Die linke war rot und wie ein schräger Teufelskopf gemalt. Mit dieser Hand hielt die Frau große Kieselsteine an ihren Oberkörper gedrückt. Die rechte Hand war türkisfarben und streckte einen einzelnen Stein in die Luft. Ihr Mund lächelte geheimnisvoll, ihre Augen waren schwarze Schlitze. Mit einer Mischung aus Ironie und Hinterlist schien die Frau gerade abzuwägen, wen sie mit dem Stein in ihrer rechten Hand nun verletzen sollte.

Karol hatte das Buch aufgeschlagen und direkt vorn links den Titel des Gemäldes entdeckt. Nur wegen dieses Titels hatte er die ganzen Details so gut in Erinnerung behalten. Der Titel lautete: »Rückkehr der toten Mutter mit neuen Problemen«. Seine Eltern verunglückten, als er sechs Jahre alt war. Das war sehr hart gewesen. Aber irgendwann hatte er es abgearbeitet. Wenn seine Eltern auf einmal wieder aufgetaucht wären, dann hätte er ihren Tod ein zweites Mal miterleben und abarbeiten müssen.

Deshalb hasste er den Traum, den er immer mal wieder träumte. In dem seine Eltern lebendig aus dem Autowrack kletterten und ihn in den Arm nahmen. Deshalb verstand er das Bild von diesem Kippenberger.

Karol klappte das Schulheft zu und stand auf. Morgen früh würde er den Text noch mal in Ruhe durchlesen, einen kleinen Nachtrag druntersetzen und das Heft dann in Maries Briefkasten stecken. Vielleicht leuchtete dann ja schon in der kommenden Nacht eine Kerze in ihrem Fenster.

20

Er hatte bis um zehn Uhr geschlafen und dann eine halbe Stunde in der Badewanne verbracht. Karol war ausgeruht und zufrieden. Er hatte das Gefühl, seit seiner Ankunft in Köln keinen Fehler gemacht zu haben. Alles ging seinen Weg.

Er setzte sich an einen der beiden kleinen Tische im hinteren Bereich der Bäckerei im Haus Neusser Straße 307 und bestellte einen Milchkaffee und ein Salamibrötchen.

Letzte Nacht hatte er gegen halb vier den kleinen Umweg am Haus Nummer 303 vorbei gemacht. Hinter den beiden Fenstern im dritten Stock war es dunkel.

Als Karol in die Scharnhorststraße einbog, hörte er das Geräusch eines startenden Motors. Er schaute rüber zur Bäckerei. Aus einer Parklücke auf der gegenüberliegenden Straßenseite schob sich ein weißer Kastenwagen, drehte und fuhr langsam stadtauswärts. Am Steuer saß ein Mann mit einer schwarzen Mütze auf dem Kopf. Es hätte auch eine Frau sein können. So genau hatte Karol nicht hingeschaut.

Am Taxistand standen zwei margarinegelbe Autos, deren Fahrer mit Smartphones beschäftigt waren.

Karol war in die Yorckstraße eingebogen und hatte mit der codierten Schlüsselkarte erst die Tür zum Hotel und dann die zu seinem Zimmer im Souterrain geöffnet.

Er biss in das Salamibrötchen und schlug das Schulheft auf. Er las den Text, den er geschrieben hatte, noch mal sorgfältig durch. Im Großen und Ganzen war er zufrieden damit. Die Aufzeichnungen würden auf jeden Fall ihren Zweck erfüllen. So oder so. Entweder ebneten die Wörter den Weg zu Marie, oder sie zerbröselten ihn wie ein Erdbeben.

Er nahm die Kappe vom Stift, setzte ihn in die freie Zeile unter dem letzten Satz und schrieb:

Die wichtigsten Dinge habe ich aufgeschrieben. Wenn du mich treffen willst, stell bitte in der Nacht eine Kerze in dein Fenster. Dann werfe ich einen Zettel mit meiner Telefonnummer in deinen Briefkasten. So kannst du dann selbst entscheiden, ob und wann du dich bei mir meldest.

Eins möchte ich noch dranhängen: Wenn du mich der Staatsanwaltschaft übergeben musst, dann nehme ich das hin. Ich habe keine Kraft mehr. Meine Flucht ist beendet.

Wie sollte er den Text unterschreiben? Dein Vater? Oder: Dein Manni? Oder sachlich schlicht: Manfred Thielen? Oder etwa: Dein Papa, so wie Marie ihn zu dem Zeitpunkt genannt hatte, als ihre Lebenswege auseinanderdrifteten?

Er entschied sich dafür, es so zu belassen. Ohne Unterschrift.

Er kaute das Brötchen, trank den Kaffee, stand auf und steckte das Schulheft zwei Häuser weiter in den Briefkasten von Jeff Carlo.

Im Souterrain des »1stFloor« stopfte er seine gesamte Kleidung bis auf die ziemlich verschmutzte Jeans, die dunkelgraue Kapuzenjacke, drei T-Shirts und zwei Boxershorts in eine der beiden Leinentaschen und entsorgte sie im Altkleidercontainer am Leipziger Platz.

Im Kaufhof auf der Neusser Straße erwarb er zwei Viererpacks Socken und eine runde Pappbox, die aussah wie die Verpackung einer wertvollen Whiskeyflasche, die aber sieben formschöne Unterhosen in unterschiedlichen Farbtönen enthielt. Eine für jeden Tag der Woche.

Die Kaufhof-Tüte in der Hand, stieg er schräg gegenüber die Treppen in den kleinen Outdoorladen hinunter, der Yaluta hieß und vollgestopft war mit hochwertiger Ausrüstung für Menschen, die so aussehen wollten, als würden sie das Abenteuer lieben.

Eine Stunde später trat ein völlig neu eingekleideter Karol Stanjek wieder auf die Neusser Straße hinaus. Er trug einen rostroten Anorak mit eingeknöpftem Vliesfutter über einem taubenblauen Langarmshirt mit drei Knöpfen unter dem runden Halsausschnitt, eine wüstensandfarbene Wanderhose mit gefühlt zwölf Taschen an Beinen, Arsch und Flanken und halbhohe Universalschuhe.

Seine alten Klamotten und die Kaufhof-Tüte hatte er in einem schwarzen Rucksack verstaut, und nun stand er im U-Bahnhof Lohsestraße vor dem Fahrkartenautomaten. Er war erstaunt, dass er auf dem Display nur auf das Feld »Tagesticket« drücken musste, dass der Automat anstandslos seinen Zehn-Euro-Schein einsaugte und sich nach etwa zehn Sekunden, begleitet vom Klimpern einiger Münzen Wechselgeld, eine Fahrkarte in das Ausgabefach senkte.

Er bestieg eine Bahn der Linie 12 und setzte sich auf einen hellblauen Plastiksitz am Fenster mit Blick in Fahrtrichtung.

Die Ausstattung der Bahn, ihr Geruch, das Geräusch der Räder auf den Schienen, die Fahrgäste, die ein- und ausstiegen, die gut gemeinte Architektur der U-Bahnhöfe, all das verströmte nichts von dieser Anziehungskraft, die er regelmäßig verspürt hatte, wenn er in die Berliner U-Bahn hinuntergestiegen war.

Das hier war eine nette Bimmelbahn in einem sauberen Tunnelsystem, aus dem sie am Rand der City wieder auftauchte, um sich dann überirdisch die Straßen mit Autos, Mopeds und Fahrrädern zu teilen.

Die Berliner Metro war ein klaustrophobisch dicht geflochtenes Netz, eine eingegrabene Welt, in der es keinen Tag und keine Nacht gab, sondern nur fahles Neonlicht und rauschende Höhlen, in der die Menschen umhergetrieben wurden von Nord nach Süd, von West nach Ost und viele von ihnen einen Ausdruck in ihren Gesichtern trugen, als hätte dieses System sie aufgesaugt und versklavt.

Am Südfriedhof, der Endstation der Linie 12, stieg Karol aus, und ihm war klar, dass die Kölner Verkehrsbetriebe niemals seine Reha auf Rädern werden würden. Zumal sein Knie kaum noch schmerzte, seit er wieder über heimischen Boden wandelte. Und seine Mission hatte auch ihren Sinn verloren. Denn eigentlich waren es immer Stellvertreterinnen seiner Tochter gewesen, die er nachts auf den Straßen von Berlin hatte beschützen wollen.

Es waren noch einige Stunden abzuarbeiten bis zum Sonnenuntergang. Erst gegen acht würde es Sinn machen, zu Maries Wohnung hochzuschauen. Falls sie wie vorgestern gegen halb sieben nach Hause kam und das Heft in ihrem Briefkasten fand, stand nicht fest, ob sie den Text sofort lesen würde. Und wenn, dann würde sie bestimmt erst mal darüber nachdenken, wie sie sich nun verhalten solle.

Vielleicht würde sie ihren Freund oder eine Freundin um Rat fragen. Vielleicht würde sie sogar versuchen, ihre Mutter Marlena auf der anderen Seite des Erdballs zu kontaktieren.

Selbst im optimalen Fall würde sie nicht vor acht Uhr eine Kerze ins Fenster stellen.

Wenn er das flackernde Licht dann aber im Fenster erblickte, würde er sich ans Haus heranschleichen und einen Zettel mit der Nummer von Paolos Leihhandy in ihren Briefkasten stecken.

Er fuhr vom Südfriedhof zurück Richtung City, wechselte am Friesenplatz in die 3, blieb an der Endstation in Mengenich im Wagen sitzen und fuhr dann rüber auf die rechte Rheinseite bis zur Endstation Thielenbruch. Dort nahm er die 18, aus der er fünfunddreißig Minuten später in Sülz in die 13 umstieg, die ihn über die Mülheimer Brücke zum Wiener Platz brachte, wo er die 4 nahm und in Deutz die 1 bestieg, die ihn überirdisch auf der Ost-West-Achse quer durch die City, die Aachener Straße hoch, vorbei am Stadion des FC in Müngersdorf bis nach Weiden transportierte.

Karol stieg aus, kaufte am Kiosk einen Hotdog und stapfte hoch zum S-Bahnhof. Er setzte sich neben seinen Rucksack auf eine Bank an Gleis 2 und massierte sein Knie.

Kein Fahrgast weit und breit. Aber im Gleisbett vor ihm stritten fünf Tauben um ein respektlos entsorgtes Schulbrot.

Karol schloss die Augen. Sein Kopf war plötzlich schwer wie ein Amboss.

Er schreckte hoch, als eine Taube in den Rest seines ehemals heißen Wurstsnacks biss, der ihm aus der Hand in den Schoß geglitten war und an unangenehmer Stelle auf der neuen Hose ein gelb-rotes Senf-Ketchup-Muster gemalt hatte.

Er stand auf und zog die Outdoorjacke so weit runter, dass der peinliche Assoziationen auslösende Fleck bedeckt war.

21

Hauptkommissar Armin Köhler stand im Türrahmen und schaute in das Dreierbüro seiner Mitarbeiter. Nur einer der Schreibtische war besetzt.

»Tag, Hannes.«

»Tag, Chef.«

»Sag bitte Frau Jefferson, sie möchte sich bei mir melden. Es gibt Neuigkeiten vom KK1, was den Mordfall Scheuren betrifft.«

Kommissar Hannes Burbach, im Gegensatz zu seinem durchtrainierten Chef eine eher schwammige Person, schaute vom Monitor auf. »Das mache ich gern. Falls sie heute noch auftaucht.«

»Sie ist nicht zum Dienst erschienen?«

Burbach schüttelte den Kopf. »Ich hatte vermutet, die Kollegin hätte mit dir für heute eine Sonderermittlung abgesprochen.«

»Nein«, sagte Köhler und zog die Augenbrauen auf halbmast. »Ich habe nichts mit ihr abgesprochen.«

»Seltsam«, sinnierte Burbach, »ich wollte nämlich auch wissen, was mit ihr los ist. Aber sie geht nicht ans Handy, und die Mailbox ist ausgeschaltet.«

»Ist das schon mal passiert?«

»Nein. Lotta ist die zuverlässigste Kollegin, mit der ich während meiner fünfzehn Kripo-Jahre bisher zusammengearbeitet habe.«

»Scheiße.«

»Du machst dir Sorgen?«

»Ich hab irgendwie ein ungutes Gefühl.«

Armin Köhler dachte an sein gestriges Gespräch mit Carlotta Jefferson. Er hatte sie nicht gefragt, ob die Kollegen schon von ihrer Schwangerschaft wussten. Wenn dies nicht der Fall war, dann sollte er es selbstverständlich ihr überlassen, den passenden Zeitpunkt zu wählen, an dem sie die Neuigkeit publik machte.

Vielleicht hing ihr Fernbleiben ja mit ihren »Umständen« zusammen. Vielleicht hatte sie dringend zum Arzt oder ins Krankenhaus gemusst, und der Akku ihres Handys war leer. Oder sie war gesundheitlich so weit außer Gefecht gesetzt, dass sie vorübergehend nicht telefonieren konnte.

Vermutlich würde sie im Laufe der nächsten Stunden anrufen, und alles würde sich in Wohlgefallen auflösen. Hoffentlich.

»Lass ihr Handy orten«, sagte er.

»Mach ich.«

»Und sag sofort Bescheid, wenn du was von ihr hörst.«

»Klar.«

»Wenn sie sich bis heute Abend nicht gemeldet hat, reden wir beide noch mal.«

»Aber immer, Chef. Für Kollegin Jefferson verzichte ich sogar ausnahmsweise auf den Reibekuchenabend beim Lommerzheim.«

Köhler grinste. »Da sage ich mal nichts zu.«

Burbach lehnte sich lachend im Stuhl zurück und umkrallte mit beiden Händen seine Bauchspeckwülste. »Dicke haben's nicht leicht. Futterneid, so weit das Auge reicht.«

Kommissar Köhler schloss die Tür und ging zum Fenster am Ende des Flurs. Vorbei am Gestänge der bogenförmigen Stahlkonstruktion, an der die Lanxess-Arena hing, schaute er auf die andere Rheinseite rüber zum Dom.

Sein Köln hatte sich verändert. Seine Verbrechen hatten sich verändert. Seine Verbrecher hatten sich verändert. Die Vorstellung, in ein paar Jahren in Pension zu gehen, war für ihn nicht unangenehm. Von seinem jetzigen Berufsalltag würde er nicht viel vermissen, und langweilen würde er sich auch nicht als Rentner. Vielleicht würden er und seine Frau das Reihenhaus in Merheim verkaufen und an den Alpenrand ziehen. Er würde sich eine gute Kamera mit starkem Teleobjektiv zulegen und Vögel fotografieren.

Früher hatte er manchmal geträumt, er wäre ein Vogel und könnte über der Stadt kreisen, in jedes Fenster schauen, in jedem Hinterhof landen und, bevor der Winter kam, nach Afrika fliehen.

Seit Carlotta Jefferson ihm gestern von ihrer Schwangerschaft erzählt hatte, musste er immer wieder an sie denken. Er kannte sie schon seit vierundzwanzig Jahren.

Es waren traurige Umstände gewesen, die ihn und das Mädchen damals zusammengeführt hatten. Im Präsidium wusste niemand, dass sie die Tochter eines ungewöhnlichen Bekannten seines damaligen Chefs war. Ein Mann von der anderen Seite. Oder auch nicht. Kein V-Mann. Aber ein Doppelwesen. Halb gut und halb schlecht. Dr. Jekyll und Mr. Hyde. Nein, so was auch nicht. Manfred Thielen war nicht schizophren. Irgendwie verrückt ja, aber nicht schizophren. Legal, illegal, scheißegal.

Jetzt würde dieser Manni, wie ihn auch der unvergessene Kommissar Schumacher während seiner letzten Tagen genannt hatte, Großvater werden.

Carlotta Jefferson hatte Köhler nicht erkannt, als sie sich bei ihm um die freie Stelle beim KK2 bewarb. Ihn aber erinnerte ein bestimmter Ausdruck ihrer Augen an diesen Manni Thielen, den Mann, der zwei Größen der Kölner Unterwelt erschossen und der in Ostpolen sein Leben gelassen hatte.

Vor etwa fünfzehn Jahren war beim Kölner Standesamt ein Totenschein aus Polen eingetroffen, der Manfred Thielens Ableben durch eine Lebensmittelvergiftung beurkundete.

Köhler hatte umgehend die Überstellung der Leiche eingefordert oder wenigstens die einiger Fingerabdrücke. Aber damals war Polen noch nicht in der EU, und zwischen den Behörden wurde nur bei wirtschaftspolitischer Brisanz kommuniziert.

Dass es sich bei diesem vergifteten Deutschen um einen mutmaßlichen Doppelmörder handelte, interessierte dort niemanden.

Vier Monate nach Köhlers Antrag kam ein Brief aus Białystok, in dem ein Amtsarzt mitteilte, die betreffende Leiche habe man dem histologischen Institut der Warschauer Universität überstellt, wo sie von Studenten seziert worden sei. Es lag eine Kopie von Thielens Personalausweis bei und die einer handgeschriebenen Verfügung, in der er seinen Körper der Wissenschaft überließ. Damit war die Akte Tötungsdelikte Reuter/Barischov geschlossen.

Es war erst ein paar Monate her, dass er Carlotta Jefferson mit dem Kollegen Florian Ebbers zufällig im Foyer des Residenz-Kinos am Ring getroffen hatte. Sie wirkten sehr verliebt, und beiden war ein zartrosa Schein über die Gesichter gehuscht, als er sie angesprochen und mit seiner Frau bekannt gemacht hatte.

Aber Florian Ebbers war nicht der Vater des Babys in Carlottas Bauch. Wie ging der junge Kollege mit dieser Tatsache um? Hatte er vielleicht eine Ahnung, wo sich seine Ex-Freundin zurzeit aufhielt?

Vermutlich war es eine fixe Idee, aber als erfahrener Kommissar sollte er jede Eventualität ausschließen. Deshalb bestieg er den Aufzug und fuhr hoch in den fünften Stock, wo das KK4 residierte, die eher theoretisch ausgerichtete Kollegenschar, die Fahndungskonzepte entwarf, die Einsätze plante und analysierte, die in die Nachbarländer reiste und sich mit den dortigen Kollegen austauschte. Kommissar Ebbers teilte sich das Büro mit der Dienstgruppenleiterin Dr. Irma von Telkow, einer ehemaligen Richterin, die als Quereinsteigerin bei der Kripo gelandet war.

Als es klopfte und sich der Kopf eines Mannes in den Türspalt schob, löste die Oberkommissarin genervt ihren Blick von der komplexen Grafik, die ihren Monitor ausfüllte, und schaute dem Leiter der Vierten Kriminalinspektion kühl entgegen.

»Entschuldigen Sie die Störung, Frau Dr. Telkow. Ich wollte nur kurz mit Herrn Ebbers sprechen.«

Frau von Telkow verzichtete auf eine Floskel der Art, dass der werte Kollege Kriminalhauptkommissar selbstverständlich nie störe. Denn Frau von Telkow war Preußin durch und durch. Unsentimental und zielorientiert.

Und Köhler hatte sie tatsächlich gestört. Wie schon so viele Kollegen und Kolleginnen vor ihm. Ihren Antrag aber, außen an die Türklinke ein mit »Bitte nicht stören« beschriftetes Pappschildchen hängen zu dürfen, hatte das Innenministerium in Düsseldorf abgelehnt.

»Kollege Ebbers ist krank«, vermeldete sie und heftete ihren Blick wieder an den Monitor.

»Oh«, erwiderte Köhler, »was hat er denn?«

»Nachfragen im Sekretariat.«

»Dann werde ich das mal tun«, sagte Köhler und schloss die Tür. Mit einem Knall.

Drei Räume weiter erfuhr er von der freundlichen Sekretärin, Florian Ebbers habe sich heute Morgen wegen eines Magen-Darm-Infekts krankgemeldet und angekündigt, so bald wie möglich ein ärztliches Attest zu faxen.

Köhler griff den Hörer vom Schreibtisch der Sekretärin und ging zur Pinnwand, an der die Liste der Telefonnummern aller KK4-Mitarbeiter hing. Er wählte Ebbers' Nummer und wartete, bis die Mailbox ansprang. Köhler bat um Rückruf und sprach seine Handynummer aufs Band. Das kein Band war.

Köhler liftete runter und betrat den Depotraum. Er hatte einen Universalschlüssel für die Spinde aller Kollegen seiner Abteilung. Er schloss das Fach von Carlotta Jefferson auf. Die Dienstwaffe lag darin, die Handschellen, Kabelbinder, der Schlagstock, der Elektroschocker. Alles fein akkurat nebeneinander. Nichts fehlte. Die Kollegin hatte das Präsidium den Vorschriften entsprechend verlassen.

Vom diensthabenden Wachmann im gläsernen Empfangsterrarium erfuhr er, dass dies gestern Abend um siebzehn Uhr neunundvierzig geschehen sei.

22

Es war erst halb fünf. Karol hatte also noch immer einiges an Zeit totzuschlagen, bis die Chance bestand, in Maries Fenster eine brennende Kerze zu erblicken.

Er war von Weiden mit der S-Bahn zum Hauptbahnhof gefahren, hatte sich ein paar Minuten vom böigen Aprilwind über die Domplatte schieben lassen und sich dann auf eine der Eisenbänke in der U-Bahn-Station Fahrtrichtung Ebertplatz gesetzt.

Menschen warteten auf Bahnen, Menschen bestiegen Bahnen, Menschen verließen Bahnen. Manche warteten geduldig, manche warteten ungeduldig. Manche standen nur rum und warteten auf nichts. Oder auf ihren Hunger. Oder dass ihre Blase drückte.

Auf einem Info-Screen flimmerte die Endlosschleife eines fünfminütigen Zusammenschnitts von Werbung, News, Sport, Witz und Wetter. Die Kölner Verkehrsbetriebe waren nicht sein Ding. Morgen würde Karol im Fahrradladen gegenüber der Buchhandlung auf der Neusser Straße nachfragen, ob er ein leichtes Fahrrad testen dürfe. Vielleicht spielte sein kaputtes Knie mit, wenn er es nur sanft belastete. Wenn nicht, gäbe es vielleicht die Lösung, den linken Fuß am Pedal festzuschnallen, um das steife Knie ausgestreckt auf der anderen Seite mitschwingen zu lassen. Eventuell könnte man die rechte Tretkurbel samt Pedal abmontieren. Mal schauen.

Wenn nichts klappte in der Richtung, würde er sich einen Motorroller zulegen, ein führerscheinfreies Teil mit Fünfzig-Kubik-Motor.

Das kalte Klackern der Rädchen eines Rollkoffers auf gekacheltem Steinboden nahte von rechts, passierte ihn, nahte von links, passierte ihn, nahte von rechts und verstummte. Gezogen wurde der kleine pinkfarbene Trolley von einem märchenhaften Wesen, das in drei Metern Abstand mit dem Rücken zu Karol stehen geblieben war.

Die Füße steckten in leuchtend roten, mit goldenen Bommeln verzierten Ballerinas, und die Haut der schlanken Beine wärmte eine fliederfarbene Wollstrumpfhose, die unterhalb des Saums eines orientalisch bestickten, sehr kurzen Mantels aus smaragdgrüner Seide verschwand. Die zierliche Person hatte orange gefärbte lockige Haare, die bei ihren Schulterblättern endeten und auf denen ein hellblaues Filzhütchen mit der gelben Feder eines Kanarienvogels im silbernen Band hin- und herwippte. Die Frau war nicht von dieser Welt. Sie war entrückt, verzückt, verrückt.

Karol konnte seinen Blick nicht von ihr abwenden. Von hinten sah sie aus wie ein junges Mädchen auf dem Weg zum Casting für die Rolle einer Zirkusprinzessin aus dem 18. Jahrhundert.

Eine Bahn fuhr ein, die Umstehenden stiegen ein, die Ausgestiegenen eilten davon. Zurück blieben nur Karol auf der Bank und drei Meter vor ihm die schillernde Märchengestalt. Die Bahn entfernte sich, und ihr Rauschen verebbte im Tunnel. Stille trat ein auf dem Bahnsteig. Nur für Sekunden. Dann schepperte Wechselgeld ins Ausgabefachs eines Ticketautomaten.

Aber während dieser wenigen stillen Sekunden hörte Karol die bunte Frau etwas sagen. Es war wie ein leises Grollen. Ein leises, aber tiefes und heiseres Grollen.

Als das Scheppern der Münzen erstarb, drehte sie sich um und schaute ihm direkt in die Augen. Sie hatte ein Gesicht wie von einem Wurzelschnitzer geschaffen, steinalt und zerfurcht, und daraus hervor stachen schwarz umrandete große Augen und ein knallrot geschminkter Pfirsichmund, den sie nun etwas öffnete, um in rostigem Timbre ein paar nicht verständliche Worte abzusondern.

Ihre kleinen Hände, die in weißen Netzhandschuhen steckten, deren Finger mit Glitzersteinchen verzierte Ringe schmückten, umschlossen den Bügel des Trolleys, und langsam wie in Trance setzte sich die Frau in Bewegung, etwas nach links, dann etwas nach rechts, dann etwas näher an Karol heran, und immer wieder intonierte ihre monotone Bassstimme einen bestimmten Satz. Sie kam näher und näher, und ihr Blick saugte sich in seinem fest. Und dann verstand er den Satz.

»Ich kenne dich genau«, sagte die Frau, und sie wiederholte den Satz noch drei Mal, bis sie schließlich direkt vor Karol stehen blieb und ihn so eindringlich und vertraut anschaute, dass er innerlich zu frieren begann.

»Ich kenne dich genau«, sagte sie.

»Das glaube ich eher nicht«, sagte Karol stimmlos. Angesichts des überzeugten und überzeugenden Auftritts dieser mysteriösen Person war er etwas unsicher geworden.

»Manni«, sagte sie.

Karol glotzte sie an, und er begann in Windeseile, die Kiste seiner verschütteten Erinnerungen bis zum Boden zu durchwühlen. Es war etwas in ihrem Blick. Und es war ihr Mund.

Die Prinzessin setzte sich neben ihn, hob den Trolley und platzierte ihn quer auf ihren Oberschenkeln. Sie ergriff den Zipp, zog den Reißverschluss bis zum Ende der Zackenschiene und klappte die obere Hälfte des Rollköfferchens auf. Darin befanden sich ausschließlich Bierdeckel der Brauerei Reissdorf, mit Gummis in Stapeln zusammengehalten. Die Deckel waren mit Zählstrichen, Namen und Zahlen am Rand versehen. Das Ganze schien ein bestimmtes System zu haben, denn die geheimnisvolle Frau begann darin umherzuräumen und zu schichten. Schließlich hob sie einen etwa fünfzig Exemplare dicken Stapel daraus hervor, zog das rote Gummibändchen ab und ließ die Deckel, flink wie früher die Damen im Straßenverkehrsamt ihre Karteikarten, unter ihren Fingerspitzen durchlaufen, bis sie gefunden hatte, wonach sie suchte.

»Da sind sie ja«, sagte sie und hielt dreizehn vollgekrakelte Bierdeckel unter Karols Nase.

»Rita?«

Er starrte die Frau neben sich auf der Bank fassungslos an. Sie spürte die taxierenden Blicke. Auch den auf ihren Oberkörper. Sie hob die linke Hand und strich sich über den flachen Brustkorb.

»Du vermisst da was. Klar. Früher haben sie mir alle auf die dicken Titten geglotzt. War mein bewegliches Kapital sozusagen. Ist aber nichts mehr von übrig. Hatte das eine oder andere Tumörchen. Nach OP und Chemo hab ich's gelassen, wie es war. Ist irgendwie besser so«, sagte sie achselzuckend. »Mir haben die Möpse nie was gebracht, außer fettem Trinkgeld.«

»Ich fasse es nicht«, sagte Karol geplättet. »Darf ich?«

»Was darfst du?«

Karol stand auf, schob den Trolley von ihren Knien, stellte Rita auf die Ballerinas, umschloss ihren zerbrechlichen Körper mit seinen Armen und ließ sie erst mal nicht mehr los.

»Tut gut. Mal wieder«, hauchte Rita mit ihrer rauchigen Stimme.

Nach gefühlten hundert Jahren löste er den Ring seiner Arme, setzte sich wieder auf die Bank und schaute die dreizehn Bierdeckel durch. Die alte Pappe war vollgekrakelt und mit Endsummen versehen, in Höhen zwischen achtundvierzig und siebenundachtzig Mark. Und auf allen dreizehn Deckeln stand oben, verewigt mit Ritas fettem Wirtsbleistift, der Doppelname Manni-Jerry.

»Manni-Jerry? Was soll das denn heißen?«

»Es gab den Raketen-Manni, den Manni-Blau, den Fliesen-Manni und dich.«

»Den Manni-Jerry?«

»Genau.«

»Warum ›Jerry‹?«

»Hat damals mal in der Zeitung gestanden. ›Der Jerry Cotton von Köln‹.«

»Meine Fresse, hast du ein Gedächtnis.«

»Ich glaub, ich hab den Express-Artikel noch zu Hause.«

»Ist nicht wahr.«

»Ich denke schon. Ich kann gleich mal nachgucken.«

Karol schaute lächelnd die Manni-Jerry-Deckel durch und betätigte sich im Aufrunden und Addieren.

»Macht über den Daumen tausend Mark«, sagte er und übergab Rita den Stapel.

»In Euro fünfhundert«, relativierte Rita.

»Okay.«

»Kannst du aber ruhig in Raten zahlen«, sagte Rita, der Karol in diesem Moment offenbar fast wieder leidtat.

»Nein«, bestimmte Manni-Jerry, »Saufschulden sind Ehrenschulden.«

»Das sehe ich eigentlich auch so«, pflichtete die Ex-Barchefin ihm bei.

Karol schaute in den noch aufgeklappten Trolley, aber es gelang ihm nicht, die Anzahl der bekrakelten Deckel darin auch nur annähernd zu schätzen.

»Wenn die paar Deckel von mir schon einen Tausender wert sind«, sagte er und nickte zum Rollkoffer, »dann fährst du ja mindestens einen VW Golf um die Häuser.«

Rita strahlte zuversichtlich und ballte entschlossen die Faust. »Ich krieg sie alle! Einen nach dem anderen.«

»Wann hat Rita's Saloon dichtgemacht?«

»Am 31. Juli 1987.«

»Ganz schön lang her.«

»Ja. Das isses.«

»Du bist auf den ganzen unbezahlten Deckeln sitzen geblieben?«

»Wenn alle Gäste immer bezahlt hätten, gäb's den Saloon heute noch.«

Karol dachte kurz nach und wackelte abwägend mit dem Kopf. »Dein Laden wäre nicht das gewesen, was er war, ohne die ganzen Chaoten.«

»Da hast du auch wieder recht.«

Sie schauten sich an und mussten wie vom Knall einer Startpistole ausgelöst im selben Moment laut loslachen. So laut und so lustig, dass alle in der Nähe stehenden Fahrgäste zu ihnen rüberschauten und mitlachten oder gern mitgelacht hätten.

»Ich hab das Geld dabei«, sagte Karol. »Aber ich kann's dir hier nicht geben.«

»Wieso nicht?«

»Klebt unter meiner Brust.«

Rita zuckte gelassen mit den Schultern. »Öfter mal was Neues.«

»Warte oben vor der öffentliche Toilette.«

»Nee, mach ich nicht. Du kommst mit zu mir.«

Karol schaute auf die digitale Zeitanzeige oben auf dem Fahrplandisplay. 17:07:33.

»Okay«, sagte er. »Gut zwei Stündchen hab ich noch Zeit.«

»Dann komm«, bestimmte Rita, schloss den Trolley und stellte ihn auf die Röllchen.

»Wo wohnst du?«

»Immer noch Plankgasse 5.«

»Du sagst das so, als wäre ich schon mal da gewesen.«

Rita lächelte und ließ die Trolleyrädchen klackern. Karol schulterte seinen Rucksack und folgte dem bunt leuchtenden Stern einer versunkenen Galaxis.

Als sie eine Viertelstunde später das enge Treppenhaus mit den dunklen Holzstufen und den Bauernhauskacheln an den Wänden betraten, durchzogen schemenhafte Fetzen von Erinnerungen Karols Hirn. Auch der modrige Geruch kam ihm nicht ganz unbekannt vor.

»Geh vor«, bestimmte Rita. »Zweiter Stock.«

»Warum?«

»Der Herr geht immer vor auf der Treppe.«

»Aha.«

»Damit er der Dame nicht unter den Rock schaut.«

»Ja dann.« Karol stieg die knarzenden Stufen hoch. Hinter ihm polterte Ritas Trolley gegen die Stirnbretter.

»Seit wann wohnst du hier?«

»Seit vierzig Jahren.«

Rita schloss die Wohnungstür auf und ging vor durch die dunkle Diele ins Wohnzimmer. Der etwa zwölf Quadratmeter große Raum war auf erdrückende Weise gemütlich. Tausende von kleinen Dingen standen und hingen herum, kein Fleckchen an der Wand war noch frei, kein Quadratzentimeter in den Regalen, auf der Kommode und dem Sideboard. Kunst, Kitsch, Krempel. Ein ganzes Leben.

Zu jedem Figürchen, zu jedem Foto, zu jeder Kerze, zu jeder vertrockneten Blume hätte Rita bestimmt eine lange Geschichte erzählen können. Vor dem einzigen Fenster hing ein blickdichter Vorhang aus grobem Leinen mit aufgedruckten Papageien.

»Setz dich!«, befahl die Hausherrin und deutete auf das kuschelige Zweiersofa mit gedrechselten Beinchen und altrosa Samtbezug.

»Käffchen? Tee?«

»Muss nicht sein.«

»Auch gut.«

Karol nahm den Rucksack ab und zog den Anorak aus. Ritas Blick scannte routinemäßig seine Figur und blieb an der peinlichen Verschmutzung neben dem Eingriff kleben.

»Das sieht aber gar nicht schön aus, da untenrum.«

»Senf-Ketchup vom Hotdog.«

»Das sagt man dann.«

Rita huschte aus dem Raum, und Karol griff sich unters T-Shirt, riss eines der Plastikpäckchen von seiner Brust, zog zwei Fünfhundert-Euro-Scheine daraus hervor und klebte es wieder an seinen angestammten Platz zurück. Er rollte die Scheine und steckte sie ins Gestänge eines champagnerflaschenhohen Eiffelturms, der auf dem Sideboard stand.

Als Rita mit einem dicken Aktenordner zurückkam, zog Karol das Shirt bis über den Schandfleck runter und setzte sich aufs Sofa.

Rita hatte ihren Mantel abgelegt und nahm in einem orientalisch ornamentierten Minikleidchen neben ihm Platz.

»Das haben wir gleich«, sagte sie und schlug den Ordner auf. Er war voll mit Klarsichtfolien, in denen Zeitungsartikel, Todesanzeigen, Postkarten, Werbeflyer, Notizzettel und kleine Zeichnungen steckten. Sie blätterte, und Karol schaute ihr dabei zu.

»Warte mal eben«, sagte er und legte die Hand auf die Seite, die Rita gerade wegblättern wollte. In der Folie steckte die Einladung zu einer Kunstausstellung. Darauf war das Schwarz-Weiß-Foto eines dünnen Herrn im schwarzen Anzug. Er war geschminkt und trug Ohrringe. Seine dunklen Haare trug er vorn kurz und hinten lang.

»Kommt mir bekannt vor, der Typ.«

»Der war oft bei mir im Laden, der Klauke«, erklärte Rita, »von dem hab ich auch noch ein paar Deckel im Koffer. Künstler eben.«

Sie blätterte weiter und schob dann mit triumphierendem Augenaufschlag den Ordner auf Karols Schoß rüber. Ein großer Artikel im Kölner Express war fett überschrieben mit »Manni T. (28), der Jerry Cotton von Köln«. Darunter grinste ein junger Kerl mit zerrupften Haaren aus einem großformatigen Foto. In dem Text stand, dass dieser tolldreiste Bursche zwei Morde aufgeklärt hatte, einen an einem Makler und einen an einem Detektiv.

»Jetzt fällt es mir wieder ein.« Karol schaute von dem Artikel auf. »Du bist an allem schuld.«

Sogleich ging Rita in Abwehrstellung und zog ihre sensationellen Lippen zu einem Schmollmündchen zusammen. »Woran soll ich schuld sein?«

Karol lächelte. »Du hast mir damals den Tipp gegeben, bei diesem Detektiv nach 'nem Job zu fragen.«

»Ist das wahr?«

»Ja, das ist wahr.«

Rita schaute auf das Foto des jungen Manni T. in der Zeitung. »Wie die Zeit vergeht. Was für ein knackiges Kerlchen du gewesen bist.«

»Findest du?«

»Ich weiß es.«

»Woher?«

»Aus dem Schlafzimmer nebenan.«

»Da war ich mal drin gewesen?«

Rita nickte. »Ab und zu hattest du einen Filmriss, glaub ich.«

»Scheiße.«

»Manchmal bist du kreuz und quer über die Straße getorkelt, wenn ich nach Feierabend meinen Laden abgeschlossen habe.«

»Verstehe.« Karol fühlte sich zunehmend unwohl in seiner Haut. Gut, dass er seit über zehn Jahren keinen Alkohol mehr trank.

Rita lächelte. »Muss dir jetzt nicht peinlich sein. War ganz nett mit dir drüben im Schlafzimmer.«

»Echt?«

Mit ihrem Zeigefinger streichelte sie die Haare des jungen Mannes auf dem Pressefoto und lächelte versonnen. »Warst kein schlechter Typ. Damals. Und färben musstest du auch noch nicht.«

»Wie meinst du das?«

»Die Haare.«

»Ich färbe doch nicht meine Haare!«, empörte sich Karol.

Rita stand auf, beugte sich über ihn und fuhr mit ihrer Hand über seine Kopfhaut.

»Melatenblond«, stellte sie fest. »Da braucht sich niemand für zu schämen. Ist die Trendfarbe der Saison.«

»Melatenblond?«

»Die Weisheit sprießt gewaltig aus deiner Schädeldecke. Mach dir nichts draus, Schätzchen. Ich färbe seit dreißig Jahren.«

»Aber ich doch nicht!«

»Schau's dir an. Das Bad ist gegenüber.«

Karol stand auf und öffnete die Tür zum Badezimmer. Rita betätigte den Lichtschalter, der sich hinter drei aufgehängten Handtüchern versteckte. Es roch nach indischen Räucherkerzen und schwerem Parfüm. Auf dem Steinboden vor der Badewanne rekelte sich ein langhaariger Flokati im Leopardenlook.

Karol beugte sich über das Waschbecken und schaute in den Spiegel. Rita hatte recht. Vor seiner Flucht aus Berlin hatte er seine Haare mit dem Bartschneider auf die einheitliche Länge von einem Zentimeter reduziert. Seitdem waren sie etwa fünf Millimeter nachgewachsen, und diese fünf Millimeter waren schneeweiß. Es sah tatsächlich so aus, als hätte er die Haare gefärbt.

»Das ist ja ein Ding«, stellte er irritiert fest. »In hundert Stunden von dreckigem Blond zu strahlendem Weiß.«

»Mich wundert nichts mehr in diesem Leben«, sagte Rita und griff ihm von hinten mit beiden Händen an die Gürtelschnalle.

»Zieh die Hose aus. Ich mach dir den Fleck weg.«

»Senf-Ketchup vom Hotdog.«

»Ich hab Fleckenteufel im Haus«, flüsterte sie. »Damit geht das ruckzuck.«

23

Die Kommissare Köhler und Burbach standen vor dem Optikerladen und zogen die Reißverschlüsse ihrer Jacken hoch. Böiger Wind pfiff durch die Neusser Straße und ließ die knorrigen Äste des nackten Baums wackeln, unter dem sie ihren Dienstwagen abgestellt hatten.

»In Nippes bin ich lange nicht mehr gewesen«, sagte der Chef des KK2 und versuchte, sich an seinen letzten Aufenthalt in dem Nordkölner Viertel zu erinnern. Kopfschüttelnd resignierte er schließlich vor seinen Gedächtnislücken. »Weiß gar nicht mehr, wann zum letzten Mal. Und warum.«

»Ich war früher öfter hier«, gab Kollege Burbach zum Besten, »zum Hämchentag im Golde Kappes, immer dienstags.«

»Für dich besteht die Stadt nur aus Fressnäpfen.«

»Ist halt mein Hobby«, erwiderte Burbach tiefenentspannt. »Und meine Frau kuschelt sich lieber an ein Kissen als an eine Dachlatte.«

»Da gibt's aber auch Grautöne zwischen.«

Sie grinsten sich an.

»An die Arbeit«, sagte Köhler.

Sie gingen zur Nummer 303 nebenan und schauten auf die Klingelschildchen. »Jeff Carlo«, las Burbach und lächelte. »Kombiniere messerscharf, dass sich hinter diesem Pseudonym Kollegin Carlotta Jefferson verbirgt.«

»Da würde ich keinen Fünfziger gegen wetten«, stellte Köhler klar.

Burbach klappte seine Wildlederweste auf, an deren Innenseite etliche Werkzeuge hingen. Der Kommissar war nicht nur ein leidenschaftlicher Kostvernichter, sondern auch ein versierter Handwerker. Er hatte das Fundament, den Keller, die Garage und den Innenausbau samt Elektrik und Heizsystem des Fertighauses in Thenhoven, das er mit seiner Frau und den achtjährigen Zwillingen Carla und Henrike bewohnte, selbst in die Hand genommen und damit, laut eigener Aussage, über hunderttausend Euro gespart. Bei normalen Einsätzen vor verschlossenen Türen brauchte Köhler keinen Techniker anzufordern, wenn Burbach mit ihm das Team bildete.

Er schob einen elastischen Blechstreifen in den Stulp des Türschlosses und drückte die Falle auf.

»Hannes, du bist ein Genie«, sagte Köhler, als sie das Treppenhaus betraten.

»Das hättest du auch noch hingekriegt.«

»Da bin ich mir nicht so sicher.«

Sie stiegen zum dritten Stock hoch. Kein Namensschild, weder über dem Klingelknopf noch an der Tür.

»Du bist sicher, dass sie im dritten Stock wohnt?«, fragte Köhler.

»Sie hat es mir erzählt.«

»Warum sollte sie dich belügen?«

»Eben.«

Köhler zog zwei in Plastik verschweißte Paare Schutzhandschuhe aus seiner Jackentasche und reichte eins dem Kollegen. Sie rissen die Päckchen auf und überzogen ihre Hände mit Nitril. Der Chef drückte den Klingelknopf. Im Innern der Wohnung machte es kling-klong. Ansonsten blieb es still. Köhler nahm den Türrahmen in Augenschein.

»Keine Katschen vorhanden«, diagnostizierte er. »Eine Brechstange ist hier nicht zum Einsatz gekommen.«

Burbach beugte sich zu dem Schlosszylinder. »Altes BKS-Modell«, murmelte er. »Hoffentlich nicht abgeschlossen.«

Wie unten bei der Haustür schob er auch hier den Blechstreifen in die Nut.

»Schade«, sagte er nach vergeblichem Geschacher. Er steckte den Blechstreifen weg und zog aus einer seiner diversen Westentaschen einen Ring, an dem flach geschliffene Schlüsselrohlinge klimperten. Er probierte einen nach dem anderen aus. »Komm jetzt«, knurrte er mit wachsender Ungeduld. Der vorletzte passte endlich. Burbach umgriff den Knauf, drehte den Zylinder und drückte die Wohnungstür auf. In dem Moment ging das Licht im Treppenhaus aus. Die beiden Kommissare standen in der Finsternis.

»Angst?«, hauchte Burbach zombiehaft stimmlos.

»Ja«, antwortete Köhler ernst. »Aber nicht um uns.«

Er drehte sich um und betätigte den rot beleuchteten Drücker in der Wand. Das Licht im Treppenhaus ging wieder an und erhellte ein wenig den mit grauem Kunststoff ausgelegten Boden der Diele hinter der aufgeschobenen Wohnungstür.

Köhler trat in den Türrahmen und rief: »Frau Jefferson?« Aber er erwartete nicht wirklich, dass seine junge Kollegin mit einem fröhlichen »Hallo, Chef!« antworten würde. Im Gegenteil. Er befürchtete das Schlimmste.

Burbach ließ den Lichtkegel einer Taschenlampe durch die Diele wandern. Ein paar Jacken an einer Garderobenstange, ein Schuhregal, darauf ein Router und ein altes grünes Telefon. Drei Türen gingen ab, eine war geschlossen, eine angelehnt, eine stand halb offen. In einem vierten Rahmen hing keine Tür.

Köhler zog zwei Paar zusammengeknautschte Überschuhe aus der Tasche, und sie stülpten sich das hellblaue Zellophan über die Straßenschuhe.

»Gehen wir rein«, sagte Köhler. Er betrat die Diele, Burbach folgte ihm. Es roch nach einer Mischung aus sportlichem Duschgel und asiatischen Gewürzen.

»Lotta? Bist du da?«, rief Burbach. Aber auch er tat dies nur, weil es den Vorschriften entsprach.

Köhler ertastete einen Lichtschalter und drückte ihn vorsichtig mit der Fingerkuppe. In der gläsernen Halbkugel über ihren Köpfen ging eine Glühbirne an. Der Chef ließ den Blick schweifen und trat durch den leeren Türrahmen in die Küche seiner Mitarbeiterin. Auch hier betätigte er vorsichtig den Lichtschalter. Kiefernholz, kombiniert mit weißem Schleiflack vor hellen Wänden. Auf der Fensterbank ein Kaktus, ein paar gerahmte Fotos an den Wänden, auf dem Ablauf der blank gewienerten Chromspüle drei saubere Tassen, ein Messer und ein Löffel. Zwei geschwungene Stühle, belegt mit orangefarbenen Sitzkissen, an einem hellen Holztisch, darauf ein Laptop. Der aufgeklappte Monitor war schwarz. Auf dem obersten Brett des Regals, in dem Teller, Töpfe und Pfannen gestapelt waren, lag ein Smartphone.

»Ach du Scheiße«, flüsterte Burbachs Stimme hinter ihm. »Da ist ihr Handy.«

»Sieht nicht gut aus, Hannes«, konstatierte Köhler bedrückt. »Lass uns in die anderen Räume schauen.«

Der Chef ging voran in die Diele und legte die Hand auf die Klinke der geschlossenen Tür. Er atmete tief ein und drückte sie. Dahinter befand sich das Schlafzimmer. Er machte Licht. Eine voll behängte Kleiderstange, eine Weichholzkommode, ein französisches Bett. Die Matratze war mit einem weinroten Spannbettlaken bezogen. Bettzeug lag nicht darauf. Köhler schaute unter das Bett. Es gab keinen Bettkasten und keine Schublade für Kissen und Decke. Auch in den Kleiderschränken war kein Bettzeug.

»Sieht alles sehr ordentlich aus«, sagte Burbach.

»Nur ihr Bettzeug fehlt«, stellte Köhler fest.

»Vielleicht ist sie zu Freunden gefahren und hat es mitgenommen.«

»Möglich.« Jede Aussage, die Hoffnung machte, kam Kommissar Köhler sehr entgegen.

Sie schauten ins Wohnzimmer und ins Bad. An einem Haken neben dem Duschvorhang hingen eine Jeans und ein Kapuzenpulli.

»Ich glaube, das hatte Lotta gestern an«, sagte Burbach.

Köhler ging in die Küche zurück und betrachtete die gerahmten Fotos an der Wand. Eines zeigte den Eingangsbereich eines weiß gekälkten Hauses. Auf lehmfarbenen Fliesen sonnten sich zwei zierliche Katzen, eine getigerte und eine schwarze. Ein anderes Foto war auf einem Segelboot gemacht worden. Ein älterer Mann mit einer Kappe tief in der Stirn stand am großen Steuerrad, und schräg hinter ihm lehnte eine dunkelhaarige schlanke Frau an der Reling. Sie trug eine große Sonnenbrille und hatte über ihrem Busen ein buntes Seidentuch verknotet, das bis über ihre Knie hinabfiel. Im Rahmen daneben hing eine alte Postkarte vom Kölner Dom. Die Farben des Fotos, das ein goldener Rahmen hinter einem Passepartout präsentierte, waren schon etwas ausgeblichen. Es zeigte eine bunt verzierte Geburtstagstorte mit fünf brennenden Kerzen darauf. Ein Mädchen stand glücklich strahlend dahinter, flankiert von einer bildhübschen Frau einerseits und andererseits von einem unrasierten Mann mit zerzausten Haaren, in denen eine Sonnenbrille steckte.

»Manni Thielen«, sagte Köhler kopfschüttelnd.

»Was meinst du, Chef?«, meldete sich Burbach aus der Diele, wo er mit der Taschenlampe akribisch den Eingangsbereich ausleuchtete.

»Nichts«, antwortete Köhler. »Ich führe Selbstgespräche.«

»Dann komm mal her. Ich glaub, ich hab was gefunden.«

Burbach deutete in Kopfhöhe auf die Eingangstür. »Schau mal hier. Da hat jemand ganz offensichtlich vor Kurzem mit einem feuchten Tuch drübergewischt. Aber nicht wirklich gründlich, wie es Lotta vermutlich getan hätte. Sondern nur in diesem Bereich. Trotzdem sind leichte Farbschlieren zu sehen. Und hier: Außerhalb der Wischspuren sind kleine dunkle Spritzer. Vermutlich Blut. Und weißt du, was auch auffällig ist?«

»Dass eine ordentliche junge Frau keine Fußmatte vor der Tür liegen hat«, erklärte Köhler.

»Genau das hatte ich sagen wollen«, gestand der um den Schlaumeier-Punkt beraubte Kollege.

»Ist doch nett, einen Chef zu haben, der mitdenkt, oder?«

»Sie nannten ihn das Superhirn.«

»Danke für die Blumen.«

»Vermutlich hat der Täter die Fußmatte verschwinden lassen, um Spuren zu vernichten«, brachte Burbach das Gespräch zu seinem Ausgangspunkt zurück. »Es könnte ein Kampf stattgefunden haben. Ein Kampf, bei dem Blut gespritzt ist.«

Noch wollte Köhler die Hoffnung nicht aufgeben. »Frau Jefferson kann aber auch einfach hier gestürzt sein und sich verletzt haben.«

»Möglich.« Burbach zuckte mit den Schultern. »Und ein Bekannter oder eine Bekannte hat sie ins Krankenhaus gebracht.«

Köhler zog sein Handy aus der Tasche. »Die Kollegen in der Telefonzentrale sollen sofort mal alle Kölner Krankenhäuser anrufen.«

»Hoffen wir das Beste.«

»Auf jeden Fall müssen wir wissen, ob es ihr Blut hier an der Tür ist.«

Köhler legte die Hand auf Burbachs Schulter. »Danke dir, Hannes. Mach Feierabend. Wir sehen uns morgen früh.«

»Was hast du vor?«

»Ich versuche, noch jemanden von der Spurensicherung herzubekommen«, sagte der Chef. »Solange bleibe ich hier.«

Burbach nickte mit besorgter Miene. »Schick mir bitte sofort eine SMS, falls sich irgendwas ergibt. Ich leg mein Handy nebens Kopfkissen.«

»Versprochen.«

Sie drückten Hände und umarmten sich kurz.

»Scheiße«, flüsterte Burbach. »Nicht Lotta. Bitte nicht sie.«

Köhler zog einen Autoschlüssel aus der Jackentasche. »Nimm den Dienstwagen.«

»Und wie kommst du zurück zum Präsidium?«

»Die Spusi soll mich fahren. Sonst steig ich in die Bahn.«

Burbach nahm den Schlüssel, und Köhler schloss die Wohnungstür hinter ihm. Er nahm sein Handy und tippte die Nummer der diensthabenden Wache ein.

24

Rita hatte zwar den peinlichen Fleck aus seiner neuen Hose gewaschen, da der Stoff aber nicht rechtzeitig getrocknet war, musste Karol seine alte Jeans reaktivieren und das feuchte Outdoor-Beinkleid in den Rucksack stopfen.

Es war zwanzig Uhr achtzehn. Er stand auf dem gegenüberliegenden Bürgersteig und schaute zu Maries Wohnung hoch. Ein schwacher Lichtschein war im linken Fenster zu sehen, als wäre irgendwo im hinteren Bereich des Zimmers eine kleine Lampe eingeschaltet. Aber eine brennende Kerze stand in keinem der beiden Fenster. Das war leider eindeutig festzustellen.

Als Marie vorgestern nach Hause gekommen war, hatte sie in den Briefkasten geschaut. Vielleicht war das kein fest etabliertes Ritual. Vielleicht vergaß sie öfter mal den Blick nach der Post. Wenn ihr Kopf mit anderen Dingen gefüllt war. Oder aber sie hatte das Heft mit seinen Aufzeichnungen aus dem Kasten genommen und es noch nicht gelesen.

Vielleicht war ja jemand mit zu ihr in die Wohnung gekommen, und sie wollte abwarten, bis diese Person wieder weg war, um sich danach ungestört diesem seltsamen Text zu widmen. Vielleicht war ihr Freund bei ihr, und sie würden die Nacht gemeinsam im Schlafzimmer verbringen.

Karol ging fünfzig Meter weiter und überquerte die Neusser Straße an der Fußgängerampel Ecke Blücherstraße. Mit so forschem Schritt, wie sein rechtes Knie zuließ, näherte er sich wieder Haus Nummer 303 und machte, als er es erreicht hatte, einen Sidestep in den kleinen Eingangsbereich. Er schob die Finger seiner rechten Hand so tief wie möglich in den Schlitz von Jeff Carlos Briefkasten und wackelte damit umher. Die Kuppe seines Mittelfingers streifte Millimeter der Oberkante eines dünnen Schreibhefts. Die Wahrscheinlichkeit, dass es sich dabei um sein Heft handelte, schätzte er auf mindestens neunundneunzig Prozent. Also hatte Marie heute nicht nach der Post geschaut. Also konnte heute Nacht noch keine Kerze in ihrem Fenster brennen. Also musste er jetzt wieder irgendwie die nächsten vierundzwanzig Stunden rumkriegen.

Er überquerte die Straße und betrat die Spielhalle. Ein paar Männer standen oder saßen auf Hockern vor Spielgeräten und warfen Münzen hinein. Leise Schlagermusik tränkte die trübe Luft. Hinter dem Tresen in der Mitte des Raums saß neben einer Kaffeemaschine eine junge Frau. Eine andere als die vor zwei Tagen. Wie Läden wie dieser die hohen Mieten in bevorzugten Lagen erwirtschaften konnten, war Karol ein ähnliches Rätsel wie die Theorie vom Urknall. Die junge Frau schaute ihm defensiv entgegen. Auch die anwesenden Männer checkten ihn routiniert unauffällig ab. Ein Unbekannter. Was wollte er? Ausrauben? Kontrollieren? Vergewaltigen? Töten? Oder war er einer von ihnen? Eine arme Socke, die süchtig danach war, die Barschaft regelmäßig in Spielautomaten zu versenken?

»Kann ich mal kurz ins Internet?«

»Ein Euro pro dreißig Minuten.« Die Aussprache der Frau hatte einen Akzent, den Karol keiner der ihm bekannten Sprachregionen zuordnen konnte. Rumänisch vielleicht? Ungarisch?

»Ihre Kollegin sagte vorgestern, es kostet fünfzig Cent pro dreißig Minuten«, erwiderte Karol, bloß um ein Gespräch anzukurbeln.

»Ab zwanzig Uhr kostet es mehr«, erklärte die Frau.

Karol zog einen Fünf-Euro-Schein aus der Jeans und legte ihn auf den Tresen. »Einen Kaffee bitte, ein Wasser und für den Rest Internet«, gab er seine Bestellung auf. Die junge Frau nickte und nahm den Schein. »Gut«, sagte sie. »Nummer zwei, Kaffee und Wasser bringe ich.«

»Danke.«

»Milch und Zucker?«

»Ja bitte.«

Karol ging zu dem Bord und setzte sich auf den schwarzen Klappstuhl vor dem mittleren der drei Rechner. Er machte Google auf und gab »Kölner Express« ein. Er klickte sich durch die Lokalnachrichten, bis die junge Frau seine Getränke bei ihm abgestellt und sich wieder hinter den Tresen verzogen hatte. Er riss Tütchen und Döschen auf, verrührte deren Inhalt in der schwarzen Brühe und nahm einen Schluck. Er spülte Mineralwasser hinterher und gab »Berliner Zeitung« ein.

Der Mord an der Maklerin Petra S. (29) war immer noch ein großes Thema auf Seite drei. Die Polizei hatte DNA-fähiges Material an ihrer Wäsche gefunden und unter ihren Fingernägeln Fasern eines dunkelgrünen Lodenstoffs, der vermutlich aus einer Tiroler Manufaktur stammte. Außerdem waren die Fotos zweier Mehrfamilienhäuser abgedruckt. Das eine war das Haus in der Marathonallee, in dessen Kellerzugang das Opfer gelegen hatte, das andere ein schönes Jugendstilhaus in der Taubenstraße. Auf der vierten Etage dieses Hauses hatte die junge Frau mit ihrem Freund, dem Webdesigner Max G. (31), gewohnt. Die Hausnummern der abgebildeten Häuser waren auf den Fotos unkenntlich gemacht.

Taubenstraße. Grüner Loden. Sein Unterbewusstsein morste Signale.

Über den Mann, der kurz vor ihrem Tod noch mit Petra S. in der U-Bahn gesprochen hatte und dessen Foto veröffentlicht worden war, stand nichts in dem BZ-Artikel.

Karol ging zurück zu Google und gab »U-Bahn, Mord, rote Kappe, Hornbrille« ein. Es gab eine Menge Einträge zu diesem Wortquartett. Die meisten stammten aus Foren, in denen über den Mord und den mutmaßlichen Serienkiller, der nachts in der U-Bahn Jagd auf attraktive Frauen machte, spekuliert wurde.

In einem kleinen Artikel der BILD.Berlin stand, man habe einen Mann festgenommen, auf den die Beschreibung passte. Nach zweistündiger Vernehmung aber sei er wegen erwiesener Unschuld wieder freigelassen worden.

Auf der offiziellen Bürgerseite der Berliner Polizei forderte die Soko Petra den Mann vom Foto der Überwachungskamera eindringlich dazu auf, sich doch bitte als Zeuge zu melden, da er vermutlich der letzte Mensch gewesen sei, mit dem das spätere Opfer gesprochen habe. Der Mann könne auch anonym bleiben. Anonym? Konnte nicht jedes mobile Telefongespräch bis zum nächstgelegenen Sendemast zurückverfolgt werden? Und Anrufe aus dem Festnetz oder von einem öffentlichen Münzfernsprecher dürften die Techniker der Kripo vor keine Probleme stellen. Da war sich Karol ziemlich sicher.

Er trank seinen Kaffee und sein Wasser und bestellte beim Thai schräg gegenüber grünes Curry mit Gemüse, Huhn und Reis. Er setzte sich auf einen der grünen Plastikstühle und schaute auf die grünlastige Motivtapete. Im Dschungel grinsten Papageien von Palmwedeln. Taubenstraße, grüner Loden. Während seine Backenzähne knackige Möhrenstreifen zermalmten, klingelte es plötzlich zwischen seinen Ohren.

Im Souterrainzimmer des »1stFloor« nahm er die Berliner Notizbücher aus der Reisetasche und stapelte sie auf das gläserne Bord. Er schlug die erste Kladde auf und begann seine Notizen durchzugehen.

Es war gar nicht so einfach, sich in den stenografischen Krakeleien zurechtzufinden, zumal sie sich im Laufe seiner drei Jahre als Schutzengel weiterentwickelt hatten. Er hatte immer nur Abkürzungen und Stichworte notiert. MV, MR, AP, PP, PSY, DO, DD, HILO. MV bedeutete mutmaßlicher Vergewaltiger, MR mutmaßlicher Räuber, AP aggressive Person, PP pädophile Person, PSY Psychopath, DO Drogenopfer, DD Drogendealer, HILO hilflose Person. Ein kleines Kreuz dahinter bedeutete, dass die Person ihm mehrfach aufgefallen war.

Diese Kürzel hatte er ergänzt mit Stichworten zu Alter, Aussehen und Kleidung. Dazu gab es Angaben, welche Bahn die Personen an welcher Station um wie viel Uhr benutzt und welchen Frauentyp sie angestarrt hatten und welchem sie gefolgt oder zu nahe gekommen waren.

Wenn Karol hinter einer Person die Buchstaben ADI notiert

hatte, bedeutete das, er war dem Mann nach Hause gefolgt, also zu einem Haus, dessen Tür er aufgeschlossen hatte und in dem er verschwunden war. Diese Adressen standen auch im Notizbuch.

Er hatte schon manchen Hinweis liefern können, der zur Verhaftung von Tätern führte. Ein Redakteur des Wochenmagazins Zitty, den er über Münztelefone kontaktet hatte, hatte die brisanten Informationen an die zuständigen Polizeiinspektionen weitergeleitet.

Seite um Seite arbeitete sich Karol durch seine Aufzeichnungen. Er ließ sich Zeit. Er war hellwach. Nicht nur wegen des Kaffees eben in der Spielhalle. Sondern weil es kurz vor elf Uhr war und er um diese Uhrzeit immer sein Berliner Apartment verlassen hatte, um auf die Reise durch die nächtliche Hauptstadt zu gehen.

Die meisten Notizen, die Karol las, ließen vor seinem inneren Auge wieder die entsprechenden Begebenheiten und Personen auferstehen. Grüne Lodenjacke. Dieses Merkmal hatte er mehrfach notiert.

Zum ersten Mal in Verbindung mit einem Mann, der auf einer Bank im U-Bahnhof Alexanderplatz geschlafen hatte, um drei Uhr morgens. Obwohl er nicht wie ein Penner oder ein Drogist aussah. Im Gegenteil. Er sah normal aus. Etwa vierzig Jahre alt, braune Haare mit ein paar grauen Strähnen, rasiert, gekämmt, zugeknöpft, unbefleckt.

Dieser Mann war ihm dann später am Bahnhof Hackescher Markt aufgefallen, als er junge Frauen mit diesem sehr speziellen Blick fixiert hatte. Dieser Blick, der sich in Verachtung, Wut, Enttäuschung, Angst, Unsicherheit und Verzweiflung auffächerte. Karol hatte diese Mixtur immer wieder bei Männern beobachtet, die Frauen zu verfolgen pflegten.

Der Mann in der dunkelgrünen Lodenjacke war so jemand. Karol hatte ihn immer mal wieder gesehen. Mehrfach hatte er ihn verfolgt, wenn er Frauen nachgeschlichen war. Sein Beuteschema war immer gleich: schwarz gekleidete Frauen mit Piercings und Tattoos und wilden Frisuren. Er selbst trug immer eine beige Cordhose, halbhohe Gesundheitsschuhe aus braunem Leder und die grüne Lodenjacke über hellblauem Hemd. Die Einträge, die Karol zu dem Mann gemacht hatte, erstreckten sich über den Zeitraum von achtzehn Monaten.

Zum letzten Mal war er ihm am Potsdamer Platz aufgefallen. Eine junge Frau, die von ihrem Äußeren her exakt in sein Beuteschema passte, hatte ihn um Münzgeld angebettelt. Er hatte in seine Jackentasche gegriffen, aus einem Knäuel Geldscheine einen Zwanziger hervorgezogen und ihn in den abgekauten Becher gestopft, den die Frau ihm entgegenstreckte. Sie hatte sich bedankt und war gleich zum Ausgang gehuscht. Der Mann im grünen Loden hatte ihr nachgeschaut, war aber am Fahrkartenentwerter stehen geblieben.

Als aus der übernächsten U5 eine blonde Punkerin stieg, nahm er die Verfolgung auf. Nach hundert Metern verschwand die Frau in einem Club, und der Mann blieb unschlüssig vor der eisernen Einlasstür stehen. Es war halb fünf Uhr morgens. An einem Dienstag. Einer geregelten Arbeit würde der Lodenmann höchstwahrscheinlich nicht nachgehen.

Für Karol stand fest: Dieser Mann war eine Zeitbombe. Irgendwann würde er explodieren und seine kranke Energie aus sich hinauskatapultieren.

An jenem frühen Morgen vor genau einundzwanzig Tagen hatte Karol in einem Hauseingang gewartet und beobachtet, wie der Lodenmann vor dem unbeleuchteten Eingang des Clubs eine Zeit lang stehen blieb und sich dann gemächlich in Bewegung setzte. Er ging langsam, aber rund. Er wankte nicht, er hatte keinen Gehfehler wie Karol, noch nicht mal auffällige O-Beine. Er war weder klein noch groß. Otto Normalo im grünen Loden schlenderte an einem frühen Dienstagmorgen die Leipziger Straße hoch, bog links in die Wilhelmstraße ab und dann rechts in die Taubenstraße. Vor Haus Nummer 36 blieb er stehen und schaute an der Fassade hoch. Hinter keinem der Fenster brannte noch oder schon ein Licht.

Karol war sich ziemlich sicher, dass der Mann exakt vor dem

Haus stehen geblieben war, das er eben im Internet gesehen hatte. Das Haus, in dem Petra S. mit ihrem Freund gewohnt hatte. Nur dass Petra S. vom Äußeren her überhaupt nicht ins Beuteschema des Lodenmanns passte.

Etwa fünf Minuten war der Mann vor dem Haus stehen geblieben, dann war er weitergegangen. Aber anders. Schneller, zielgerichteter. Den Kopf zwischen die Schultern gezogen, die Hände in den Seitentaschen seiner Cordhose vergraben. Karol hatte Mühe, ihm zu folgen.

In der Kochstraße verschwand er aus Karols Blick. Vermutlich war er in einen Hauseingang gehuscht. In welchen genau, konnte Karol aus der Entfernung nicht sehen. In einen der drei roten Backsteinhäuser mit den Nummern 2, 3 oder 4.

Das waren doch sehr interessante Informationen, die er der Soko Petra nach Berlin übermitteln könnte. Aber er würde nicht von einem Münztelefon aus beim Wochenmagazin Zitty anrufen, damit sich ein Journalist mit seinen Lorbeeren schmücken konnte. Die brandheißen Informationen über den Lodenmann waren sein Einsatz in einem gefährlichen Spiel, bei dem der Gegenspieler noch nicht feststand.

Karol stand auf und zog die Schlüsselkarte aus dem Schuber. Er verließ das Hotel, schlenderte an der Kneipe Flora 6, in der noch Gäste saßen, vorbei zur Neusser Straße und schaute mal wieder zu Maries Wohnung hoch. Der Lichtschein aus dem rechten Zimmerfenster war verschwunden. Hinter beiden Fenstern war es dunkel. Also war jemand in der Zwischenzeit in der Wohnung gewesen.

Er überquerte die Straße und steckte wieder seine Hand in den Schlitz des Briefkastens von Jeff Carlo. Sosehr er sie auch hineinzwängte, seine Fingerspitzen erreichten nicht mehr die Oberkante des Schulhefts. Marie hatte also doch noch nach ihrer Post geschaut. Morgen Abend würde sie eine brennende Kerze in ihr Fenster stellen. Das hoffte Karol sehr.

Hinter der Eingangstür klickte das Licht der Treppenhausbeleuchtung an.

Karol überquerte so schnell er konnte die Straße und stellte sich hinter die Mauerkante des Eckhauses an der schräg gegenüberliegenden Kreuzung. Im Erdgeschoss des Gebäudes befand sich ein Schreibwarengeschäft, in dessen erleuchteten Schaufenstern es nicht nur Schreibgeräte, sondern auch Spielzeuge und Schnickschnack zu bewundern gab. Karol richtete seinen Blick auf einen weißblauen VW-Bus aus Blech.

Die Tür von Haus Nummer 303 ging auf, drei Personen traten auf die Straße hinaus und bestiegen einen vor dem geschlossenen Eiscafé geparkten dunkelgrauen Ford Kombi. Es waren zwei Männer und eine Frau. Einen der Männer und die Frau schätzte Karol auf Ende dreißig, den zweiten Mann auf etwas älter. Sie waren unauffällig gekleidet. Jacken in gedeckten Farben, Jeans und Freizeitschuhe. Die beiden Jüngeren trugen dunkle Klappkoffer in der Größe von drei Schuhkartons, die sie in den Kofferraum des Autos schoben. Die Frau setzte sich ans Steuer, der jüngere Mann nahm auf dem Beifahrersitz Platz, der ältere auf der Rückbank. Das Licht im Treppenhaus von Nummer 303 erlosch.

Der Ford schob sich aus der Parktasche und fuhr vor bis zu der roten Ampel vor der U-Bahn-Station. Der Mann auf der Rückbank schaute zur Ecke Florastraße hinüber. Karol wandte sich ab und zog seinen Nacken in den hochgestellten Jackenkragen. Die Ampel sprang auf Grün, und der Ford verschwand in der Nacht.

25

Timo Neufert zog sein BMX-Rad aus dem Laderaum und lehnte es an den Kastenwagen, den ihm seine Firma rund um die Uhr überließ. Als Gegenleistung musste er rund um die Uhr erreichbar sein, falls wirklich wichtige Einsätze anstanden. Als zum Beispiel in einer Freitagnacht die Telefone der Taxizentrale ausfielen, war Timo sofort zum Einsatzort gerast. Er hatte den GAU abgewendet und seiner Firma damit zu einem fetten Scheck und viel Lob verholfen.

Sein Chef wusste genau, was er an ihm hatte. Er hätte ihn auch nicht sofort gefeuert, wenn Timo bei einem nächtlichen Notruf nicht gleich ans Handy gegangen wäre. Wie in der letzten Nacht. Da hätte das passieren können. Aber es war zum Glück kein Notruf bei ihm eingegangen in der Zeit zwischen neun Uhr abends und fünf Uhr am Morgen.

Von der Neusser Straße stadtauswärts, am Ende von Weidenpesch, ging unmittelbar vor der Eisenbahnbrücke rechts ein leicht abschüssiger Schotterweg ab, der nach hundert Metern in einer Ausbuchtung endete, die von ein paar ortskundigen Leuten als Wendehammer benutzt wurde. Tagsüber standen hier auch mal die Autos vereinzelter Gassigänger und Schrebergärtner.

Heute Nacht aber stand nur der weiße Kangoo hier. Der Kastenwagen würde ab jetzt immer hier stehen, wenn Timo zum Allerheiligsten pilgerte.

Er nahm die SIG Sauer aus dem Handschuhfach, verstaute sie im Rucksack und zwängte seine Schultern durch die Trageriemen. Selbst diese kleine Anstrengung setzte sofort wieder die Säureproduktion in seinem Magen in Gang, und er musste sich an der Karosserie abstützen. Während des vergangenen Tages hatte er nur vier kleine Aufträge abarbeiten müssen. Das war auch gut so. Denn er hatte tierische Kopfschmerzen, und mehrfach hatte er angehalten und in Mülleimer am Straßenrand kotzen müssen. Ganz besonders lästig waren die Sehstörungen. Das Flimmern vor den Augen und die plötzlichen Farbwechsel.

Mit der Platzwunde am Hinterkopf kam er klar. Die war niemandem aufgefallen. Er hatte eine der Wundkompressen aus dem Pkw-Verbandskasten draufgeklebt und seine schwarze Wollmütze angezogen. Es gab genug Leute, die immer eine Wollmütze auf dem Kopf hatten, egal ob im Winter oder im Sommer – oder im Frühling wie jetzt eben. Die einen wollten damit ihre Glatze wärmen oder verstecken, die anderen wollten so aussehen wie Matrosen, wie Gangster-Rapper oder wie Tom Gerhardt in »Voll normaaal«.

Timo verschloss den Wagen, zog das Gummiband der Stirnlampe über den Kopf und legte die Hand auf den Sattel seines Fahrrads. Er würde es schieben und nur im Notfall besteigen. Auf fünf Minuten früher oder später kam es um zwei Uhr morgens nicht an.

Die frische Luft tat ihm bestimmt gut, und er könnte sich während des kurzen Spaziergangs noch mal in Ruhe überlegen, wie er nun vorgehen sollte. Denn er musste verdammt vorsichtig sein. Diese Carlotta Jefferson war ein Biest. Er hatte sie unterschätzt. Klar, sie war bei der Kripo, und da gehörte Selbstverteidigung zum Pflichtprogramm, aber dieser High-Kick, der ihn aus nächster Nähe voll erwischt hatte, war erste Sahne gewesen. Aus dem Stand einen fast einen Meter achtzig hohen Kopf mit dieser Wucht und dieser Präzision zu erwischen war nur nach Hunderten von Trainingseinheiten möglich. Fast hätte ihr Tritt seinen ganzen Plan zerschmettert. Denn er war schwer k.o. gegangen. Erst gegen Mitternacht war er wieder zu sich gekommen. Zum Glück vor Carlotta Jefferson, die neben ihm auf dem Dielenboden lag.

Er war in die Küche gewankt und hatte auf die Straße runtergeschaut. Es waren vereinzelt noch ein paar Fußgänger unterwegs. Am Taxistand schräg gegenüber warteten vier Autos auf Fahrgäste. Seinen Kastenwagen hatte er direkt vor der Tür parken können. Glücklicherweise war der Parkplatz endlich frei geworden, als er um halb neun immer wieder um den Block gekurvt war. Er würde erst ihr Bettzeug auf der Ladefläche ausbreiten und eine halbe Stunde warten. Dann würde er die rechte Schiebetür öffnen, mit Carlotta Jefferson im Arm die paar Schritte von der Haustür bis zum Wagen zügig, aber nicht hektisch zurücklegen und gleich die Wagentür ins Schloss schwingen lassen.

Plötzlich war ihm schwindelig geworden, er hatte sich an der Fensterbank abgestützt und dabei in den Kaktus gegriffen. Erschrocken schrie er auf, denn die feinen Stacheln hatten sich durch den dünnen Stoff der Arbeitshandschuhe in seine Hautfläche gebohrt. Auch das noch. Die ganze Angelegenheit war komplizierter und schmerzhafter, als er es sich vorgestellt hatte. Er spürte etwas Warmes in seinem Nacken und fühlte Blut.

Er nahm das feuchte Tuch aus der Spüle und schlich in die Diele zurück. An der Wohnungstür bildete sein Blut ein bizarres Muster. Wie der Beginn eines abstrakten Gemäldes. Timo wischte es gründlich ab und verstaute das blutgetränkte Spültuch in seinem Werkzeugkoffer. Auch auf der Fußmatte waren Blutspritzer. Die würde er mitnehmen und in den Rhein werfen.

Carlotta Jefferson hatte die Augen halb offen und schnaufte leise. Das Gift, das er ihr gespritzt hatte, würde noch ein paar Stunden wirken. Hoffte er. Es war ein Schlangengift, das er im vorigen Herbst in Amsterdam gekauft hatte. Ganz bio und vegan. Sie war schließlich schwanger. Er hatte an alles gedacht. Carlotta Jefferson sollte nicht leiden. Es sollte ihr gut gehen. Wenn sie gewusst hätte, was er alles für sie getan hatte und wie besorgt er um ihr körperliches Wohl war, hätte sie ihm bestimmt nicht diesen Horror-Tritt ans Kinn genagelt.

Dabei hatte er in den letzten Tagen jede freie Stunde für sie geopfert. Er hatte ihr neues Zuhause gründlich gesäubert, den Boden mit Kunstrasen ausgelegt, aus sechs Europaletten ein Bett gebaut und darauf eine neue Matratze mit frischem Spannbetttuch gelegt. Er war zum Camping-Center Berger nach Overath gefahren, hatte dort einen im Himalaya getesteten Schlafsack, einen Faltstuhl mit einem Klapptischchen, eine LED-Zeltleuchte und für fast siebzig Euro das Starterset Blue gekauft, bestehend aus einer eleganten Campingtoilette, einem Liter Sanitärkonzentrat für den Frischwassertank, einem zweieinhalb Liter fassenden Abwassertank, gefüllt mit Sanitärflüssigkeit, und vier Rollen selbst auflösendem Klopapier.

Vor allem aber hatte er sich stundenlang Gedanken darüber gemacht, wie er seine Gefangene sicher fixieren konnte, ohne sie dadurch allzu sehr zu quälen. Er hatte einen Eisenring in die Wand betoniert und eine dicke Schiffsleine daran mit einer Eisenschelle verschweißt. Die Leine kürzte er so, dass sie nicht ganz bis zur Einstiegsleiter reichte, und aus einem verschraubbaren Ring, mit dem man normalerweise Metallrohre an Wänden befestigt, kreierte er eine Eisenmanschette, die er ans Ende der Leine montierte.

Als er Carlotta Jefferson um kurz vor vier endlich die steile Leiter hinunterbugsiert hatte, was mit seinem Brummschädel eine Meisterleistung gewesen war, passte er die Schelle so ihrem rechten Handgelenk an, dass sie zwar ein wenig an ihrer Haut scheuern würde, es ihr aber niemals gelingen könnte, ihre Hand daraus zu befreien. Die Manschette hatte er verschraubt und die Köpfe und Enden der Schrauben abgeschliffen.

Er hatte seinen Gast auf die Matratze gelegt, den Kopf in ihr eigenes Kissen. Sie war eine sehr gut aussehende Frau, dachte er. Mit einem wunderschönen durchtrainierten Körper. Er hatte noch nie in seinem Leben einen so wunderschönen Körper berühren dürfen. Er breitete die Steppdecke über ihr aus. Den Schlafsack konnte sie selbst ausrollen, falls es ihr zu kalt wurde.

Neben einem Plastikbecher mit Zahnbürste und Zahnpasta hatte er sechs Flaschen stilles Wasser, zehn Bananen und zehn Müsliriegel auf dem Campingtischchen drapiert.

Als er sie in ihrer Diele hochgehoben hatte, war ihr Smartphone aus ihrer Tasche gerutscht. Er hatte es ausgemacht und auf den Küchenschrank gelegt. Aus dem Wäscheregal in ihrem Bad hatte er ein gefaltetes Handtuch, mehrere Slips und zwei T-Shirts genommen und aus der Küche eine Plastikschüssel, in die sie das Mundspülwasser spucken konnte. Diese Vorkehrungen dürften für die ersten Tage reichen. Wenn noch etwas fehlte, würde er liefern.

Jede Nacht gegen zwei Uhr würde er ihr von nun an einen Besuch abstatten und Luft in ihr Zuhause lassen.

Er schob das Fahrrad über den holprigen Pfad, der links entlang des auf Basaltsteinen gebetteten Schienenstrangs und rechts vorbei an wild zugewachsenen Gartenzäunen und einer Wiese führte, auf der im letzten Sommer eine kleine Schafherde genächtigt hatte.

Mit jedem Schritt wuchs Timos Nervosität. Hatte er wirklich an alles gedacht? Saß die Eisenmanschette fest genug an ihrem Handgelenk? Was wäre, wenn nicht? Eine Leiter nach oben gab es nicht. Die hatte Timo hochgezogen und neben die mit zwei Riegeln verschlossene Einstiegstür gestellt. Aber wer weiß, wozu eine Frau, die mörderische Tritte verteilte, sonst noch so alles in der Lage war.

Ein Problem gab es bei dem Verlies. Es besaß kein Fenster und auch keinen Belüftungsschacht. Was andererseits natürlich den Vorteil hatte, dass der Raum absolut schalldicht war. Timo hatte seinen alten Ghettoblaster reingestellt und voll aufgedreht. Draußen war nichts zu hören. Absolut nichts. Da könnte Carlotta Jefferson schreien, so laut sie wollte. Niemand würde sie hören. Wenn hier überhaupt jemand mal zufällig in die Nähe käme. Wie lange der Sauerstoff da unten ausreichte, wusste er natürlich nicht.

Er schulterte sein Fahrrad, überquerte das Gleis und lehnte es an die Rückwand des Gebäudes. Zwei Kaninchen hoppelten panisch aus dem Müllverschlag. Timo machte einen Schritt in Richtung Einstiegsraum und versteinerte, als sich seine rechte

Schuhsohle in eine teigige Masse senkte. Er hatte keine Chance mehr, die widerlichen Folgen zu verhindern. Ekelhaft. Vor allem wenn man wie er profilierte Sportschuhe trug. Dann musste man die stinkende Hundekacke mit einem Schraubenzieher oder einem Stöckchen aus jeder einzelnen Profilrille pulen und die Sohle danach mit einer Bürste unter fließendem Wasser abschrubben. Aber er hatte keinen Garten mit einem Wasserschlauch. Er müsste es in seiner Duschtasse machen. Zum Kotzen war das. Er hasste diese fetten Köter, die diese fetten Haufen kackten. Er hasste ihre Herrchen und Frauchen, die den Dreck nicht entsorgten.

Timo fluchte und rieb und scharrte und schabte den verkackten Fuß in einem Unkrautstrauch und betrat dann den Einstiegsraum.

Er zwang sich, seinen wutschnaubenden Atem zu beruhigen, und lauschte zur Bodenplatte hinab. Es war nichts zu hören. Aber es roch nach Hundescheiße. Offenbar hatte er nicht genug von dem Sauzeug im Unkraut gelassen.

Oder bildete er sich vor lauter Ekel den Gestank nur ein? Konnte der Geruchssinn so was speichern? Timo zog beide Schuhe aus und stellte sie draußen neben sein Fahrrad.

Er stemmte die Bodenplatte hoch und lauschte. Grabesstille herrschte da unten in der Dunkelheit des ehemaligen Luftschutzraums. Timo machte die Stirnlampe an und stieg vorsichtig die Eisenstiege runter.

Er blieb stehen und lauschte zu der verriegelten Tür, die ins Verlies führte. Nichts war zu hören. Aber vielleicht beunruhigte ihn gerade diese Tatsache.

Hatte er unbewusst die Schreie einer um Hilfe flehenden Frau erwartet? Grelle Lichtfetzen tanzten einen Sekunden-Pogo vor seinen Augen. Er zog den Rucksack vom Rücken und nahm seine Siggi in die Hand. Er küsste das kalte Eisen und schob den ersten Riegel zurück, dann den zweiten. Er umgriff die Klinke und drückte sie hinab.

Er holte Luft und öffnete die Tür mit kräftigem Ruck. Das

flaue LED-Lämpchen stand auf dem Tischchen, nicht mehr neben dem Bett, wo er es platziert hatte.

Im schwachen Lichtschein konnte Timo die Steppdecke erkennen und darunter einen Körper. Vermutlich einen Körper. Den von Carlotta Jefferson. Sicher war er sich nicht. Auf jeden Fall bedeckte die Steppdecke etwas Körperähnliches. Komplett. Kein Fuß schaute darunter hervor, keine Hand, kein Haarbüschel.

Das Ende der dicken Leine, mit dem er Carlotta Jefferson am Handgelenk gefesselt hatte, schlängelte sich vom Eisenring in der Wand zur Matratze und verschwand unter dem Bettzeug.

Timo musste an »Flucht von Alcatraz« denken, einen seiner Lieblingsfilme. Clint Eastwood hatte mit einer Attrappe seines Körpers die Schließer reingelegt. Vielleicht kauerte Frau Jefferson in dem Bereich des Raums, den das maue LED-Licht nicht erreichte. Wenn er jetzt hinunterstieg, würde sie ihn mit zwei gezielten Handkantenschlägen in die Hölle schicken. Vielleicht aber lag sie ja doch unter der Decke und schlief. Hoffentlich. Hoffentlich war sie nicht erstickt.

Neben dem Bett lagen Bananenschalen, auch eine leere Wasserflasche und bunte Papierfetzen von den Verpackungen einiger Müsliriegel. Am Schlangengift war seine Gefangene auf jeden Fall nicht verstorben. Wenn sie tot war, dann war sie erstickt.

»Frau Jefferson, ich habe Ihnen etwas mitgebracht«, sagte er freundlich. »In Ihrer Küche roch es nach asiatischem Essen. Ich habe gelbes Curry mit Gemüse, Huhn und Reis besorgt. Das Essen ist kalt geworden. Aber es schmeckt bestimmt auch so ganz gut.«

Nichts rührte sich unter der Steppdecke. Timo lauschte angestrengt hinüber. Nein, ein Atmen war vom Bett her nicht zu hören. Kein Atmen, kein Röcheln, kein Rascheln. Und nichts bewegte sich. Wenn die eiserne Manschette funktionierte, dann könnte er gefahrlos hinuntersteigen und sich in einem Meter Abstand von der Leiter aufhalten.

Wenn die junge Kommissarin sich aber gegen jede Wahrscheinlichkeit doch befreit hatte und plötzlich vom Bett aufsprang und ihn angriff, dann müsste er die Siggi sprechen lassen. Natürlich nicht final. Ein glatter Durchschuss im Oberschenkelbereich würde genügen.

»Frau Jefferson«, begann er erneut. »Ich habe eine Pistole bei mir. Ich lasse jetzt das Magazin rausspringen und stecke es wieder hinein. Haben Sie gehört? Das Geräusch wird Ihnen bekannt vorkommen. Zeigen Sie mir jetzt Ihr rechtes Handgelenk mit der Fessel.«

Nichts regte sich auf der Matratze. Er überlegte einen Moment, dann packte er die Leiter und ließ sie vorsichtig ins Verlies hinabgleiten.

Er steckte die Siggi vorn in den Gürtel, zog den Rucksack wieder an und stieg mit dem Rücken zum Bett Sprosse um Sprosse hinunter. Er musste sich sehr konzentrieren, denn seine Socken fanden keinen sicheren Halt auf dem Trittholz.

Als sein linker Fuß endlich den Kunstrasen erreicht hatte, drehte er sich ruckartig um. Keine Regung auf den Paletten. Er schwenkte den Kopf und erkundete den Raum mit dem Schein der Stirnlampe. Eine kampfbereite Person kauerte nicht in einer der drei dunklen Ecken, und auch auf dem Bett bewegte sich weiterhin nichts. Aber er hatte den Eindruck, dass sich die Lage des Körpers unter der Steppdecke etwas verändert hatte. Da konnte er sich natürlich auch täuschen. Von oben sehen Dinge manchmal anders aus als von der Seite.

Er legte die Siggi vorsichtig auf den Boden und holte die beiden Pappschalen mit dem Thaiessen aus seinem Rucksack. Die Augen starr aufs Bett gerichtet machte er einen schnellen Schritt in den Raum hinein, stellte das Essen auf dem Kunstrasen ab und huschte zur Leiter zurück.

»Frau Jefferson, ich fordere Sie auf, mit mir zu sprechen«, nahm er einen neuen Anlauf. »Ich muss wissen, wie es Ihnen geht. Falls Sie etwas dringend brauchen, besorge ich es. Es soll Ihnen an nichts fehlen. Schließlich sind Sie schwanger. Am

4. November müssen Sie einem gesunden Jungen das Leben schenken.«

Er starrte zum Bett. Hatte er gerade etwas gehört? Ein leises Seufzen? Oder spielte ihm sein erschüttertes Hirn einen Streich?

26

Hauptkommissar Köhler stand am Kaffeeautomaten und schaute den beiden Düsen dabei zu, wie sie schwarzen Koffeinsaft und weißen Milchschaum in der Tasse darunter zu einer dampfenden Melange vereinten.

Er hatte kaum geschlafen in der vergangenen Nacht. Ihm war schmerzlich klar geworden, dass sich Carlotta Jeffersons Verschwinden nicht als häuslicher Unfall, als Missverständnis oder Handypanne entpuppen würde. Die Nachtschicht der Telefonzentrale hatte alle Krankenhäuser abgefragt, und alle Streifenwagenbesatzungen waren angehalten worden, nach ihr Ausschau zu halten. Vergebens. Frau Jefferson war verschwunden. Ihre Spur verlor sich in der vorletzten Nacht. Vieles deutete auf eine Entführung aus ihrer Wohnung hin.

Nachdem er gestern Abend ihre Wohnungstür hinter Hannes Burbach ins Schloss gedrückt hatte, war er in den Räumen umhergependelt und hatte die Privatsphäre, in der die junge Kollegin lebte, auf sich einwirken lassen.

Alles passte zu ihr. Es kauerte keine düstere Nebenwelt in rätselhaften Details. Nichts deutete auf ein Doppelleben hin.

Auch konnte man mit ziemlicher Sicherheit ein Sexualverbrechen oder ein Raubdelikt ausschließen.

In einer Tasche der Jeans, die am Haken im Badezimmer hing, hatte er ihre Geldbörse gefunden. Bankkarten und Ausweise steckten hinten in den Fächern, vorn ein paar Geldscheine. Handy und Laptop waren in der Küche, eine Spiegelreflexkamera, eine kabellose Musikanlage und drei Armbanduhren im Wohnzimmer.

Es fehlten nur Kissen, Steppdecke oder Federbett, eine Fußmatte in der Diele und der Wohnungsschlüssel.

Köhler hatte die vier Handtaschen, die im Schlafzimmer an einem Haken hingen, und alle Jacken und Mäntel durchsucht. Der Wohnungsschlüssel war nicht da. Vermutlich hatte der Entführer die Tür damit hinter sich abgeschlossen, was die Vermutung nahelegte, dass er den Schlüssel noch besaß und gegebenenfalls die Wohnung jederzeit wieder zu betreten in der Lage war.

Köhler hatte die oberste Schublade des Küchenschranks aufgezogen und neben Kochutensilien in einem viereckigen Körbchen unter Quittungen, Flyern und Notizzetteln einen Ring entdeckt, der fünf Schlüssel und ein rotes Plastikschildchen mit dem Wort »Ersatz« im Sichtfensterchen zusammenhielt. Köhler steckte einen der Schlüssel ins Türschloss und drehte ihn. Er stieg aus den Überschuhen und trat ins Treppenhaus.

Im Hinterhof neben den Mülltonnen standen drei abgeschlossene Fahrräder. Das schönste war ein weiß lackiertes City-Rad mit braunem Ledersattel und Handgriffen aus dem gleichen Material. Köhler wusste, dass Frau Jefferson kein Auto besaß und immer mit einem Fahrrad wie diesem auf die andere Rheinseite zum Präsidium radelte. Er steckte den zweiten Schlüssel aus der Küchenschublade ins Speichenschloss. Er passte.

Der dritte war einer aus dem Hause Burg, mit dem sich das Bügelschloss öffnen ließ, das im Riegel vor einem der Lattenverschläge im Keller hing. Nur vier Umzugskartons, ein Bügelbrett und einen alten Staubsauger hatte Frau Jefferson dort ausgelagert. Der vierte Schlüssel passte in die Haustür. Blieb nur noch der fünfte. Er war klein und gezackt. Köhler steckte ihn ins Schloss des Briefkastens von Jeff Carlo und zog die Blechklappe auf. Im Kasten befanden sich Werbeflyer von verschiedenen Fastfood-Lieferdiensten und ein schwarzes Schulheft im DIN-A5-Format.

Köhler setzte sich an den Tisch in der Küche und schlug das Heft auf. Acht Seiten waren in großer, kindlich wirkender Handschrift beschrieben.

Als es schellte und kurz darauf die Kriminaltechnikerin Heike Schmidt und ihr Assistent Thorsten Kleinertz die Spurensicherung starteten, hatte Köhler den Text schon drei Mal Wort für Wort durchgelesen.

Heute Morgen um halb fünf war er zu Hause vorsichtig von der Matratze abgerollt und auf Zehenspitzen ins Wohnzimmer geschlichen. Er hatte die Tür leise hinter sich zugezogen und seinen Rechner angemacht. War dieser Karol tatsächlich der tot geglaubte Manfred Thielen aus Köln?

Bei Google gab es keinen einzigen Eintrag zum Namen Karol Stanjek, selbst in polnischen Registern oder Portalen nicht. Im Schulheft hatte der mysteriöse Verfasser den Mord an einer Berliner Maklerin erwähnt. Diese Tat war letzte Woche bundesweit durch die Presse gegangen.

Köhler gab »Mord Maklerin Berlin« ein. Es gab diverse Einträge. Die BZ hatte einen Tag nach dem Verbrechen das Foto einer Überwachungskamera abgedruckt. Köhler vergrößerte das Bild, bis es sich in seiner groben Rasterung völlig verlor. Falls dies Manfred Thielen war, dann würde das Foto nicht dabei helfen, den Mann in Köln oder sonst wo aufzustöbern.

Köhler würde das Geburtstagsfoto von Frau Jeffersons Küchenwand nehmen und den darauf abgebildeten unrasierten Mann scannen, vergrößern und das Gesicht von einem Spezialisten um etwa fünfundzwanzig Jahre altern lassen. Außerdem würde er seine Sekretärin damit beauftragen, in Pressearchiven nach Manfred Thielen zu stöbern.

Er zog die heiße Tasse am Henkel aus der Maschine, gähnte ausgiebig und nahm Kurs auf das Dreierbüro. Er hatte das Heft gestern Abend in seine Jackentasche gesteckt und den Leuten von der Spurensicherung nichts von dessen Existenz erzählt. Auf Fingerabdrücke musste es nicht untersucht werden. Es waren bestimmt etliche von Manfred Thielen daran, aber die brauchte man nicht mit den seit über zwanzig Jahren archivierten Exemplaren abzugleichen. Der Text in dem Schulheft war keine Fälschung. Manfred Thielen alias Karol Stanjek hatte ihn verfasst. Das stand für den dienstältesten Kommissar der Kölner Kripo fest.

Auch wenn nichts in den Aufzeichnungen darauf hinwies, dass Thielens Rückkehr nach Köln etwas mit dem Verschwinden seiner Tochter zu tun haben könnte, so war diese zeitliche Übereinstimmung trotzdem seltsam.

Köhler hatte das Heft bei sich zu Hause im Dokumentenfach gelassen, und er würde es auch vor Kollege Burbach und der Soko Jeff, die er heute ins Leben rufen musste, erst mal verschweigen. Ebenso wie den Ring mit den fünf Ersatzschlüsseln.

»Morgen, Hannes«, brummte er, als er die Tür zum Dreierbüro aufschob. Burbach saß an seinem Schreibtisch und schaute von einem aufgeklappten Aktendeckel aus altrosafarbener Pappe auf.

»Morgen, Chef.«

Köhler setzte sich an Carlotta Jeffersons übersichtlich bestückten Schreibtisch und stellte die Kaffeetasse auf der hellgrauen Resopalplatte ab.

Außer dem Monitor und einer staubfreien Tastatur begnügte sich die Kollegin mit einem Notizblock, einer eleganten Stiftablage aus Edelstahl, in der ein Kuli, ein Bleistift und ein Radiergummi reichlich viel Platz hatten, und einem roten Klapprähmchen, das die Postkarte eines sizilianischen Bergdorfs mit dem Meer am Horizont zeigte.

Der dritte Schreibtisch im Raum wurde nur optional von auswärtigen Kollegen benutzt, die fallweise kooperierten, was bei der für organisiertes Verbrechen zuständigen Zweiten Kriminalinspektion häufig und erfolgreich praktiziert wurde.

Erst vor zehn Tagen hatte der Slowake Matús nach dreimonatiger Anwesenheit seinen Laptop zugeklappt und war nach Bratislava zurückgekehrt.

»Schmidt und Kleinertz haben die Nacht durchgemacht«, sagte Burbach und hob eines der Blätter aus dem Aktenordner.

»Hat sich der Einsatz der Spusi-Kollegen gelohnt?«

»Absolut. Unter anderem haben sie Lottas Handy gecrackt. Hier ist die Liste aller Anrufe und SMS, rein wie raus.«

»Ließ sich der Speicher mit ihren Kontakten auch knacken?«

»Ja sicher. Die Liste arbeite ich gerade durch«, erklärte Burbach. »Der Laptop war auch kein Problem. Er war nicht ausgeschaltet. Nur der Akku war leer. Lotta hatte gerade eine Folge von ›Happy Valley‹ geguckt, als sie unterbrochen wurde.«

»Um wie viel Uhr war das?«

»Gegen einundzwanzig Uhr vierzig.«

»Jemand hat geschellt, und die Kollegin hat geöffnet? Um diese Uhrzeit?« Köhler kniff die Lippen zusammen und zog die Mundwinkel in Richtung Hemdkragen. »Kann ich mir kaum vorstellen.«

»Ein Pizzabote vielleicht?«

Köhler schüttelte den Kopf. »Im Mülleimer war die Verpackung von dem Thairestaurant drei Häuser weiter. Sogar der Bon war noch in der Tüte. Datiert auf zwanzig Uhr dreizehn.«

Burbach zuckte mit den Schultern. »Auf jeden Fall scheint sie die Tür freiwillig geöffnet zu haben. Was darauf schließen lässt, dass sie den Besuch kannte oder erwartete. Oder beides.«

Köhler nickte nachdenklich. »Florian Ebbers hat sich noch nicht bei mir gemeldet. Ich schicke gleich jemanden vom KK4 los. Der soll den Kollegen aus dem Bett schmeißen.«

»Hältst du ihn wirklich für verdächtig?«

»Er war ein paar Jahre mit Frau Jefferson zusammen, er wird auf jeden Fall etwas zu ihrem privaten Umfeld sagen können.«

»Stimmt«, bestätigte Burbach. »Ich hatte eben aber was anderes in deiner Stimme mitschwingen gehört.«

»Das hast du richtig interpretiert. Eigentlich hatte ich gehofft, Frau Jefferson selbst würde es dir erzählen. Aber das kann sie nun ja leider nicht.«

Köhler schaute zu dem Kaktus auf dem Fensterbrett, der aussah wie der Zwillingsbruder von dem in Frau Jeffersons Küche.

»Mach es nicht so spannend«, drängte Burbach.

»Carlotta Jefferson ist schwanger. Aber Florian Ebbers ist nicht der Erzeuger.«

Burbach riss die Lippen auseinander und vergaß für Momente, sie wieder zusammenzufügen.

»Das wusste ich nicht. Weder das eine noch das andere.«

»Daraus ergeben sich einige mögliche Motive«, konstatierte Köhler.

»Weißt du, wer der Vater ist?«

»Nein. Darüber wollte sie nicht sprechen.«

»Okay«, sagte Burbach mit lang gezogenem O und einem äj am Ende wie »Ei« auf Kölsch.

Die beiden Kommissare schwiegen einen Moment. Burbach kramte drei Weingummis im Froschdesign aus der aufgerissenen Tüte neben seiner Tastatur und ließ die grün-weißen Kreaturen in seinen Mund hüpfen. Chef Köhler schlürfte Kaffee.

»Vielleicht hilft uns Frau Jeffersons Mailverkehr weiter.«

»Hoffentlich.«

»Die Schmidt hat sich gestern Abend ganz besonders um die Telefonbuchse in der Diele gekümmert«, erinnerte sich Köhler.

Burbach nickte und legte das Blatt mit den Telefonkontakten beiseite. Da brummte der Apparat auf Carlotta Jeffersons Schreibtisch. Köhler schaute aufs Display. Es war ein direktes Gespräch von draußen, nicht weitergeleitet über die Zentrale. Also kannte der Anrufer die Durchwahl. Aber seine Nummer hatte der Anrufer unterdrückt. Bevor Köhler den Hörer abnahm, drückte er auf die Tasten für Ortung, Aufzeichnung und Lautsprecher.

»Ja bitte?«

»Ich möchte Carlotta Jefferson sprechen«, schallte die Stimme eines nicht ganz jungen Mannes aus dem Lautsprecher. Sie hatte diesen typischen Akzent, den viele Italiener haben, die schon lange im Rheinland leben, die in ihrem näheren Umfeld aber weitgehend in ihrer Muttersprache kommunizieren.

»Frau Jefferson ist leider außer Haus«, sagte Köhler.

»Gestern war sie auch nicht da«, ereiferte sich der Anrufer. »Was ist da los bei euch?«

»Entschuldigen Sie, wie war noch gleich der Name?«

»Meinen Namen hab ich nicht gesagt«, sagte der Mann. »Und den sag ich auch nicht. Ich will Carlotta Jefferson sprechen.«

»Kennen Sie Frau Jefferson persönlich?«

»Das geht Sie nix an.«

»Wie Sie meinen«, sagte Köhler.

»Wo ist sie?« Jetzt klang in der Stimme Sorge mit. »Sie geht seit zwei Tagen auch nicht mehr ans Handy.«

»Hören Sie mir bitte kurz zu«, versuchte Köhler den Anrufer in der Leitung zu halten. »Frau Jefferson ist leider zurzeit nicht zu sprechen. Ich notiere aber gern Ihre Telefonnummer, und ich verspreche, dass die Kollegin Sie sofort anruft, wenn sie wieder im Haus ist.«

»Meine Nummer gebe ich nicht raus«, sagte der Mann mit fast kindlichem Trotz.

»Arbeiten Sie für Frau Jefferson?«, schoss Köhler einen Pfeil in den Nebel.

»Arbeiten?«, fragte der Mann verwundert. »Als Informant oder was?«

»Zum Beispiel.«

Der Mann lachte auf. »Ich hab Informationen für Frau Jefferson, das stimmt. Aber nicht, was Sie denken.«

»Ich denke gar nichts.«

»Das ist gut. Wer nicht denkt, lebt länger.«

»Danke für den Ratschlag, Gino.«

»Gino? Ich bin nicht Gino!«

»Wer denn?«

»Willst du mich verarschen, Typ?«

Es machte klick. Köhler schaute auf den Hörer, zuckte mit den Schultern und legte auf.

»Seltsamer Mensch«, konstatierte Burbach. »Hörte sich an wie ein Italiener.«

»Aber nicht unbedingt wie ein Mafioso.«

»Wie hört sich ein Mafioso an?«

»Das weißt du nicht?«, flachste Köhler. »Was hast du dann im KK2 verloren?«

»Mein Job ist, fünfgängige Menüs zu testen in mediterranen Restaurants, die Schwarzgeld waschen«, stellte Burbach grinsend klar.

»Und wovon träumst du nachts?«

»Von einem Chef wie dir.«

»Ein Alptraum.«

»Nicht unbedingt. Gestern Nacht hab ich geträumt, deine Frau und du hättet mich zum Grillen eingeladen.«

Köhler schüttelte fassungslos den Kopf.

»Wo waren wir stehen geblieben?«, fragte Burbach.

Köhler sammelte sich. »Bei der Telefonbuchse in der Diele. Steht was darüber in dem Bericht?«

Burbach zog ein Blatt aus dem aufgeklappten Deckel. Er überflog den Text.

»Da hat die gute Frau Schmidt was sehr Interessantes rausgefunden«, sagte er. »Erstens ist an der Buchse vor Kurzem herumgeschraubt worden, denn ihr unterer Bereich war früher mal überpinselt worden und die getrocknete Farbschicht ist frisch gebrochen. Außerdem waren in der dünnen Staubschicht auf den beiden Seiten der Buchse eindeutige Spuren von Fingern, die in Arbeitshandschuhen steckten. Von diesen Handschuhen gibt's Gewebespuren.«

»Gut. Jemand hat an der Buchse geschraubt«, resümierte Köhler nicht gerade euphorisch.

»Ich hatte begonnen mit ›erstens‹«, erklärte Burbach »Und was folgt meistens einem Erstens? Richtig! Ein Zweitens!«

»Nicht frech werden, Hannes«, erbat sich Köhler. »Sonst befehle ich der Kantinenköchin, dir ab morgen nur noch Gemüsebrühe zu kredenzen.«

»Gnade, Chef!«, winselte Burbach. »Gnade!«

»Also lass kommen mit deinem Zweitens.«

»Zweitens«, fuhr Burbach fort, nachdem er noch mal kurz den Blick auf das Blatt in seiner Hand gesenkt hatte. »Zweitens hatte Lotta mit dem Festnetztelefon noch nie telefoniert, und sie ist auch noch nie auf dieser Nummer angerufen worden.

Bis auf ein Mal. Und das war vorgestern um einundzwanzig Uhr dreiundvierzig. Da hat jemand bei ihr angerufen, mit einer unterdrückten Nummer. Und sie hat abgehoben. Das belegen ihre Fingerabdrücke am Hörer.«

Köhler ließ die Informationen kurz in seinem Schädel kreisen.

»Hat Frau Jefferson dir ihre Festnetznummer gegeben?«

»Nein. Nur die mobile Nummer. Von einer Festnetznummer wusste ich gar nichts.«

Köhler nickte bedächtig. »Der Täter aber kannte ihre Nummer. Er hat sie auf dem Festnetz angerufen, und sie öffnete ihm kurz darauf die Wohnungstür. Er hat mit Arbeitshandschuhen an der Telefonbuchse herumgefummelt und unsere Kollegin überwältigt.«

»So könnte es gewesen sein. Wobei Lotta eine verdammt gute Kickboxerin ist«, gab Burbach zu bedenken.

»Sie wird sich gewehrt haben. Gibt's was zu dem Blut an der Tür?«

Burbach schaute die Blätter durch und nickte. »Das Blut an der Tür hat nicht Lottas Blutgruppe.«

»Das macht die Sache runder.«

»DNA-Analyse und Abgleichung dauern zwei Wochen.«

»Mach den Brüdern Dampf! Es geht schließlich um eine Kollegin!«

»Ich werd's versuchen.«

»Was ist mit dem Laptop?«

»Die Festplatte ist bei unseren Elektronikern. Schmidt meint, im Laufe des Nachmittags hätten wir alle Mails und Browserverläufe der letzten Monate.«

»Gut.« Das Wort hatte Köhler sehr leise gesagt. Er dachte an die Studie von Frau Jefferson über die Mafia in Rheinland, er dachte an den Mord am Bauunternehmer Scheuren, er dachte an Florian Ebbers und an den geheim gehaltenen Erzeuger ihres Babys, und er dachte an Manfred Thielen.

Burbach ahnte die trüben Gedanken seines Chefs, und in

ihm wuchs der Respekt vor der immensen Arbeit, die nun vor ihnen lag. »Viel Zeit haben wir nicht«, sagte er. »Entführungen sollten innerhalb von achtundvierzig Stunden aufgeklärt sein.«

»Die Statistik ist die eine Seite, die Ausnahme die andere«, versuchte Köhler etwas an Zuversicht zu vermitteln. »Wenn es eine normale Entführung wäre, hätte sich der Täter vermutlich schon mit einer Forderung an die Angehörigen gewandt.«

»Bei Lotta ist in der Hinsicht nicht viel zu holen, so viel steht fest«, erklärte Burbach. »Sie hat erzählt, ihr Vater sei tot und ihre Mutter auf Weltumseglung.«

»Man könnte versuchen, uns zu erpressen. Den Staat sozusagen. Hat es auch schon gegeben.«

»Aber eigentlich nur bei Entführungen deutscher Staatsangehöriger im Ausland.«

»Auch in ein paar anderen Fällen«, sagte Köhler, »aber die sind nicht publik gemacht worden. Das sollte keine Schule machen.«

»Klar. Wäre ja auch zu einfach. Kidnappst auf der Straße irgendeine arme Socke, und der Staat zahlt das Lösegeld.«

Wieder brummte der Apparat auf Lottas Schreibtisch. Köhler schaute aufs Display und hob ab.

»Habt ihr ihn?«

»Unterdrückte Mobilnummer in Pulheim«, vermeldete die knorrige Stimme von der Ortung. »Zweihundert Meter Umkreis vom Sendemast auf der Stadtbibliothek.«

»Danke, Kollege.«

»Nicht dafür.«

Klack. Der Orter hatte aufgelegt.

»›Nicht dafür‹?« Köhler schaute in den Hörer. »Wofür denn sonst? Für einen Tritt in den Arsch oder was?«

»Hast recht«, pflichtete Burbach seinem Chef bei. »Ist ’ne blöde Floskel. Warum sagt er nicht einfach ›Bitte‹?«

»Eben.«

»Pulheim. Bitte.«

»Notier das. Und die Uhrzeit auch.«

»Das macht unsere Software automatisch.«

Köhler rückte seine Uhr am Handgelenk zurecht und federte hoch. »Ich muss jetzt rüber zum KK1 und die Soko Jeff zusammenstellen. Zwei Leute sollen nach Nippes fahren und mit 'nem Foto von Frau Jefferson in der Hand die Anwohner befragen.«

»Presse?«

»Erst morgen.«

»Warum?«

»Erst morgen, hab ich gesagt!«

Das klang richtig streng. Der Chef konnte auch anders. Wenn es sein musste.

27

Er war aufgewacht und im bequemen Hotelbett liegen geblieben, wo ihn gegen halb zehn die elektronische Kurzversion von »O sole mio« aus seiner Konzentration auf den Start der heutigen Etappe einer Fahrradrundfahrt riss, die gerade im Sportfernsehen übertragen wurde.

Es dauerte ein paar Momente, bis ihm klar geworden war, dass der nervende Sound von dem gläsernen Bord rüberschallte, auf dem er gestern Abend Paolos Zweithandy ans Ladekabel gedockt hatte. Er kannte das Gedudel nicht. Noch nie hatte ihn jemand auf dem Gerät angerufen, und er selbst hatte noch nie eine Nummer darauf eingetippt.

Er hatte sich aus dem Bett gewälzt, das Teil ergriffen und auf die Taste mit dem kleinen grünen Telefonhörer gedrückt. Paolo war dran gewesen. Irgendwie logisch. Sein Schwager war in Sorge um Marie, und er unterstellte ihm, etwas damit zu tun zu haben, dass er sie weder auf der Dienststelle noch über ihr Handy erreichen konnte. Karol hatte ihm ganz ruhig die Sache mit dem Schulheft in ihrem Briefkasten erklärt und auch, dass er Marie nur ein einziges Mal ganz kurz auf der Neusser Straße erblickt hatte, nun aber seit zwei Tagen nicht mehr.

Paolo und er hatten sich für elf Uhr im La Strada am Rudolfplatz verabredet. Das war das einzige Café, an das Karol sich noch erinnerte und das auch Paolo kannte und von dem der Schwager wusste, dass es noch existierte.

Vor dem Fahrradladen schräg gegenüber der Buchhandlung auf der Neusser Straße hatte Karol sich beraten lassen und eine Runde auf einem Hollandrad drehen dürfen. Das Knie funktionierte nicht wie gehofft. Es ließ sich kaum beugen, und jede getretene Pedalumdrehung schmerzte in nicht tolerierbarem Ausmaß. Im Monitor auf der Ladentheke hatte der Fahrradmonteur ihm Sonderanfertigungen für Krüppel wie ihn gezeigt.

Diese Räder könne man im Internet modulweise zusammenstellen und bei der Montage den Handicaps der Kunden individuell anpassen. Die Lieferung dauere aber mindestens vier Wochen, und so ganz billig sei der Spaß natürlich nicht. Karol hatte sich für die aufschlussreiche Beratung bedankt und war zum U-Bahnhof Lohsestraße geschlendert.

Als er eine halbe Stunde später das kaum veränderte La Strada betrat, waren nur wenige Gäste anwesend. Und die wenigen waren in seinem Alter oder noch älter. Karol schaute kurz in die Gesichter, die sich wie die programmierter Roboter dem Eingang zuwandten, als er das Café betrat. Da war ihm klar, dass hier unter Umständen noch Leute von früher verkehrten, die ihn wiedererkennen könnten. Auf jeden Fall schien ihm die Wahrscheinlichkeit hier im La Strada um einiges größer zu sein als im U-Bahnhof am Dom, wo Rita ihn entdeckt hatte.

Aber eigentlich spielte das keine Rolle. Denn wenn ihn von diesen Menschen hier wirklich jemand wiedererkennen würde, dann würde der mit Sicherheit nicht die Polizei informieren. Leute, die so etwas täten, verkehrten hier nicht.

Karol nahm einen hölzernen Zeitungshalter, in dem die Frankfurter Allgemeine Zeitung klemmte, vom Garderobenhaken und setzte sich an einen der Zweiertische rechts vor der Wand.

Hinter der Theke vermisste er Paula, jenen auch von den härtesten Machos tolerierten Barkeeper, der nie ein Hehl aus seiner Vorliebe fürs männliche Geschlecht gemacht hatte und der damals den Ruf genoss, den besten Espresso der Stadt zu machen.

Aus Nostalgie bestellte Karol bei der eindeutig weiblichen Tischbedienung einen Espresso und aus Hunger einen Käse-Schinken-Toast.

Auf der Suche nach Sportnachrichten durchblätterte er die FAZ, als ihm auf der Seite »Personen« ein bekanntes Gesicht entgegenblickte. Über dem Porträtfoto stand fett der Satz: »FDP trauert um EU-Parlamentarier Raymund Mertens (51)«. Dass Dr. Mertens seit Langem Probleme mit dem Herzen hatte, wie die FAZ zu Beginn des zweispaltigen Artikels berichtete, war Karol bekannt. Die folgende Lobhudelei interessierte ihn nicht. Er verspürte keine Trauer. Auch kein Mitleid für Mertens' Frau Silke, die er zurückgelassen hatte.

Stattdessen sah sich Karol wieder für Sekunden auf dem Parkplatz neben seinem Dienstwagen stehen, und er sah den Maskenmann, der die Pistole auf sein rechtes Knie richtete.

»Die Zeitung weg!«

Paolo stand vor ihm. Er nahm die Zeitung aus Karols Händen, rollte sie um die Klemmleiste und hängte sie an einen Garderobenhaken. Er sah besorgt aus. Und auch Karol sah besorgt aus. Und beide wussten, was den anderen bedrückte. Deshalb unterließen sie es heute ausnahmsweise, gleich wieder aufeinander loszuhacken.

»Was denkst du, wo sie ist?«, fragte Paolo, nachdem die Kellnerin Karols Bestellung serviert hatte.

»Vielleicht auf einem Lehrgang. Oder sie könnte ins Ausland gereist sein, wegen einer internationalen Ermittlung«, versuchte Karol die Dinge mit Hoffnung anzureichern.

Paolo schüttelte den Kopf. »Das glaube ich nicht. Sie hätte es mir erzählt.«

»Ihr seid so vertraut?«

»Familie eben.«

»Sie geht trotzdem nicht an ihr Handy?«

»Nein. Und ihre Kollegen bei der Kripo mauern. Da hab ich eben angerufen. Die sagen, Carlotta ist außer Haus.«

»Vielleicht stimmt's ja«, gab Karol zu bedenken, »und sie ermittelt undercover an geheimem Ort.«

»Kann ich mir nicht vorstellen«, erwiderte Paolo. »Dass die Mafia sie gekidnappt hat, glaub ich auch nicht.«

»Wie kommst da drauf?«

Paolo schaute sich kurz um und senkte die Stimme. »Möglich wäre das natürlich. Leider muss ich das zugeben. Ich hab ein paar Leute angerufen. Du weißt schon. Aber die haben alle nix gehört.«

»Was würde die Mafia denn mit einer jungen Kommissarin machen?«

»Frag mich nicht so was.«

»Gestern Nacht habe ich gesehen, wie eine Frau und zwei Männer aus Maries Haus gekommen sind. Die hatten so alberne Koffer dabei, wie Brillenvertreter sie haben. Die könnten von der Kripo gewesen sein.«

»Mit albernen Koffern voller Waffen im Arm?«

»Das könnten Leute von der Spurensicherung gewesen sein.«

»Scheiße.«

»Als ich später in den Briefkasten gefühlt habe«, berichtete Karol, »war das Heft mit meinen Aufzeichnungen nicht mehr drin.«

»Hat die Spurensicherung es kassiert?«

»Möglich wäre das.« Karol zuckte mit den Schultern. »Vielleicht aber hat es ja doch Marie.«

»Ich würde es gern glauben.«

»Ich auch.«

»Wenn die Kripo das Heft gelesen hätte, was wüssten die dann?«

»Eine Menge. Meinen neuen Namen zum Beispiel. Mit dem hab ich im Hotel eingecheckt.«

»Scheiße.«

»Vor allem wüsste die Kripo, dass ich nicht in Polen verreckt bin.«

»Scheiße.«

Sie schwiegen. Die Kellnerin brachte Paolos Espresso. Die beiden Schwager rührten synchron Zucker in die schwarzen Pfützen und schlürften sie weg.

»Aber die Hoffnung geb ich nicht auf«, sagte Karol. »Das passt nicht zu mir. Und zu dir auch nicht.«

»Stimmt.«

»Vielleicht waren die drei Leute in einer anderen Wohnung zugange, und Marie ist von einem Einsatz in einer anderen Stadt erst spät nach Hause gekommen, und sie hat meine Aufzeichnungen selbst aus dem Briefkasten genommen.«

»Schön wäre es.«

»Aber wenn die Kripo den Text gelesen hat, dann könnten die mir ganz leicht eine Falle stellen.«

»Was für eine Falle?«

»Sie könnten heute Nacht in Maries Fenster eine Kerze anstecken und den Hauseingang überwachen lassen. Wenn ich dann den Zettel mit der Handynummer in ihren Briefkasten werfe, machen sie den Zugriff.«

Paolo nickte langsam. »So sind die Bullen.«

»Eben.«

»Ich mach's.«

»Was machst du?«

»Wir spielen Backgammon in deinem Hotelzimmer, und alle halbe Stunde mache ich eine Runde um den Block. Wenn eine Kerze im Fenster steht, gehe ich rüber und stecke den neuen Flyer von Turbo Pizza in ihren Briefkasten. Dann warten wir ab, was passiert.«

Karol ließ den Plan seines Schwagers kurz sacken und nickte dann. »Wäre klasse, wenn es so laufen könnte.«

»Klar läuft das. Wenn es dunkel wird, komme ich in dein Hotel.«

»Super.«

Wieder schwiegen die beiden eine Weile.

»Die richtige Scheiße ist ja eigentlich die«, brachte Karol das Gespräch wieder in Gang, »dass ich nichts unternehmen kann. Weil Mord nicht verjährt. Strecke ich den Kopf aus dem Sand, säbeln sie mir den sofort ab.«

»Aber solange Marie weg ist, können die doch erst mal scheißen auf deine Morde. Außerdem hast du damals den Job für sie gemacht. Du hast Köln vom dreckigsten Gelumpe befreit, das in der Stadt je rumgelaufen ist.«

»Das sieht der Staatsanwalt mit Sicherheit nicht so romantisch.«

»Aber richtig lange sperren die dich nicht dafür weg.«

»Da wäre ich mir nicht so sicher.«

»Sicher, sicher.« Paolo zuckte fatalistisch mit den Schultern. »Was ist heute schon noch sicher?«

»Eines steht fest«, stellte Karol klar, »wenn Marie wieder auftaucht, stelle ich mich.«

Paolo schaute ihn an. »Meinst du das im Ernst?«

»Ja«, antwortete Karol mit fester Stimme und reichte Paolo die Hand über den Tisch. »Großes Ehrenstraßenehrenwort.«

Paolo drückte Karols Hand, ließ sie wieder los und dachte einen Moment nach. Er zog sein Handy aus der Tasche, scrollte den Kontaktspeicher durch und klickte eine Nummer an. Er musste nicht lange warten, bis die Verbindung stand.

»Markus? Hier ist Paolo ... Geht so ... Hast du eine halbe Stunde Zeit für mich? ... Va bene. Ich beeile mich.«

Er klickte das Gespräch weg und schaute Karol an. »Friss deinen Toast und zahl.«

»Was ist los?«

»Mein Anwalt sitzt hier um die Ecke. Da gehen wir jetzt hin.«

»Du hast einen Anwalt?« Karol fixierte sein Gegenüber mit einer Mischung aus ironischem Erstaunen und wahrhaftigem Respekt.

»Sagen wir mal so«, erläuterte Paolo weltmännisch gewandt, »ich habe einen Bekannten, der Anwalt ist.«

»Hört sich besser an.«

»Ist auch besser«, bestätigte Paolo. »Der soll dir sagen, was du tun musst.«

»Ist der Typ korrekt?«

»Sonst würde ich ihn nicht kennen.«

Diese Aussage seines Schwagers bezweifelte Karol schwer, aber er verzichtete auf einen ironischen Nadelstich.

28

Sie lag im Schatten eines Affenbrotbaums. Ihre Augenlider waren zentnerschwer und mit Reißverschlüssen zugezogen. Die Luft roch nach frisch umgegrabener Erde. Aber wieso roch es in der afrikanischen Savanne nach frisch umgegrabener Erde? Wo war der Landrover mit dem Guide und den anderen Teilnehmern der Safari? Am surrenden Horizont formierte sich wieder dieses Grollen, das sie im Laufe der letzten Stunden schon mehrfach gehört hatte. Es war das Getrampel einer Elefantenherde, die unaufhaltsam näher kam. Sich tot zu stellen war die einzige Chance, um zu überleben.

Lotta wollte sich zusammenrollen, aber sie spürte heftigen Widerstand an ihrem rechten Handgelenk. Hatten die Wildtiere die Rollen verkehrt? War Lotta die Angekettete, die Weggesperrte? Zogen gleich Massen von Menschenaffen an ihr vorüber, die Eintritt bezahlt hatten, um eine junge Frau aus dem exotischen Westeuropa zu begaffen und mit Erdnüssen zu füttern? Aber was da nahte, waren keine Menschenaffen. Es waren Elefanten, deren stampfende Füße die Erde beben ließen. Ihr Getrampel donnerte direkt auf Lotta zu, jetzt hatte das Beben sie erreicht, jetzt zog es vorbei, jetzt entfernte es sich wieder und löste sich auf in Stille. In einer dumpfen Stille. Einer hörbaren Stille.

Lotta hatte erleichtert aufgeatmet und die Augen geöffnet. Die Erleichterung verwandelte sich augenblicklich in Entsetzen. Sie lag unter ihrer Steppdecke in einem fast dunklen Raum, ihr rechtes Handgelenk war von einer eisernen Fessel umschlossen. Neben ihrem Lager warf eine kugelförmige LED-Leuchte von einem Klapptischchen aus ein wenig Licht in den Raum. Lotta horchte in sich hinein, befühlte Brust und Unterleib und ließ die Hand auf ihrem Bauch liegen, dort, wo sich ihr Nachwuchs eingenistet hatte.

Sie verspürte keine Schmerzen und keinen Brechreiz. Es ging ihr gut. Körperlich. Niemand hatte sie vergewaltigt. Das spürte sie. Das hätte Spuren hinterlassen, sichtbare oder fühlbare. Sie trug die Klamotten, die sie nach dem Duschen angezogen hatte, Jogginghose, T-Shirt, den Kapuzenpulli, ihren Slip und die dicken Socken. Der Speicher ihrer Erinnerung füllte sich nach und nach.

Dieser Techniker von der Telekom hatte ihr eine Spritze in die Schulter gedrückt, aber bevor sie ohnmächtig geworden war, hatte sie ihm noch einen Tritt verpasst. So viel stand fest. Er hatte es clever eingefädelt. Die Probleme mit dem Internet, der angebliche Tag-und-Nacht-Service vor Ort. Allein oder mit Komplizen hatte er sie dann hierhin verfrachtet und angekettet. Warum?

Lotta hatte sich von der Matratze aufgerichtet, das kugelförmige LED-Licht vom Klapptisch genommen und ihre Umgebung Detail für Detail ausgeleuchtet.

Der Raum war etwa drei Meter breit, vier Meter lang und fünf Meter hoch. Auf dem Boden sauberer Kunstrasen, die Wände aus braunen Backsteinen, die Fugen schwarz und löchrig. Die graue Betondecke hatte Risse und gelblich schimmernde Flecken. Es gab kein Fenster und keine Zugangstür. Nur oben in knapp drei Metern Höhe war eine Eisentür im Standardmaß. Eine seltsame Konstruktion. Lotta hatte keine Vorstellung, wozu dieser Raum früher genutzt worden war. Als eine Art Silo? Das spielte aber auch keine Rolle.

Tatsache war, dass sich das Verlies in unmittelbarer Nähe eines Bahndamms befand, denn die donnernde Elefantenherde war ein Zug gewesen. Im Halbschlaf hatte sie ihn schon mehrfach gehört. Nicht allzu oft. Aber immer mal wieder.

Lotta schwang die Beine von der Matratze und erhob sich. Sie sah Müsliriegel, Bananen, Wasserflaschen und eine mobile Toilette in ansprechendem Design. Nicht irgendein vollgeschissener Donnerbalken mit einem Loch über einem Zinkeimer, nein, Hightech vom Feinsten.

Sie versuchte, ihr rechtes Handgelenk so zusammenzudrücken, dass sie die Hand aus der Manschette hätte ziehen können. Lotta begrub diese Hoffnung aber sofort. Sie hätte sich den Daumen abhacken müssen.

Ihr mysteriöser Entführer hatte gut gearbeitet. Die Eisenfessel saß wie maßgeschneidert, und die Leine war extrem belastbares Tauwerk, durchzogen mit dünnen Stahlfäden, wie es im Regattasport verwendet wird. Lotta hatte das Seil mit aller Kraft auf der ungehobelten Palettenkante ihres Bettgestells gescheuert. Keine Chance. Eher wäre das Weichholz zerbröselt als die Leine.

Auch die Befestigung an der Wand ließ sich ohne Stemmwerkzeug nicht knacken. Lotta hatte die Reichweite der Leine getestet. Selbst wenn sie sich maximal streckte, konnte sie den Bereich direkt unter der seltsamen Hochtür nicht erreichen, nicht mal mit der Fußspitze.

Sie hatte sich auf den Campingstuhl gesetzt, eine Banane gegessen und einen Schluck Wasser getrunken.

Lotta blieb nichts anderes übrig, als abzuwarten. Irgendwann würde er hier erscheinen. Sie würde sich tot stellen und ihn überwältigen, wenn er sich ihr näherte. Die Fessel war zwar lästig, aber nicht zu eng oder zu schwer, um sich fit zu halten.

Aus Liegestützen, Kniebeugen, Sit-ups, ein paar Dehnübungen und meditativen Ruhephasen stellte Lotta ein Trainingsprogramm zusammen, das sie von nun an immer wieder abspulte.

Bald verlor sie das Gefühl für die Zeit. Denn sie hatte keine Uhr, und die Atmosphäre im Raum blieb immer gleich.

Die Züge fuhren nur sehr selten. Daraus konnte man Schlüsse auf den Standort ihres Gefängnisses ziehen. Wo gab es in Köln oder in der Umgebung noch so gut wie nicht genutzte Bahnstrecken? Vermutlich handelte es sich um Güterzüge, die hier vorbeifuhren. Denn im Personenverkehr werden Gleise stärker ausgelastet.

Aber selbst wenn Lotta genau gewusst hätte, wo sich ihr Gefängnis befand, hätte ihr das nicht weitergeholfen.

Lotta war nicht unbedingt der geduldigste Mensch unter der Sonne, aber Geduld war hier gefragt. Daran musste sie arbeiten. Auch sich vom Smartphone zu entwöhnen fiel ihr nicht leicht.

Sie saß unendlich lang auf der Matratze und lauschte. Falls Stimmen zu hören gewesen wären, hätte sie so laut gebrüllt, wie sie konnte. Aber es waren keine Stimmen zu hören. Nur irgendwann donnerte wieder eine Elefantenherde vorbei.

Aber dann tat sich doch etwas. Lotta hörte, wie über ihr zwei Riegel zurückgeschoben wurden. Sofort legte sie sich aufs Bett und zog die Steppdecke über ihren Körper. Der Mann war heruntergestiegen und hatte versucht, sie zu locken. Sie war nicht darauf eingegangen.

Aber auch er war nicht auf sie reingefallen und auf Distanz geblieben. Er hatte bestimmt geahnt, dass sie sich nur tot stellte und auf den perfekten Moment für eine Attacke wartete.

Während ihrer Ausbildung an der Fachhochschule hatte sie einiges über Entführungen erfahren. Die vier gängigen Motivationen waren: materielle Gier, emotionale Rache, ausweglose Ohnmacht und psychische Defekte. Die erste Kategorie war klar: Lösegeldforderung, um sich zu bereichern, bei der zweiten handelte es sich häufig um abservierte Liebhaber, die ihre Ex entführten, bei der dritten verschafften sich Väter gewaltsam den Umgang mit ihren Kindern, den ihnen eine Obrigkeit untersagt hatte, und die vierte: Der Psychopath greift das Mädchen aus der Nachbarschaft ab, auf das er seit Langem fokussiert ist, oder er fährt durch die Gegend und zerrt die Frau ins Auto, die gerade allein an der Bushaltestelle steht.

Ihr seltsamer Entführer passte nach Lottas vorläufiger Einschätzung nicht wirklich in eine dieser Kategorien. Von wem sollte er Lösegeld fordern? Und wenn es so wäre, dann hätte er mit Sicherheit Sätze gesagt wie: »Wenn alle tun, was ich verlange, dann sind Sie bald wieder frei.«

Die zweite und die dritte Kategorien fielen flach. Zur vierten könnte man ihren Täter mit Abstrichen zählen. Denn wie der Serienkiller oder der manische Sexualtäter hatte er vermutlich einen psychischen Defekt. Jede Serie begann irgendwann. Vielleicht hatte er dieses Verlies präpariert, um von nun an regelmäßig Frauen hier wegzusperren. Lotta war sein erstes Opfer.

Aber warum sie? Warum hatte er sich die Mühe gemacht, die Telefonleitung zu manipulieren? Nein, sie war kein Zufallsopfer. Er hatte sie gezielt ausgewählt. Vielleicht weil sie Kommissarin war. Vielleicht wollte er sich an der Obrigkeit rächen. Vielleicht wollte er mit ihrer Entführung jemanden aus dem Gefängnis freipressen. Oder hatte ihre Entführung etwas mit ihrer Studie und ihren Ermittlungen auf dem Gebiet des organisierten Verbrechens zu tun?

Aber ihr Kidnapper passte vom Typ her so gar nicht zu diesem Täterprofil. Zwar hatte er mit seiner Pistole geprahlt, andererseits aber ein Thaiessen mitgebracht und seine Sorge um ihr Wohlbefinden ausgedrückt. Er wusste von ihrer Schwangerschaft, er kannte das ausgerechnete Geburtsdatum. Er hatte gesagt, sie müsse am 4. November einem gesunden Jungen das Leben schenken. *Das Leben schenken!* Das hatte er gesagt. *Sie müssen!* Unglaublich.

Woher kannte er die Details? Sie selbst hatte erst letzte Woche das Geschlecht und den ausgerechneten Geburtstermin von ihrer Frauenärztin erfahren, und sie hatte mit niemandem darüber gesprochen. Nicht mit Mia, mit keinem Kollegen, nicht mit Onkel Paolo und nicht per Skype mit ihrer Mutter. Mit niemandem. Hatte der Typ Zugang zur Patientenkartei ihrer Ärztin?

Er war bei der Telekom und offenbar recht clever. Er konnte es nur in der Praxis erfahren haben. Hatte er sich in die Patientenkartei eingehackt? So könnte es gewesen sein.

Arbeitete er mit einer der Arzthelferinnen zusammen? War sie unfruchtbar oder er? War ihr unerfüllter Kinderwunsch zur Psychose mutiert, und wollten sie nun ein Baby stehlen und Lotta, den Kokon sozusagen, die Gebärhülle, anschließend entsorgen?

Es würde ihnen nichts anderes übrig bleiben, als sie zu töten, denn sie hatte in ihrer Diele das Gesicht des Entführers gesehen. Sie würde ihn mit hundertprozentiger Sicherheit wiedererkennen. Auch wenn er sich einen Bart wachsen ließ oder die Haare abrasierte.

Vielleicht war die Theorie von ihrer Rolle als Leihmutter wider Willen aber auch Blödsinn. Warum sollte ein mutmaßliches Täterpärchen ausgerechnet eine Kripo-Kommissarin für diesen grausamen Plan auswählen?

Sie würde ihre Strategie ändern. Sie würde das Gespräch mit ihrem Entführer suchen. Sie musste seine Motivation und sein Ziel erfahren. Dann erst konnte sie einen Aktionsplan entwickeln.

29

»Ich komme runter«, schallte eine Stimme aus dem Lautsprecher der Türschließanlage.

Paolo und Karol standen auf der Breite Straße vor dem Mevissenhaus, einem schlanken Bürogebäude mit aus Glas und schwarzen Metallverstrebungen gestalteter Fassade, in dem Ärzte und Anwälte residierten.

Zwei Minuten später ging die Eingangstür auf, und Markus Hempel gesellte sich zu ihnen. Paolo und er umarmten sich herzlich und beklopften gegenseitig ihre Rückfronten.

»Paolo, alter Knabe«, sagte der Anwalt strahlend. »Schön, dich zu sehen.«

»Ciao, Markus, gut siehst du aus, wie immer!«

»Du machst wieder Komplimente. Willst du die Preise drücken?«

»Ich doch nicht!«, wies Paolo diese Vermutung mit breitem Grinsen kilometerweit von sich.

»War nur Spaß!«

»Weiß ich doch!«

Der Anwalt streckte Karol die Hand entgegen. »Markus Hempel.«

»Mein Schwager«, stellte Paolo ihn vor.

»Dein Schwager?«

Paolo biss sich auf die Lippe. Hatte er sich verplappert?

»Hast du mehrere Schwager?«, hakte der Anwalt nach.

»Nein, äh …« Paolo schien ernsthaft verlegen zu sein. Was nur sehr selten der Fall war.

Der Blick des Anwalts saugte sich in Karols Gesicht. »Paolos Schwager hieß Manfred Thielen, wenn ich mich recht erinnere.«

Karol nickte. »Schon möglich. Aber jetzt heißt Paolos Schwager Karol Stanjek. Angenehm.« Er ergriff die ihm angebotene Hand.

Der Anwalt drückte zu, kräftig und entschlossen. »Ist es so, wie es scheint?«

Karol nickte, und Paolo sagte: »Deshalb wollten wir mit dir sprechen.«

»Verstehe, Karol. Ich bin Markus.«

Der Anwalt ließ Karols Hand los und deutete zur gegenüberliegenden Straßenseite. »Lass uns drüben ins Café Fromme gehen.«

Er war ein netter Kerl. Das hatte Karol auf den ersten Blick erkannt. Erste Blicke täuschten selten. Der Mann hatte etwas Ehrliches, etwas Menschliches in seiner Erscheinung und seiner Art. Eigenschaften, die man nicht bei jedem Juristen findet. Er war ein sportlicher Typ, etwa in Karols Alter, ähnlich groß. Er trug Jeans, ein Tennishemd mit dezentem Markenlogo und hellgraue Turnschuhe. Nicht gerade das Outfit, das man bei einem Anwalt erwartete. Er hatte einen gesunden Teint und einen fast kahl geschorenen Schädel, seine Lippen waren voll, seine Augen groß und ausdrucksstark, mit leicht ironischem Dauerglitzern.

Damals hatte er mit seiner Freundin im Agnesviertel gelebt, und die beiden waren oft zum Eigelstein spaziert, um sich von Paolos legendärer Mama hausgemachte Nudeln oder Pizzen mit Büffelmozzarella aus den Abruzzen servieren zu lassen. Damals war Markus noch Student, Karol, der seinerzeit Manni hieß, ein großmauliger Herumtreiber und Paolo ein kleiner Mann mit großen Träumen. Daran hatte sich bis heute nicht so viel geändert. Was Schwager Paolo betraf.

Über den Weg gelaufen waren sich Manni und Markus damals nicht. Auf jeden Fall konnte sich Karol nicht an das Gesicht erinnern. Später, nach seinem Examen, fungierte Markus ab und an als juristischer Berater der Familie Sandini, und er hatte Paolos Vater vertreten, als der hitzköpfige Mann im Verdacht stand, einen Drogendealer lebensgefährlich verletzt zu haben. In diesem prekären Zusammenhang hatte Papa Sandini auch in Mannis Anwesenheit manchmal vom »Avvocato

Marcu« gesprochen. Damit war Anwalt Markus gemeint gewesen.

Natürlich würde er mitbekommen haben, dass Manni mit Paolos bildhübscher Schwester Marlena eine Tochter bekommen hatte und dass der Windhund später untertauchen musste.

Vermutlich hatte er damals auch die Fotos von Manfred Thielen in den Zeitungen gesehen und auch die Fahndungsfotos.

Die drei Männer waren mit ihren Käsekuchen fertig, und Markus verteilte den Kaffeerest aus dem Kännchen auf ihre Tassen. Im Café Fromme trank man noch Filterkaffee aus weißem Porzellan.

Mit leiser Stimme, sodass niemand an den Nebentischen mithören konnte, hatte Karol dem Anwalt sein Dilemma geschildert, und der hatte immer wieder ungläubig den Kopf geschüttelt.

Nun war Ruhe eingekehrt, und Markus Hempel sortierte die gerade erhaltenen Infos. »Lass mich kurz zusammenfassen: Du kannst der Berliner Kripo Hinweise geben, die mit hoher Wahrscheinlichkeit zur Aufklärung eines Sexualmords führen. Als Gegenleistung möchtest du so lange auf freiem Fuß bleiben dürfen, bis deine Tochter wieder aufgetaucht ist.«

Karol nickte. »Ich will helfen, sie zu finden.«

»Ich denke, auf so einen Kuhhandel lassen sich die Kollegen in Berlin und Köln nicht ein. Falls es auffliegen würde, bekämen sie mächtig Ärger.«

»Wieso?«

»Stell dir nur mal rein hypothetisch vor, du würdest dich nicht an die Abmachung halten«, gab Markus zu bedenken, »dann stünden die ganz schön blöd da.«

»Da magst du recht haben.«

»Eben.«

»Die kennen mich eben nicht.«

»Eben.«

Paolo schaute von einem zum anderen. »Eben? Eben was?«

»Halt dich raus«, sagte Karol, »wenn Erwachsene sich unterhalten.«

»Arschloch!«

»Eben.«

Markus schüttelte lächelnd den Kopf. »Du bist ein Typ, echt.«

Karol versenkte den Blick bescheiden in seiner Kaffeetasse. »Man tut, was man kann.«

»Arschloch!«, wiederholte sich Paolo in bekannter Manier.

»Du führst nicht nur ein kompliziertes Leben«, überging Markus auch die zweite schwägerliche Entgleisung binnen der letzten zehn Sekunden, »du rufst zudem so ziemlich alle zurzeit heiß diskutierten Rechtsprobleme um die juristische Behandlung von Tötungsdelikten auf.«

»Echt?«

»So leid es mir tut, dir das sagen zu müssen: Wenn du dich der Polizei oder dem Staatsanwalt stellst und deine beiden damaligen Taten zugibst, wirst du sofort in Untersuchungshaft genommen.«

»Warum?«

»Wegen Fluchtgefahr«, erklärte Markus. »Schließlich warst du lange Zeit abgetaucht.«

»Wie viele Jahre würde man ihn wegsperren?«, wollte Paolo wissen.

Markus rieb sich das Kinn. »Das lässt sich so einfach nicht sagen. Die juristische Einschätzung bestimmt das Strafmaß.«

»Was bedeutet das?«, hakte Karol nach.

»Ob das Gericht die Taten als Mord, als Totschlag oder nur als untergeordnetes Tötungsdelikt bewertet«, erläuterte Markus.

»Was ist ein untergeordnetes Tötungsdelikt?«, wollte Paolo wissen.

»Eine Tötung im Affekt zum Beispiel.«

»Manni hat das Gesindel im Affekt abgeknallt, ganz klar«,

nahm der Schwager den Urteilsspruch des Hohen Gerichts schon vorweg.

Der Anwalt lächelte milde.

»Jetzt mal was ganz anderes«, unterbrach er nach fünf Sekunden die eingetretene Stille. »Woher wisst ihr eigentlich, dass Marie entführt worden ist?«

»Wir wissen es nicht«, gab Karol zu.

»Aber ich fühle es«, sagte Paolo in einem Ton, der keinen Zweifel zuließ. »Ich fühle es in meinem Blut.«

»Kann sie nicht freiwillig abgetaucht sein? Alles hingeschmissen haben und weg? Vielleicht in den Flieger gestiegen und zur Mama nach Sumatra gejettet?«

»Nein! Das passt absolut nicht zu ihr«, sagte Paolo. »Außerdem liebt sie ihren Job. Warum sollte sie alles hinschmeißen?«

»Ja dann«, Markus zuckte lächelnd mit den Schultern, »hätte ich einen Vorschlag zu machen.«

»Mach deinen Vorschlag«, bat Karol.

»Bei welchem Kommissariat arbeitet Marie?«

»Im KK2«, murmelte Paolo, dem dies offensichtlich peinlich war.

»Organisiertes Verbrechen und Bandenkriminalität«, erläuterte Karol.

»Beim Köhler?«, wollte Markus wissen.

Paolo nickte, und in Karols Hirn bröckelte der Schorf einer tiefen Wunde.

»Soll ich den mal anrufen?«, bot der Anwalt an.

Paolo schaute ihn ungläubig an. »Du kennst Maries Chef?«

»Klar. Wir sind beide schon lange im Geschäft. Da kreuzen sich ab und zu die Wege.«

»Wie alt ist dieser Köhler?«, fragte Karol.

»Wie alt bist du?«

»Siebenundfünfzig. Und du?«

»Siebenundfünfzig.«

»Und der Köhler?«

»Der dürfte so drei, vier Jahre älter sein.«

»Ist der schon lange bei der Kölner Kripo?« Karol hatte Mühe, seinen galoppierenden Wissensdurst im Zaum zu halten.

»Der ist ein Urgestein. Ich glaube, er war lange beim KK1, eher er das KK2 übernommen hat.«

Karol nickte vergeistigt. »Klar, Köhler, so hieß der. Er war einer der Mitarbeiter vom alten Schumacher.«

»Kann gut sein.«

»Er erinnert sich bestimmt noch an mich.«

»Das denke ich mir!«, entsandte Paolo mal wieder einen Wortbeitrag. »Killer wie dich vergisst man nicht.«

Karol ignorierte den sachdienlichen Hinweis und schüttelte den Kopf. »Nicht zu fassen. Meine Tochter arbeitet zusammen mit dem früheren Assi vom Schumacher.«

»Du kanntest diesen Schumacher gut?«, fragte Markus.

Mit einer gewissen Melancholie im Blick nickte Karol. »Wir mochten uns irgendwie.«

Markus überlegte einen Moment und zog dann ein Handy aus der Jeans. Er überflog seine Kontakte und drückte eine Taste.

»Rechtsanwalt Hempel. Können Sie mich bitte mit Hauptkommissar Köhler verbinden? Danke sehr.«

Paolo und Karol starrten ihn an.

»Rechtsanwalt Hempel. Den Hauptkommissar Köhler hätte ich gern gesprochen ... Das ist schade. Können Sie das Gespräch bitte auf sein Handy weiterleiten? Es ist dringend ... Verstehe. Schade ... Um was es geht? Es geht um den momentanen Aufenthaltsort von Frau Carlotta Jefferson.«

Markus' Mimik nahm Spannung an.

»Kein Kommentar. Darüber rede ich nur mit Hauptkommissar Köhler ... Richtig, Rechtsanwalt bin ich. Markus Hempel, und meine Nummer ist nicht unterdrückt, wie Sie vermutlich auf Ihrem Display sehen ... Nein, ich rufe nicht im Auftrag eines Mandanten an ... Ja, ich bitte darum. Herr Köhler möchte mich zeitnah zurückrufen. Meine Nummer haben Sie ja, Herr, äh? ... Burbach. Auf Wiederhören, Herr Burbach.«

Markus klickte das Gespräch weg und schaute die beiden Männer mit einiger Sorge im Blick an.

»Ich glaube, ich habe ihn erwischt«, sagte der Anwalt. »Er wurde plötzlich hektisch. Vermutlich dachte er, ich wollte Forderungen im Auftrag von Maries Kidnappern stellen.«

»Das hast du geschickt eingefädelt«, lobte Paolo.

»Leider bedeutet das«, sinnierte Karol, »dass man im KK2 nicht weiß, wo Marie ist.«

»Das befürchte ich, ja«, sagte Markus. »Wenn deine Tochter auf Fortbildung wäre oder irgendwo als verdeckte Ermittlerin unterwegs, hätte dieser Burbach sehr wahrscheinlich anders reagiert.«

Die Männer senkten ihre Blicke in die leeren Kaffeetassen und schwiegen.

»Noch einen Wunsch?« Die Kellnerin war an ihren Tisch getreten und stapelte die leeren Kuchenteller auf ihrer Handfläche.

»Ja«, sagte Karol, »aber den können Sie mir leider nicht erfüllen.«

30

In der Innentasche des braunen Wildlederblousons, den ihm seine Frau zu Weihnachten geschenkt hatte, grunzte ein Schwein.

»Verzeihen Sie, aber das ist wichtig.« Armin Köhler zwinkerte seiner attraktiven Gesprächspartnerin entschuldigend zu und zog das Handy hervor. Sein Sohn Lucas hatte ein paar Nummern von häufigen Anrufern mit individuellen Klingeltönen belegt. Wenn seine Frau anrief, erschallte zum Beispiel »Da Da Da« von Trio, wenn Kollege Burbach anrief, grunzte ein Schwein.

»Was gibt's, Hannes? Rechtsanwalt Markus Hempel? Schick mir eine SMS mit seiner Nummer, ich rufe zurück. Ja. Ja. Tut mir leid, Hannes, im Moment ist ganz schlecht. Ja. Tschö.«

Er klickte das Gespräch weg und schaute wieder zu der jungen Frau, die ihm gegenüber im Hornochsen saß, der Hamburgerbräterei schräg gegenüber von Carlotta Jeffersons Haus auf der Neusser Straße. Sie hieß Mia Dorodnova, war extrem drahtig und ebenso hungrig, denn sie verschlang mit sichtbarer Wollust nach dem hundertachtzig Gramm schweren Model Tandoori nun einen ebenso schweren aber anders garnierten Rinderhackklops namens Chilli.

Kollege Burbach hätte seine helle Freude daran gehabt, der mampfenden Frau mit der Modelfigur zuzuschauen.

Hauptkommissar Köhler hatte Animal Fries, mit Schmorzwiebeln und Cheddarkäse überbackene Fritten, und ein Fläschchen Budweiser bestellt.

Nachdem er im Präsidium die sechs Leute der frisch formierten Soko Jeff mit Aufgaben wie Befragung der Nachbarschaft und der Taxifahrer, Analyse der Kontakte aus Laptop und Smartphone, Auskunft bei Banken nach Frau Jeffersons Kontoführung und Nachhaken im mutmaßlichen Mafia-Mordfall Scheuren betraut hatte, war er ins KK4 hochgeliftet. Dort hatte Frau von Telkow ihm mitgeteilt, Kollege Florian Ebbers habe sich gemeldet. Er sei wieder halbwegs wohlauf und werde sich morgen mit Köhler in Verbindung setzen. Außerdem habe Ebbers die Versetzung ins KK3 nach Duisburg beantragt.

Armin Köhler war mit einer Kopie von Carlottas Telefonprotokollen zum Rheinufer marschiert, hatte sich auf eine Bank gesetzt und die Nummer von MiaBox angewählt. MiaBox war die Nummer, die Carlotta in den letzten vier Wochen mit Abstand am häufigsten gewählt hatte.

Eine freundliche Stimme hatte sich gemeldet und bereitwillig erklärt, sie sei Lottas »liebste Sparringfrau« und diese sportliche Liebe beruhe auf Gegenseitigkeit. Sie hätten sich über den gemeinsamen Sport hinaus in letzter Zeit besser kennengelernt und richtig angefreundet. Sie war besorgt, dass sie die Freundin seit nun achtundvierzig Stunden nicht mehr erreicht hatte.

Köhler hatte sich als Lottas Chef geoutet und Mia gefragt, ob er sie zum Essen einladen dürfe. Die Faustkämpferin hatte zugesagt und den Hornochsen vorgeschlagen.

»Sie glauben echt, jemand hat Lotta entführt?« Mia Dorodnova leckte sich Cocktailsoße aus dem Mundwinkel.

»Es deutet leider einiges darauf hin«, sagte Köhler. »Haben Sie ganz spontan irgendeine Vermutung, wer mit so etwas in Verbindung stehen könnte?«

Mia biss in den Burger, dachte nach und biss wieder in den Burger. »Also nee«, sagte sie schließlich. »Lotta ist ein Sunshine-Girl. Die hat keine Feinde. Auf jeden Fall nicht im Boxclub.«

»In welchem Club boxt ihr?«

»Combat Club, nicht weit von hier, im Beuelsweg.«

Köhler hob die Bierflasche hoch, zog kräftig und schluckte.

»Man muss nicht unbeliebt sein, um das Opfer einer Entführung zu werden«, sagte er.

»Da haben Sie recht. Stimmt.« Mias Zähne zermalmten ein paar frittierte Süsskartoffelstäbchen. »Könnte ja auch ein Prinz eine Prinzessin rauben, die einen anderen heiraten soll. Kommt öfters in Märchen vor, oder?«

»Was wissen Sie über das private Umfeld von Frau Jefferson?«

»Da gibt's nicht so viel, glaube ich«, sagte Mia. »Sie steht total auf ihren Job und auf ihren Sport. Und bis vor ein paar Monaten hatte sie so 'nen Langweiler als Freund.«

»Hieß der Florian?«

»Genau. Von dem hat sie mal erzählt.«

»Hatte Carlotta Angst vor ihm?«

»Angst? Wieso das denn? Nee. Der ist doch 'n Weichei, oder? Kennen Sie ihn?«

»Flüchtig.«

»Nee, vor dem hatte sie keine Angst.« Mia senkte wehmütig den Blick zu den Fett- und Soßenresten auf dem Servierbrettchen und seufzte: »Das war jetzt richtig lecker.«

»Freut mich.«

»Und mich erst!«

»Hat Carlotta mal was von ihrer Familie erzählt?«

Mia machte aus ihren saftigen Lippen ein frivoles O und wischte die rot geschminkten Mundwinkel mit einer Papierserviette aus.

»Ihre Eltern sind auf Weltreise mit 'ner Segelyacht«, sagte sie. »Von Geschwistern oder so weiß ich nichts.«

»War Carlotta enttäuscht darüber, dass ihre Eltern in der Weltgeschichte rumschippern?«

»Enttäuscht? Warum das denn?« Mia zerknüllte ausgiebig das Papier und verschloss den Knödel in der Hand.

»Nee, die Lotta ist keine Memme. Die ist da stolz drauf. Hat doch nicht jeder, Eltern auf 'ner Segelyacht vor den Fidschis. Wäre ich auch stolz drauf. Ich hab 'nen Opa mit 'nem Ruderboot auf dem Baikalsee. Aber da bin ich auch stolz drauf.«

Köhler musste grinsen. Ihm gefiel diese Frau. Wäre schön, wenn sein Sohn ihn irgendwann zum Schwiegervater von so einer herzerfrischenden Kreatur machte. Aber da sah er eher schwarz. So was kriegte sein bleistiftspitzender Junior bestimmt nicht gestemmt.

»Wie oft trainieren Sie mit Carlotta?«

»Dreimal die Woche mindestens«, antwortete Mia. »Wir sind gleich gut und ungefähr in der gleichen Gewichtsklasse. Das passt perfekt.« Sie grinste breit. »Da gibt's immer ordentlich was auf die Fresse.«

Zu gern wäre Köhler mal dabei gewesen, wenn Mia und Carlotta sich im Boxring gegenübergestanden hatten. Aber warum dachte er in der Vergangenheitsform? Warum der automatisch einsetzende Pessimismus? Carlotta würde wieder auftauchen. Und warum sollte er dann nicht mal bei ihrem Boxtraining zuschauen? Nach vorheriger Anmeldung natürlich.

»Hat Carlotta von ihrer Schwangerschaft erzählt?«

Jetzt huschte zum ersten Mal ein Schatten über ihr Gesicht. »Scheiße ja. Natürlich.«

»Warum Scheiße?«

Mia schwieg und rollte die zerknüllte Serviette über die Tischplatte.

»Warum *Scheiße*?«, wiederholte Köhler. »Weil Ihnen dann bald die Sparringspartnerin fehlt?«

Sie schüttelte so heftig den Kopf, dass ihr brünetter Pferdeschwanz abwechselnd über ihrer linken und ihrer rechten Schulter auftauchte. »Deshalb doch nicht!«

»Warum dann?«

»Weil es eben scheiße ist ohne Typ.«

»Kennen Sie den Vater des Kindes?«

Mia zog sich ruckartig in ihr Schneckenhaus zurück. Das war kein Thema, über das sie gern sprach.

»Bitte helfen Sie mir, Carlotta zu finden«, sagte Köhler mit fast flehendem Unterton.

Mia taxierte ihn ausgiebig. Was war der überhaupt für einer? Eine ehrliche Haut oder ein ausgefuchster Bulle, der mit allen Tricks arbeitete?

»Ich habe ihn ein Mal gesehen«, sagte sie leise, und dann musste sie kurz wieder lächeln. »Genauso oft wie Lotta.«

»Wie bitte?«

»Also: ein Mal, Lotta natürlich länger an dem Tag, also in der Nacht.«

»Bitte erzählen Sie mir, was Sie wissen. Es könnte sehr wichtig sein.«

Mia hob die Flasche und nahm einen Schluck Rhabarberlimo. »Es war mein Geburtstag. Ich hab Lotta zum Essen eingeladen. Als wir danach eher zufällig im ›Hilton‹ am Dom aufgeschlagen sind, hatten wir schon leicht einen im Turm. Egal. Es war total nett in der Bar. Hätten wir niemals gedacht vorher. Waren nicht viele Leute da. Aber die meisten davon supernett und gut drauf. Wir haben getanzt und gelacht. Echt. Lotta ist richtig aus sich rausgegangen. So hatte ich sie noch nie erlebt. Die Trennung von diesem Florian steckte ihr noch in den Knochen. Die hat sie weggetanzt.«

Mia brach ab und schaute durchs Schaufenster hinaus auf die Straße.

»Was ist dann passiert?«

»Was wohl?«

»Sie hat einen Mann kennengelernt.«

»Genau! Sie sind ja ein richtiger Schlaumeier.«

»Das sehe ich ähnlich«, sagte Köhler mit ernster Miene. »Nächste Woche sitze ich beim Jauch und werde Millionär.«

»Echt wahr?«

Das hätte sie beeindruckt. Mit Sicherheit.

»Nö.«

»Kleine Mädchen verarschen, das haben wir gern, Herr Kommissar.«

»Wer war der Mann in der Hilton-Bar?«

»Ein Geschäftsmann. Nabil aus Beirut. Am nächsten Morgen ist er in seine Heimat zurückgeflogen.«

»Weiß er von seiner Vaterschaft?«

»Nee«, sagte Mia. Aber dann zupfte sie sich kurz am Ohrring

und zog die Augenbrauen zusammen. »Also ich weiß jetzt nicht hundertprozentig, ob Lotta vielleicht doch 'ne Mailadresse von ihm hat. Erzählt hat sie auf jeden Fall nichts davon.«

Mia ließ den Gedanken noch mal eine Runde durch ihren Schädel drehen und schüttelte dann den Kopf. »Sie hat erzählt, sie würde nicht abtreiben und die Sache allein durchziehen. Da war nie die Rede von Nabil oder von Ex Florian als Notpflaster oder von sonst wem.«

»Es war an Ihrem Geburtstag?«

»Genau. Am 19. Januar. Steinbock.«

Köhler dachte einen Moment nach, dann schaute er Mia gerade in die Augen. »Vielen Dank, Frau Dobrodova, Sie –«

»Dorodnova«, unterbrach sie ihn. »Nennen Sie mich Mia, das behält sogar einer wie Sie.«

»Was soll das denn heißen?«

»Nix weiter.« Mia grinste frech.

»Noch einen Nachtisch vielleicht, Mia?«

»Nee, danke. Fühl mich gerade ziemlich rund.«

»Ein Espresso drüben im Eiscafé?«

»Eiscafé?« Das Wort weckte offensichtlich kulinarische Assoziationen. »Für zwei Bällchen Vanille und einen Espresso lässt sich vielleicht noch ein Plätzchen freiräumen«, sagte sie, tätschelte ihren Bauch und entließ einen Furz. Die Gäste an den Nachbartischen straften den Hauptkommissar mit ausgrenzenden Blicken und ließen ihre Nüstern angewidert beben. Aber Mia lächelte entwaffnend in die Runde und sagte: »Ups.«

Um Viertel vor fünf stand Köhler an der Rezeption des »Hilton« und ließ Mia Dorodnovas Aussage überprüfen.

Tatsächlich hatte vom 17. bis 20. Januar ein Libanese namens Nabil Al-Khaibri dort logiert. Der siebenunddreißig Jahre alte Mann hatte als Beruf Associate Director eingetragen und als Adresse 182 Yafet St. in Beirut/Libanon. Es war der erste und bisher einzige Aufenthalt von Mister Al-Khaibri im »Hilton« am Dom gewesen. Die Rechnung war mit American Express

Card beglichen worden, eine Telefonnummer oder Mailadresse hatte der Gast nicht hinterlassen.

Köhler notierte sich diese Angaben und flanierte durch das Foyer, wo er in einer gläsernen Vitrine mit käuflichen Köln-Souvenirs eine Kerze entdeckte, die dem Südturm des Kölner Doms ähnlich sein sollte. Dafür zahlte er die stolze Summe von vierzehn Euro neunundneunzig und setzte sich in einen der Sessel vor der Glasfront, durch die er zur Kirche Mariä Himmelfahrt rüberschauen konnte. Köln, die heilige Stadt.

Dass dieser Nabil Al-Khaibri die Mutter des zufällig gezeugten Kindes in seine Heimat entführt hatte, um den Nachkommen in seinem Kulturkreis aufwachsen zu lassen, hielt er für so abwegig, dass er die Theorie innerlich ad acta legte. Zumal Carlotta den Mann vermutlich nicht über seinen goldenen Schuss in Kenntnis gesetzt hatte.

Trotzdem würde Köhler die Soko Jeff beauftragen, den Associate Director aus Beirut zu überprüfen. Was für Geschäfte er machte, ob er in der letzten Zeit noch mal nach Köln gereist war, ob generell etwas gegen ihn vorlag.

Auf dem Notizblock mit Hotellogo, der auf dem Beistelltischchen lag, schrieb er die Telefonnummer von Rechtsanwalt Hempel ab, die Burbach ihm per SMS übermittelt hatte. Er tippte sie in sein Handy und wartete. Nach einigen Sekunden ging die Mailbox an. Köhler steckte das Handy weg und stand auf.

31

Auf der letzten Seite des Express, links in der Rubrik »Tiere suchen ein Zuhause«, hatte unter dem Porträtfoto eines betagten Rüden der Rasse Rottweiler der Satz gestanden: »Walter ist ein treuer Freund.«

Da hatte Walter Grützmacher lächeln müssen. Das erste Mal seit Langem wieder. Er hatte auf seiner Lieblingsbank gesessen, ganz in der Nähe der kleinen Grabplatte auf dem Melatenfriedhof, unter der seit sieben Monaten die Asche seiner Frau Erna ruhte. Im Abfalleimer neben der Bank hatte die zusammengedrehte Ausgabe des Express gesteckt. Walter war sie durchgegangen, Seite für Seite. Er hatte fast alles gelesen, und als er die Rückseite erreichte, schaute ihn aus einem Foto ein imposanter Hund mit unendlich traurigen Augen an. Dieser Hundeblick drückte aus, wie Walter Grützmacher sich gerade fühlte.

Sein Sohn Jürgen war wegen VW nach Wolfsburg gezogen und hatte mit seinem Job, seiner Frau und den vier gemeinsamen Kindern mehr zu tun, als in die täglichen vierundzwanzig Stunden passte; Walters Tochter lebte in Brasilien und jobbte in einer Strandbar. Seine Frau hatte er jahrelang gepflegt und sich für sie gefreut, als die Schmerzen endlich auf natürliche Weise endeten.

Als die beiden Kinder zwei Tage nach der Beerdigung das alte Reihenhaus in Weidenpesch wieder verlassen hatten, war Walter zur Wohnzimmerkommode gegangen und hatte aus der untersten Schublade ein dunkelgrünes Kistchen hervorgeholt. Darin lag eingebettet in roten Samt die Ordonnanzpistole seines Vaters. Der war Offizier bei der Wehrmacht gewesen und hatte Sohn Walter 1949 das Kistchen in die Hand gedrückt, bevor die Alliierten ihn verhafteten. Es war eine blank polierte Walther P.38 mit sechs Patronen im Magazin, neun Millimeter Parabellum.

Walter hatte die Pistole aus der edlen Aussparung gehoben, gespannt, entsichert und sich den Lauf in den Mund gesteckt.

So hatte er dagestanden. Die dritten Zähne klackerten auf dem Metall des schwarz lackierten Laufs.

Plötzlich hörte er, wie das Geschrei seiner vier Enkelkinder die Stille aus dem Wohnzimmer vertrieb. Er meinte, es zu hören. Er glaubte, es zu hören. Er hörte es, obwohl die Kinder schon wieder in einer Wolfsburger Grundschulklasse saßen.

Walter hatte die Walther in die Kommode zurückgeschoben und sich mutlos durch die folgenden Wochen geschleppt.

In finanzieller Hinsicht brauchte er sich keine Sorgen um die Zukunft zu machen. Er lebte in dem Haus, das sein Großvater zwischen den Kriegen gebaut hatte, in dem Walter aufgewachsen war, in dem er seine Kinder großgezogen hatte, in dem Erna über den Zeitraum von vier Jahren hinweg gestorben war. Dreiundvierzig Jahre als Straßenbahnfahrer brachten ihm eine ordentliche Rente. Aber er war siebenundsiebzig Jahre alt und allein. Nicht nur allein. Auch einsam.

Deshalb fuhr er jeden Tag mit der Bahn zum Melatenfriedhof und setzte sich auf seine Lieblingsbank. Wenn es nach ihm gegangen wäre, hätte er Erna auf dem Nordfriedhof in Weidenpesch beerdigt. Aber sie war in der Ehrenfelder Piusstraße groß geworden, und sie wollte in der Erde liegen, in der auch ihre Eltern und Großeltern lagen.

Im Nachhinein sah Walter Grützmacher darin eine Fügung des Schicksals, denn schließlich hatte er auf Melaten jene Ausgabe des Express aus dem Abfalleimer gefischt und in Walters Augen geschaut. »Walter ist ein treuer Freund.«

Er war in die Bahn gestiegen und nach Dellbrück gefahren. Im Tierheim führte ihn eine Pflegerin zu der Box, in der Walter hinter Gitterstäben stand und ihnen entgegenblickte. Er war ein schwarzes Tier mit wuchtigem Kopf, muskulösem Oberkörper und hängenden Lefzen.

Um die dreizehn Jahre sei der Rüde schätzungsweise alt, sagte die Pflegerin, woher er stamme, wisse sie nicht. Eines

Nachts habe ihn jemand am Eingangstor angeleint. Am Halsband sei ein Messinganhänger befestigt gewesen, darauf eingraviert der Name Walter. Das schwere Tier sei im Prinzip friedlich, im Umgang mit anderen Rüden aber müsse man vorsichtig sein.

Walter hatte Walter in die Augen geschaut und dahinter. Es hatte den Anschein, als würden beide in diesem Moment ihre Traurigkeit vergessen. Walter hatte Walter zugenickt, und Walter hatte Walter zugenickt.

Die Pflegerin öffnete die Boxentür und ging voran zum Büro. Die Walters trotteten ihr hinterher.

Walter Grützmacher hatte die Formalitäten erledigt und war mit Walter Rottweiler in die Straßenbahn gestiegen. Die Leine, die ihm die Pflegerin mitgegeben hatte, brauchte er nicht.

Walter ließ die Wohnzimmertür zum Garten von nun an immer angelehnt, und Walter konnte selbst entscheiden, ob er sich im Haus oder im Garten aufhalten wollte.

Natürlich hatte Walter seinen neuen Lebensabschnittspartner bei der Steuer angemeldet und auch versichert beziehungsweise sich versichert gegen mutmaßliche Schäden, die Walter Rottweiler lebenden oder leblosen Objekten hätte zufügen können. Auf Anraten des Tierarztes, der seine Praxis stadtauswärts rechts auf der Neusser Straße ganz in der Nähe betrieb, hatte Walter sogar eine Krankenversicherung zum Preis von monatlich fast dreißig Euro abgeschlossen.

Auf seine Terrasse stellte der Rentner drei Näpfe, einen für Wasser, einen für Dosenfutter und einen für Trockenkost. Der Hund war stubenrein und anspruchslos. Er aß, was Walter in die Näpfe füllte, und verrichtete seine Geschäfte an diskreten Orten auf ihren täglichen Spaziergängen.

Jeden Morgen und jeden Abend machten die beiden die gleiche Runde. Als ehemaliger Straßenbahnfahrer liebte Walter Grützmacher alles, was mit Zügen zu tun hatte, er liebte Schienenstränge auf grobem Basaltschotter, er liebte verwilderte Bahndämme und ölige Bahnschwellen, er liebte das Rauschen von Zügen in der Nacht und am Tag den Geruch von Gleisen, wenn funkensprühende Räder über sie hinwegdonnerten. Es waren nur zweihundert Meter von seinem Haus bis zum Bahndamm unter der Neusser Straße. An den Gleisen entlang führte die Runde am alten Niehler Güterbahnhof vorbei bis zum Holzhandel an der Ecke Scheibenstraße, dann zurück den Weg an den Schrebergärten vorbei bis zur Feuerwache gegenüber der Rennbahn und von dort wieder runter zum Bahndamm und hoch zur Neusser Straße.

Täglich trotteten die beiden Walters im Gleichschritt zwei Mal diese Runde. Der schwere Rottweiler reagierte auf vorbeihoppelnde Kaninchen ebenso wenig wie auf entgegenkommende Fußgänger, Jogger oder Fahrradfahrer oder auf die Schafe und deren Hütehündin in dem kleinen Verschlag. Nur wenn brunftige Rüden sich näherten, zeigte Walter Rottweiler Instinkte.

Zur Not hatte Walter Grützmacher immer die Leine dabei. Aber in all den Monaten hatte er sie erst drei Mal einsetzen müssen.

Gestern Abend war etwas Außergewöhnliches passiert. Der Hund war über die Gleise gelaufen, um hinter dem verkommenen Stellwerkhäuschen ein häufig genutztes stilles Örtchen aufzusuchen. Normalerweise dauerte dies etwa fünf Minuten. Gut Ding will Weile haben. Auch bei alten Rüden.

Aber diesmal kam Walter II. nicht zurück zum Herrchen jenseits des Gleisstrangs. Also stieg Walter I. über das Schotterbett und suchte nach ihm.

Er fand das Tier in dem kleinen offen stehenden Raum an der Rückseite des Gebäudes. Der Rottweiler schnupperte an der eisernen Bodenplatte und winselte und schnaufte in einer Art, wie der Rentner dies bisher noch nie bei seinem Partner erlebt hatte.

Tatsächlich wollte sich das Tier gar nicht mehr fortbewegen von dort, und Walter klickte schließlich die Leine an sein Halsband und zog ihn mit milder Gewalt aus dem Räumchen.

Aber er versprach sich und dem Hund, dass er am nächsten Tag der Sache in Ruhe auf den Grund gehen würde. Ein Stemmeisen und eine Taschenlampe wären nicht verkehrt als Wegbegleiter.

32

Um fünf Minuten nach sechs überschritt Hauptkommissar Köhler die Schwelle zum Vegan Land. Hinter der Theke des türkischen Imbisses in Carlottas Haus zerkleinerten ein Mann in weißer Schürze und eine Frau grünen Salat, Tomaten und Gurken. Die Frau hatte auch eine weiße Schürze an und ein unter dem Kinn verknotetes dunkles Tuch um den Kopf. Gäste waren gerade keine im Laden. Köhler zeigte dem Mann seinen Dienstausweis. »Mein Name ist Köhler, ich bin Kommissar bei der Kriminalpolizei.«

»Heute war schon ein Kollege da«, grummelte der Mann.

»Das weiß ich«, sagte Köhler freundlich.

Der Mann hackte verbissen auf seinem Brettchen herum. Ganz offensichtlich waren ihm Kontakte zur Polizei unangenehm. Die Frau schaute ängstlich zu ihnen rüber. Wenn Köhler jetzt gesagt hätte, sein Kollege habe eine tote Maus in einem ihrer veganen Çiğköfte entdeckt, wäre sie mit Sicherheit in Ohnmacht gefallen.

»Was haben Sie dem Kollegen denn gesagt?«, fragte Köhler.

»Dass wir nix gesehen haben von einer Entführung.«

»Kennen Sie Frau Jefferson?«

»Sie hat mal gekauft hier. Nix viel.«

»Und Sie?«

Köhler wandte sich der Frau zu, deren Augenbrauen zu zittern begannen.

»Manchmal gesehen«, sagte sie schüchtern. »Kam mit Rad, ging ins Haus. Das alles.«

»Haben Sie gesehen, ob die Frau immer allein ins Haus gegangen ist?«

»Immer allein. Mit Fahrrad.«

Köhler nickte und schaute dann wieder den Mann an. »Die Tür zum Treppenhaus ist immer zu, richtig?«

»Ich glaube, ja«, sagte der Mann. »Hat Vermieter befohlen. Aber ich weiß nicht, ich gehe nicht durch die Tür.«

»Wie bringen Sie Ihren Müll zu den Tonnen im Hof?«

Der Mann nickte in den hinteren Teil des Ladens. »Ist eine Tür. Extra.«

»Verstehe. Haben Sie Internet hier?«

»Ja. WLAN, Internet, Telefon. Alles.«

»Hatten Sie schon mal Probleme mit der Leitung?«

»Probleme? Leitung? Was meinen?«

»Musste mal ein Techniker kommen, weil etwas nicht funktionierte?«

»Nein. Alles gut.«

Köhler schaute zu der Frau, die offenbar etwas sagen wollte, sich aber nicht so richtig traute.

»Haben Sie schnelles Internet?«

»Ja. Schnell«, sagte die Frau. »Ein Mann hat gesagt, er macht schneller. Aber war vorher auch schnell. Jetzt vielleicht schneller? Weiß ich nicht. Gutes Internet.«

Der Chef schaute strafend zu ihr, als ob er es nicht gern miterlebte, wenn Frauen mit fremden Männern redeten.

»Ein Mann war also hier?«, hakte Köhler nach.

»Ja. Mit Werkzeugkoffer.«

»Wie ist der ins Haus gekommen?«

»Ich hab ihn gelassen«, meldete sich jetzt wieder der Mann und nickte zur hinteren Tür.

»Wie sah der Mann aus?«

»Junger Mann. Mit Jacke von Telekom.«

»Sind Sie sicher, dass er von der Telekom war?«

»Hatte hier den Namen auf der Jacke.« Der Mann deutete auf sein Herz.

»Haben Sie den Namen auf der Jacke auch gesehen?«, wandte sich Köhler wieder der Frau zu.

»Ja. Telekom«, bestätigte sie.

»Wann war das ungefähr?«

»Vor zwei Wochen vielleicht«, sagte der Mann.

Köhler schaute zu der Frau. Sie nickte. »Ja, vor zwei Wochen vielleicht. Aber Mann ist noch mal gekommen.«

»Was redest du?«, fuhr der Chef sie unwirsch an.

»Nicht durch Restaurant. Durch Haustür nebenan«, sagte die Frau. »Einmal noch gekommen, kurz vor Schluss.«

»Wann ist hier Schluss?«

»Dreiundzwanzig Uhr.«

»So spät ist der Mann von der Telekom gekommen?«

»Ja, hab ich gesehen«, sagte die Frau.

»Ich nicht«, sagte der Mann, der offenbar hoffte, dass der Kommissar sie bald in Ruhe lassen würde. Sehnsüchtig schaute er zur Tür.

»Ich schon«, sagte die Frau jetzt fast trotzig. »Hatte schwarze Mütze auf Kopf. Sonst wie vorher. Jacke von Telekom, Werkzeugkoffer. Alles. Nur Mütze auf Kopf.«

Der Mann schaute sie argwöhnisch an. Seit wann schaust du dir fremde Männer so genau an? Und sogar einen Kafir! Da werde ich beim Freitaggebet in der Moschee mal mit deinem Mann drüber reden müssen.

»War der Mann dick oder dünn? Groß oder klein?«

»Normal.«

»Ja, normal.«

In diesem Moment betrat ein junges Paar den Imbiss und schaute zum Speisebord über der Theke hoch.

»Bitte schön?«, fragte der Imbissbetreiber sichtlich erleichtert.

»Wir schauen noch«, lächelte die junge Frau. »Alles ist vegan?«

»Alles vegan«, bestätigte der Mann. »Hundert Prozent.«

»Sie haben mir sehr geholfen«, sagte Köhler und nickte kurz dem Mann und länger der Frau zu.

Er verließ den Laden und fischte den Ring mit den Ersatzschlüsseln aus der Jackentasche. Aber bevor er den Hausschlüssel ins Schloss steckte, drückte er fest mit der Schulter gegen die Tür. Sie gab ein wenig nach, schnappte dann wieder zurück.

Köhler gab etwas mehr Druck, und das Schloss klickte auf. Der KK2-Boss schaute sich die Innenkante der Tür an. Burbach hätte vermutlich sofort gesehen, was los war. Er brauchte eine Minute, bis ihm klar war, dass die Falle verkehrt herum saß.

Auch waren Kratzspuren auf der kleinen dreieckigen Oberkante. Vermutlich hatte jemand die Falle mit einer Rohrzange gepackt und umgedreht, sodass man die Tür bei entsprechendem Krafteinsatz ohne Schlüssel öffnen konnte.

Köhler stieg die Stufen zu der nur angelehnten Kellertür hinunter und erblickte im Gang oben an der Wand den elektrischen Verteiler mit den Schaltelementen der Telefonleitungen. Mit bloßem Auge konnte er erkennen, dass hier vor Kurzem gearbeitet worden war, denn auf den ausgehenden Kabeln lag eine feine Staubschicht, auf den Klemmen und den Anschlüssen aber nicht.

Köhler klappte sein kleines Taschenset auf, verteilte mit dem flauschigen Staubpinsel eine hauchdünne Pulverschicht auf das Innenleben des Verteilers und strahlte es mit dem UV-Lämpchen an. Jede Menge Wisch- und Druckspuren wurden sichtbar. Aber kein Fingerabdruck. Der Monteur hatte mit Handschuhen gearbeitet. Aber er hatte hier gearbeitet. Von hier aus hatte er die Internetverbindung unterbrochen, hier hatte er das Gerät angedockt, mit dem er Carlotta Jefferson vor der Entführung angerufen hatte.

Köhler stieg die Stufen zur Wohnung hoch und schloss die Wohnungstür auf. Stille und Kälte schlugen ihm aus der Diele entgegen und machten ihn traurig. Und wütend. Er ging in die Küche und betrachtete das Geburtstagsfoto an der Wand. Die glückliche Kleinfamilie mit einer strahlenden Mini-Carlotta als ihrem Mittelpunkt.

Er würde sie finden. Spätestens seit dem ebenso amüsanten wie aufschlussreichen Burger-Gelage mit Mia Dorodnova war dieser Fall Chefsache. Und wenn er dabei mal gegen die Vorschriften verstoßen musste, dann sollte das so sein. Anschließend könnte man ihn in den vorzeitigen Ruhestand entlassen. Anschließend. Diesen Fall aber würde er noch lösen. Auch für seinen alten Chef musste er das tun. Köhler wusste, dass Hauptkommissar Schumacher sich immer einen Sohn gewünscht hatte, einen wie Carlotta Jeffersons Vater, einen wie diesen Manni alias Karol.

Er setzte sich an den Küchentisch, fummelte sein Handy aus der Jackentasche und instruierte den Kollegen Hannes Burbach, sofort zu ermitteln, welche Netzbetreiber im Haus Neusser Straße 303 Kunden hatten und ob im Laufe der letzten Wochen Techniker dieser Firmen hier tätig gewesen waren. Als Erstes sollte er der Telekom auf den Zahn fühlen. Zeugen hätten sich zweifelsfrei an deren Logo auf einer Monteurjacke erinnert.

Während er mit dem Kollegen sprach, richtete er den Blick auf die Wand, und im diffusen Licht der einbrechenden Dämmerung entdeckte er etwas, das ihm bei seinem letzten Aufenthalt in dieser Wohnung nicht aufgefallen war.

Abseits der anderen Bilder war der Ton der Wandfarbe in einem postkartengroßen Bereich etwas heller, und mittig über diesem fahlen Rechteck war ein winziges Loch in der Wand. Hier hatte bis vor Kurzem ein gerahmtes Bild gehangen.

33

Karol hatte vor dem Spiegel gestanden und ausgiebig seine Haare inspiziert. Was Rita bemerkt hatte, war unübersehbar. Schlohweiße Haarpracht schob sich unaufhaltsam aus seiner Schädeldecke und hatte nun schon die Länge von knapp einem Zentimeter erreicht, bevor sie abrupt überging in einen weiteren Zentimeter braunblonden Gestrüpps.

Karol kramte den elektrischen Bartschneider aus der Reisetasche, drehte die Stellschraube auf 8 MM und zog das surrende Gerät in langen Bahnen von der Stirn aus bis hinunter zum Nacken.

Nach fünf Minuten lagen seine letzten Ex-Haare im Waschbecken. Warum offenbar in der Sekunde, in der er nach vierundzwanzig Jahren wieder Kölner Boden betreten hatte, sein Körper die Produktion von Melanin gestoppt hatte, war ihm ein Rätsel. Aber ein Rätsel, das er nicht lösen musste. Da gab es ein wichtigeres Rätsel.

Mit den weißen Haaren hatte er kein Problem. Er würde sie kurz und mit Würde tragen. Melatenblond lag voll im Trend, wie Rita verkündet hatte. Sogar manche Jugendlichen färbten sich die Haare weiß. Freiwillig.

Karol wischte die Stoppeln im Becken zusammen und verabschiedete sie in den kleinen Mülleimer neben der Toilette.

Er wollte sich gerade aufs Bett legen und Sport-TV einschalten, als es an der Tür klopfte und dahinter eine laute Stimme verkündete: »Turbo Pizza! Bitte öffnen Sie!«

Karol tat wie ihm befohlen, und tatsächlich hatte Paolo zwei nach Oregano und Knoblauch duftende Flachkartons und eine Plastiktüte mit Weißwein, Mineralwasser und einem braunem Köfferchen ins »1stFloor« mitgebracht.

»Das ist ja ein Service!«

»Beste Pizza von Welt!«

»Nichts anderes habe ich von meinem Schwager erwartet.«

»Friss und schweig.«

»Mach ich glatt.«

Paolo stellte die Kartons aufs Bord und klappte die Deckel hoch. Die Pizzen waren in handgerechte Achtel aufgeteilt und variantenreich belegt. »Hau rein. Bevor es kalt ist.«

»Danke dir.«

Karol biss in ein Dreieck mit Thunfisch und Kapern und verdrehte entzückt die Augen. »Hmmmm … Da hast du ausnahmsweise mal die Wahrheit gesagt, Schwager: Das ist die beste Pizza der Welt.«

»Friss und schweig.« Paolo nahm die Weißweinflasche aus der Tüte und schaute sich um. »Gläser? Im Bad?«

Karol nickte. »Ja, da sind welche. Aber für mich keinen Wein.«

Paolo schaute ihn an, als wäre er der Mutter Gottes auf dem Straßenstrich begegnet. »Wie?«

»Seit Maries achtzehntem Geburtstag habe ich keinen Schluck Alkohol mehr getrunken.«

»Ist nicht dein Ernst!«

»Doch. Wenn ich so weitergemacht hätte wie vor ihrem achtzehnten Geburtstag, dann säße ich jetzt nicht hier.«

Paolo schaute ihn an, zuckte mit den Schultern, sagte aber nichts.

Karol grinste ihn an. »Ich weiß genau, was du gerade gedacht hast.«

»Was denn, Klugscheißer?«

»Hätte das Arschloch doch nur weitergesoffen!«

»Scheiße, ja.«

Sie lachten und klatschten sich ab. Karol holte aus dem Bad zwei Zahnputzgläser und füllte Mineralwasser ein. Es dauerte keine acht Minuten, bis er die leeren Pizzakartons zusammenfaltete und in den Papierkorb stopfte. Draußen war es fast dunkel.

»Seit dem Gespräch mit Avvocato Marcu denke ich, dass die Kripo meinen Text gelesen hat und nicht weiß, wo Marie ist.«

Paolo nickte. »Um das so zu sehen, muss man kein Jerry Cotton sein.«

»Du und dein Jerry Cotton! Gibt's die Heftchen überhaupt noch?«

»Interessiert mich nicht«, sagte Paolo. »Ich gehe gleich um den Block, und wenn da eine Kerze im Fenster brennt, dann ziehe ich meine Kapuze hoch, tänzle auf der Straße rum, tue so, als ob ich telefoniere, und schaue mich in der Gegend um wie ein deutscher Schauspieler, der einen Gangster spielen soll.«

»Genau!«, lobte Karol. »So machst du es! Dann gehst du zum Haus rüber, holst einen Zettel aus der Hosentasche und steckst ihn ganz langsam in den Briefkasten von Jeff Carlo.«

Paolo nickte und schaute dann den Schwager streng an. »Ich mach's für Marie, ich mach's für meine Schwester Marlena, aber bild dir bloß nicht ein, ich würde es für dich machen.«

»Wie kommst denn auf so was?«

Sie grinsten sich an.

»Wir holen Marie zurück«, sagte Karol.

»Das machen wir«, bestätigte Paolo. »Und erst wenn wir sie wiederhaben, schreibe ich eine Mail an Marlena.«

Karol nickte langsam. Wie irre ihm das vorkam. Er könnte zu einem Rechner gehen und eine Mail an Marlena schicken. Einfach so. Sekunden später könnte sie seine Worte lesen, egal wo auf dem Globus sie sich gerade aufhielt. Seine Marlena.

Paolo klappte das mit braunem Kunstleder bezogene Köfferchen auf und verteilte schwarze und weiße Mühlesteinchen auf dem gezackten Spielbrett.

»Unter welchem Namen hast du die Nummer von diesem Handy hier bei dir gespeichert?«, fragte Karol und hob das von Paolo geliehene Gerät in die Höhe.

»Warum willst du das wissen?«

»Falls dich die Bullerei gleich hochnimmt und dein Handy checkt, wäre es blöd, wenn sie da meinen Namen finden würden.«

»Keine Sorge«, winkte Paolo ab. »In dem Handy heißt du Nissa-Thai.«

»Schöner Name.«

Paolo zuckte schweigend mit der linken Schulter. Nostalgische Wehmut war in seinem Gesichtsausdruck nicht zu erkennen.

»Kennst du zufällig Maries Kontonummer?«

Paolo nickte. »Als sie in der Ausbildung war, hab ich ihr ab und zu was überwiesen.«

»Das war nett von dir.«

»Familie ist Familie.«

»Schreib sie mir auf.«

»Warum?«

»Ich hab eine private Invalidenrente. Falls mir was passiert, zahlen die an die Hinterbliebenen eine Prämie von fünfzigtausend.«

»Da lohnt sich ja fast ein Unfall«, wägte Paolo grinsend ab.

Hauptkommissar Köhler hatte am Küchentisch gesessen und sich von Hannes Burbach telefonisch über den frisch eingegangenen Bericht der Hightechs informieren lassen.

Carlotta Jefferson hatte bei »web.de« eine Mailadresse eingerichtet, aber keinen einzigen Kontakt ins Adressbuch eingetragen, auch ihren kompletten Mailverkehr hatte sie gelöscht und den Papierkorb ebenfalls geleert. Eigentlich ganz sinnvoll für eine Kommissarin vom KK2. International agierende Internetgangster gehörten auch in die Sparte organisiertes Verbrechen. Wer weiß, was die Brüder mit den privaten Kontakten einer Ermittlerin so alles an Unfug anstellen könnten.

Der letzte Techniker der Telekom sei vor vier Monaten im Haus Neusser 303 gewesen, berichtete Hannes Burbach, bei NetCologne und 1&1 habe er die Disponenten noch nicht erreichen können. Der Techniker, den die Telekom damals geschickt hatte, war ein vierundfünfzigjähriger aus Tunesien eingebürgerter Ingenieur gewesen.

Also stimmte da was nicht. Der junge Mann, dem der Veganer die Tür zum Treppenhaus geöffnet hatte, traf auf dieses Profil nicht zu. Also hatte der entweder eine gefälschte oder geklaute Telekom-Jacke angehabt, oder die Imbissbetreiber hatten sich geirrt.

Sein alter Chef, der legendäre Schumacher, hatte ihm immer eingebläut, der Instinkt sei die wirkungsvollste Waffe im Kampf gegen das Verbrechen. Köhler hatte versucht, sich daran zu halten, und oft hatte er damit Erfolge erzielt.

Nun war er irritiert. Denn obwohl er den von Manfred Thielen für seine Tochter verfassten Text gelesen hatte und es gegen jeden gesunden Menschenverstand verstieß, zwischen dessen Auftauchen und dem Verschwinden Carlottas eine Verbindung zu sehen, so sagte ihm sein Instinkt aber, dass dem doch so war. Wie auch immer. Er wollte diesen Thielen, oder Stanjek, wie er jetzt wohl hieß, interviewen, und er wollte ihn an seiner Seite haben. Egal, wie er das hinkriegte.

Er zündete die Spitze des vierzehn Euro neunundneunzig teuren Domturms aus dem Hilton an und stellte ihn aufs Fensterbrett.

Normalerweise hätte er die Aktion niemals allein durchführen dürfen. Mindestens vier Leute hätten verdeckt auf der Straße ihre Posten beziehen und den mutmaßlichen Zugriff nach exakter Absprache durchführen müssen. Wenigstens Hannes Burbach hätte er ins Boot nehmen sollen.

Aber dann hätte er dem Kollegen Thielens Aufzeichnungen nicht verschweigen können und auch die Ersatzschlüssel von Carlottas Wohnung nicht. Das musste nicht sein. Und es widersprach seinem Instinkt.

Mit großer Wahrscheinlichkeit war er der Einzige, der wusste, dass sich Manfred Thielen in der Stadt befand. Und dass er jetzt Karol Stanjek hieß. Nach Karol Stanjek wurde nicht gefahndet. Woher sollte er wissen, dass dieser Mann der immer noch flüchtige Doppelmörder Manfred Thielen war?

Aber er musste natürlich sehr vorsichtig sein. Instinkt hin,

Instinkt her. Vielleicht war dieser Thielen in Polen und Berlin innerlich verfault, vielleicht war er schizophren geworden. Vielleicht besaß er zwei Gesichter. Das eine, das er seiner Tochter in dem Text präsentierte, und ein anderes, das verroht war, das in Polen eventuell eine blutige Spur von weiteren Morden hinterlassen hatte.

Der Mann war ein trockener Alkoholiker, der seinen Frust in Sandsäcke geprügelt hatte. Er war für ein polnisches Unternehmen als Personenschützer tätig gewesen. Er hatte nach zahlreichen MMA-Kämpfen die Käfige als Sieger verlassen.

Deshalb hatte Köhler für alle Fälle seine Dienstwaffe entsichert, bevor er zu seinem Wagen gegangen war, den er gegenüber in einer der Parkbuchten abgestellt hatte.

Den Hauseingang hatte er im Blick, und die Kerze im Fenster im dritten Stock war gut zu sehen.

Wenn man eines lernen musste in seinem Beruf, dann war es Geduld. Gerade zu Beginn seiner Laufbahn als Kommissar. Wie viele Stunden hatte er vor irgendwelchen Objekten im Auto gesessen oder in versteckten Hauseingängen gestanden.

Damals gab es noch keine Handys, auf denen man Serien schauen konnte. Wobei das offiziell verboten war. Aber viele junge Kollegen machten es trotzdem. Wenn sie zu zweit im Auto saßen, wechselten sie sich ab. Einer observierte das Objekt, der andere das Display.

Köhler hatte sich angewöhnt, an gar nichts zu denken. Immer wenn ihm ein Gedanke kam, schob er ihn rigoros beiseite. Das Problem war, dass er dabei oft sehr müde wurde. Deshalb hatte er immer eine Dose Red Bull dabei. Es schmeckte zwar ekelhaft, vor allem wenn es jackentaschenwarm war, aber es wirkte.

Heute aber brauchte er kein verflüssigtes Stierhodenextrakt. Er war hellwach.

Die nächsten neunzig Minuten passierte nichts. Dann tauchte ein Mann in einer roten Jacke vor dem Haus auf. Er war kompakt bis dicklich und nicht besonders groß. Er schaute an der Fassade hoch, dann zog er ein Handy hervor und sprach hinein. Er ließ seinen Blick die Straße rauf- und runterwandern, und dann nahm er ein Papier aus seiner Jackentasche, trat in den kleinen Unterstand vor der Haustür und schaute auf die Beschriftungen der Briefkästen. Er hob die Hand mit dem Papier und steckte es in den Schlitz von Jeff Carlo.

»Keine Bewegung!« Köhler stand im Abstand von zwei Metern hinter dem Mann in der roten Kapuzenjacke.

»Kriminalpolizei. Kommissar Armin Köhler. Ich habe eine entsicherte Pistole in meiner Tasche und werde sie benutzten, wenn Sie nicht tun, was ich sage.«

Der Mann erstarrte in seiner Bewegung. Die eine Hand im Briefkasten, die andere mit dem Handy in Höhe seiner Jackentasche.

»Heben Sie beide Hände in die Höhe und drehen Sie sich langsam zu mir um.«

Köhler hatte die Archivfotos von Manfred Thielen studiert und natürlich eben noch das Familienfoto an Carlotta Jeffersons Küchenwand. Dieser speckige Mann mit den schwarzen Augen und den schwarzen Bartstoppeln, der sich langsam zu ihm umdrehte, war nicht der gesuchte Karol Stanjek. Für alles Geld der Welt hätte der beste plastische Chirurg diese Verwandlung nicht hingekriegt.

Der Mann schaute ihn mit hochgezogenen Augenbrauen und dem Blick eines unschuldigen Lamms an und sagte leicht übertrieben devot: »Ich habe nix gemacht, Herr Kommissar.«

»Was steht auf dem Zettel, den Sie in den Briefkasten von Frau Jefferson stecken wollten?«

»Das ist der neue Pizza-Flyer von meinen Sonderangeboten nächste Woche. Iss vier, zahl drei.«

Der Mann streckte ihm den kleinen bunten Flyer entgegen. »Vielleicht ist das auch was für Sie, Herr Kommissar. Und Ihre Kollegen.«

»Ich habe einen Kollegen«, antwortete Köhler, »der hätte bestimmt daran Interesse. Der würde alle vier allein essen.«

»Okay, dann sind wir im Geschäft.«

Köhler nahm ihm den Flyer aus der Hand und schaute darauf. »›Paolo Sandini‹, steht hier unten in der Ecke.«

»Das bin ich.«

»Verstehe.« Köhler nickte. »Als ich Frau Jefferson vor vielen Jahren kennengelernt habe, hieß sie Marie Sandini.«

»Ich bin ihr Onkel. Ihre Mutter ist meine Schwester.«

»Kommen Sie mit hoch.«

Köhler ging an Paolo vorbei, schloss die Haustür auf und stieg vor ihm die Treppe zum dritten Stock hoch. Paolo Sandini wirkte nervös und besorgt, als sie die Diele betraten.

»Waren Sie schon mal hier, Herr Sandini?«

»Ja klar. Ich habe mit meinem Koch die Bude gestrichen und alle Möbel hochgeschleppt.«

»Aha.«

Paolo hielt es nicht mehr aus. Er stellte sich ganz nah vor den Kommissar und schaute ihm ebenso flehend wie ungeduldig fordernd in die Augen. »Sagen Sie mir, was mit Lotta passiert ist! Sie ist meine einzige Verwandte in Köln. Sie ist die einzige Tochter meiner Schwester!«

Köhler nickte und setzte sich auf den Küchenstuhl, auf dem er schon Stunden verbracht hatte.

Hinter ihm auf dem Fensterbrett brannte der Domturm.

Paolo sackte auf den Stuhl gegenüber und wagte nicht, die Bilder an der Wand anzuschauen. Er zitterte leicht, und Tränen standen in seinen Augen.

»So eine Scheiße«, flüsterte er. »Sie darf nicht tot sein.«

»Wir tun alles, was in unserer Macht steht«, sagte Köhler. »Ich schätze Ihre Nichte sehr, und dieser Fall hat bei mir absolute Priorität.«

»Aber es hat nix in der Zeitung gestanden.«

»Das habe ich verhindert. Ich wollte erst abwarten, was heute Abend passiert.«

»Wie meinen Sie das?«

»Ob Manfred Thielen einen Zettel mit seiner Telefonnummer in Carlottas Briefkasten gesteckt hätte.«

Paolo nickte und dachte nach. Was sollte er antworten? Was durfte er sagen? Was musste er sagen?

»Sie sollten Vertrauen zu mir haben«, sagte der Hauptkommissar.

»Sagen Sie mir, was passiert ist«, erwiderte Paolo trotzig.

Köhler stand auf und pustete die Kerze aus. »Es hat leider den Anschein, dass Carlotta tatsächlich entführt wurde. Aber es gibt keinerlei Hinweise, wer es war und warum dies geschehen sein könnte.«

»Keine Geldforderung?«

»Nein. Auch keinen anderweitigen Erpressungsversuch. Die Entführer haben keinen Kontakt zu uns aufgenommen.«

»Wann ist es passiert?«

»Vor ziemlich genau achtundvierzig Stunden.«

»Scheiße.« Paolos Miene verzog sich zu einer Schluchtenlandschaft. »Da kann viel passiert sein in achtundvierzig Stunden«, presste er voller Sorge hervor.

»Hören Sie zu, Herr Sandini. Sie haben Kontakt zu Carlottas Vater. Sonst wären Sie heute nicht unten vor dem Briefkasten aufgetaucht.«

Köhler zog eine seiner offiziellen Visitenkarten aus der Jacke, legte sie umgedreht auf den Tisch und schrieb eine Handynummer darauf.

»Das ist meine Privatnummer«, sagte er. »Sagen Sie Herrn Thielen, dass ich mich an ihn erinnere. Dass ich weiß, dass mein alter Chef Schumacher ihn gern gehabt hat, und dass nur ich seine Aufzeichnungen gelesen habe. Deshalb wird auch nicht nach ihm gefahndet. Und in der Pressekonferenz, die ich morgen gebe, werde ich ihn nicht erwähnen. Wichtig wäre, dass er mich umgehend anruft. Egal um wie viel Uhr. Ich werde mein Handy rund um die Uhr in Reichweite halten.«

»Okay«, sagte Paolo nachdenklich.

»Werden Sie ihm dies ausrichten?«

Paolo schwieg.

»Sie können mir vertrauen. Und Herr Thielen auch.«

Paolo schwieg.

»Verzeihen Sie, Herr Sandini. Das Thema ist Ihnen bestimmt nicht angenehm. Wir im KK2 ermitteln im Bereich organisiertes Verbrechen«, tastete sich Köhler in eine bestimmte Richtung vor.

»Ich glaube nicht, dass die italienische Mafia Carlotta entführt hat«, sagte Paolo schnell, als wolle er das Thema zügig abhaken.

»Was macht Sie da so sicher?«

»Die Mafia will Geld und Macht. Und die will ihre Ruhe haben. Wenn die eine deutsche Kommissarin entführen würden, dann gäb's tausend Razzien überall. Das wäre schlecht fürs Geschäft.«

»Klingt logisch.« Köhler fixierte sein Gegenüber, achtete auf jede seiner mimischen Regungen, versuchte den aktuellen Durchmesser seiner Pupillen einzuschätzen.

Paolo spürte diese bohrenden Blicke und wandte seinen Kopf behäbig den Bildern an der Wand zu, um nicht in Köhlers Augen schauen zu müssen.

Jetzt schwiegen sie beide. Köhler folgte Paolos Blick zur Wand.

»Sie haben die Wohnung hier gestrichen, sagten Sie?«

Paolo nickte. »Zusammen mit Antonino, meinem Pizzabäcker.«

»Haben Sie auch schon mal hier in der Küche gesessen?«

»Sicher. Ab und zu bin ich abends vorbeigekommen mit Pizza oder Pasta.«

»Kennen Sie die Bilder da an der Wand?«

Paolo nickte.

»Dahinten ist ein freier Fleck, da hat bis vor Kurzem ein Bild gehangen.« Köhler stand auf und deutete auf die leicht gebleichte Stelle. »Erinnern Sie sich, was das für ein Bild war?«

Paolo dachte nach. Und schwieg.

»Ein Foto? Oder vielleicht eine Zeichnung? Eine gerahmte Postkarte?«

Paolo dachte nach. Und schwieg.

»Keine Erinnerung?«

Paolo schüttelte mit dem Kopf, eher schüchtern als überzeugend.

Köhler ließ sein Gegenüber noch eine Weile schweigend brüten und vor sich hin transpirieren, bis er vorschlug: »Schauen Sie doch mal in Ruhe durch die Wohnung, vielleicht fällt Ihnen irgendetwas auf. Ob etwas fehlt oder etwas dazugekommen ist, ob etwas anders ist, als Sie es in Erinnerung haben. Jedes Detail könnte wichtig sein.«

34

Die Luft war schwer und feucht. Es roch erdig wie in einem Gewächshaus. Zum Glück hatte Lotta keine rheumatischen Probleme. Es wurde Zeit, dass mal wieder jemand die Tür oben öffnete und für Sauerstoffnachschub sorgte.

Lotta hatte die Reste von acht verzehrten Bananen in die Alu-Box des Thairestaurants gedrückt, aber die Verpackung war nicht dicht genug, um den ekelhaften Geruch der faulenden Schalen in sich zu verschließen. Es waren noch drei Müsliriegel, zwei Bananen und anderthalb Liter Wasser übrig. Damit würde sie zur Not vierundzwanzig Stunden auskommen.

Es war jetzt wohl tiefe Nacht, denn sie hatte seit einiger Zeit keinen Zug mehr vorbeifahren hören. Sie ergriff die vorletzte Banane, brach die Schale an ihrer Spitze auf und biss hinein.

Was war, wenn ihr Entführer nicht mehr wiederkam? Wenn er verunglückt war? Wenn man ihn verhaftet hatte und er beharrlich schwieg? Was war, wenn es sich bei dem Täter um einen Psychopathen handelte, dem es Spaß machte, schwangere Frauen verhungern zu lassen? Aufgrund welcher Traumatisierung auch immer.

Nachdem ihre Vorräte verbraucht wären, würde irgendwann dann auch das LED-Lämpchen ausgehen. Und der Sauerstoff.

Natürlich hatte sie ihre Umgebung in den langen Stunden, die sie hier nun schon eingesperrt war, akribisch untersucht. Die Manschette an ihrem Handgelenk würde sie nicht gelöst bekommen, ebenso wenig wie die geschweißte Verbindung mit dem Seil. Die einzige potenzielle Schwachstelle war vielleicht der in der Wand einzementierte Ring am Ende des Seils.

Wenn ihre Lebensmittel verbraucht wären, würde Lotta ein Bein des Campingtischs abbrechen und versuchen, damit den vor nicht allzu langer Zeit angerührten Zement abzukratzen. Millimeter um Millimeter. Vielleicht würde es klappen. Denn in dieser stickigen Luft war er unter Umständen noch nicht vollständig durchgetrocknet.

Falls es ihr auf diese Weise tatsächlich gelingen sollte, den Befestigungsring aus der Wand zu lösen, wäre sie aber immer noch nicht befreit. Denn die Tür, durch die der Entführer heruntergestiegen war, befand sich in etwa drei Metern Höhe, und Lotta hatte gehört, wie zwei Riegel verschoben wurden, bevor sich die Tür geöffnet hatte. Eventuell ließ sich aus den sechs Holzpaletten eine Art Stiege herstellen, über die sie hochsteigen könnte. Dann müsste sie immer noch schauen, ob es eine Möglichkeit gab, die Tür aufzuhebeln.

Wenn sie aber erst mal den Zement weggekratzt und den Befestigungsring freigelegt hätte, könnte sie sich im Raum frei bewegen und ihrem Entführer eine Falle stellen. Natürlich durfte er sie nicht dabei überraschen, wie sie am Zement kratzte. Das könnte ihn zornig machen. Zornige Psychopathen sind gefährlich.

Lotta war es gewohnt, sich zu beherrschen und ihre eigenen Bedürfnisse hintenanzustellen. Ihre Mutter hatte es schwer gehabt, im Schlepptau mit ihr, der damals knapp sechs Jahre alten Tochter, in Sizilien zurechtzukommen.

Die ersten Jahre nach ihrer Flucht waren extrem hart gewesen. Außerdem hatte ihre Mutter ihren flüchtigen Mann, Lottas Vater Manni, sehr geliebt. Das hatte sie ihr mal erzählt. Lotta hatte ihren Vater auch geliebt. Das war ihr immer mal wieder klar geworden. Immer mal wieder. Vor Kurzem noch. Gestern. Plötzlich war sie aus dem Halbschlaf hochgeschreckt und hatte ganz intensiv an ihren Vater denken müssen.

Sie hatte sich daran erinnert, dass sie sich als Kind in seiner Anwesenheit immer absolut sicher gefühlt hatte. Sie war damals felsenfest davon überzeugt gewesen, ihr Vater könnte sofort für jedes Problem irgendeine befriedigende Lösung aus dem Hut ziehen.

Dieses Gefühl war verschwunden, als sie und ihre Mutter nach Italien auswandern mussten.

Wenn Lotta dann später mal mit einem Problem nicht zurechtkam, dachte sie oft: Wie hätte Papa jetzt reagiert?

Manchmal hatte ihr das geholfen.

Als sie dann von Onkel Paolo, mit dem sie unregelmäßig unter großen Sicherheitsvorkehrungen telefonierte, erfahren musste, dass ihr Vater in Polen vergiftet worden war, hatte sie lange geweint. Obwohl sie ihren Vater da schon seit fünf Jahren nicht mehr gesehen oder gesprochen hatte.

Gedanken wie diese stiegen in ihr hoch, wenn sie im Halbschlaf auf den Paletten vor sich hin döste.

Ein bisschen lag das bestimmt auch an ihrer Schwangerschaft. Lotta hatte in Ratgebern gelesen, es sei normal und irgendwie hormonell gesteuert, dass werdende Eltern ihre eigene Kindheit wieder verstärkt reflektierten. War ja auch logisch. Man wollte sich erinnern, wie alles gewesen war, damit man bei dem eigenen Nachwuchs die Dinge vermeiden konnte, unter denen man selbst gelitten hatte, und die wiederholen, die man in angenehmer Erinnerung hatte.

Außerdem neigten schwangere Frauen zu Gefühlsschwankungen, mal mussten sie unvermittelt weinen, mal heftig lachen, mal flippten sie aggressiv aus, mal flehten sie um körperliche Zuneigung.

Solche emotionalen Gemengelagen waren Lotta bisher zum Glück erspart geblieben. Offenbar hatte ihr Hormonhaushalt auf ihre existenzielle Notlage reagiert und für sie keine heftigen Achterbahnfahrten gebucht.

Da war etwas! Sie hob ihren Oberkörper und stellte die Füße auf den Kunstrasen. Sie lauschte nach oben und hörte zaghafte Schritte, die auf Eisenstiegen leise nachhallten. Sie hörte, wie die beiden Riegel bewegt wurden. Sekunden später ging mit einem Ruck die Tür auf, und Lotta schaute in das helle Licht einer Stirnlampe.

»Frau Jefferson!« Die Stimme ihres Entführers klang erleichtert, als der Lichtkegel seiner Lampe sich zu Lotta auf die Bettkante gesenkt hatte.

»Hallo«, sagte Lotta.

Kurz Stille oben. Offenbar hatte der Mann nicht erwartet, eine solche Situation vorzufinden.

»Heben Sie Ihre Hand und spannen Sie die Leine«, sagte er nach einer Weile.

Lotta hob die Hand mit der Manschette und zog die Leine, bis sie an der Wandbefestigung spannte.

»Das ist gut«, sagte er.

»Ich habe Hunger«, sagte sie.

»Kein Problem. Ich hab ein Kotelett und Kartoffelsalat im Rucksack.«

»Das hört sich himmlisch an.«

»Finden Sie?« Es knarzte und polterte oben, und dann senkte sich die Leiter in ihr Gefängnis. Sprosse um Sprosse stieg der Mann mit vorsichtigen Schritten hinab. Er hatte einen Rucksack auf dem Rücken, und aus der Oberschenkeltasche seiner grauen Arbeitshose ragte der Griff einer Pistole. Er trug eine schwarze Wollmütze, die nur seinen Schädel bedeckte. Sein Gesicht war gut zu erkennen. Es war ihm also gleichgültig, dass sie ihn erkennen konnte. Was nicht ungefährlich für Lotta war. Mittelfristig.

Der Mann drückte sich in die hinterste Ecke des Raums und schaute wie ein in die Ecke gedrängtes Raubtier zu ihr herüber.

»Werfen Sie mir den Stuhl rüber«, sagte er.

Lotta erhob sich, packte den Campingstuhl an der Armlehne und warf ihn ihm zu. Er schnappte danach und zog ihn schnell zu sich in die Ecke. Er hatte offenbar großen Respekt vor Lotta. Ihr High-Kick war ihm mit Sicherheit in schmerzlicher Erinnerung geblieben. Er stellte den Stuhl auf, setzte sich und schlug die Beine übereinander.

Er atmete tief ein und tief aus. Es klang wie erleichtertes Seufzen. Offenbar war er zufrieden mit dem, was ihn gerade umgab. Er hob den Rucksack auf seinen Schoß und öffnete ihn mit besonnenen Bewegungen. Er holte eine Papppackung mit zehn Müsliriegeln, drei Flaschen Wasser, ein in Zellophan eingeschweißtes Sixpack roter Äpfel daraus hervor und zum Schluss zwei unterschiedlich geformte Styroporboxen.

Er zog die Pistole aus der Hosentasche und entsicherte sie.

»Ich stelle Ihr Essen jetzt dort ab. Seien Sie vernünftig. Wenn Sie mich angreifen, schieße ich in Ihren Oberschenkel.«

»Keine Sorge«, sagte Lotta milde lächelnd. »ich werde Sie nicht angreifen. Dafür freue ich mich viel zu sehr auf das Kotelett und den Kartoffelsalat.«

Den Griff seiner Pistole fest umschlossen, schob er mit der freien Hand seine Mitbringsel etwa zwei Meter in den Raum und huschte zum Stuhl an die Wand zurück. Er schaute zu Lotta und traf ihren devoten Blick.

»Darf ich?«, fragte sie schüchtern.

»Ja bitte«, antwortete er.

Lotta stand auf und näherte sich leicht gebückt mit langsamen Schritten den Lebensmitteln. Ihr Entführer genoss diese Situation. Er lächelte zufrieden, als er sah, wie Lotta die beiden Styroporkistchen hochhob und auf den kleinen Campingtisch neben der Matratze stellte. Sie klappte die Boxen auf. Im Deckel der Packung mit dem Kartoffelsalat klemmten eine Papierserviette und eine weiße Plastikgabel. Mehr an Besteck gab es nicht.

»Guten Appetit«, sagte der Mann.

»Danke.« Lotta packte das Kotelett an der knochigen Ecke und biss gierig in das kalte, aber saftige Fleisch.

»Schmeckt's?«

»Sehr gut, danke«, presste Lotta zwischen Fleischfetzen hervor.

Sie ließ sich Zeit. Ohne dabei noch mal zu ihrem Entführer hinüberzuschauen, aß sie beide Boxen porentief leer und wischte sich Lippen und Kinn mit der Serviette.

»Das hat gutgetan. Danke.«

»Freut mich.«

Dann schauten sie sich an. Es war kaum Misstrauen oder Angst oder Zorn zwischen ihnen unterwegs. Lottas Strategie schien zu greifen.

»Haben Sie Ihre Forderungen gestellt?«, fragte sie im Ton, wie Kollegen ihn in der Frühstückspause anschlagen, wenn sie in der Schlange vor dem Kaffeeautomaten nebeneinanderstehen.

»Wie meinen Sie das?« Er schien ernsthaft irritiert.

»Sie wollen mit meiner Entführung doch sicher irgendwas erreichen, oder?«

»Natürlich werde ich damit etwas erreichen.« Dies kam sehr schnell aus seinem Mund geschossen – und eine Spur aggressiv. Lotta nickte und schwieg. Sie wartete ab, bis sich der Mann wieder sortiert hatte.

»Ich habe an niemanden Forderungen gestellt«, sagte er schließlich mit leiser, aber eindringlicher Stimme. »*Sie* werden meine Forderungen erfüllen. Sie, Frau Jefferson, Sie allein.«

»Das verstehe ich nicht«, antwortete Lotta in bewusst naiv klingendem Sound.

Der Mann schaute sie eine Zeit lang an. Als würde er überlegen, was er ihr verraten durfte und was nicht.

»Ich werde Sie von nun an duzen«, sagte er völlig unvermittelt.

Lotta zuckte lächelnd die Schultern. »Tun Sie das! Nennen Sie mich Lotta.«

»Ich hatte an ›Carlotta‹ gedacht.«

»Entscheiden Sie.«

»›Lotta‹ gefällt mir auch«, sagte er. »Bleiben wir dabei.«

»Gut. Und wie soll ich Sie nennen?«

Der Mann zögerte und sagte dann: »Timo.«

»Timo?«

»Ja, Timo.« Er beobachtete sie genau.

»Ein angenehmer Name.«

»Finden Sie?« Er schlug sich ertappt auf den Mund. »Findest *du*, wollte ich sagen«, korrigierte er sich wie ein schüchterner Teenager.

»Ja. Gefällt mir. Timo. Ja.«

Der Mann lächelte sanft. Aber dann zuckte sein Oberkörper, als müsste er diese Sanftheit von sich abschütteln. Die Art seines

Lächelns veränderte sich schlagartig, es wurde zu einem bösen Grinsen.

»Ursprünglich hatte ich vor, Dinge zu fordern. Von dir und von deinen Chefs«, sagte er.

»Nun nicht mehr?«

Der Mann steckte die Hand in seinen Rucksack. »Nein«, antwortete er. »Seit ich weiß, dass du schwanger bist, nicht mehr.«

»Wie hängt das miteinander zusammen?«

Timo zog ein kleines Bild aus dem Rucksack und schaute es an. Lotta erkannte einen Rahmen aus hellem Weichholz in seiner Hand. Das Bild darin konnte sie nicht sehen. Nur die Rückseite aus dunkelbrauner Pappe. Genauso ein Rahmen hing in ihrer Küche an der Wand.

Aber etwas war anders an dem in Timos Hand. Die Ecken dieses Rahmens waren dunkelrot gefärbt. Als hätte man sie in Blut getaucht.

»Wo ist dein Vater?«, fragte er mit eisiger Stimme.

Lotta starrte ihn an. »Mein Vater?«

Timo drehte den Rahmen zu ihr, und sie erkannte darin das Lieblingsporträt, das sie von ihrem toten Vater besaß. Ein Schwarz-Weiß-Foto im Halbprofil. Ausnahmsweise hatte ihr Vater mal keine Grimassen geschnitten oder die Zunge rausgestreckt. Es war ein schönes Porträt, in dem Witz, Wärme, aber auch eine gewisse Tiefe verewigt waren. Ihr Entführer hatte es von der Küchenwand genommen und die Ecken rot eingefärbt.

»Mein Vater ist tot«, sagte sie, und sie spürte, wie sich Tränen in ihren Augen versammelten.

»Sicher?«

»Ja.«

»Das ist sehr schade für dich.«

»Ja. Das ist es.«

Timos Stimme klang nun viel höher, fast wie die eines hysterischen Kindes. »Das ist schade, weil ich dich sofort freilasse, wenn du mir sagst, wo er ist.«

Lotta starrte ihn irritiert an. »Das kann ich nicht, weil mein Vater nicht mehr existiert«, sagte sie. »Polnische Studenten haben seinen Körper vor etwa zwanzig Jahren seziert.«

Eine Träne fiel ihr aus dem rechten Auge in den Schoß.

35

Gestern Nacht um elf hatte Paolo angerufen und ihm von seinem Gespräch mit Armin Köhler in Lottas Wohnung berichtet. Der KK2-Boss habe einen ehrlichen Eindruck gemacht. Aber bei Bullen wisse man ja nie.

Der Schwager gab die private Handynummer von Köhler durch und sagte, Karol solle sich umgehend bei dem Hauptkommissar melden, egal um welche Uhrzeit. Der Kripo-Mann habe behauptet, dass nur er Karols Aufzeichnungen kenne und er sie nicht weiterreichen werde. Karol könne sicher sein, dass nichts gegen ihn unternommen werde, bis das Rätsel von Lottas Verschwinden gelöst sei. Dass er sich ihm gegenüber fair verhalten werde, habe der Kripo-Mann betont, sei er seinem alten Chef Schumacher schuldig.

Paolo hatte gerade das Gespräch beenden wollen, als dem Köhler noch eingefallen war, dass der Entführer nämlich höchstwahrscheinlich ein bestimmtes Bild von Lottas Küchenwand mitgenommen habe. Paolo selbst hatte es vor ein paar Monaten dort angenagelt. Es sei ein altes Porträt von Manni, von ihm, also von Karol, gewesen.

Paolo sagte, das habe er dem Hauptkommissar aber verschwiegen. Also wer auf dem verschwundenen Bild drauf war, das habe er verschwiegen.

Karol hatte in der vergangenen Nacht so gut wie nicht geschlafen. Sein Knie war leicht geschwollen und seine Gedankenwelt aufgedreht wie eine Flex auf Koks.

Sollte er diesen Hauptkommissar Köhler wirklich anrufen? Der Mann hatte seine private Handynummer rausgegeben. War das ein Friedensangebot? Musste Karol diese Chance ergreifen, um gemeinsam mit ihm nach Lotta zu suchen?

Wenn der oder die Entführer wirklich Mannis Porträt von

der Wand genommen hatten, dann wies dies in eine Richtung, in der Karol allein nicht ermitteln konnte. Um die nötigen Informationen zu beschaffen, brauchte er die Hilfe der Behörden.

Ihm war klar, dass die Wahrscheinlichkeit, seine Tochter lebend wiederzusehen, von Tag zu Tag geringer wurde. Deshalb musste jetzt dringend etwas passieren.

Laut Paolo hatte die Kripo keinen Kontakt zu den Entführern. Leider. Hätte man Kontakt zu ihnen, könnte man eine Strategie entwickeln. Man könnte Lösegeld beschaffen und die Übergabe planen, man könnte dem Täter Straffreiheit versprechen, wenn er sein Opfer unversehrt aus der Gefangenschaft entließe.

Aber offenbar war nichts in dieser Richtung zustande gekommen. Sonst hätte Köhler es Paolo vermutlich gesagt.

Als Karol am Morgen endlich Stimmen auf dem Hotelflur hörte, rollte er von der Matratze, duschte und rasierte sich. Er zog sich an, packte Toilettensachen und Unterwäsche zu den Berliner Kladden in den Rucksack und die restlichen Klamotten in die Leinentasche.

Er schaute in den Spiegel und musste lächeln. Mehr besaß er nicht. Diese beiden Gepäckstücke und die paar tausend Euro, die an seinem Oberkörper klebten. Das war alles. Keine Frau, keine Wohnung, kein Job, kein Auto. Er war ein Netto-Mann. Bis auf seine Tochter. Und das Haus in Warschau. Aber das zählte nicht. Denn bei dem Objekt war sein Besitzanspruch nicht verbrieft. Deshalb war er trotzdem ein »Nemamiki«, ein Netto-Mann mit Kind.

Er schleppte sein Gepäck vor den Rezeptionstresen und sagte zu der diesmal noch phantasievoller als beim letzten Mal gekleideten Empfangsdame: »Leider muss ich früher abreisen als geplant.«

Da strahlte ihn die Dame mitfühlend an und tippte auf eine Taste ihrer PC-Tastatur. »Das verstehe ich«, sagte sie, »sicher müssen Sie sich um die Erbschaft kümmern.«

»Wie bitte?«

»Es gibt ja so romantische Zufälle!«, flötete sie verzückt. »Sie sind wohl einer dieser Günstlinge des Schicksals!«

»Sorry, aber ich verstehe null.«

»Tun Sie doch nicht so!«, charmierte sie ihn an. »Sie wollen es bestimmt nicht an die große Glocke hängen. Aber keine Sorge! Ich werde Ihnen mit Sicherheit keine Bettelbriefe schreiben.«

Karol ließ die Trageriemen seiner Gepäckstücke zu Boden gleiten und stützte die Ellenbogen auf den Tresen.

»Jetzt mal ganz ohne Quatsch, Frau ... äh?«

»Steinschneider.«

»Wovon reden Sie, bitte schön, Frau Steinschneider? Ich habe keine Ahnung von einer Erbschaft oder von sonst etwas, um das man mich anbetteln könnte. Im Gegenteil.«

»Das ist ja rührend! Wie in einer Sendung auf RTL2.«

»RTL2 kenne ich nicht.«

»Facebook wohl auch nicht!« Jetzt verhöhnte sie ihn.

»Was habe ich mit Facebook am Hut?« Karol verlor langsam die Geduld. »Ich habe weder Computer noch Smartphone.«

Überlegen lächelnd wandte sich Frau Steinschneider ihrer Tastatur zu und hämmerte darauf herum, bis der Monitor mit dem gefüllt war, was sie ihrem Gast präsentieren wollte. »Jetzt kommen Sie mal zu mir rüber, Sie Schelm!«, sagte sie und strahlte ihm schleimig entgegen, als er den Tresen umkurvte. »Das hier hat eine Frau auf der Startseite von Facebook öffentlich gepostet.«

Karol erblickte auf dem Bildschirm ein Foto, von dem er nicht wusste, dass es existierte. Es zeigte ihn am Steuer einer Limousine. Er hatte das Gesicht zum Beifahrersitz gewandt und lächelte in Richtung des Objektivs, das von dort auf ihn gerichtet war. Das Foto war höchstens fünf Jahre alt.

Man konnte ihn zweifelsfrei darauf erkennen. Karol schüttelte ungläubig den Kopf und hob den Blick auf die Blockschrift über dem Foto. »Urgent, urgent! Wo ist dieser Mann?«

»Oh nein«, flüsterte er, als ihm langsam etwas dämmerte.

Frau Steinschneider nahm Abschied von der Vermutung, dass ihr Hotelgast sie verarschen wollte, und änderte ihr Gebaren dahingehend, dass er ihr eigentlich leidtun müsste wegen seiner peinlichen Unwissenheit in puncto Social Media.

»Eine Frau sucht Sie auf Facebook«, erklärte sie geduldig wie eine Sonderschullehrerin, »weil sie nicht weiß, wohin sie eine Erbschaft überweisen soll.«

»Steht da auch irgendwo der Name dieser Frau?«

»Die Facebook-ID ist Silmer. Ihre Mailadresse lautet ›S.mert@aol.com‹. Sagt Ihnen das etwas, Herr Stanjek?«

Karol nickte. »Ja, das sagt mir etwas.«

»Die Frau hat ihr öffentliches Posting mit einem Link versehen.«

Frau Steinschneider klickte mit der linken Maustaste auf eine unterstrichene Kombination von Zeichen und Buchstaben, und sogleich kaperte ein Artikel der Braunschweiger Zeitung den Bildschirm. Fette Überschrift: »Politikerwitwe sucht Ex-Chauffeur«.

Darunter stand ein blumig formulierter Text, den Karols frühere Geliebte offenbar der Gazette in die Feder diktiert hatte. Die in Braunschweig geborene Unternehmensberaterin Silke Mertens suche verzweifelt nach Karol Stanjek, dem ehemaligen Chauffeur ihres Gatten. Der Gesuchte habe polnische Wurzeln, spreche aber akzentfrei Deutsch. Er sei mittelgroß und habe eine sportliche Figur. Ihr kürzlich verstorbener Mann Dr. Raymund Mertens habe Herrn Stanjek großzügig im Testament bedacht, dem zuständigen Amtsgericht aber sei es nicht gelungen, dessen Adresse ausfindig zu machen.

In den Artikel eingefügt war das Porträt, das Silke auch auf Facebook gepostet hatte.

Karol glotzte benommen auf den Bildschirm. Silkes Mann war tot, und sie wollte wieder mit ihm anbandeln? War eine angebliche Erbschaft der Köder, mit dem sie sich ihn angeln wollte? Oder hatte den liberalen Politiker im Angesicht des Todes die Reue gepackt, und er hatte tatsächlich den Mann im

Testament bedacht, der erst sein Leben gerettet und anschließend seine Frau gevögelt hatte? Und dessen rechtes Knie er hatte zerschießen lassen?

Frau Steinschneider schrieb die Mailadresse »S.mert@aol.com« auf einen Zettel und reichte ihn Karol, der den Blick vom Monitor löste und durch die gläserne Eingangstür auf die Yorckstraße hinaus richtete, wo keine Sonne schien.

Im Internet war ein fast aktuelles Foto von Karol Stanjek unterwegs. Irgendein betagter Szenedino würde bald die Ähnlichkeit mit dem angeblich toten Doppelmörder Manfred Thielen feststellen. Oder ein Bulle, ein pensionierter Express-Journalist, ein früherer Zockerkumpel, der gehörnte Freund einer Ex-Affäre. Egal. Er war nun nirgendwo mehr sicher.

Da spielte es auch keine Rolle, dass nur Armin Köhler seine handschriftlichen Aufzeichnungen kannte, wie der Hauptkommissar gegenüber Schwager Paolo beteuert hatte.

Ganz abgesehen von den arischen Brüdern und ihrem Schmetterling in Berlin. Wenn selbst die Rezeptionistin des »1stFloor« in Nippes ihn zufällig geoutet hatte, würde das jedem, der ihn konsequent suchte, erst recht gelingen.

»Das ist ja ein Ding«, sagte er bedächtig. »Vielen Dank für den Hinweis, Frau Steinschneider.«

»Gern geschehen.«

»Können Sie mir bitte ein Taxi bestellen?«

»Sie checken definitiv aus?«

»Ja.«

»Sie haben zehn Nächte bezahlt, waren aber nur vier hier.«

»Manchmal läuft's anders als geplant. Machen wir fifty-fifty?«

»Wie meinen Sie das?«

»Sie geben mir die Hälfte von dem zurück, was ich zu viel gezahlt habe.«

Frau Steinschneider himmelte ihn an. »Das wäre sehr großzügig, Herr Stanjek.«

»So bin ich nun mal«, sagte er schlicht.

»Eine Erbschaft vor der Brust lässt aus dem Rücken Flügel wachsen, nicht wahr?«, schnurrte sie mit Pupillen, so groß wie Ein-Cent-Münzen.

Wenn Karol ihr einen Heiratsantrag gemacht hätte, sie wäre ohnmächtig geworden vor Glückseligkeit.

»Wer weiß, was mir dieser Politiker hinterlassen hat«, gab er zu bedenken, »vielleicht einen Papagei, der rund um die Uhr ›Guten Morgen, altes Miststück!‹ krächzt.«

Der Fahrer des Taxis verstaute Karols Gepäck im Kofferraum und knallte den Deckel zu. Er grinste breit und zeigte dabei große schneeweiße Zähne. Ansonsten war er schwarz wie Herrenschokolade mit achtzig Prozent Kakaoanteil.

»Wohin bitte?«, fragte er bestens gelaunt.

Karol zog die Beifahrertür ins Schloss und schaute durch die Windschutzscheibe in eine diffuse Zukunft.

»Machen Sie schon mal die Gelduhr an.«

Der Mann ließ den Taxameter ticken.

»Wir warten noch?«

»Wir warten noch, ja«, antwortete Karol.

»Auf Frau?«

»Nein. Auf Idee.«

Der Fahrer lachte. »Ich habe Idee. Ich fahre dich zu Frau.«

»Zu deiner?«

Der Fahrer lachte immer noch. »Meine ist in Ghana.«

»Das wäre jetzt ’n bisschen weit.«

»Ja. Sehr weit mit Taxi.«

»Denke ich auch.«

»Andere Frau! Blond, schwarz, gelb, egal. Du Geld, ich Frau.«

»Keine gute Idee«, beendete Karol das Thema.

»Dann warten.«

»Genau.«

Karol schaute zu den drei Motorrädern, die nebeneinander auf dem linken Bürgersteig abgestellt waren.

»Wo kann ich hier in der Nähe einen Roller kaufen?«, fragte er.

»Roller?«

»Motorroller. Brumm, brumm.«

»Ah, kenne ich! Moppenroll.«

»Moppenroll?«

»Kein Problem«, lachte der Fahrer und haute den Gang rein.

Nach knapp zehn Minuten hielt er auf der Escherstraße in der Einfahrt zu einem ansehnlichen Firmengelände. Links und rechts flatterten gelbe Fahnen, die mit »Mop 'n' Roll« beschriftet waren. Der Hof und ein gläserner Ausstellungsraum standen voll mit Mopeds und Rollern.

Karol ließ sich fachkundig beraten und kaufte ein gebrauchtes schwarz-silbernes Modell aus dem Hause Kymco. Der in Taiwan gefertigte Zweitakter hatte fünfzig Kubik Motorvolumen und war über das hellblau beschriftete Kennzeichen hinten am Schutzblech noch bis Ende Februar des kommenden Jahres versichert. Im Paket mit Halbschalenhelm und Klappträger kostete das Zweirad neunhundert Euro in bar. Den Kaufvertrag unterschrieb Karol als Jakub Saltzman. Einen Ausweis wollte der Mop 'n' Roller nicht sehen.

Sein rechtes Knie ließ sich so weit abknicken, dass er beide Füße relativ schmerzfrei nebeneinander aufs Trittbrett stellen konnte, und sein Gesicht war hinter dem leicht getönten Visier des Helms nicht zu sehen. Karol schnürte die Leinentasche auf den Klappträger und zog den Rucksack an. Er war motorisiert und getarnt.

Dafür nahm der Ex-Netto-Mann in Kauf, dass sein Kymco mit Gaszug am Anschlag fünf Minuten brauchte, bis es seine Höchstgeschwindigkeit von zweiundfünfzig km/h erreicht hatte.

Karol steuerte die solide schnurrende Neuerwerbung die Escher Straße hoch bis zur Äußeren Kanalstraße, bog links ab und umrundete die halbe Stadt, bis er über die Mommsenstraße und den Gürtel schließlich den Rhein erreichte. Er nahm nördlichen Kurs und stoppte an der Mauer oberhalb des Rheinauhafens.

Er schaute hinab zu den Schiffen und Schiffchen, die am Steg und den seitlichen Festmachern dümpelten.

Wenn Marie wieder aufgetaucht ist und ich die Zeit im Knast abgesessen habe, kaufe ich ein kleines Holzboot mit Kajüte und bewandere damit alle willigen Gewässer der Republik, dachte er und zog den Zettel aus der Jacke, den er in der vergangenen Nacht mit Stichworten und Ziffern bekritzelt hatte: »Grüne Lodenjacke, mehrfach auffällig, frühmorgens, S-Bahn, U-Bahn, vierzig Jahre, braune Haare, graue Strähnen, Figur normal, vor Opferhaus in Mohrenstraße gesichtet, wohnt Kochstraße 2, 3 oder 4«.

Karol steckte einen Euro in den Schlitz des öffentlichen Münzfernsprechers neben dem Einstieg zum Yachthafen. Er schaute auf seinen Zettel und wählte die Nummer, die Paolo ihm gestern Abend diktiert hatte.

Es dauerte nicht lange, da drang die dynamische Stimme von Hauptkommissar Armin Köhler aus dem Hörer. Karol erinnerte sich sofort wieder an ihren Klang. Alterten Stimmen langsamer?

36

Er nahm den schweren Hammer, einen Meißel, ein Stemmeisen, drei verschiedene Zangen, ein Cuttermesser und ein paar Schraubenzieher von der Wand des Werkraums, den sein Großvater vor fünfzig Jahren im Keller des Einfamilienhauses eingerichtet hatte.

Früher war Walter Grützmacher hier oft mit seinem Sohn kreativ aktiv gewesen. Nebeneinander hatten sie an der Werkbank gestanden und gesägt, geschraubt, geklebt, geschnitzt, gefeilt, geschmirgelt und gepinselt. Aber in den letzten Jahren hatte er den Kellerraum nur noch selten betreten. Wenn etwas im Haus zu machen war, beauftragte er den netten Lars aus der Nachbarschaft, der froh war, sich beim Grützmacher nach Feierabend ein paar Euro extra zu verdienen.

Walter I. packte die Werkzeuge zu einer Taschenlampe in seinen alten Campingbeutel und machte sich mit Walter II. auf den Weg.

Der Rottweiler war die ganze letzte Nacht über sehr aufgeregt gewesen. Er hatte gewinselt und war dauernd zwischen seiner Hütte im Garten und dem Schlafplatz vor dem Sofa im Wohnzimmer hin- und hergependelt.

Als Walter gegen drei Uhr morgens aus dem Fenster seines Schlafzimmers geschaut hatte, stand Walter auf den Hinterläufen und stützte sich mit den Vorderpfoten an der oberen Kante der Mauer ab, die das Grundstück von der Garagenzufahrt des Nachbarn trennte. In jungen Jahren wäre diese Mauer kein Hindernis gewesen, das den kraftstrotzenden Rüden von ausgedehnten Lustreisen hätte abhalten können.

Mit entschlossen federnden Schritten und geschwelltem Brustkorb stapfte der alte Hund voraus und drehte sich immer mal wieder zum Herrchen um, als wolle er ihn auffordern, die Schrittfrequenz doch bitte etwas zu erhöhen.

Aber Walter ließ sich von Walter nicht aus der Ruhe bringen. Ob sie nun fünf Minuten früher oder später an dem seltsamen Bahnwärterhaus ankämen, spielte für ihn keine Rolle. Er war Rentner, und Rentner hatten Zeit.

Am Bahndamm entlang, vorbei an den zugewachsenen Schrebergärten, an der leeren Schafsweide, an der Einmündung des Wegs, der zu den Sportplätzen führte, bis hin zu dem losen Gittertor, durch das man über das Gleis steigen konnte, um zu dem Flachbau zu gelangen.

Walter I. schob das angelehnte Gatter auf, durch das Walter II. mit sabbernden Lefzen auf den Basaltschotter sprang, bevor er hinter der Rückwand des Flachbaus verschwand.

Walter wollte seinem Namensvetter gerade folgen, als er von links einen Zug nahen hörte. Ehrfürchtig blieb der ehemalige Straßenbahnfahrer vor dem Gleis stehen und ließ eine kolossale Lok und dreizehn Güterwagen an sich vorbeidonnern. Die Kinnspitze leicht angehoben, die Hände zusammengelegt auf dem gereckten Rücken, stand er da wie ein General, der die Parade seiner Garnison abnahm.

Als sich sein Blick vom letzten Waggon verabschiedet hatte, stieg er über die noch leicht vibrierenden heißen Schienen und schaute auf der Rückseite des Flachbaus in den offen stehenden Raum, in dem irgendwann Obdachlose gehaust hatten.

In der Mitte des Raums befand sich eine schwere Eisenplatte, die vor nicht allzu langer Zeit gehoben worden war. Das sah Walter auf den ersten Blick, denn sie war deutlich sauberer als noch vor ein paar Wochen, und die Seiten und Kanten standen etwas aus dem Betonboden hervor.

Der Rottweiler war aufgeregt wie ein Kind, das es nicht erwarten konnte, bis Sankt Nikolaus endlich den Raum betrat. Immer wieder pochte er mit der rechten Pfote auf das Eisen und sabberte Speichel.

Walter I. lächelte Walter II. mitfühlend an. Aber dabei erblickte er etwas am Maulwinkel des Rottweilers, das ihn irritierte. Walter machte einen schnellen Schritt und kniete vor dem

Tier nieder. Es war ein Fleischfetzen, der am Eckzahn seines Lebensgefährten hing.

»Was haben wir du denn da?«, fragte er besorgt und griff mit beiden Händen in Walters Maul. Die eine stabilisierte den Unterkiefer, mit der einen zog er den Oberkiefer hoch.

Das Gebiss des betagten Tieres war kein schöner Anblick. Einige Zähne fehlten, einige waren teilweise zersplittert, von Karies ausgehöhlt oder abgebrochen. Alle waren sie braun und verdeckt. Am unteren rechten Eckzahn hing ein Streifen Fleisch, frisches rotbraunes Fleisch, vermutlich Rindfleisch, und daran klebte eine bräunliche Masse, die aussah wie Nutella.

»Was hast du denn da gefressen, du dummer Junge!«, schimpfte Walter. Aber Walters Schimpfen war kein wirkliches Schimpfen. Es war die besorgte Reaktion auf den Schock, der ihm in die Glieder gefahren war, als er Walters Maul geöffnet hatte. Er zog das klebrige Fleisch von Walters Eckzahn und steckte es in die Außentasche seines Campingbeutels. Walter Rottweiler schaute zu ihm hoch. Walter Grützmacher umfasste zärtlich die vollgenässten Lefzen und flüsterte: »Was machst du nur für Sachen, Walter!«

Er sah, wie die Abenteuerlust aus den Augen des Tieres verschwand und sich das entstandene Vakuum mit stumpfer Apathie füllte.

»Komm!«, flüsterte Walter I. »Vielleicht ist es noch nicht zu spät.« Er fasste Walter II. am Halsband und zog ihn aus dem Raum.

Neben einem verwilderten Fliederbusch lag im Unkraut eine rohe Rinderroulade. Er ließ Walters Halsband los und hob das Fleischstück vor seine Nasenhöhlen. Es roch nicht ungewöhnlich. Nicht mal faulig.

Als er den Fleischlappen aufwickelte, floss ihm die schokoladenartige Creme, mit der die Roulade eingeschmiert war, auf die Hände.

Er steckte den Giftköder zu dem Fleischfetzen in die Außentasche des Campingbeutels, wischte seine Hände am Unkraut ab und zog den hektisch hechelnden Rottweiler hinter sich her über das Gleisbett.

Die Schritte des schweren Tieres wurden kleiner und wackliger. Seine fast schwarze Zunge schlackerte unkontrolliert aus dem geöffneten Maul.

Der Hund wankte wie betrunken, knickte mit den Hinterläufen ein, fing sich wieder und trippelte weiter.

Walter I. zog mit sanfter Gewalt am Halsband, aber auch er wurde kurzatmiger. Wie feste Bänder legten sich Sorge und Aufregung um seinen Brustkorb und nahmen seiner Lunge das nötige Volumen.

Endlich hatten sie den Wendebereich erreicht. Es waren nur noch wenige Meter bis zur Mündung des Schotterwegs in die Neusser Straße zurückzulegen, als Walter aufjaulte und zur Seite kippte.

Er streckte die Beine von sich, und sein massiger Körper zuckte wie unter starken Stromschlägen.

»Verlass mich nicht, Walter!«, flehte Walter. »Halt durch! Du wirst das schaffen! Halt durch! Ich bin gleich wieder da!«

Er ließ das Tier liegen und eilte nach Hause.

Nach wenigen Minuten kehrte er mit seiner Schubkarre zurück. Der Atem des Tiers war schwach, aber regelmäßig, sein Blick leer, die Augäpfel schimmerten gelblich, aus seinen Maulwinkeln sickerte bräunlicher Schleim.

Mit aller Kraft, die noch in seinem Körper steckte, hievte der Rentner den schweren Körper in die Schubkarre und schob die Last den leichten Anstieg zur Neusser Straße hoch.

Die Tierarztpraxis befand sich zum Glück nur zweihundert Meter stadteinwärts. Walter kannte den Tierarzt, und der Tierarzt kannte die beiden Walter.

Als der Rentner ins Foyer der Praxis gestolpert kam und jammerte, sein Walter liege vor der Tür im Sterben, waren sofort die beiden Praxishelferinnen aufgesprungen, hatten Walter aus der Schubkarre gehoben und im Behandlungszimmer auf den OP-Tisch gelegt.

»Er hat Giftköder gefressen!«, stammelte Walter, während er die rechte Vorderpfote des besten Freundes an sein Herz drückte.

»Alles wird gut, Walter«, flüsterte er immer wieder. »Alles wird gut.«

Der Arzt gab dem Hund eine Narkosespritze und schob Schläuche in Walters Darm und Speiseröhre. Es dauerte nur ein paar Minuten, bis das Verdauungssystem gründlich entleert war. Der Arzt spülte nach und schaute auf die Fleischstücke, die Walter im Campingbeutel mitgebracht hatte. »Rindfleisch mit Giftköderpaste, wie sie in Rattenfallen eingesetzt werden.« Fassungslos schüttelte der Tierarzt den Kopf. »Schrecklich, dass es Menschen gibt, die so etwas an öffentlichen Wegen auslegen.«

»Hat Walter eine Chance, zu überleben?«, stellte Walter Grützmacher die Frage aller Fragen.

Der Arzt legte eine Hand auf die kräftige Flanke des narkotisierten Hundes und massierte die Muskulatur. »Ich weiß es nicht«, antwortete er in gefasstem Ton. »Walter ist nicht mehr der Jüngste, und niemand weiß, wie viel Gift schon in seine Blutbahn gelangt ist.«

»Er muss überleben.«

»Ich hoffe es sehr. Für euch beide.«

Der Arzt ließ den Hund los und legte seine Hand auf Walters Schulter. »Reden Sie mit ihm. Machen Sie ihm Mut. So etwas hilft.«

»Das werde ich tun.«

»Ich setze Walter jetzt drei Spritzen, und für zu Hause gebe ich Ihnen Tabletten mit. Alle zwei Stunden muss er eine schlucken.«

»Das wird er«, sagte Walter tapfer. »Wann sind wir über den Berg? Nach vierundzwanzig Stunden?«

»Das kann ich so nicht sagen. Das Gift zersetzt Leber und Nieren. Auch Ratten sterben daran oft erst nach Tagen. Nachdem sie innerlich vertrocknet sind.«

»Wer so grausam ist«, sagte Walter leise, »der hat es nicht verdient, zu leben.«

Der Arzt wandte sich zur Tür des Behandlungsraums. »Wenn Sie möchten, kann Walter die Nacht über hierbleiben.«

»Ich auch?«

»Nein, das geht aus versicherungstechnischen Gründen leider nicht.«

»Dann nehme ich ihn mit zu mir.«

»Das entscheiden Sie, Herr Grützmacher«, sagte der Tierarzt. »Ayla und Emily helfen Ihnen, Walter nach draußen zu bringen.«

37

Auf dem Bürgersteig am Klingelpützpark stellte Karol den Kymco ab, zog die Gurte seines Rucksacks fest, schnürte die Leinentasche vom Klappträger und hinkte los.

Vor Haus Nummer 5 in der Plankgasse blieb er stehen und drückte auf die mit »Saloon« beschriftete Schelle. Der Summer ertönte, das Schloss sprang auf, Karol betrat die knarzende Treppe, stieg mit schweren Schritten in den dritten Stock und pochte an die Tür. Es dauerte nicht lange, da wurde sie so weit geöffnet, wie es eine Türkette zuließ, und im Spalt wurde etwa ein Drittel von Ritas Gesicht sichtbar. »Hossa!«, schallte es ins Treppenhaus hinaus, und die Türkette rasselte.

Rita trug einen Morgenrock aus fliederfarbener Seide, auf dem Kopf eine kabellose Föhnhaube und an den Füßen Badeschlappen aus mintgrünem Frottee.

»Überrascht?«, fragte Karol lächelnd.

»Nö«, antwortete Rita. »eigentlich nicht. Komm rein, alter Zechpreller.«

Sie ließ Karol über die Schelle treten und schaute grinsend auf die beiden Gepäckstücke, die ihr Gast in die Diele schleppte.

»Hat deine Alte dich rausgeschmissen?«

»Ich hab keine Alte. Und keine Neue.«

»Wer weiß?« Rita legte ihre kleine Hand an seine Wange und formte aus ihren knallrot geschminkten Lippen eine saftige Erdbeere.

»Kann ich ein paar Tage bei dir bleiben?«, fragte Karol.

Rita ließ ihn los, ging zum Ende des Flurs und öffnete die Tür zum Schlafzimmer. Karol folgte ihr und stellte sein Gepäck neben das herzförmige Bett auf den flauschigen Webteppich. Rita befreite ihre roten Haare von der Föhnhaube. »Was ist passiert, Manni-Jerry?«

»Ich erzähle es dir später in Ruhe, okay?«

»Wann immer du willst.«

Karol zog seine Jacke aus und hängte sie an den Kleiderständer zu allerlei Negligés, Seidenbodys und Morgenröckchen.

»Ich möchte klare Verhältnisse«, sagte er. »Ich bin dir sehr dankbar, wenn ich bei dir untertauchen kann, aber ich zahle dafür. Nein, keine Widerrede! Ich fühle mich besser damit, glaub mir. Fünfzig Euro die Nacht und fünfzig für den Tag. Ich zahle bar und im Voraus.«

Rita klimperte mit ihren Augendeckeln und nickte frech. »Hört sich an wie ein Befehl.«

»Das ist ein Befehl.«

Sie lächelten sich an.

»Sonderposten werden extra berechnet«, sagte Karol.

»Sonderposten? Hört sich nach bizarren Sexspielchen an«, hauchte sie und öffnete den Knoten des seidenen Bands, das ihren Morgenrock zusammenhielt.

»Kennst du dich im Internet aus?«

»Cybersex?«, schmollte Rita übertrieben enttäuscht. »Ist das nicht nur was für einsame Herzen?«

Karol trat zu ihr heran und legte seine Hände an ihre zerbrechliche Taille. »Rita, ich brauche deine Hilfe«, sagte er. »Meine Tochter ist entführt worden. Ich muss sie wiederfinden.«

»Warum hast du das nicht gleich gesagt?« Rita knotete ihren Morgenrock wieder zu und flitzte aus dem Raum. Sekunden später kam sie mit einem silbernen iBook zurück, schob drei Kissen zu einer Rückenlehne zusammen und hüpfte auf ihr Bett. Sie schlug die Beine übereinander, klappte den Laptop auf und schaute Karol voller Tatendrang entgegen.

»Lass kommen, großer Meister!«

»Kannst du mir eine Mailadresse einrichten?«

»Kein Problem. Web.de, Hotmail, gmx? Wie hätten Sie's denn gern?«

»Was Anonymes.«

»Anonym sind die alle. Wenn's dir egal ist, nehmen wir gmx.« Sie tippte auf der Tastatur herum und schaute zu ihm rüber. »Setz dich doch. Kriegst ja Wasser in die Füße, wenn du die ganze Zeit stehst.«

Karol zog die Schuhe aus, nahm seinen Notizzettel aus der Jackentasche und pflanzte sich neben Rita in die Kissen.

»Wie soll das Kind denn heißen?«

»Welches Kind?«

»Du brauchst einen Namen. Kann irgendwas sein.«

»Schlag was vor.«

Rita schaute ihn an, hob die Hand und streichelte über seinen schlohweißen Stoppelkopf.

»Melatenblond?«

»Geht das?«

»Wenn es noch kein anderer genommen hat, geht das, klar.« Sie tippte etwas ein und hob kurz darauf den Daumen in die Höhe. »Melatenblond@gmx.de ist fix und gesichert. Jetzt brauchst du nur noch ein Zugangswort. Egal was. Mindestens sechs Zeichen.«

Karol dachte nach.

»Das kann doch nicht so schwer sein«, drängte Rita.

»Sandini?«

»Warum nicht? Wie man's spricht? ›Sand‹ und ›ini‹?«

»Genau.«

Ritas flinke Finger huschten über die Tastatur, dann schaute sie stolz zu Karol und schob ihm ihr iBook auf die Oberschenkel. »Kannst gleich loslegen. Hier oben gibst du die Adresse ein, und hier unten kannst du schreiben.«

»Bist ein Schatz«, sagte Karol und zielte mit den beiden Spitzen seiner Zeigefinger vorsichtig auf die Tastatur. Er schaute auf seinen Notizzettel und tippte die Mailadresse von Silke Mertens, die ihm die Rezeptionistin im »1stFloor« notiert hatte. Er schaute auf und überlegte einen Moment, dann hackte er beherzt drauflos.

Hallo Silke! Es geht um das Leben meiner Tochter. Bitte lösch alle Fotos und Infos von mir, die du ins Internet gestellt hast. Danke.
Karol

Er hob die beiden Finger von der Tastatur und schaute zu Rita.

»Fertig?«, fragte sie. Karol nickte, und sie griff rüber und klickte auf »Senden«.

»Danke.«

»Gern geschehen. Noch eine?«

»Ja, bitte.«

»Drück mit der Maus da oben auf ›Neu‹. Und fertig.«

Karol folgte ihrem Hinweis und schaute wieder auf seinen Zettel. »RELHE-O.K.@netcologne.de«, gab er ein, und Rita lehnte sich neugierig an seine Schulter, um bessere Sicht auf den Bildschirm zu haben.

»Was ist das denn für 'ne Adi?«, fragte sie kopfschüttelnd.

»Der ist ein ganz Gewitzter«, erklärte Karol. »Sein Name ist Köhler.«

Rita schaute einen Moment auf die Buchstabenkombination, dann hatte sie es geschnallt. »Aha, Relhe-o.k., Köhler von hinten!«

»Genau.«

»Ist der schwul?«

»Nee, Kripo-Kommissar.«

»Das muss sich nicht ausschließen.«

»Jetzt lass mich bitte mal kurz nachdenken.«

Rita kuschelte sich an seine Seite und seufzte beseelt. »Ich liebe Männer, die nachdenken.«

Karol konzentrierte sich, ließ die Zeigefinger kreisen und stieß zu.

Hallo Herr Köhler,
schreiben Sie mir an diese Mailadresse, was wir am Telefon besprochen haben. Nämlich dass Sie nichts gegen mich

unternehmen, bis das Verschwinden meiner Tochter geklärt ist. Wenn ich diese Aussage im Mailbriefkasten habe, können wir uns treffen. Ich habe eine Spur. Die Zeit läuft ab. Sie müssen mir helfen, Marie zu finden.

Gruß
Karol Stanjek

Noch was: Halten Sie mich mit Berlin auf dem Laufenden.

Karol klickte auf »Senden«.

»Das war's fürs Erste«, sagte er.

Rita beugte sich halb über seinen Oberkörper, um an die Tastatur zu gelangen. »Ich hab noch ein paar Filme von früher da«, sagte sie.

»Von früher? Aus deinem Saloon?«

Rita tippte herum, und ein spießiges Wohnzimmer öffnete seine Pforten. Auf dem Sofa saß eine dralle Blondine, die sich von einem muskulösen Klempner aus dem BH helfen ließ und dabei ergriffen schwäbelte: »Schie mache dasch viel bescher alsch mei Mann ... huhhdele ... huhh.«

»Unter Filmen von früher hatte ich mir eigentlich was anderes vorgestellt«, sagte Karol.

Rita schob ihre Hand unter sein T-Shirt, umkurvte geschickt die auf seinem Brustkorb verklebten Geldscheintütchen und nahm Kurs auf seinen Bauchnabel

»Früher, meine ich«, schnurrte sie, »weil wir das früher genauso gemacht haben wie die in dem Film.«

»Bist du sicher?«

»Hundertpro«, antwortete Rita. »Die gehen gleich ab wie Apollo 13.«

38

Nach seinem letzten Besuch bei Lotta hatte er wie in Trance seine mit Hundekacke besudelten Turnschuhe angezogen und war auf dem Mountainbike den Bahndamm entlanggeradelt, vorbei an seinem geparkten Kastenwagen, rechts die Neusser Straße hoch bis weit hinter die Kreuzung Militärring.

Es war drei Uhr morgens, die Welt mondlos und menschenleer. Er wusste genau, was ihm passiert war. Nicht weil er das Gefühl kannte. Bewusst kannte. Er hatte immer gewusst, dass dieses Gefühl irgendwo in seinem Inneren verborgen war. Aber den Schlüssel, mit dem sich diese Schatulle öffnen ließ, hatte er in seinem bisherigen Leben noch nicht gefunden. Bis vor einer Stunde. Im Verlies eines ehemaligen Luftschutzbunkers fünf Meter unter der Erde war dieser Schlüssel versteckt gewesen.

Timo hatte sich in Lotta verliebt. Er spürte es in jeder Faser seines Körpers. Was änderte das an seinen Plänen? Er hatte sich auf die Bank hinter der geschlossenen Exxon-Tankstelle gesetzt, auf der tagsüber Trucker picknickten, und versucht, seine Gedankenwelt zu ordnen.

Wie sich sein Leben doch verändert hatte seit jenem Morgen, an dem sein Chef ihm auf dem Firmenhof gesagt hatte, er solle sich bei dem Bonner Notar Dr. Karl Gillessen melden.

Timo hatte sein Apartment in Bickendorf formlos vom Vormieter übernommen und dessen Dauerauftrag gleich mit. Für die Hausverwaltung war das kein Problem. Offiziell gemeldet aber war er weiterhin in Stommeln bei seinen Adoptiveltern, mit denen er schon seit vielen Jahren keinen Kontakt mehr hatte. Es war also gar nicht so einfach, ihn ausfindig zu machen. Wenn ein Notar aus Bonn sich also die Mühe gemacht hatte, ihn über die Sozialversicherung oder sonst wie als Angestellten von KabelCom zu ermitteln, dann musste etwas Wichtiges dahinterstecken.

Der Notar war freundlich am Telefon gewesen, er hatte Timo gebeten, sich mit ihm bei einer bestimmten Adresse in Bad Neuenahr zu treffen. Das Haus, zu dem ihn sein Navi leitete, war das Hospiz im Ahrtal.

Der Notar hatte ihn im Foyer empfangen, und gemeinsam waren sie zu einem Ein-Bett-Zimmer gegangen, in dem eine zierliche Frau schlief. Der Notar hatte sich zu ihr hinabgebeugt und leise gesagt: »Frau Weimer, Ihr Besuch ist da.«

Die grauhaarige Frau hatte Timo aus tief liegenden dunklen Augen angestarrt. Dann hatte sie gelächelt, als wäre sie zufrieden mit dem, was sie sah.

Sie hatte ein puppenhaftes Gesicht, das fast in dem bauschigen Kopfkissen versank. Ihre gelbe Haut spannte sich straff vom Kiefer über ausgeprägte Wangenknochen bis hoch zu ihrer Stirn. Sie hatte keine Falten, und ihre Lippen waren schmal und bleich. Ihr Alter war schwer zu schätzen. Sie konnte siebzig Jahre alt sein, aber auch erst dreißig.

»Willst du dich setzen?«, fragte sie mit leiser Stimme, als der Notar den Raum verlassen hatte. »Lautes Reden strengt mich an.«

Timo wusste beim ersten Blick in ihr Gesicht, wer diese Frau war. Sie hatte die gleichen Augen wie die, die ihn jeden Morgen aus dem Spiegel anschauten.

Er setzte sich auf die Bettkante, und die Frau lächelte ihn an.

»Ich habe Krebs«, sagte sie. »Überall in mir. Bald ist mein Leben vorbei. Deshalb habe ich den Notar, der damals schon für deinen Vater gearbeitet hatte, gebeten, nach dir zu suchen.«

»Du bist meine Mutter«, sagte er und spürte in dem Moment, als diese Worte seinen Mund verließen, einen stechenden Schmerz in seiner Brust. »Wo warst du die ganze Zeit?«

»Gib mir bitte deine Hand. Dann fällt es mir leichter, auszusprechen, was ich aussprechen muss.«

Unter dem gesteiften Betttuch schob sich die kleine knorrige Hand seiner Mutter hervor, und Timo legte sie vorsichtig in seine.

»Ich war achtzehn, als ich dich geboren habe«, begann Shanna Weimer leise. »Dein Vater war ein starker und reicher Mann. Er stammte aus Kiew und war im Westen sehr erfolgreich. Er baute eine große Organisation auf und verdiente sehr viel Geld. Einen großen Teil davon schaffte er in seine Heimatstadt zurück und ließ es dort von seinen Brüdern investieren und verwalten. Ich war Shanna Gudiaschwili, ein Mädchen aus Georgien, das ein Menschenhändler nach Köln verschleppt hatte. Dein Vater lernte mich kennen, und ich durfte seinen Haushalt führen. Nach deiner Geburt hat er gesagt, er würde mich heiraten. Aber er hatte zu viel zu tun. Er war immer unterwegs. Er machte überall Geschäfte. Gefährliche Geschäfte. Du warst dreizehn Monate alt, als er getötet wurde.«

Shanna brach ab und versuchte zu schlucken, was ihr große Schmerzen bereitete. Timo hob das halb volle Wasserglas vom Nachttisch und setzte es behutsam an ihre ausgetrockneten Lippen. Seine Mutter lächelte dankbar und nahm kleine Schlucke.

»Das Jugendamt hat dich mir weggenommen und zur Adoption freigegeben«, fuhr sie fort. »Ich musste zurück nach Georgien. Mein Visum war abgelaufen. Über eine Vermittlung aber habe ich einen deutschen Mann kennengelernt. Er hat mich geheiratet. Am Anfang war Gerd Weimer ein guter Mann. Dann hat er mich betrogen und verlassen. Ich habe eine Ausbildung gemacht und hier im Kurzentrum ältere Gäste betreut.«

»Warum hast du dich nicht bei mir gemeldet?«, fragte Timo, dem bitterer Saft aus dem Magen in den Mund gestiegen war.

»Das Jugendamt hat mir den Namen deiner Adoptiveltern nicht genannt. Sie meinten, das sei nicht gut für dich.«

»Was wissen diese Arschlöcher, was gut für einen ist«, zischte Timo.

»Das hört sich an, als hättest du kein gutes Leben gehabt«, sagte Frau Weimer mit schwächer werdender Stimme.

»Mein Leben war scheiße.«

»Das tut mir leid.«

»Wer war mein Vater?«

»Sergej Barischov.«

»Er war stark und reich, hast du eben gesagt.«

»Ja, das war er.«

»Wer hat ihn getötet?«

»Schau in die Schublade«, flüsterte seine Mutter. »Ich hab was für dich vorbereitet.«

Timo öffnete die Schublade des Nachtschränkchens und holte einen Schnellhefter daraus hervor. Fein säuberlich hatte seine Mutter alte Zeitungsberichte über die Morde an Sergej B. (43) und Dr. Norbert R. (62) ausgeschnitten, auf Papierbögen geklebt und in Klarsichtfolien gesteckt. In beiden Fällen war der Täter ein dreiunddreißigjähriger Kölner namens Manfred Thielen, nach dem europaweit gefahndet wurde. Der Fall war damals eine große Nummer im Blätterwald: »Doppelmord im Mafia-Milieu ... Morde ein Missverständnis? ... Hielt der Täter die Opfer für die Mörder seiner Tochter? ... Ehefrau (32) und Tochter (5) verzweifelt ...« Es waren mehrere Fotos von Manfred Thielen veröffentlicht worden. Timo blätterte weiter zu zwei kleineren Berichten darüber, dass es auch nach drei Wochen noch keine Spur des flüchtigen Doppelmörders gebe. In der letzten Klarsichtfolie steckte ein kleiner Artikel aus dem Kölner Express, in dem stand, der seit fünf Jahren flüchtige Doppelmörder Manfred Thielen habe sich in Polen mit selbst gebranntem Schnaps vergiftet.

Timo war aufgestanden und hatte aus dem Fenster in den kleinen Park des Sterbeheims hinausgeschaut.

Vor den Blumenbeeten standen Rollstühle, in denen faulende Hülsen menschlichen Lebens kauerten. Seine Mutter hatte ihn mit achtzehn Jahren zur Welt gebracht, er war jetzt fünfundzwanzig. Das bedeutete, diese sterbende Frau in seinem Rücken war erst dreiundvierzig Jahre alt, zerfressen vom Elend eines unwürdigen Lebens, für das nur ein Mann verantwortlich war. Manfred Thielen, der Mörder seines Vaters.

Dieser Teufel hatte nicht nur seinen Erzeuger getötet, er

hatte auch das Leben seiner Mutter zerstört. Und wie wäre sein eigenes Leben verlaufen als Sohn eines starken und reichen Vaters? Timo hätte in einem Penthouse am Rhein residiert, anstatt in einem Drecksloch in Bickendorf zu hausen. Sein Vater hätte seine Karriere als Rennfahrer finanziert und ihm eine perfekte Kfz-Werkstatt eingerichtet.

In den Zeitungsartikeln stand, sein Vater sei ein gefürchteter Unterweltboss gewesen. Welchen Respekt hätte Timo das eingebracht! Statt der dauernden Hänseleien in der Schule, weil sein frühverrenteter Adoptivvater Anton Neufert bei einem Arbeitsunfall im Chemiewerk ein Auge, die Nase und ein Ohr verloren hatte.

Timo stand am Fenster und drehte sich zu seiner Mutter um, die aussah wie tot.

Noch nie hatte er in seinem Leben einen tieferen Sinn gesehen. Doch jetzt spürte er, wie seine wahre Bestimmung in ihm wuchs und seine Sinne eroberte. Vergeltung. Rache. Blut mit Blut.

Ein ekelhafter Geruch stieg von den Schuhsohlen zu seiner Nase hoch. Er stand von der Bank auf und trat gegen die Rückwand der Tankstelle. Aber die Hundescheiße klemmte fest im Sohlenprofil.

Morgen würde er beim Norma Rouladen aus Rindfleisch kaufen und sie mit dieser besonderen Schokopaste spicken. Als im Keller eine Rattenplage ausgebrochen war, hatten die Mietkiller der Firma Rentokill zwölf schwarze Köderboxen aufgestellt und das Problem damit relativ schnell behoben. Die Boxen aber blieben in den dunklen Nischen stehen. Timo hatte vier davon geknackt und verwahrte die unangetasteten Köderballen in einer zugeknoteten Plastiktüte. Für alle Fälle. So ein Fall war nun eingetreten. Kein Hund dieser Welt sollte ungestraft seine Schuhe versauen.

Nach dem Gespräch im Hospiz hatte er seine Mutter umarmt und ihr geschworen, das Unrecht zu rächen, das ihr dieser Manfred Thielen angetan hatte.

Als Techniker in der schnieken Jacke der seriösen Telekom war es kein Problem gewesen, den entscheidenden Computer im Kölner Standesamt zu entern. Es lag tatsächlich eine offizielle polnische Sterbeurkunde von Manfred Thielen vor. Wobei es Timo, schon als er im Hospiz die Zeitungsnotiz gelesen hatte, höchst seltsam vorgekommen war, dass ein flüchtiger Killer aus Deutschland sich angeblich mit giftigem Schnaps ins Jenseits befördert haben sollte.

Aber Thielens damals fünfjährige Tochter Marie war auch in einigen Artikeln erwähnt worden. Heute müsste sie eine fast dreißigjährige Frau sein. Laut Angaben im Computer des Standesamts war Thielen verheiratet gewesen mit einer Marlena Sandini. Die gemeinsame Tochter war am 15. Januar 1989 auf den Doppelnamen Marie Carlotta getauft worden.

Die Spur von Mutter und Tochter Sandini aufzunehmen war mühsam, aber schließlich hatte er nach unzähligen Suchanfragen herausgefunden, dass eine Marlena Sandini in Catania auf Sizilien einen britischen Staatsbürger namens Nigel Jefferson geheiratet hatte.

Als Timo nun die möglichen Namenskonstellationen Marie Jefferson, Marie Sandini, Carlotta Jefferson und Carlotta Sandini durch alle möglichen Suchmaschinen jagte, stieß er schließlich auf den vier Jahre alten Facebook-Eintrag eines Studenten der Fachhochschule für öffentliche Verwaltung in Köln, der einer Kommilitonin namens Carlotta Jefferson zum bestandenen Bachelor gratulierte.

Damit war die Arbeit getan, denn herauszufinden, dass Thielens Tochter mittlerweile Kommissarin beim KK2 war, bereitete Timo genauso wenig Probleme, wie die Kundendateien der Telefonnetzbetreiber zu hacken, um auf diesem Weg zu Carlotta Jeffersons Adresse in Nippes zu gelangen.

In ihren Adern floss Manfred Thielens Blut, und das musste vergossen werden, um das Blut zu rächen, das in Sergej Barischovs Adern geflossen war.

Der Weg über die Tochter wäre der indirekte. Aber vielleicht gab es ja doch noch den direkten. Denn Timo glaubte nicht an die Gifttod-Story. Dieser Thielen hatte seinen angeblichen Tod mit Sicherheit nur inszeniert. Und seine Tochter, die abgebrühte Kripo-Schlampe, wusste mit Sicherheit darüber Bescheid.

Also reifte in Timo der Plan, die junge Kommissarin zu entführen, um aus ihr den aktuellen Aufenthaltsort ihres Vaters herauszupressen.

Als Timo dann aber eher zufällig mitbekommen hatte, dass sie schwanger war, dass sie einen Sohn zur Welt bringen würde, überdachte er seinen Plan. Denn falls Thielen ja doch tot war, gab es nun bald seinen direkten männlichen Nachkommen, einen Enkelsohn, an dem Timo seine Rache vollstrecken konnte.

Egal, wessen Blut er letztendlich vergießen würde, er musste Carlotta Jefferson auf jeden Fall in seine Gewalt bringen. Das war ihm gelungen. Abgesehen von dem brutalen High-Kick sogar relativ problemlos.

Er hatte an alles gedacht, nur nicht daran, dass sich dieses ungekannte Gefühl in ihm einnisten würde. Wie könnte er das Baby der Frau schlachten, die er liebte?

Am Morgen war er schon um sieben Uhr aufgestanden, denn sein Chef hatte ihm per SMS eine lange Liste mit Aufträgen zugeschickt, zwei davon zum Glück im Kölner Norden. Zwischen diesen beiden hatte er Rinderrouladen gekauft, das Fleisch mit der Rattenpaste präpariert und hinter dem Flachbau am Bahndamm ausgelegt.

Zu Lotta würde er erst heute Nacht wieder hinuntersteigen, um dann mit ihr die gemeinsame Zukunft zu besprechen.

39

Zwanzig Minuten vor der verabredeten Zeit stellte Karol seinen Kymco am Deutzer Bahnhof ab und schaute rüber zum mexikanischen Café Especial. Wenn er sich recht erinnerte, ging davor halblinks die Constantinstraße ab.

Keine halbe Stunde nachdem Rita ihm die Mailadresse eingerichtet hatte, waren seine beiden Nachrichten kurz hintereinander beantwortet worden. Silke Mertens hatte geschrieben, sie fände es schön, wenn er sie auf der eingefügten Handynummer mal anrufen würde. Sie habe alle ihn betreffenden Infos und Fotos aus dem Netz gelöscht und wünsche ihm alles Gute bei der Suche nach seiner Tochter. Außerdem hatte sie ihn gebeten, ihr seine Kontonummer mitzuteilen. Nach kurzer Überlegung tippte Karol die Bankdaten von Carlotta Jefferson ein. Ohne jeden weiteren Kommentar.

Die zweite Mailantwort stammte von Armin Köhler. Der Hauptkommissar hatte tatsächlich schriftlich zugesichert, mit ihm im Fall der verschwundenen Carlotta kollegial zusammenzuarbeiten, und es ihm selbst überlassen, sich anschließend dem Staatsanwalt zu stellen. Das war höchst gewagt von ihm. Denn er verstieß damit gleich gegen eine ganze Handvoll relevanter Gesetze. Wenn es hart auf hart käme, könnte diese Mail die unehrenhafte Frühpensionierung des KK2-Chefs bedeuten.

Die letzten beiden Zeilen von Köhlers Mail lauteten: »Um achtzehn Uhr im Latino Cubana in der Constantinstraße. Ich werde pünktlich dort sein. PS: Vertrauen gegen Vertrauen.«

Offensichtlich lag Hauptkommissar Köhler das Schicksal seiner jungen Mitarbeiterin so sehr am Herzen, dass er bereit war, dafür eine Menge aufs Spiel zu setzen. Entschieden mehr als Karol. Denn seine Entscheidung, einen Schlussstrich unter seine Vergangenheit zu ziehen, stand fest. Zu verlieren hatte er nichts. Im Gegenteil. Ihm bot sich nun sogar eine doppelte Gewinnchance. Er könnte seine Tochter retten und seine Identität zurückerobern. Aus Karol könnte wieder Manni werden, aus Stanjek wieder Thielen und aus Carlotta Jefferson wieder seine Marie.

Trotzdem war es für ihn ein seltsames Gefühl, jetzt einem Mann gegenüberzutreten, der damals in seinem Fall ermittelt hatte, der all die furchtbaren Verstrickungen kannte, die erst Kumpel Charly, dann Kommissar Schumacher und schließlich Sergej Barischov und Dr. Norbert Reuter ausradiert hatten.

Karol überquerte die Straße ganz brav auf dem Zebrastreifen, als das grüne Ampelmännchen ihm dies gestattete. Er passierte das mexikanische Café an der Ecke und betrat fünfzig Meter weiter das kubanische Lokal, das der KK2-Chef als Treffpunkt vorgeschlagen hatte. Eine junge Latina kam freudestrahlend auf ihn zu und fragte, ob er reserviert habe. Karol ließ den Blick schweifen und stellte fest, dass nur insgesamt vier Personen auf den mindestens sechzig Stühlen saßen. »Hätte ich reservieren müssen?«

»Nein!«, lachte die Kellnerin. »Wie viele Personen?«

»Maximal zwei.«

Die Kellnerin griff hinter sich und holte zwei Speisekarten vom Empfangstischchen. »Wenn Sie wollen, hier am Fenster?«

Karol schaute sich um. Er saß gern mit dem Rücken zur Wand und mit dem Blick zur Tür. Das hatte er sich während seiner vielen Jahren als Flüchtling angewöhnt. Hinten links, der letzte Tisch war ein Zweiertisch, und der war frei. Karol nahm die Speisekarten entgegen und durchquerte den Raum.

Bevor er sich setzte, schwenkte sein Blick noch mal durch den Raum. Eine Falle hatte ihm Hauptkommissar Köhler offensichtlich nicht gestellt. Keiner der vier anwesenden Gäste war ein Bulle. Es sei denn, die verdeckten Ermittler sähen heutzutage aus wie kubanische Limbotänzer oder Kalker Nagelstudiobetreiberinnen.

Karol zog den Holzstuhl unter seine Backside und vertiefte sich in die Speisekarte. Es gab eine Menge Grillfleisch und

Burritos und Nachos und Tortillas und schwarze Bohnen und Guacamole und Cocktails und Rums und diverse Biersorten. Er hätte sich jetzt wahnsinnig gern ein Getränk gegönnt, das Flying Kangaroo oder New Cuban Sunset oder King Kong Colada hieß. Der fünfzehnjährige Rum Matusalem wäre bestimmt auch ziemlich unübel. Aber er musste sich beherrschen. Wenn Marie wieder da war, würde er sie in dieses Lokal einladen und sich zur Feier des Tages endlich mal wieder so richtig besaufen. Die ganze Cocktail-Karte einmal runter und einmal wieder rauf. Und danach kubanisches Schach: immer abwechselnd alle weißen und schwarzen Rums. Aus dem anschließenden Koma würde er dann am Mittag des folgenden Tages als Manni Thielen wieder aufwachen, seinen brummenden Schädel am Bettpfosten schubbern und sich fragen, ob er alles nur geträumt hatte, was in den vergangenen vierundzwanzig Jahren passiert war. Oder auch nicht. Oder doch lieber ohne Alkohol. Hauptsache, mit Marie. Bevor es abging in den Knast.

»Herr Thielen?«

Karol schaute auf. Er hatte keine Bewegung in Raum wahrgenommen. Zu intensiv war seine Phantasie in berauschenden Wunschvorstellungen gewandelt.

Der Mann hatte sich verändert, klar. Aber nicht grundsätzlich. Er war weder fetter noch pickliger noch ungepflegter als damals. Er sah eher gestrafft aus. Würdevoll gealtert. Im Gegensatz zu Karol hatte er kaum noch Haare auf dem Kopf, aber da er damals einen GI-Schnitt trug, wie ihn sich Karol noch gestern Morgen geschoren hatte, veränderte das nicht Köhlers Gesamteindruck.

Karol erhob sich, und sie standen sich schweigend gegenüber. Dann ließ der Hauptkommissar seinen Blick an Karol runterfahren und grinste leicht anzüglich. Er streckte Karol die Hand entgegen.

»Armin Köhler.«

»Karol Stanjek.«

»Warum nicht Manfred Thielen?«

»Nur Marie kann mich wieder umtaufen.«
»Carlotta.«
»Marie Carlotta.«
Sie schüttelten Hände und setzten sich.
»Wissen Sie, an was ich eben denken musste?«
»Nein.«
»An unsere erste Begegnung. Erinnern Sie sich noch daran?«
»Ich glaube, Sie standen mit einem Ihrer Kollegen bei uns am Eigelstein vor der Wohnungstür.«
»Genau. Mit dem Dietz. Es war frühmorgens.«
»Es ging um Charly, richtig?«
»Genau. Um das Attentat auf Ihren Freund.«
Karol nickte nachdenklich. »Der blanke Horror.«
»Woran ich eben wieder denken musste, war, dass Sie uns die Tür nackt geöffnet hatten und Sie auch später in Ihrem Wohnzimmer nicht auf die Idee kamen, sich wenigstens eine Unterhose anzuziehen.«
»Muss mir das peinlich sein?«
»Nö. Das nicht.« Köhler grinste. »Aber ich hab's eben nicht vergessen. Passiert einem schließlich nicht bei jedem Einsatz.«
»Das waren Zeiten.« Karol nickte mit melancholischem Glanz in den Augenwinkeln.
»Hinten im Flur schaute ein Kindergesicht durch den Türspalt«, sagte Köhler.
»Marie.«
Der Hauptkommissar nickte. »Meine jetzige Kollegin Carlotta Jefferson.«
»Was wissen Sie über die Entführung, Herr Köhler?«
»Bitte schön?« Die Latina war unbemerkt an ihren Tisch getreten und strahlte die beiden rüstigen Senioren animierend an.
»Ich hätte gern erst mal ein San Miguel. In die Karte schaue ich gleich«, sagte Köhler.
»Ich hätte auch gern ein San Miguel. Zero.«
»Ohne Alkohol nur Veltins«, bedauerte die Kellnerin.

»Schade.«

»Dann doch San Miguel normal?«

»Nein«, blieb Karol standhaft. »Veltins ohne.«

»Muy bien, San Miguel mit, Veltins ohne. Essen später. Gracias.« Sie drehte ab und schwenkte ihre stämmige Hüfte in Richtung Bartresen.

Köhler sortierte sich neu und schaute Karol fest in die Augen. »Vermutlich ist der Entführer Ihrer Tochter ein junger Mann, der sich als Techniker der Telekom ausgegeben hat. Zwei Zeugen haben ihn beschrieben, aber es gab zu wenig Details für ein Phantombild. Der Täter hat an der Hausverkabelung und der Telefonbuchse in Carlottas Diele hantiert«, berichtete der Hauptkommissar. »Die Hausbewohner haben Verträge bei unterschiedlichen Firmen abgeschlossen. Bei der Telekom, bei NetCologne und bei 1&1. Wir haben alle drei Servicedisponenten abgefragt. Keine der drei Firmen hat im Laufe der letzten drei Wochen einen Techniker ins Haus Neusser Straße 303 geschickt.«

»In der Nacht, in der Marie entführt wurde«, sagte Karol, »bin ich gegen halb vier Uhr morgens an dem Haus vorbeigegangen. Da schob sich ein weißer Kastenwagen aus der Parklücke davor. Der Wagen drehte und fuhr stadtauswärts weg.«

»Was für ein Kastenwagen?« Köhler war angespitzt wie eine Nähnadel.

»Ein Franzose, glaube ich. So was Kleineres.«

»Mit Firmenlogo?«

»Ich erinnere mich nur dunkel. Aber ich glaub, da war kein Logo dran«, sagte Karol. »Woran ich mich noch erinnere, ist, dass die Person am Steuer eine schwarze Mütze trug.«

»Ein Mann?«

»Könnte auch eine Frau gewesen sein.«

Köhler nickte. »Eine schwarze Mütze ist der Frau vom Imbiss auch aufgefallen.«

Karol schaute zum Fenster raus und klopfte sich mit der linken Faust auf die Schädeldecke.

»So ’ne Scheiße.«

»Wie meinen?«

»Vermutlich lag Marie auf der Ladefläche des weißen Kastenwagens. Und ich hatte keine Ahnung davon.«

»Weißer kleinerer Kastenwagen. Junger Mann mit normaler Figur, Telekomjacke, schwarze Mütze, vermutlich Deutscher. Damit kann man schon mal arbeiten«, sagte Köhler. »Wir haben sein Blut in Carlottas Diele gefunden. Leider kann die DNA keiner erfassten Person zugeordnet werden.«

»Das wäre ja auch zu einfach gewesen.«

Die Latina brachte die beiden kleinen Bierflaschen an den Tisch und öffnete die Kronenverschlüsse.

»Glas?«

Die Männer schüttelten synchron die Köpfe und setzten die Hälse an ihre Hälse.

»Ansonsten war Ihre Tochter in einigen Fällen bei recht humorlosen Zeitgenossen unterwegs.«

»Mafia?«

Köhler nickte. »Im weiteren Sinne: organisiertes Verbrechen, ja. Da ermitteln wir verstärkt. Wobei die Vorgehensweise bei Carlottas Entführung eher untypisch für diese Leute wäre.«

»Außerdem hätten die sich vermutlich mit einer Forderung gemeldet.«

»Oder sie hätten an ihr ein Exempel statuiert.«

»Hätten, hätten.«

»Wir haben was zu ermitteln. Das gibt Hoffnung.«

»Marie darf nicht tot sein«, sagte Karol mit einer Stimme, die keinen Widerspruch zuließ. »Ich werde sie finden.«

Köhler schaute ihn schweigend an. Er wusste, sein Gegenüber hatte schon mal geglaubt, jemand habe seine Tochter getötet, und deshalb hatte er diesen Jemand mit einem gezielten Schuss in den Kopf eliminiert. Keine Notwehr. Kein impulsiver Blackout. Eiskalt geplant und abgeschlossen.

»Sie schrieben in Ihrer Mail, dass Sie eine Spur hätten«, half Köhler sich und Karol wieder aus dunklen Visionen.

»Ja, die habe ich.« Karol nickte langsam. »Mit meinem Schwager Paolo habe ich letztens eher beiläufig darüber gesprochen.«

»Sympathischer Kerl, Ihr Schwager.«

»Etwas nervig, aber ganz in Ordnung«, bestätigte Karol. »Wir sprachen über das Thema Blutrache.«

Köhler nickte bedächtig. »Sie denken in die Richtung, dass jemand sich an Carlotta für etwas rächen will, das ein Blutsverwandter einem Blutsverwandten angetan hat.«

»So oder so ähnlich, ja.«

»Denkbar wäre das.«

»Überprüfen Sie bitte sofort die Stammbäume der beiden Männer, die ich damals getötet habe.«

»Das können wir gern tun«, sagte Köhler. »Aber die Vorfälle liegen vierundzwanzig Jahre zurück.«

»Das ist wahr.« Karol nickte. »Warum wird Marie ausgerechnet jetzt entführt?«

Die beiden Männer schauten sich fest in die Augen. »Wann sind Sie aus Berlin angereist?«

»Keine achtundvierzig Stunden vor Maries Entführung.«

»Das riecht eigentlich nach einem Zusammenhang, finden Sie nicht auch?«

»Doch, natürlich«, sagte Karol. »»Ich habe mir nächtelang den Kopf zermartert. Aber es gibt keine Erklärung.«

»Vermuten Sie.«

»Ja.«

»Wissen Sie, dass Ihre Tochter schwanger ist?«

Karol fiel die Bierflasche aus der der Hand und kippte auf die Tischplatte. Köhler schnappte blitzschnell zu und rettete den Gerstensaft bis auf ein wenig Schaum.

»Ist nicht wahr!«

»Doch, das ist wahr.«

Karol starrte Köhler fassungslos an. »Marie wird Mutter?«, hauchte er fassungslos.

»Und Sie werden Großvater.«

»Das kann nicht sein.«

»Doch.«

»Ich fasse es nicht.«

Karol versuchte, sich zusammenzureißen und in lichte Gedankengänge zurückzukehren. »Wer ist der Vater?«

»Eine flüchtige Bekanntschaft. Nabil aus Beirut.«

»Oh je.«

»Er ist seit fünf Wochen in Hongkong. Wir haben ihn überprüft. Er weiß nichts von Carlottas Schwangerschaft.«

Durch Karols Adern rauschte das Blut wie ein Gebirgsbach bei Schneeschmelze. »Wir müssen sie finden!«

»Wir essen jetzt hier ein paar Stücke Fleisch, und danach schieben wir eine Nachtschicht im Präsidium«, bestimmte der Hauptkommissar.

»Wir? Wir beide?«

»Ja sicher. Bei uns gibt's einen Schreibtisch ausschließlich für externe Ermittler. Organisiertes Verbrechen verlangt grenzüberschreitende Maßnahmen.«

Die Vorstellung kam Karol so absurd vor, dass sie ihn schon wieder prickelte. »Sie meinen im Ernst, ich soll wirklich mit Ihnen ins Präsidium kommen?«

»Klar. Kein Problem. Ich führe Sie als Karol Stanjek ein, verdeckter Ermittler aus Polen. Sie sprechen doch Polnisch, oder?«

»Fließend.«

»Na also!«

»Erkennt mich denn niemand im Präsidium?«

»Wer soll Sie erkennen? Die meisten Kollegen waren vor vierundzwanzig Jahren noch in der Grundschule.«

»Hängen im Foyer keine Fahndungsfotos mehr?«

»Doch, schon«, erwiderte Köhler. »Aber nicht von Toten.«

»Richtig. Ich bin ja tot.«

»Mausetot.«

»Und Ihr junger Kollege von damals?«

»Der Dietz? Der lebt noch.« Köhler streckte den rechten

Daumen in die Höhe und schob bewundernd die Unterlippe vor. »Der Dietz hat nach Feierabend noch ein Chemiestudium gestemmt. Der ist jetzt Forensiker in Magdeburg.«

»Essen bestellen, ahora?«, fragte die Latina, die sich wieder zu ihnen gesellt hatte.

»Gern.«

»Gern.«

»Für mich den Pincho de Toro«, sagte Karol.

Köhler, der noch nicht dazu gekommen war, die Karte zu studieren, ließ Karols Bestellung in seinem Schädel nachhallen und zwinkerte der Kellnerin zu. »Hört sich gut an, Pincho de Toro.«

40

Lotta hatte ihr Fitnessprogramm ausgesetzt, sie lag nun schon seit einer gefühlten Ewigkeit auf der Matratze und stierte dumpf zur Decke ihres Gefängnisses hoch. Sie hatte Magenkrämpfe, aber keinen Hunger. Nur Bananen und Müsliriegel waren nicht die ausgewogene Ernährung, die sie und ihr Baby auf Dauer ertragen konnten.

Seit dem letzten Besuch ihres Entführers hatte sich ihr Gemütszustand enorm verschlechtert. Dieser Timo war eine gespaltene Persönlichkeit. Lotta hatte bemerkt, dass sich die Art, wie er zu ihr schaute, immer wieder abrupt veränderte. Mal wirkte er gefühlstot und gefährlich, mal sanft wie ein Kind, das nach Bestätigung giert. Schüchtern taxierte er ihren Körper wie ein verliebter Junge, der das Mädchen, das er anhimmelt, zum ersten Mal im Schwimmbad trifft, dann fuchtelte er übergangslos mit der Pistole in der Luft herum und ließ keinen Zweifel daran, dass er sie benutzen würde, wenn ihm etwas nicht in den Kram passte.

Er hatte ihr seinen Vornamen genannt. Er hatte sich ihr unvermummt gezeigt. Er hatte gesagt, er werde sie freilassen, wenn sie ihm verriet, wo sich ihr Vater befand. Wie passte das alles zusammen? Was wusste er über ihren Vater?

Timo war ungefähr in ihrem Alter, vielleicht ein paar Jahre jünger. Als ihr Vater Köln verlassen hatte, war er also ein kleiner Junge gewesen. Vielleicht war er ein Nachkomme eines der beiden Männer, die Manni Thielen damals getötet hatte. War die Gier nach Rache so übermächtig geworden, dass er sie an der Tochter und dem Enkelkind des Täters vollstrecken wollte? Und was geschah danach? Steckte er sich den Lauf seiner Pistole in den Mund und drückte ab?

Lotta war elf, als Onkel Paolo angerufen und ihrer Mutter gesagt hatte, dass Manni in Polen gestorben sei. Danach hatte Marlena ihr von ihrem Vater erzählt.

In der Kölner Kneipe Blue Shell lernten sich ihre Eltern kennen, und beinahe wären sie im Gefängnis gelandet, weil Marlena Manni in einen Drogendeal hineingezogen hatte. Mit der Geburt von Marie Carlotta aber sei aus ihnen dann doch noch so etwas wie eine normale Familie geworden. Damit war Schluss, als sich ihrem Vater die Chance bot, mit einem illegalen Waffengeschäft auf einen Schlag um eine Viertelmillion Mark reicher zu werden. Das ging schief, und als man ihrem Vater mitteilte, dass ein Mafiaboss Tochter Marie umgebracht hatte, sah er rot und wurde zum Mörder.

Später, als sie dann bei der Kripo als Kommissarin angefangen hatte, holte sie den Vorgang aus dem Archiv und arbeitete ihn Seite für Seite durch. Ganz offensichtlich war ihr etwas naiver und überforderter Vater das Opfer einer Intrige geworden. Unterweltboss Dr. Norbert Reuter hatte ihm gesagt, ein Ukrainer namens Sergej Barischov habe seine Tochter getötet, worauf ihr Vater den Beschuldigten tötete und damit Reuters ärgsten Konkurrenten um die Vormachtstellung in der Kölner Unterwelt aus dem Weg räumte. Als ihrem Vater klar wurde, dass Reuter ihn instrumentalisiert und zum Mörder gemacht hatte, tötete er auch den Drahtzieher.

War ihr Entführer der Enkel von Norbert Reuter? Oder der Sohn von Sergej Barischov? Vielleicht verpflichtete ein familiärer Ehrenkodex Timo dazu, die Bluttat durch den Mord am Täter oder an einem von dessen direkten Nachkommen zu sühnen. Es gab Clans, die so vorgingen. Mit gnadenloser Konsequenz. Über Generationen hinweg.

Lotta richtete sich von ihrem Lager auf und trank den Rest aus der vorletzten Wasserflasche. Warum hatten ihre Kollegen sie noch nicht befreit? Hatte Timo in ihrer Wohnung keinen brauchbaren Hinweis auf seine Identität zurückgelassen? War die Stadt zuplakatiert mit großen Fotos der spurlos verschwundenen Kommissarin? Nahmen die Medien regen Anteil an ihrem Schicksal? Spielte Timo vielleicht ein doppeltes Spiel? Verhandelte er längst mit dem Innenministerium über die Höhe eines Lösegelds? Waren ihrem Entführer im Endeffekt ihr Leben und das ihres Babys gleichgültig? Würde er kalt lächelnd eine Million kassieren und sie hier einfach verrecken lassen?

Sie hörte leise dieses dumpfe Summen, das Schritte oben auf der metallenen Stiege erzeugten. Dann wurden die Riegel geschoben und mit dynamischem Schwung die Tür aufgestoßen.

Sie sah den Lichtpunkt der Grubenlampe an Timos Stirn.

»Heili-heilo!«, begrüßte sie ihr Entführer gut gelaunt und stellte zügig die Leiter ins Verlies.

Sein Rucksack war prall gefüllt, und aus der Seitentasche der grauen Arbeitshose ragte wieder der Griff seiner Pistole. Der Campingstuhl stand noch in der unerreichbaren Ecke, und Timo setzte sich sogleich breitbeinig hinein und hob sein Gepäckstück in den Schoß.

»Ich hoffe, es geht dir gut«, sagte er.

»Leider nicht besonders«, erwiderte Lotta wahrheitsgemäß. »Ich habe Schmerzen im Unterleib.«

»Das tut mir leid«, sagte Timo mitfühlend. »Aber vielleicht ändern sich ja schon bald deine Lebensumstände. Ich meine, eure Lebensumstände.« Er lächelte etwas verschämt. »Oder besser gesagt: unsere.«

»Was willst du damit sagen?«, fragte Lotta bewusst naiv. Wie gern hätte sie ihn angebrüllt und zur Schnecke gemacht. Aber das war mit Sicherheit nicht die klügste Methode, um sein Vertrauen zu gewinnen.

»Lass dich überraschen. Vielleicht kann ich dir morgen schon mehr sagen.« Timo zwinkerte ihr zu und holte zwei mit »Maredo« bedruckte Pappkartons aus seinem Rucksack.

»Heute essen wir zum ersten Mal gemeinsam. Was hältst du davon?«

Stolz klappte er den oberen Karton auf. »Rinderfilet mit Folienkartoffel und Salat.«

Lotta schaute zu ihm hinüber und zögerte mit einer Reaktion. Timos Blick schmachtete sie an, dahinter aber lauerte der

Zorn, der hochkochen würde, wenn sie sich nicht so verhalten würde, wie er es sich erhoffte.

»Das ist eine nette Idee, Timo«, erlöste sie ihn. »Ich liebe Rinderfilet.«

Ihr Entführer lächelte glücklich. »Das hatte ich mir gedacht. Sportliche Menschen wie du lieben saftiges Fleisch. Außen kross und innen blutig.«

Er beugte sich etwas vor und hielt ihr den Karton entgegen.

Lotta versuchte, sich zu erheben, aber ihr wurde schwindelig, und sie ging vor ihrem Lager auf die Knie.

»Das sieht nicht gut aus«, sagte Timo. »Ich werde Calcium und Magnesium für dich besorgen und Zink auch gleich mit.«

Lotta hob den Kopf und lächelte dankbar.

Timo erwiderte ihr Lächeln. Verliebter Glanz strahlte schüchtern aus seinen Augen. Lotta kannte diesen Glanz. Schon viele Männer hatten sie angehimmelt. Aber wie verliebt war Timo wirklich? Was machte diese Verliebtheit mit ihm? Würde er ihre Eisenmanschette lösen, wenn sie ihm Avancen machte? Wenn sie andeutete, dass sie dann mit ihm schlafen würde?

Aber wäre sie momentan körperlich überhaupt in der Verfassung, um ihn sofort außer Gefecht zu setzen, wenn die Fessel gefallen wäre? Er war kräftig und fit. Wenn ihr die Attacke nicht final gelingen würde, wäre dies ihr Todesurteil. Timo würde sie erschießen oder totprügeln. Aus Enttäuschung, aus Wut über ihre Hinterlist.

Nein, Lotta musste versuchen, schrittweise Mitleid und respektvolle Zuneigung bei ihm zu erzeugen. Wahre Gefühle, wie er sie in seinem bisherigen Leben vermutlich noch nie erfahren hatte, könnten ihr Schutzmantel und ihre Lebensversicherung sein.

»Vielleicht helfen mir Mineralien. Danke im Voraus.«

Sie schleppte sich zum Campingstuhl in der dunklen Ecke. Als das Seil an ihrem Handgelenk spannte, kniete sie nieder auf den Kunstrasen.

Timo hielt ihr lockend den geöffneten Karton entgegen, aber nicht so nah, dass sie ihn hätte ergreifen können.

»Es riecht köstlich, dieses Rinderfilet«, sagte er und grinste plötzlich satanisch.

»Warum quälst du mich?«, fragte Lotta erschöpft und enttäuscht.

»Du lebst allein in deiner Wohnung in Nippes, stimmt's?«

Lotta nickte schwach.

»Warum wohnst du nicht mit dem Mann zusammen, von dem du schwanger bist?«

Lotta senkte schweigend den Blick.

»Sag es mir!« Timos Stimme hatte plötzlich eine beißende Schärfe.

»Es war ein One-Night-Stand«, flüsterte Lotta. »Ich habe keinen Kontakt mehr zu ihm.«

Timo ließ die Worte sacken und schnupperte verzückt an dem Rinderfilet.

»Guten Appetit«, sagte er, setzte den Karton auf den Boden und schob ihn mit der Fußspitze Zentimeter um Zentimeter auf Lotta zu.

41

Natürlich konnte Walter Grützmacher in dieser Nacht nicht schlafen. Sein Herz war in dem Moment, als der Tierarzt die düstere Prognose gestellt hatte, zerbrochen. Sein Walter würde sterben. Beziehungsweise: Er starb gerade. Wie vor nicht allzu langer Zeit seine Frau Erna. Vier Jahre war sie gestorben. Jeden Tag ein wenig. Sie hatte Walter angefleht, sie von ihren furchtbaren Schmerzen zu befreien. Egal wie. Er solle sie doch bitte mit dem Kopfkissen ersticken oder den Arzt zwingen, ihr Arsen zu verabreichen. Er könne auch die Badewanne volllaufen lassen und sie darin ertränken oder einen eingeschalteten Föhn mit ihr versenken. Am einfachsten aber wäre es doch, wenn er ihr die Pistole seines Vaters an die Schläfe hielte.

Walter konnte das alles nicht. Er liebte seine Frau.

Trotzdem war er froh für Erna, als dann endlich der natürliche Tod ihr Leiden beendete.

Walter Rottweiler lag im Wohnzimmer auf der Wolldecke, auf der er immer lag, wenn sein Herrchen auf dem Sofa saß und fernsah.

Der Hund schaute Walter mit dem gleichen Blick an, mit dem seine Erna ihn in ihren letzten Monaten immer angeschaut hatte. Dieses Flehen war darin. Wenn du mich liebst, dann erlöse mich von diesen Schmerzen, sagte dieser Blick.

Walter hatte die Tabletten des Tierarztes in warmem Wasser aufgelöst und seinem Lebensgefährten löffelweise eingeflößt. Trotzdem war Walter von Stunde zu Stunde schwächer geworden, und er jammerte ohne Unterbrechung eine monotone Melodie. Der Klang des Todes in Endlosschleife.

Wenn sie hier im Wohnzimmer blieben, würden sie beide die Nacht nicht überleben. Nach ein paar Tagen würden ihre Leichen anfangen zu stinken, und die Nachbarn würden die Polizei anrufen. Die beiden Walter würden verbrannt, die

Asche von Walter Grützmacher in eine Urne gefüllt und auf Melaten neben seiner Erna begraben, die Asche von Walter Rottweiler würde in einem Abfallcontainer landen.

Sein Mörder würde davon nichts mitbekommen. Der würde weiter Giftköder auslegen und skrupellos weitermorden. Das musste Walter verhindern. Wenn sein Walter nun tatsächlich sterben sollte, dann würde aus seinem Tod ein Denkzettel für alle Hundemörder dieser Welt werden.

Walter würde Walter genau dort die Walther seines Vaters in den Mund halten und abdrücken, wo der feige Mörder sein Gift verteilt hatte. Dann würde er die Polizei anrufen und den Sachverhalt erklären. Bestimmt berichteten die Medien groß darüber, und eine Hexenjagd auf Tiervergifter würde sich über Deutschland ausbreiten wie ein Buschfeuer.

Walter holte die Schubkarre aus dem Garten und stellte sie neben Walter ab. Der Hund schaute ihn an, und er schien zu verstehen, was nun geschehen würde. Ein wenig Dankbarkeit schimmerte durch die Trauer in seinem Blick.

Walter öffnete die unterste Schublade der Kommode und holte das dunkelgrüne Kistchen daraus hervor. Er öffnete es und hob vorsichtig die blank gewienerte Ordonnanzwaffe seines Vaters daraus hervor. Er zog den Entsicherungsbolzen und steckte die Waffe in seine Hosentasche.

Fast hatte es den Anschein, als wolle der Rottweiler sich extra leicht machen, als Walter den geschwächten Körper umfasste und ihn mit kräftigem Schwung in die Schubkarre hievte.

Er ging zur Haustür, öffnete sie, schob die Karre auf den Bürgersteig und zog die Tür hinter sich zu.

Es war zwei Uhr morgens und kein Mensch unterwegs im hintersten Winkel von Weidenpesch.

Walter war müde und unendlich traurig. Auf dem beschwerlichen Weg am Bahndamm entlang wurde ihm nun erst so richtig klar, dass er morgen keinen Freund mehr haben würde. Dass er wieder allein sein würde. Einsam und allein. Er würde sich keinen neuen Hund mehr aus dem Tierheim holen. Zu schwer würde es ihn treffen, noch mal einen solchen Abschied erleben zu müssen. Er gehörte zur Generation der Harten. Geboren in den letzten Kriegsjahren. Verdammt zu Einsatz, Mut und Verzicht. Helft euren früh verwitweten Müttern und Tanten, den Schutt wegzuschaffen, den der furchtbare Krieg zurückgelassen hatte.

Tränen waren nicht erlaubt. Nur Schnaps.

Aber Walter hatte sich nie etwas aus Schnaps gemacht. Er hatte sich eine Modelleisenbahn im Keller aufgebaut. Mit kleinen Häusern, die sich harmonisch in eine Alpenlandschaft schmiegten. Weißer Schnee auf den Bergkuppen, echtes Wasser im Bach und im Teich, kristallklar, klarer noch als Schnaps.

Das war vorgestern gewesen, sein Heute würde enden, noch bevor die Sonne aufgegangen war. Er würde Walter in den Mund schießen und dann noch einmal in sich hineinhorchen. Ob er dort wieder das Geschrei seiner Enkel hören würde. Wenn nicht, dann würde er sich neben seinen toten Hund auf den Lehmboden legen, seinen Kopf auf Walters Bauch betten, den Lauf der Walther in seinen Mund einführen und leicht nach oben richten. Damit die Kugel nicht seinen Hals durchschlug, sondern seinen Oberkiefer in die Luft katapultierte.

Er sah die Umrisse des alten Stellwerkhäuschens sich leicht abzeichnen vor dem schwarzen Himmel, auf dem ein schmaler Neumond ein wenig Licht spendete. Dort drüben würde er sterben. Neben Walter. Neben einer Bahnlinie. Im Grab würde er noch das Donnern der vorbeirasenden Güterzüge hören, und er würde seiner Erna die Hand reichen und lächeln.

Er hatte das Gittertor erreicht und beugte sich zu Walter hinab, um ihn hochzuheben und über den schotterigen Bahnkörper zu tragen, über den er die beladene Schubkarre nicht schieben konnte.

Da fiel ihm auf, dass etwas anders war als sonst. Etwas störte ihn. Es war das Fahrrad, das an der Seite des Flachbaus lehnte, so ein modernes Geländefahrrad, wie sich sein Enkel eins zu Weihnachten gewünscht hatte.

Walter streichelte Walters Kopf und flüsterte: »Warte einen Moment, mein Freund, ich komme gleich wieder zu dir zurück.«

Er zog die Pistole aus der Tasche und kontrollierte, dass der Sicherungsbolzen gezogen war. Sein Vater hatte gesagt, die Walther P.38 sei weltweit die erste Militärpistole mit einem Spannabzug.

Walter umgriff den hinteren Teil der Waffe und zog ihn nach hinten. Als die Feder einrastete, schob er die Waffe wieder zusammen.

So hatte sein Vater es ihm erklärt.

42

Timo klappte den leer gegessenen Maredo-Karton zu und stellte ihn neben sich auf den Kunstrasen. Lotta saß auf der Kante des Palettenlagers und war noch lange nicht fertig mit Filet, Salat und Kartoffel.

Sie schnitt mit dem Plastikmesser kleine Stücke von dem saftigen Fleischballen, legte ein Stückchen von der Kräuterbutterrose darauf und schob sich den Bissen genüsslich in den Mund. Etwas ungelenk sah es aus mit der eisernen Manschette am Handgelenk, aber es gelang ihr trotzdem, dabei irgendwie würdevoll und elegant zu erscheinen.

Hätte er Lotta doch nur kennengelernt, bevor dieser gnadenlose Rachevirus ihn befallen und sich in jede seiner Körperzellen gefressen hatte. Dann wäre alles anders verlaufen.

Aber noch war nichts verloren. Vielleicht ging ja noch was.

Lotta hatte gesagt, sie habe keinen Kontakt zum Vater ihres Babys. Vielleicht wäre sie froh darüber, in Timo einen neuen Partner kennengelernt zu haben.

Vielleicht würde sie sich in ihn verlieben, so wie er sich in sie verliebt hatte. So witzige Zufälle gab es doch. Im Internet machten einige verrückte Lovestorys die Runde um den Globus.

Er würde Lotta freilassen, und sie würde ihrem Chef erklären, sie habe sich einfach mal ein paar Tage Auszeit genommen.

Timo würde eine größere Wohnung für sie und sich und das Baby suchen. Es könnte ruhig eine heruntergekommene Bude sein. Er war handwerklich versiert, er würde sie perfekt herrichten. Sodass Lotta sich darin wohlfühlen würde.

Seine ukrainischen Onkel würden der jungen Familie finanziell bestimmt unter die Arme greifen.

Timo hatte nach dem Besuch bei seiner Mutter im Hospiz das Internet nach den Barischovs in Kiew durchforscht. Es war nicht schwer gewesen, Dmytro und Vladyslav, die beiden Brüder seines Vaters Sergej, zu finden. Sie besaßen in der ukrainischen Hauptstadt mehrere Restaurants, eine Versicherungsagentur und eine Baufirma.

Timo hatte Vladyslav angemailt, und sein Onkel hatte sofort geantwortet. Er und sein Bruder hätten sich immer gefragt, wo der Sohn ihres wunderbaren Bruders Sergej abgeblieben sei. Sie wären glücklich, wenn Timo sich in Kiew mal bei ihnen vorstelle. In der Heimatstadt seines Vaters stünden ihm alle Türen offen.

Timo schaute wehmütig zu Lotta hinüber. »Ich hatte mir immer gewünscht, irgendwann Kinder zu haben«, sagte er, »am liebsten zuerst einen Sohn und dann eine Tochter.«

Lotta schob ein Stück Folienkartoffel in ihren Mund und eine Gabelspitze Crème fraîche hinterher. Sie schaute nicht zu Timo. Sie hielt den Kopf leicht gesenkt, so als ob Timos Worte sie innerlich bewegt hätten und sie zu schüchtern sei, um ihm dies zu zeigen.

Da erschallte oben ein Geräusch durch den geöffneten Einstieg, in dem die Leiter lehnte.

Kläng, kläng, kläng.

Metall auf Metall.

Dann war es wieder still.

Timo war für Sekunden im Campingstuhl erstarrt. Nun neigte er leicht den Kopf, um mit dem rechten Ohr besser nach oben lauschen zu können. Aber da oben war nichts anderes mehr außer gespenstischer Stille.

»Da ist jemand«, flüsterte er mit eisiger Stimme und zog seine Siggi. Er entsicherte die Pistole und richtete sie im Lichtkegel seiner Stirnlampe auf Lotta, die mit gesenktem Blick auf der Matratze saß.

»Kein Wort! Verstanden?«, hauchte er ihr zu.

Lotta schüttelte schweigend den Kopf

Kläng, kläng, kläng.

Beide zuckten zusammen und lauschten wieder nach oben.

Timo erhob sich lautlos aus dem Campingstuhl. Mit der einen Hand umfasste er den Holm der Leiter, mit der anderen den Griff der Waffe. Sprosse um Sprosse stieg er nach oben.

Als das Licht seiner Stirnlampe die Türschwelle erreicht hatte, ließ er den Kegel durch den oberen Raum schweifen.

Es war nichts zu sehen, das ihm Sorge bereiten musste. Alles wirkte wie immer.

Er stieg durch die Tür und schaute zu der Eisenstiege, die zum Eingangsraum hinaufführte. Eben hatte es sich so angehört, als hätte jemand mit einem metallischen Gegenstand auf die offen stehende Bodenplatte geschlagen. Vielleicht waren die Obdachlosen zurückgekehrt und wollten nun ihren Unterschlupf zurückerobern. Das war nicht ungefährlich. Wenn sie die Bodenplatte schließen und zustellen würden, säßen er und Lotta in der Falle.

Er hatte zwar eine Pistole, aber wenn jemand seine Schüsse hören und die Polizei anrufen würde, wäre auch das sein Ende.

Aber die Bodenplatte stand noch offen, so wie er sie vorhin zurückgelassen hatte.

Timo stellte seinen rechten Fuß auf die unterste Stufe der Stiege und machte die Stirnlampe aus. Lautlos stieg er hoch, Stufe für Stufe. Draußen vor der Tür des Einstiegsraums fiel schwaches Mondlicht in den verwilderten Vorgarten. Timo blieb auf der Stiege stehen und starrte so lange durch die Tür hinaus, bis sich seine Augen etwas besser an die bläulich düstere Lichtstimmung gewöhnt hatten.

Er sah die Umrisse einer Schubkarre vor der Tür stehen, und darin lag ein Mensch. Nein, es war kein Mensch. Aber ein Körper. Ein Wildschwein? Ein großer Hund? Ein schwarzes Schaf?

Die Silhouette des Wesens bewegte sich kaum merklich. Offenbar atmete es schwach. Es erweckte aber nicht den Anschein, als hätte es diese metallischen Laute produzieren können, die er eben von hier oben vernommen hatte.

Wie in Super-Zeitlupe stellte Timo seinen rechten Fuß auf

den Betonboden, dann hob er den linken aus der Einstiegsluke. Er umschloss den Griff seiner Siggi mit beiden Händen und hob sie mit ausgestreckten Armen vor seine Augen. Kimme, Korn, Ziel. Er schwenkte sie langsam hin und her, während er sich lautlos Schritt für Schritt der Eingangstür näherte.

Es war ein Fehler, die Siggi so weit vor seinem Körper zu halten, denn als er sie gerade durch den Türrahmen streckte, sauste eine Eisenstange mit unglaublicher Wucht auf seine beiden Handgelenke nieder. Ein bestialischer Schmerz explodierte in seinem Nervensystem, seine Fäuste sprangen auf, und die Siggi fiel ins Unkraut.

»Keine Bewegung!«, befahl eine heisere Stimme neben ihm, und er spürte, wie sich die kalte Mündung eines Pistolenlaufs in seine Ohrmuschel bohrte.

»Ich habe sechs Patronen im Magazin«, sagte die Stimme neben ihm. »Eine für Ihr rechtes Knie, eine für Ihr linkes Knie, eine für Ihren rechten Ellbogen, eine für Ihren linken. Denn der Tod wäre keine Bestrafung für Sie.«

»Wovon reden Sie?«

»Halten Sie den Mund! Ich bin noch nicht fertig«, sagte die Stimme. »Mit der fünften und der sechsten Kugel werde ich meinen Hund und mich töten.«

Timo stand nach vorn gebückt und schaute auf seine Handgelenke, die nach dem furchtbaren Treffer mit der Eisenstange von Sekunde zu Sekunde aufquollen wie Hefeteig im Zeitraffer.

»Ich bin Polizist«, stöhnte er. »Da unten sitzt ein Drogenhändler, den ich festgesetzt habe.«

»Sie lügen«, sagte die Stimme unbeeindruckt. »Da unten sitzt eine junge Frau. Ich habe ihre Stimme gehört. Vermutlich haben Sie sie entführt. Machen Sie Ihre Stirnlampe an! Los, machen Sie, was ich sage!«

Der Pistolenlauf bewegte sich grob in Timos Ohr.

Timo hob die rechte Hand und machte die Lampe an. Neben ihm stand ein alter Mann in einem karierten Baumwollhemd, und in der Schubkarre lag ein schwerer schwarzer Rottweiler. Timo war den beiden bei seinem ersten Spaziergang durch diese Gegend hier schon mal begegnet.

Der Hund hatte mit Sicherheit den fetten Haufen gekackt, in den er getreten war, und der Rottweiler hatte mit Sicherheit mindestens eine der vier vergifteten Rouladen gefressen.

Der Hund winselte leise, seine Fratze war ein bizarres Gemälde, das alle Schmerzen der Welt abbildete.

»Das haben Sie angerichtet, Sie Unmensch«, sagte der alte Mann. »Heben Sie die Hände und kommen Sie einen Schritt raus! Ja, so ist brav. Jetzt drehen Sie sich ganz langsam um. Ja, sehr gut. Jetzt legen Sie die Hände an die Hauswand und spreizen Sie die Beine. Ja. Noch mehr spreizen! Tun Sie, was ich befehle, Sie Scheusal! Das sieht gut aus.«

Der Mann löste sich aus dem Schatten neben dem Türrahmen und trat hinter Timo. »Fangen wir an mit Ihrem rechten Knie!«

Walter richtete die Walther seines Vaters auf Timos Kniekehle, legte den Finger an den Abzug und zog durch.

Klick.

Kein Knall, keine Kugel.

Nur ein Klick.

Walter versteinerte erschrocken, und Timo nutzte diese Schrecksekunde. Er ließ sich seitlich ins Unkraut fallen, riss seine Siggi hoch und drückte ab. Die Kugel durchschlug Walters Brustkorb und blieb im Herzen des Rentners stecken.

Der mörderische Knall verhallte in der Nacht, und zurück blieb nur ein leises Winseln aus der Schubkarre.

Timo rappelte sich vom Boden auf und lauschte in die Nacht hinaus. Ob jemand den Schuss gehört hatte? Er musste jetzt einen klaren Kopf behalten.

Ein alter Mann lag tot vor ihm im Unkraut, ein sterbender Hund winselte in einer Schubkarre, und unten im Verlies hielt er die schwangere Frau gefangen, die er liebte. Er durfte jetzt keinen Fehler mehr machen.

Er stieg die Eisenstiege hinunter, ergriff die Holme der Leiter und sagte: »Mach dir keine Sorgen, Lotta. Alles wird gut.«

Er zog die Leiter aus dem Verlies.

»Wer hat da geschossen?«, hörte er Lottas Stimme fragen. Sie kam von weit weg. Von hinterm Horizont. Timo antwortete nicht. Bloß keine Ablenkung mehr, bloß keine Gefühlsduseleien.

Jetzt ging es ums Ganze. Wie beim Autorennen. Schaffte er es, vor der letzten Einfahrt in die Zielgerade, den noch führenden Konkurrenten zu überholen und auszubremsen, oder flog er gleich mit zweihundertachtzig Stundenkilometern in die Leitplanke? Er liebte diese Momente, in denen es nichts mehr zu denken gab, sondern nur zu funktionieren. Je näher er den Tod spürte, desto intensiver spürte er das Leben. Diese Momente waren unbezahlbar. Aber gerade deshalb oft sehr teuer.

Wie damals, als er seinen extrem getunten Renault beim Clio Cup geschrottet hatte und die Versicherung sich weigerte, den Schaden zu bezahlen. Mutwilligkeit hatte man ihm unterstellt. Mut ja, natürlich Mut, und den Willen zum Mut musste man auch haben. Als Achtzehnjähriger, wenn man sich in die Spitze der Rennfahrerszene hocharbeiten wollte, ohne einen reichen Vater im Rücken. Was bedeutete das Wort »mutwillig«? Wieso hatte dieses Wort der Versicherung das Recht gegeben, ihn zu ruinieren?

Timo schlug die Verliestür zu und schob die Riegel vor. Er stieg die Stiegen hoch, ließ die schwere Bodenplatte geräuschlos in den Rahmen sinken und trat hinaus in die Nacht.

Scheiße. Den ersten Fehler hatte er schon gemacht. Aber zum Glück war es ihm noch rechtzeitig eingefallen. Er durfte natürlich keine Fingerabdrücke an den Griffen der Schubkarre hinterlassen. Dafür hatte er seine Monteurhandschuhe immer dabei. In seinem Rucksack. Aber den hatte er unten im Verlies stehen gelassen. Mit den Handschuhen, mit ein paar Werkzeugen und seinem Smartphone.

Wenn es Lotta gelungen wäre, an den Rucksack zu kommen, dann könnte die Polizei schon auf dem Weg hierhin sein.

Timo hastete in den Vorraum zurück, stemmte die Bodenplatte wieder auf, stampfte die Stiege runter, riss die Riegel zurück und starrte in das Verlies. Das LED-Licht brannte nicht mehr. Irgendwann musste die Batterie ja leer werden. Aber er hatte Ersatz im Rucksack. Timo zog die Stirnlampe, die am Gummizug um seinen Hals baumelte, hoch an seine Stirn und machte sie an.

»Lotta?«, rief er besorgt, als er den Lichtkegel schweifen ließ.

Lotta lag auf dem Bett, regungslos, als würde sie schlafen. Neben dem Bett lag der auseinandergeklappte Campingtisch.

Sein Rucksack stand zum Glück noch dort, wo er ihn eben vergessen hatte. Schräg hinter seinem Stuhl.

Er ließ die Leiter hinab, hastete die Sprossen runter, griff in den Schulterriemen des Rucksacks, kletterte so schnell er konnte wieder hoch und verriegelte die Tür. Über Lotta konnte er sich später noch Gedanken machen.

Hastig riss er den Klettverschluss der Außentasche auf und sah die Oberkante seines Smartphones. Erleichtert atmete er durch.

Er riss die Verpackung auf und zog ein frisches Paar Arbeitshandschuhe an. Batterien hatte er auch dabei, natürlich. Er sollte jetzt keinen Fehler machen, was Lotta betraf. Wenn ihre Stimmung total auf dem Tiefpunkt wäre, käme das seiner Zukunftsplanung nicht gerade entgegen.

Er zog die Riegel wieder auf, öffnete die Tür und warf zwei Ersatzbatterien in Richtung Schlaflager.

»Ersatzbatterien für die Lampe«, rief er. »Bis später.«

Er schlug die Tür zu, verriegelte sie, hastete die Stiege hoch, schloss die Bodenklappe und umgriff den massigen Körper des winselnden Hundes.

Das Tier war sauschwer, und Timos Handgelenke schmerzten höllisch, aber genau das war seine große Stärke. Er konnte Schmerzen ertragen, bei denen andere längst kollabiert wären.

Er legte den Rottweiler hinten zu den Müllsäcken in den Unterstand.

Der tote alte Mann war nicht viel schwerer als der kranke Hund. Timo legte ihn in die Schubkarre und machte sich auf den Weg.

Er war die Bahnstrecke mit seinem BMX-Rad mehrfach abgefahren, und er hatte sich bei der Schrottverwertung erkundigt, wie viele Züge täglich fuhren.

Es war eine einspurige Strecke. An den Werktagen fuhren maximal drei Züge in die eine Richtung und drei in die andere. Am Wochenende fuhr nur manchmal eine einsame Lok hin oder her, um dann zum Wochenbeginn wieder dort eingesetzt werden zu können, wo sie gebraucht wurde.

Es war Freitagmorgen, zwei Uhr dreiundvierzig. In etwa vier Stunden würde ein Zug auf mehreren Waggons schwere Container zum Niehler Hafen transportieren.

Das Gleis verlief unter der Neusser Straße und etwa zweihundert Meter weiter westlich unter der wenig befahrenen Anliegerstraße Simonskaul hindurch. Kurz hinter dieser kleinen Brücke machte die Strecke einen leichten Bogen, und ein Lokführer hätte keine Möglichkeit mehr, seinen voll beladenen Güterzug vor einem Hindernis, das er auf dem Gleis entdecken würde, noch zum Stehen zu bringen. Außerdem war nicht sicher, ob er es überhaupt entdecken würde, denn unter dem Brückchen lag ein dunkler Schatten auf dem Gleis.

Es war ausgesprochen mühsam, mit geschwollenen Handgelenken die beladene Schubkarre den schmalen Trampelpfad entlang des Gleises zu schieben. Mehrfach setzte Timo ab und schüttelte seine schmerzenden Hände. Doch er schaffte es. Wie er schon manches in seinem Leben geschafft hatte. Er hatte unendlich viel Biss, aber auch unendlich viel Pech. Das drehte sich gerade. Denn es würde ihm gelingen, das Herz von Lotta zu gewinnen. Da war er sich sicher.

Als er endlich unter der kleinen Brücke an der Simonskaul angelangt war, legte er den toten Mann bäuchlings auf das Gleis und schob den Körper so zurecht, dass die Einschussstelle genau auf der Schiene lag.

Wenn der Zug über ihn hinwegrollen würde, wäre weder von der Wunde noch von der Pistolenkugel etwas übrig.

Die Polizei würde den Fall aufnehmen und schnell abhaken. Ein kranker Rentner hatte beim nächtlichen Schotterklau einen Herzinfarkt erlitten und war auf dem Gleis zusammengebrochen.

Timo warf zehn Hände voll Gleisschotter in die Schubkarre und machte sich auf den Rückweg zu seinem Fahrrad. Hoffentlich stand es noch an der Wand des Stellwerkhäuschens, wo er es angelehnt hatte.

43

Gegen zwanzig Uhr hatten Karol und Köhler das kubanische Restaurant verlassen und als Verdauungsanreiz den halbstündigen Weg zum Präsidium zu Fuß angetreten.

Beim Nachtportier hatte der Hauptkommissar für seinen polnischen Gastermittler einen Passierschein ausgefüllt, und die beiden Männer waren zur Kriminalinspektion 2 hochgeliftet.

Ein spektakuläres Erlebnis für Karol. Er war nicht verhaftet worden, er war nicht zur Vernehmung oder zur Zeugenaussage hergezerrt worden, nein, er war ein willkommener Gast des Hauses, sozusagen.

Sie waren den langen Flur entlanggegangen, Köhler hatte eine Tür aufgeschlossen und Licht gemacht.

»Dahinten sitzt Ihre Tochter«, hatte er gesagt, »hier vorn Kollege Hannes Burbach, und der Schreibtisch vorm Fenster ist für auswärtige Kollegen.«

Karol stierte in den Raum. Er konnte keine richtige Einstellung zu dieser Situation gewinnen. Dort drüben an dem Schreibtisch hatte bis vor ein paar Tagen jeden Morgen seine Tochter Marie gesessen? Das war so unwirklich, so undenkbar, so verrückt.

»Sie können es sich am Gastplatz bequem machen, ich komme gleich zurück.« Mit diesen Worten hatte Köhler die Tür ins Schloss gezogen und Karol allein gelassen.

Es war eine bedrückende Stille zurückgeblieben. Auch die Luft roch abgestanden. Vermutlich weil die Aircondition nur tagsüber lief und das Fenster nachts geschlossen bleiben musste.

Karol zog die drei Schubladen des Gastschreibtischs auf. Ein paar Kulis, ein paar Schnellhefter, ein paar Kabelbinder, ein Päckchen kleiner Karteikarten und ein Locher waren darin. Die Kabelbinder steckte sich Karol in die Jackentasche. Vielleicht hätte Rita Spaß daran.

Er schlich an Maries Schreibtisch heran und schaute auf das sizilianische Bergdorf in dem roten Rähmchen.

Was hatte er dem Kind angetan, als ihre Mutter zwangsläufig mit ihr die Heimat verlassen musste, um sich irgendwo in der Fremde jahrelang zu verstecken.

Er hätte sich beherrschen müssen, damals. Aber er hatte es nicht gekonnt. Er würde es auch morgen wieder genauso machen. Wenn jemand Marie getötet hatte, dann würde er den Mörder bis ans Ende der Welt verfolgen, und er würde ihm mit bloßen Händen das Herz auf der Brust reißen und es zertrampeln.

Die Tür ging auf, und Köhler setzte sich geschäftig an Burbachs Schreibtisch. Er schob die offene Konfekttüte beiseite und griff zum Telefon. »Zwei Mal hat ein Berliner Kollege versucht, mich anzurufen«, sagte er und tippte eine längere Nummer. »Vielleicht ist er noch am Arbeitsplatz.«

Er hielt den Hörer ans Ohr, und es dauerte nicht lange, bis jemand am anderen Ende dranging.

»HK Köhler, KK2 Köln, Sie haben versucht, mich zu erreichen?«

Köhler lauschte ein paar Sekunden. Dann strahlte er zu Karol rüber und hob den Daumen in die Luft.

»Sekunde, Kollege, die Verbindung war gerade nicht optimal.« Er drückte den Außenlautsprecher an. »So, was hatten Sie gesagt?«

Eine tiefe Stimme mit unverkennbarem Berliner Akzent erfüllte den Raum. »Da hat Ihr Informant ganze Arbeit geleistet. Wir haben den Burschen, und er hat gestanden. Er kannte sein Opfer, denn er hat ein paar Jahre im selben Haus in der Taubenstraße gewohnt. Er war mit der Mieterin eine Etage drunter verheiratet gewesen. Mit der hat er auch ein Kind. Aber er war wohl sozial etwas gestört, und da hat die Frau ihn rausgeschmissen und sich scheiden lassen. Das hat der nicht verkraftet.«

»Und da hat er die Nachbarin vergewaltigt und getötet?«, schob sich Köhlers Stimme in die entstandene Sendepause.

»Ein bisschen vertrackt ist die Situation schon«, berlinerte es wieder aus dem Außenlautsprecher. »Der Lebenspartner vom Opfer hatte wohl seit Monaten eine sexuelle Beziehung zur Ex-Frau des Täters.«

Köhler nickt verständig. »Der hat sich dann mit Gewalt das geholt, was seine Ex dem Mann des Opfers regelmäßig schenkte.«

»So oder so ähnlich wird's irgendwie gewesen sein«, sagte der Hauptstadtkollege. »Ich hatte heute bei der Vernehmung den Eindruck, der ist ganz froh, dass wir ihn geschnappt haben. Er hat ja auch nach zehn Minuten schon gestanden.«

»Dann sage ich mal: Glückwunsch nach Berlin!«

»Danke, danke. Aber warum ich eigentlich angerufen habe, Kollege: Kann ich mal die Kontaktdaten von Ihrem genialen Kontaktmann haben?«

Köhler schaute grinsend zu Karol rüber, der heftig abwinkte und entschieden den Kopf schüttelte.

»Warum das?«, machte Köhler auf begriffsstutzig.

»Wenn er will, nenne ich morgen seinen Namen auf der Pressekonferenz. Ich will mich schließlich nicht mit fremden Federn schmücken.«

Karol verschrumpelte sein Gesicht und stieß mit dem ausgestreckten Zeigerfinger im Stakkato auf seine Stirn.

»Der Mann ist etwas schüchtern«, erklärte Köhler. »Ich geb ihm Ihre Nummer. Dann kann er sich melden, wenn es ihm recht ist.«

»Machen Sie das, Kollege. Sagen Sie ihm auf jeden Fall vielen Dank. Und noch was: Er kann sich bei uns am Revier die Große-Bürger-Verdienst-Medaille in Gold abholen.«

Köhler musste sich beherrschen, um nicht loszuprusten. »Werde ich ausrichten, Kollege.«

»Dann sag ich mal: Gute Nacht nach Köln.«

»Dito, gute Nacht der Hauptstadt.«

»Hoffen wir, dass es eine gute bleibt. In diesem Sinne!«

Klack. Die Verbindung war gekappt.

Die beiden Männer grinsten sich an. Doch dann wurden sie wieder schlagartig ernst.

Karol dachte wieder an seine nächtliche Mission in Berlin, an die Gefahren, die in jeder Nacht auf junge Frauen lauerten. Junge Frauen im Alter von Marie. Wo mochte sich seine Tochter gerade aufhalten? Wo hielt ihr Entführer sie gefangen?

»Wenn es zum Prozess gegen Sie kommen sollte, kann der Kollege aus Berlin für Sie aussagen. Das wird sich auf jeden Fall positiv auf das Strafmaß auswirken«, sagte Köhler.

Köhlers Worte erreichten nur Karols Peripherie. »An die Arbeit, Kollege«, sagte er und zog den Rollstuhl des Gastschreibtischs zum Hauptkommissar heran. Köhler nickte und schob Burbachs Notizblock unter eine Kulispitze.

»Pressearchiv Doppelmord checken«, diktierte und notierte er, »Nachkommenschaft Dr. Norbert Reuter klären, Sergej Barischov ebenfalls.«

Er nahm den Kuli vom Block und schaute Karol an. »Ich mache Ihnen den Computer an und zeige kurz die Programme, die wir brauchen. Okay?«

»Was ist mit dem weißen Kastenwagen?«

»Richtig!« Köhler setzte den Kuli wieder an. »Weiße, vermutlich französische Kleintransporter im Einsatz von privaten Montagefirmen abgleichen mit möglichem Täterprofil. Deutsch, circa dreißig Jahre, normale Erscheinung.«

Er griff zum Hörer und gab der Leitstelle die Order, alle Streifen sollten ab sofort nach weißen Kastenwagen mit jungen Männern am Steuer Ausschau halten und prophylaktisch deren Personalien überprüfen und speichern.

44

Nachdem sie zwei Mal in kurzem Abstand hintereinander oben die drei metallenen Schläge gehört hatten, war Timo mit entsicherter Pistole hochgestiegen, und keine Minute später fiel ein Schuss.

Timos Kopf war in der Einstiegstür erschienen, und seine Hände hatten die Leiter hochgezogen.

Als Lotta hörte, wie die beiden Riegel zugeschoben wurden, kippte sie den Campingtisch auf die Seite und hebelte ein Bein aus der Verankerung. Sie richtete das LED-Lämpchen auf die hintere Ecke ihres Gefängnisses und kroch so nah wie möglich an den Klappstuhl heran. Sie streckte das Tischbein vor und erreichte damit zwar Timos Rucksack, der Schulterriemen aber rutschte immer wieder von dem glatten Blechrohr ab.

Sie kroch zum Palettenlager, schob die vorderen zehn Zentimeter darunter und zog das Tischbein hoch, bis es zu einem Enterhaken verbogen war. Sie kroch zurück, und es gelang ihr, mit fast aus dem Schultergelenk gerecktem Arm das rechtwinklig abgeknickte Ende des Tischbeins hinter einen der Trageriemen zu haken.

Kaum war ihr dies gelungen, hörte sie von oben lautes Poltern auf der eisernen Stiege. Sie knipste das LED-Licht aus, huschte so schnell sie konnte zum Bett und warf sich auf die Matratze.

Die Tür wurde aufgerissen, und der Lichtschein von Timos Stirnlampe suchte und fand sofort den Rucksack hinter dem Klappstuhl. Die Leiter senkte sich in das Verlies, Timo stieg eilig hinab, schnappte den Rucksack und verschwand.

Was war passiert? Hatte ihm jemand aufgelauert, und Timo hatte diesen Jemand erschossen? War ihr Entführer danach in Panik geraten und für immer geflohen?

Was sollte nun aus ihr werden?

»So ein Mist«, fluchte sie vor sich hin. »Hätte er seinen verdammten Rucksack nicht fünf Minuten länger hier unten vergessen können?«

Denn darin befand sich sein Handy. Lotta hätte damit ihre Kollegen angerufen und es wieder in den Rucksack zurückgesteckt. Fünf Minuten war sie von ihrer Rettung entfernt gewesen.

Nun aber hatte sich ihre Lage vermutlich drastisch verschlechtert, und ihr Leben war so bedroht wie bisher noch nie seit ihrer Gefangenschaft. Wie würde der Psychopath Timo mit einem Mord umgehen? Selbst wenn er ihn aus Notwehr begangen hätte? Wer könnte es gewesen sein, der da oben auf ihn gewartet hatte? Hatte er gefährliche Feinde?

Spekulationen halfen ihr nicht weiter. Lotta musste versuchen, ihr Schicksal in die eigenen Hände zu nehmen.

Sie schob das abgeknickte Ende des Blechrohrs unter die Paletten, hob sie an und ließ sie darauf runterkrachen. Ein Mal, zwei Mal. Dann war das Rohrende so geplättet, dass sie es als Spachtel einsetzen konnte.

Sie kniete sich vor den einbetonierten Eisenring, an dem ihre Fessel befestigt war, und begann, mit dem abgeflachten Blechbein an dem erst vor nicht allzu langer Zeit angerührten Beton zu kratzen. Es war nicht viel, was sich damit bewegen ließ. Aber immerhin. Eine erste hauchdünne Schicht grauen Mehls rieselte auf den Kunstrasen.

Lotta hatte noch Obst, Wasser und Müsliriegel. Genug für mindestens drei Tage und drei Nächte. Vielleicht hatte sie bis dahin die Befestigung des Rings aus der Wand gekratzt.

45

Die Uhr auf dem mittleren Hochfenster des runden Kuppelbaus stand auf fünf nach fünf, als Karol vor dem Deutzer Bahnhof den Schlüssel ins Schloss seines Kymcos steckte. Es war noch dunkel, aber im Osten begann der Horizont über der Lanxess Arena zu flimmern. Es würde ein sonniger Tag werden. Vom Wetter her.

Hauptkommissar Köhler hatte Karol begleitet. Schweigend waren die beiden Männer den Weg vom Präsidium bis zu Karols Roller nebeneinanderher gegangen. Ihnen war klar, dass der Fall Carlotta Jefferson nun sehr bald eine entscheidende Wende nehmen würde. In welche Richtung auch immer.

Nach dem Essen beim Kubaner hatte Köhler seinen Lehrling in die Ermittlungsprogramme der bundesweit vernetzten Kriminalinspektionen eingewiesen, und er selbst war den etwas stachligeren Pfaden gefolgt. Mit Erfolg. Dr. Norbert Reuter hatte aus seiner ersten Ehe zwei Kinder. Eine nun dreiundsiebzigjährige Tochter, die als pensionierte Gymnasiallehrerin in Gummersbach lebte, und einen neunundsechzigjährigen Sohn, der in Bayenthal wohnte und Mitglied des RDM war, des Rings Deutscher Makler.

Die Wahrscheinlichkeit, dass diese beiden Personen oder deren mutmaßlicher Nachwuchs den vierundzwanzig Jahre zurückliegenden Mord an ihrem Vater beziehungsweise an ihrem Opa rächen wollten, war eigentlich gleich null. Trotzdem würde Köhler sie aufsuchen und befragen müssen.

Schwieriger war der Weg zu den Barischovs gewesen. Zwei Brüder, Vladyslav und Dmytri Barischov, waren in verschiedenen Branchen in Kiew als Unternehmer tätig. Höchstwahrscheinlich war ihr älterer Bruder jener Sergej Barischov gewesen, den Karol einst getötet hatte. In einer Illustrierten war damals ein Foto erschienen, das ein Paparazzo mit starkem

Teleobjektiv geschossen hatte. Es zeigte das Penthouse von »Sergej, dem Oligarchen der Unterwelt«. Auf der Dachterrasse davor stand eine junge Frau mit einem Kleinkind auf dem Arm. Die Bildunterschrift lautete: »Der Zar von Köln hinterlässt Lebensgefährtin Shanna und gemeinsamen Sohn Juri (1)«.

Köhler hatte Ermittlungsberichte und Prozessakten durchstöbert und war auf das Protokoll einer Vernehmung dieser Frau gestoßen. Die gerade erst achtzehn Jahre alte Mutter hatte einigermaßen glaubhaft beteuert, keine Ahnung zu haben, womit ihr Lebensgefährte sein Geld verdiente. Diese Frau hieß Shanna Gudiaschwili. Sie hatte damals ein Gastvisum, das nach dem Mord an ihrem Lebensgefährten nicht mehr verlängert wurde. Sie musste zurück in ihre georgische Heimat.

Als Vierundzwanzigjährige aber war Shanna nach Deutschland zurückgekehrt und im Eifelstädtchen Blankenheim mit einem Mann namens Gerd Weimer vor den Traualtar getreten. Das Ehepaar blieb kinderlos und ließ sich nach fünf Jahren wieder scheiden.

Shanna Weimer machte eine Ausbildung zur Pflegerin von Alten und Kranken und arbeitete lange Jahre im Kurzentrum von Bad Neuenahr. Seit sieben Monaten war sie nun vom Dienst freigestellt, weil sie so schwer erkrankt war, dass man sie im Hospiz im Ahrtal untergebracht hatte.

Um all das in Erfahrung zu bringen, hatte der Hauptkommissar vier Stunden gebraucht und einige Personen aus dem Schlaf gerissen. Aber wenn es sein musste, konnte er ätzen wie Salzsäure.

Nur in einer Sache war er nicht entscheidend weitergekommen. Juri, der damals einjährige Sohn, tauchte in den Akten nicht auf. Es gab keine Geburtsurkunde, keinen Hinweis auf seinen Lebenslauf oder einen möglichen Aufenthaltsort.

Vielleicht hatte das Jugendamt ihn seiner Mutter abgenommen und einer Pflegefamilie übergeben. Vielleicht war er zur Adoption freigegeben worden. Das ließ sich während der Nachtstunden nicht ermitteln.

Kollege Burbach musste mit Hochdruck die entsprechenden Ämter und Organisationen abklopfen, wenn er um sieben Uhr dreißig seinen Dienst antrat. Dieser Juri, der jetzt etwa fünfundzwanzig Jahre alt sein müsste, war eine ganz heiße Spur.

Um zehn Uhr würde der Hauptkommissar den Ex-Jerry-Cotton-von-Köln am Ebertplatz einsammeln und damit ein paar gemeinsame Stündchen im Dienstwagen einläuten. Erst zum Hospiz in Bad Neuenahr und anschließend über Bayenthal nach Gummersbach.

Um fünfzehn Uhr würde Armin Köhler eine Pressekonferenz geben. Die Titelseite des Express, der am Abend in den Verkauf kam, wäre dann ein großes Foto der entführten Kommissarin.

Der Aufruf zur Mithilfe der Bevölkerung konnte helfen oder schaden. Helfen, wenn Zeugen entscheidende Hinweise lieferten, schaden, wenn der Medienrummel den Täter in Panik versetzte.

Sie standen vor dem Deutzer Bahnhof und schüttelten Hände.

»Wenn alles vorbei ist, machen wir beide mal auf Badewanne im Altbau«, sagte Köhler lächelnd.

»Wie geht das?«

»Langsam vollaufen lassen.«

»Witzig.« Karol grinste. »Hätte ich Ihnen gar nicht zugetraut, so einen Spruch.«

Köhler zuckte mit den Schultern. »Hab ich von meinem Sohn.«

»Aha.«

Köhler sagte, jetzt werde er erst mal nach Hause fahren und drei Stunden in seinem Ohrensessel dösen.

Auch Karol gähnte. In der Plankgasse warteten eine herzförmige Matratze und ein schwäbelnder Klempner mit dicken Oberarmen auf ihn.

Karols Kymco schnurrte über die Deutzer Brücke. Außer ein paar Taxen war niemand unterwegs. Die Outdoorjacke hielt den Fahrtwind von seinem Oberkörper ab, das kaputte Knie genoss die kühlende Brise.

Der Rhein glänzte wie schwarze Tinte, die Luft schmeckte sauber und feucht.

Plötzlich blinkte ein rotes Lämpchen neben dem Tachometer auf seinem Lenker. Das Benzin war alle, gleich würde sein Gefährt trockenfallen. Karol bog rechts ab, dann wieder rechts in die Rheinuferstraße. An der Tankstelle kurz vor der Severinsbrücke steuerte er seinen Kymco zur Zapfsäule. Er schraubte den Tankdeckel ab, spritzte eine Maßeinheit Zweitakter-Öl aus der Plastiktube hinein, die ihm der Mop 'n' Roller mitgegeben hatte, und tankte fünf Liter Super dazu.

Er stellte sich an eines der drei Stehtischchen, trank einen Kaffee und aß ein Schinkenbrötchen. Es war ganz gemütlich hier. Nur er und der junge Kassierer zwischen den Dingen, die man heutzutage in einer Tankstelle kaufen konnte. Es gab sogar kitschig bepflanzte Blumentöpfe. Falls man auf die Schnelle noch ein Geschenk für Frau, Mutter oder Oma brauchte.

Der Kaffee war gut und stark. Karol bestellte noch einen doppelten Espresso hinterher. Er nahm eine Straßenkarte der westlichen Umgebung von Köln aus dem Ständer und breitete sie auf dem Stehtisch aus. Bad Neuenahr war nicht allzu weit weg von hier. Knapp siebzig Kilometer. Den Rhein rauf bis Sinzig, dann aus dem Rheintal hoch und im Ahrtal wieder runter.

Nach der erfrischenden Überquerung des Rheins und der dreifachen Koffeindröhnung hatte sich die Müdigkeit aus seinem Körper verabschiedet. Was sollte er sich jetzt aufs Bett legen und eventuell kostbare Zeit vergeuden? Er fühlte sich fit, und das Wetter war wie gebucht für einen ersten längeren Ausritt auf seinem Kymco.

Wenn alles normal verlief, war er um zehn Uhr wieder zurück, und Hauptkommissar Köhler konnte ihn wie verabredet am Ebertplatz in den Dienstwagen einsteigen lassen.

Falls Karol sich verspätete, würde er Köhler anrufen. Dessen Nummer hatte er in Paolos Ersatzhandy gespeichert, genauso wie sich der KK2-Boss seine Nummer notiert hatte.

Zur Not könnte Köhler die pensionierte Lehrerin in Gummersbach und den Makler in Bayenthal auch allein interviewen. Das waren mit Sicherheit sowieso nur Klatsch-und-Tratsch-Termine. Für Köhler ein notwendiges Übel, für Karol eine eher peinliche Tortur. Wobei der Hauptkommissar ihm versprochen hatte, ihn nicht als den Mörder des Vaters zu outen.

Warum Köhler ihn überhaupt mitnehmen wollte, war ihm nicht ganz klar. Das hatte vermutlich irgendwas mit seinem alten Chef Schumacher zu tun. Mit Ehrenkodex. Vielleicht wollte er Karol damit demonstrieren, wie sehr er ihm vertraute und zutraute, entscheidend dazu beizutragen, den Fall Carlotta Jefferson glücklich abzuschließen.

Karol kaufte die Straßenkarte und eine in Klarsichtfolie gehüllte weiße Orchidee.

Sein Kymco rollerte durch Rodenkirchen, ließ Wesseling rechts liegen und musste in Bonn lange Wege gehen, um zurück auf die B 9 zu gelangen. Ab Bad Godesberg ging es weiter in südlicher Richtung. Links grüßte der Drachenfels über den Strom, rechts hob sich der Rolandsbogen in den Morgenhimmel, und die Stümpfe der Brücke von Remagen waren immer noch schwarz vom Ruß, den die Sprengungsversuche hinterlassen hatten.

Ab Sinzig quälte Karol den grenzwertig belasteten Taiwanesen die steile Straße mit siebenundzwanzig Stundenkilometern aus dem Rheintal hoch und ließ ihn wenig später bei der rasanten Abfahrt ins Ahrtal im Leerlauf verschnaufen.

Der erste Mensch, den Karol in Bad Neuenahr zu Gesicht bekam, war ein Briefträger, der seinen mit praller Packtasche beladenen Drahtesel vom Hof des Postgebäudes schob. Karol stoppte und erfragte von dem hilfsbereiten Mann den Weg zum Hospiz.

Eigentlich hatte er eine monumentale Villa erwartet, erbaut

von einem der Architekten, die auch für die alten Familiengruften auf Melaten verantwortlich waren. Weit gefehlt. Das Hospiz im Ahrtal war ein eingeschossiger, unsymmetrisch verschachtelter Neubau mit weiß verputzter Fassade. Vom Gelände des darunterliegenden Maria-Hilf-Krankenhauses führte ein mit grauem Schotter bestreuter Weg zum gläsernen Eingang des Hospizes hoch.

Karol machte seinen Roller aus und hievte ihn auf den zweibeinigen Ständer. Die Fahrt hatte gut zwei Stunden gedauert. Sein Arsch fühlte sich an, als hätte er die letzten drei Tage und Nächte in Montana einen wilden Mustang zugeritten. Vermutlich sah sein Gang entsprechend aus, und man hätte eine Herde Schafe zwischen seinen Knien durchtreiben können.

Karol schaute auf seine Armbanduhr. Es war kurz vor acht. Bis zehn Uhr würde er es kaum schaffen, wieder in Köln zu sein. Bevor Hauptkommissar Köhler sich unnötigen Stress oder sogar Sorgen machte, sollte Karol ihn informieren, dass er realistisch nicht vor elf am Ebertplatz sein konnte.

Wie man simste, hatte er sich von Rita erklären lassen. Karol zog Paolos Handy aus der Jackentasche und klappte es auf. Normalerweise erstrahlte nun das giftgrüne kleine Display. Tat es aber nicht. Im »1stFloor« war das Gerät ständig am Stromkreis angedockt gewesen, bei Rita aber hatte er vergessen, eine zugängliche Steckdose auszuspähen. Dumm gelaufen. Aber es ließ sich jetzt auf die Schnelle nicht ändern. Dann war er eben nicht erreichbar. Für ihn selbst war das nichts Neues. In Berlin hatte er drei Jahre ohne Handy und ohne Festnetzanschluss gelebt. War nur eine Frage der Gewöhnung. Beziehungsweise der Entwöhnung.

Karol steckte das Handy wieder in die Tasche, klappte die Sitzbank hoch, und die Orchidee machte ihren Platz im stickigen Laderaum frei für seinen dampfenden Helm.

Die verglaste Eingangstür war verschlossen. Karol drückte auf den dezenten Klingelknopf. Eine etwa vierzigjährige Frau mit rotbraunen kurzen Haaren tauchte hinter der Scheibe auf.

Als sie die Orchidee in Karols Hand erblickte, lächelte sie freundlich und öffnete die Tür.

»Guten Morgen«, sagte Karol.

»Guten Morgen«, erwiderte die Pflegerin. »So früh kommt uns selten jemand besuchen.« Sie gab den Zutritt frei und nickte einladend.

Irgendwie kam ihm die Frau bekannt vor. Das runde Gesicht mit den dunklen Augen, die nach unten gebogene schmale Nase, das volllippige, nach vorn gestreckte Mündchen mit dem leichten Überbiss. Irgendwo hatte Karol sie schon mal gesehen. Damals in Köln? In Polen? Oder Berlin? Egal.

Karol betrat das helle Foyer, in dem bunte Stühle standen und Blumenbilder an den Wänden hingen. Wie im Vorhof des Todes sah es hier nicht aus. Auch die Luft roch nicht so.

»Der frühe Vogel fängt den Wurm«, sagte er, weil ihm als halbwegs charmantes Intro nichts Originelleres einfiel.

»Mit Würmern hab ich es nicht so«, erwiderte sie.

»Vegetarierin?«

»Sie sind ja ein ganz Witziger«, lächelte sie und blickte wieder auf die Orchidee. »Zu wem möchten Sie denn gern?«

»Zu Shanna Gudiaschwili.«

»Zu Shanna?« Auf das Gesicht der Frau fiel ein Schatten.

Karol nickte. »Ich bin ihr Vetter.«

»Ihr Vetter?« Die Pflegerin schaute ihn mitfühlend an. »Shanna ist eigentlich noch viel zu jung, um hier zu sein.«

»Das kann man wohl sagen«, bestätigte Karol mit leiser Stimme.

»Unser Prinzip ist, den Hausbewohnern immer positiv und fröhlich zu begegnen. Bei einer noch so jungen Frau wie Shanna fällt es natürlich manchmal schwer, die Tränen zurückzuhalten.«

»Kein leichter Job, den Sie hier machen.«

»Man lernt, das Leben als höchstes Gut zu schätzen.«

»Das denke ich mir«, schleimte Karol empathisch. »Ist Shanna ansprechbar?«

»Seit zwei Tagen leider nicht mehr.«

»Ist sie denn noch hier im Haus?«

Die Frau nickte. »Ja. Aber es geht zu Ende.«

»Das ist traurig«, sagte Karol und schoss dann einfach mal ins Blaue: »Hat Shanna sich denn von ihrem Sohn noch verabschieden können?«

»Ja.« Die Frau nickte. »Das war ihr sehr wichtig gewesen. Nach seinem Besuch konnte sie loslassen.«

Karol nickte erleichtert. »Das freut mich.«

»Shanna erzählte mir, dass sie ihren Sohn jahrelang nicht mehr gesehen hätte. Umso erleichterter war sie, als der Notar ihr mitteilte, dass er ihn ausfindig gemacht hat.«

»Dr. Müller-Löwenzahn«, bluffte Karol altklug.

»Nein. Dr. Gillessen«, erklärte sie gelassen. »Shanna kannte das Notariat in Bad Godesberg noch von ihrem verstorbenen Mann her.«

»Haben Sie Juri kennengelernt?«

»Timo heißt Shannas Sohn, nicht Juri«, belehrte sie ihn ohne eine Spur von Argwohn. »Ein netter junger Mann.«

»Das glaube ich gern«, log Karol.

Die Frau schaute ihn mitfühlend an. »Sie sind Shannas Vetter, sagten Sie?«

»Unsere Mütter waren Schwestern.«

Karol zögerte. Zu verlieren hatte er nichts. Selbst wenn diese nette Pflegerin ihm nicht unbedingt jedes Wort glaubte, käme sie mit Sicherheit nicht auf die Idee, die Polizei hinter ihm herzuhetzen.

»Wissen Sie, wie Timo mit Familiennamen heißt?«, setzte er einfach mal eine Million auf Dreistigkeit.

»Nein, das weiß ich nicht«, sagte sie. »Vielleicht so wie Shanna?«

»Weimer?«

Die Frau zuckte mit den Achseln. »Vielleicht aber ja auch, wie sie in Georgien hieß.«

»Gudiaschwili?«

»Ich weiß es wirklich nicht«, bedauerte sie voller Anteilnahme.

Karol nickte nachdenklich. »Darf ich Shanna diese Blume auf den Nachttisch stellen?«

»Sind die echt?«

Karol war etwas irritiert. Verkaufte man in Tankstellen Blumenattrappen? Das Bedenken der Pflegerin war angebracht. Sehr echt sah seine Orchidee nicht aus. Sie hätte auch aus Plastik sein können.

»Ich denke mal schon«, erwiderte er verwirrt.

»Bedaure«, sagte die Frau, »in den Zimmern sind nur künstliche Blumen erlaubt.«

»Dann schenke ich Ihnen die Orchidee.«

»Das ist aber nett!«

Sie nahm den Topf erfreut aus seiner vorgestreckten Hand und drehte leicht verschämt ihr Gesicht ein wenig ins Halbprofil. Da wusste Karol wieder, woher er sie kannte. Oder besser gesagt: an wen sie ihn die ganze Zeit über erinnert hatte. Das Gesicht dieser Frau erinnerte ihn an die Eule aus einem Kinderbuch von Janosch, das er früher oft mit Marie durchgeblättert und gelesen hatte. »Die Eule und der Esel« hieß es. Wobei die Eule von Janosch eher unsympathisch war. Aber es erinnerte ihn ja auch nur das Äußere der gezeichneten Eule an diese nette Hospizpflegerin.

Vielleicht war ihm deshalb eben als Eisbrecher spontan der blöde Spruch von Vögeln und Würmern über die Lippen gehoppelt.

46

Das mit den vergifteten Rinderrouladen war ein Fehler gewesen. Aber wer hätte denn ahnen können, dass dieser größenwahnsinnige Opa gleich mit einer Wehrmachtspistole anrücken würde? Glück im Unglück war natürlich, dass bei der antiken Walther P.38 der Schlagbolzen geklemmt hatte. Sonst wären seine Knie jetzt Matsche. Dass er den Mann dann mit dem ersten Schuss gleich mitten ins Herz getroffen hatte, machte ihn natürlich stolz. Das war große Klasse gewesen.

Offenbar hatte auch niemand den Blattschuss gehört. Denn nachdem er die Leiche auf dem Gleis abgelegt hatte, war er zum Flachbau zurückgegangen und hatte die Pistole des Toten eingesammelt. Da sah alles noch genauso aus, wie er es verlassen hatte. Auch der fette Köter lag noch hinten bei den Müllsäcken.

Timo war mit dem Fahrrad zum Parkplatz gefahren, er hatte sich auf den Fahrersitz des Kangoos gesetzt und ein paar Minuten durchgeschnauft.

Hoffentlich hatte er keinen Fehler gemacht. Die Spezialisten von der Spurensicherung und der Rechtsmedizin hatten heutzutage enorme Hilfsmittel, um selbst das unscheinbarste Indiz zur heißen Spur mutieren zu lassen. Denen blieb so gut wie nichts verborgen. Was wäre, wenn die das Hemd des Opas im Labor untersuchen würden? Bestimmt könnten die im Gewebe ein paar Blutspritzer von dem Einschuss feststellen. Dieses Blut wäre dann ein paar Stunden älter als das, was bei dem Unfall auf der Schiene fließen würde.

Timo hatte den Kangoo angeworfen, war in die Jesuitengasse eingebogen und an der nächsten Kreuzung in die Simonskaul. Er war der schmalen Anliegerstraße, die das alte Weidenpesch mit der neueren Gartenstadt Nord verband, bis kurz vor der kleinen Eisenbahnbrücke gefolgt und hatte links in der halb zugewachsenen Einmündung eines Trampelpfads geparkt.

Er war zum Bahndamm runtergeklettert und hatte sein schwarzes T-Shirt ausgezogen. Niemand würde den Weg des millionenfach verkauften Artikels aus dem Hause KiK zu ihm zurückverfolgen können. Zum Glück hatte der Opa eine ähnliche Figur wie er.

Timo zerrte den Toten vom Gleis und lehnte ihn an die verrußte Wand der Unterführung. Er knöpfte ihm das dicke Baumwollhemd auf, zog den einen Arm heraus, ließ den Oberkörper etwas vorkippen und zerrte dabei am anderen Ärmel.

Es war eine schweißtreibende Angelegenheit gewesen, bis er den Mann endlich mit seinem schwarzen T-Shirt bekleidet und wieder auf dem Gleis deponiert hatte.

Das Hemd des Toten war tatsächlich unter dem kleinen Einschussloch mit Blut getränkt. Trotzdem hatte Timo es sich angezogen, bevor er in den Kangoo stieg. Es wäre zu auffällig gewesen, morgens um vier mit schwarzer Wollmütze und nacktem Oberkörper im Kleintransporter durch Köln zu schippern.

Mittlerweile dürfte der Morgenzug über den Toten hinweggerauscht sein. Aber die Sache war damit natürlich nicht vom Tisch. Im Gegenteil. Die Luft brannte. Falls jemand wusste, dass der Mann regelmäßig mit seinem Monsterköter an Lottas Versteck vorbei Gassi gegangen war, oder falls seine Leiche doch noch vor dem ersten Zug entdeckt worden war und man das Loch in seiner Brust gefunden hatte, wäre es nur eine Frage von Stunden, bis man Lotta im Luftschutzkeller entdeckte.

Timo war gegen halb fünf am Morgen von der Mathias-Brüggen-Straße in die Karl-Bosch-Straße eingebogen und hatte den Kangoo an der Westendstraße kurz hinter der Abzweigung zum Ossendorfer Weg abgestellt. Von keinem der Häuser auf der rechten Seite aus war der Kangoo zu sehen. Rechts standen Bäume, und links ragte die Mauer des Westfriedhofs in die Nacht.

Timo hatte die Nummernschilder des Kastenwagens wieder gegen die in Leverkusen geklauten ausgetauscht und die Firmenbeschriftungen auf beiden Türen mit weißer Folie abgeklebt. Genauso wie in der Nacht, als er Lotta entführt hatte.

Er war die kurze Strecke bis zur Karl-Benz-Straße zurückgegangen und von dort zum Haus in der Nöckerstraße geschlichen. Er war niemandem begegnet, auch nicht in dem verhassten Treppenhaus.

Kaum hatte er die Wohnungstür hinter sich zugezogen, war er ins Bad gegangen und hatte ein paar Pillen aus dem Spiegelschrank gefischt. Der Geist war klar, der Körper wach, nur die Nerven spielten ab und zu verrückt. Seine rechte Hand zuckte plötzlich immer mal wieder, und dabei wurde seine rechte Gesichtshälfte wie taub. Seine Handgelenke waren verquollen, und natürlich schmerzte am Hinterkopf auch immer mal wieder die Beule, die er Lottas perfekter Kampftechnik zu verdanken hatte.

Da er gerade vor dem geöffneten Schränkchen stand, hatte er auch gleich das Schlangengift, eine verpackte Spritze mit Kanüle und das Fläschchen mit den K.o.-Tropfen rausgenommen. Das Temazepam hatte er im Internet damals vor dem entscheidenden Rennen des Clio Cups bestellt. Wenn der in der Gesamtwertung führende Münchner rausgeflogen wäre, hätte Timo der dritte Platz gereicht, um den Pokal zu gewinnen. Aber der Drecksack hatte den Becher mit eisgekühlter Cola, den er ihm im Fahrerlager angeboten hatte, nicht angerührt. Obwohl es brüllheiß war an dem Tag. Timo musste dann im Rennen aufs Ganze gehen. Er hatte versucht, den Münchner abzuschießen. Bei dem Manöver aber war er selbst mit Totalschaden in der Leitplanke gelandet.

Er musste jetzt zügig und konzentriert handeln. Er liebte Lotta, das war ihm von Minute zu Minute klarer geworden. Er würde sie früher oder später heiraten, er würde ihren Sohn adoptieren und mit ihr gemeinsam noch ein paar kleine Timos fabrizieren.

So komisch es sich auch anfühlte: Im Nachhinein betrachtet

hatte der Mord an seinem Vater ihm den vom Schicksal vorbestimmten Weg zu seinem wahren Lebensglück gewiesen.

Der Mord an seinem Vater hatte auch Lotta den Vater genommen, und nun sollten sie beide sich miteinander und gegenseitig für ihre schweren Kindheiten belohnen. Manchmal ging das Schicksal eben seltsame Wege.

Lotta aber war noch nicht so weit, dies auch für sich selbst so zu sehen. Er musste sie zu ihrem Glück erst noch zwingen. Irgendwie konnte er ihr zurzeit noch eher abweisendes Verhalten natürlich nachvollziehen. Sie kannte ihn ja noch gar nicht richtig. Sie wusste nicht mal, wie leidenschaftlich er küssen konnte, wie lange sein Schwanz hart blieb, wenn er richtig in Form gekommen war. Aber das hatte Zeit. Sie musste lernen, ihn zu lieben. Sie würde lernen, ihn zu lieben. Etwas anderes blieb ihr gar nicht übrig.

Timo hatte seinen Onkel Vladyslav in Kiew angerufen und ihm erzählt, seine Freundin sei schwanger, wolle aber abtreiben. Deshalb müsse man sie ein paar Wochen wegsperren, bis sie zur Vernunft gekommen sei. Vladyslav, der glücklicherweise gut Deutsch sprach, weil er ein paar Jahre in Hamburg gelebt hatte, war ein Mann, der eine Abtreibung für Mord hielt und in der eigenen Familie keinesfalls duldete.

Er hatte vorgeschlagen, Timo solle seine Freundin narkotisieren und nach Mistelbach bringen. Das war ein kleiner österreichischer Ort nahe der Grenze zu Tschechien. Dort werde einer seiner Lkw warten und sie sicher nach Kiew bringen. Seine Baufirma habe grade eine alte Kaserne inklusive einer schalldichten Arrestzelle gekauft. Da könnte es sich seine Freundin bis zur Geburt des Babys gemütlich machen.

Es sei auch kein Problem, ihm und ihr neue Papiere zu besorgen. Vladylavs Drähte glühten in allen Amtsstuben.

Der Plan seines Onkels gefiel Timo. Allein schon die Art, wie Vladyslav sprach, welcher Wille und welche Kraft sich hinter seinen Worten verbargen, faszinierte ihn. Sein Vater war bestimmt auch so ein Mann gewesen, ein Mann, der sich die

Welt so einrichtete, wie er sie brauchte, und der niederwalzte, was sich ihm in den Weg stellte.

Jetzt hieß es schnell handeln. Mistelbach lag nördlich von Wien. Fast tausend Kilometer von Köln entfernt. Es war eine lange Fahrt mit dem Auto. Mit welchem Auto? Er besaß kein Auto. Ein Leihwagen wäre zu riskant. Er müsste seine Papiere zeigen, und was sollte er mit einem geliehenen Wagen machen, wenn sie in Mistelbach in Vladylavs Lkw umstiegen?

Timo entschied sich für folgende Variante: Er würde mit dem Kangoo fahren und sich bei seinem Chef krankmelden. Er würde Lotta in Kiew abliefern und selbst mit dem Zug nach Mistelbach zurückfahren. Danach würde er den Kangoo wieder nach Köln bringen, das Apartment aufgeben und den Job kündigen.

Es wäre bestimmt kein Problem für seine beiden Onkel, ihm als erfahrenem IT-Techniker einen guten Job zu besorgen. Lotta sollte während der langen Reise nach Mistelbach bequem liegen. Timo würde die Matratze aus ihrem Gefängnis auf die Ladefläche des Kangoo legen. Natürlich erst nachdem er Lotta eine ordentliche Portion Schlangengift verabreicht hätte. Auch fesseln würde er sie und ihren Mund mit Tape zukleben. Das musste sein. Hoffentlich fiel Lotta auf den Cappuccino-Trick mit den K.o.-Tropfen rein. Sonst würde es ein ernsthaftes Problem sein, ihr die Spitze mit dem Schlangengift in einen Muskel zu drücken.

Ein anderes Problem war, dass er nicht auf die Nacht warten wollte. Er musste Lotta so schnell wie möglich einladen und aus Köln rausbringen. Wenn sie am frühen Nachmittag vor dem Berufsverkehr auf der Autobahn wären, könnte er es mit ein paar Pinkelpausen bis morgen früh nach Mistelbach schaffen.

Dort würde Vladyslavs Lkw warten, und wenn dann alles weiterhin glatt verlief, wäre Lotta schon zwölf Stunden später in ihrem neuen ukrainischen Zuhause.

47

Nur eine Stunde hatte es Armin Köhler in seinem Ohrensessel ausgehalten. Er war nicht müde genug, um abschalten zu können. Die Sorge um das Leben seiner jungen Kollegin ließ ihn immer wieder hochschrecken. Um acht Uhr verabschiedete er sich von seiner Frau und fuhr ins Präsidium.

Als er das Dreierbüro seines KK2 betrat, war Hannes Burbach dabei, die Jugendämter in der Umgebung von Köln zu nerven. Bisher noch ohne Erfolg. Eine Akte aus den Jahren 1993 bis 1995 über den Vorgang, dass eine Mutter namens Shanna Gudiaschwili ihren Sohn zur Adoption freigegeben hatte, war noch nicht gefunden worden. Auch lag den angefragten Ämtern kein Beschluss eines Familiengerichts darüber vor, dass man besagter Mutter aus soziopsychologischen oder wirtschaftlichen Erwägungen heraus ein Kind abgenommen und zu einer Pflegefamilie vermittelt hätte.

Aber Burbach gab die Hoffnung nicht auf. Da Adoptionen nicht zentral, sondern föderal abgewickelt und archiviert wurden, hatte er noch eine lange Latte von Rufnummern vor sich auf dem Blatt.

»Morgen, Hannes.«

»Morgen, Chef.«

Köhler setzte sich auf den Stuhl, auf dem vor ein paar Stunden noch der polnische Gastermittler Karol Stanjek gesessen hatte.

Burbach drehte sich ihm zu und streckte die Beine aus.

»Bist du weitergekommen?«, fragte Köhler.

»Nicht wirklich«, antwortete Burbach. »Aber ich hab erst die Jugendämter hier in der Umgebung abgefragt. Der Knabe kann natürlich auch in irgendeinem anderen Bundesland adoptiert worden sein.«

»Haben die Kollegen vom Nachtdienst einen verdächtigen weißen Kastenwagen hochgenommen?«, schob Köhler nach.

»Die Kollegen haben letzte Nacht jede Menge weiße Kastenwagen kontrolliert, und sie kontrollieren fleißig weiter«, erläuterte Burbach. »Die Personalien der Fahrer liegen bei mir im Rechner. Von Stunde zu Stunde wird die Liste länger. Ich checke die gleich durch, und wenn jemand in unser Beuteschema passt, bitten wir die Person zum Speicheltest.«

»Das ist gut«, sagte Köhler. »Aber natürlich auch langwierig.«

»So ist es nun mal«, sagte Burbach mit fatalistischem Schulterzucken. »Denk an deine eigenen Worte, Chef: ›Nur der geduldige Ermittler ist ein guter Ermittler.‹«

»Bla, bla, bla«, sagte Köhler und trommelte mit allen zehn Fingern gleichzeitig auf der Schreibtischplatte.

»Morgen, die Herren«, erschallte die forsche Stimme des jungen KK1-Kollegen Alihan Demir aus dem Türspalt.

»Morgen, Alihan«, sagte Burbach, und Köhler nickte verspannt.

»Ihr sucht einen weißen Kastenwagen, richtig?«

»Und wie wir einen suchen!« Köhler federte aus dem Stuhl und machte einen schnellen Schritt in Richtung Tür.

»Da ist eine eklige Sache passiert heute Morgen, draußen in Weidenpesch«, berichtete der Kollege. »Ein alter Mann ist von einem Güterzug überfahren worden. Die Streifenbesatzung hat uns angefordert. Irgendwas könnte faul an der Sache sein. Schmidt und Kleinertz von der Spurensicherung sind schon vor Ort.«

»Was hat das mit einem weißen Kastenwagen zu tun?«, quengelte Köhler.

»Ein Zeuge hat sich gemeldet«, erklärte Demir, »der hat etwas Verdächtiges beobachtet. Ein weißer Kastenwagen spielt dabei wohl die Hauptrolle. Ich dachte, das erzähle ich euch gleich mal.«

»Vorbildlich, Kollege!«, lobte Burbach.

Demir lächelte bescheiden. »Ich fahre jetzt raus und schaue mir die Sache an.«

»Ist der Zeuge noch am Unfallort?« Köhler war nicht mehr zu bremsen.

»Der Streifenführer meinte, ja«, antwortete Demir.

Köhler packte den verdutzten Kollegen am Oberarm und drängte mit ihm aus dem Türrahmen. »Ich komme mit dir nach Weidenpesch! Ruf den Streifenführer an, er soll den Mann unbedingt festhalten!«

Jungkommissar Demir lächelte. »Hab ich nichts dagegen.«

»Bis später, Hannes!«

Hauptkommissar Köhler stürmte mit Demir den Flur entlang. Sein in Jahrzehnten gereifter Instinkt sagte ihm, dass durchaus ein Zusammenhang zwischen dem Geschehen am Bahngleis und Carlotta Jeffersons Verschwinden bestehen könnte.

48

In einer Gasse, die in die Hauptstraße von Bad Neuenahr mündete, hatte er einen Kiosk entdeckt, der neben Zeitungen, Getränken und Süßigkeiten auch mobile Telefone mit allerlei Zubehör in der Auslage anpries.

Karol war hineingegangen und hatte dem bärtigen Inhaber Paolos Zweithandy gezeigt. Ob die Möglichkeit bestehe, den Akku hier vor Ort beschleunigt aufzuladen oder gegen einen neuen auszutauschen, hatte er gefragt, worauf der vermutlich dem arabischen Kulturraum entstammende Verkäufer mitleidig gelächelt und beide Fragen ultimativ verneint hatte.

Daraufhin fragte Karol, ob er mal kurz ins Internet dürfe. Auf die Gegenfrage des Verkäufers, was er dort denn wolle, hatte Karol ihm »Notar Gillessen Bad Godesberg« in eines der vielen rumliegenden Smartphones buchstabiert.

Sekunden später steckte Karol einen Zettel mit entsprechender Adresse und Telefonnummer in seine Tasche.

Es war Viertel vor zehn, als er nahe der B 9 vor dem Hochhaus stand, in dessen viertem Stock Notar Gillessen in Sozietät mit einem Kollegen residierte. Es war ein plumper Betonklotz aus der Zeit, als man Bonn zur provisorischen Bundeshauptstadt auserkoren hatte.

Es ärgerte Karol, dass er dem Hauptkommissar nicht den Zehn-Uhr-Termin absagen konnte. Er hasste es, unzuverlässig zu sein. Der KK2-Boss würde jetzt bestimmt daran zweifeln, ob es richtig gewesen war, Karol vorbehaltlos zu vertrauen. Aber selbst wenn er einen öffentlichen Münzfernsprecher fand, wäre das keine Lösung. Denn er hatte Köhlers Nummer nur im Handy gespeichert, und an den Speicher kam er mit entleertem Akku nicht ran.

Wenn das Gespräch hier im Notariat abgehakt war, würde er

die Sekretärin bitten, bei Köhlers Dienststelle anzurufen. Die wüssten im KK2 ja bestimmt die private Handynummer ihres Vorgesetzten.

Oder auch nicht. Mal schauen.

Karol durchquerte den großzügigen Eingangsbereich des gepflegten Bürogebäudes und fuhr zum vierten Stock hoch.

Als er die Räumlichkeiten des Notariats betrat, okkupierte muffige Luft seine Nasenhöhlen, während dunkelgrauer Teppichboden die Geräusche seiner Fußsohlen einkassierte. Die Wände waren sandfarben und geschmückt mit verschnörkelten Blattgoldrahmen, die filigrane Kupferstiche aus der Region aufwerteten. Links saß hinter einem schmalen Empfangstresen eine korpulente Frau mit aufgelockten rötlichen Haaren und einer Lesebrille auf dem Nasenrücken, deren Bügel mit einem Goldkettchen im Nacken vor Abstürzen gesichert waren. Sie trug eine grobe Strickjacke aus weinroter Wolle über einer weiß und gelb gestreiften Bluse, ihre Hände lagen auf der Tastatur vor einem altmodisch massigen Monitor.

»Guten Tag«, sagte Karol professionell sachlich.

Die Empfangsdame schaute auf. »Bitte schön?«

»Ich würde gerne mit Herrn Dr. Gillessen sprechen.«

»Tut mir leid, der Herr Notar ist heute den ganzen Tag über auf auswärtigen Terminen.«

Karol nickte nachdenklich und sortierte sich neu. »Es geht um eine Rechnung, die ich begleichen will.«

»Eine Rechnung von uns?« Der Klang ihrer Stimme wurde samtig.

»So ist es«, sagte Karol. »Meine Cousine hat vor Kurzem Notar Gillessen beauftragt, für sie eine Recherche durchzuführen. Die Arme ist aber leider Gottes so schwer erkrankt, dass sie mich gebeten hat, dafür zu sorgen, dass ihre Rechnung beglichen wird. Ich zahle bar.«

Die Sekretärin nickte angetan, bediente ein paar Tasten auf der Tastatur und schaute zu Karol. »Wie heißt Ihre Cousine?«

»Weimer, geborene Gudiaschwili, verwitwete Barischov«, beantwortete Karol die Frage formvollendet. »Der Vorname ist Shanna.«

Die Dame nickte. »An den Vorgang erinnere ich mich.« Sie öffnete eine Seite und las vom Bildschirm ab. »Termin mit Herrn Timo Neufert im Hospiz im Ahrtal.«

»Genau darum geht es«, lobte Karol. »Timo ist Shannas Sohn«, erklärte er, was die Dame vermutlich sowieso schon wusste. »Aber der junge Mann ist immer knapp bei Kasse. Da hab ich meiner Cousine versprochen, dass ich die Rechnung bezahle.«

»Das ist nett von Ihnen«, sagte die Dame in Weinrot. »Aber hier ist ein Vermerk, dass Herr Gillessen in diesem Fall auf eine Rechnungsstellung verzichtet.«

»Das wird Timo aber freuen«, sagte Karol.

»Herr Neufert wäre sowieso nicht der Adressat der Rechnung gewesen. Die Auftraggeberin ist Frau Weimer.«

Karol beugte sich so weit vor, wie der Tresen ihn ließ. Bevor der Blick der Dame ihn dafür heftig tadelte und ihre rechte Hand die Kante des Bildschirms ergriff und von ihm wegdrehte, hatte er gelesen, was er lesen musste.

49

Hauptkommissar Köhler hatte schon Hunderte Leichen gesehen, aber der Anblick von den Fragmenten menschlicher Physis, der sich ihm auf dem Gleisbett unter der Simonskaul bot, würde ihn in seinen Träumen noch eine ganze Weile verfolgen.

Zu spät hatte der Lokführer den Gegenstand auf dem Gleis entdeckt und den schwer beladenen Güterzug erst dreißig Meter hinter der Unterführung mit glühenden Rädern zum Stehen gebracht.

Er war ausgestiegen und hatte sich schmerzliche Gewissheit darüber verschaffen müssen, dass es tatsächlich ein menschlicher Körper gewesen war, der eben das kurze Rumpeln unter den Vorderrädern verursacht hatte.

Zwei Streifenwagen, ein Feuerwehrzug mit Rettungsfahrzeug und der Notarzt waren herbeigeeilt und kurz darauf auch Heike Schmidt und ihr Assistent Thorsten Kleinertz von der Spurensicherung. Die beiden hatten sofort ihre antiseptischen weißen Overalls übergestülpt und erst mal alles fotografiert, was es zu fotografieren gab, während die Kollegen vom Streifendienst Folien aufspannten, um den Unfallort für Passanten unsichtbar zu machen.

Der Notarzt hatte einen Blick auf die Leichenteile geworfen und war wieder abgefahren.

Die Feuerwehrmänner sahen sich nicht in der Lage, den Toten zu bergen, und baten den Lokführer, langsam zurückzusetzen, bis das obere Drittel der Leiche zugänglich wäre.

Die beiden Arme hätte man schon einsammeln können, die Hüfte bis runter zu den Füßen auch. Die Büste aber lag zwischen zwei Schwellen auf dem Gleiskörper. Sie sah aus, als wäre sie im Museum vom Sockel gekippt.

Hauptkommissar Köhler rutschte hinter Kollege Demir durch das Gestrüpp zum Gleis runter und trat hinter den behelfsmäßigen Paravent, wo Spusi Heike Schmidt gerade mit einem buschigen Pinselchen in einer Schubkarre um ein Häuflein Basaltschotter herumfeudelte.

Als sie den KK2-Chef erkannte, richtete sie sich auf und nickte ihm freundlich zu.

»Morgen, Herr Köhler.«

»Morgen, Frau Schmidt.«

»Schöne Schweinerei«, brachte es die Tatortspezialistin treffend auf den Punkt.

Köhler lächelte verkniffen, ließ den Blick kurz schweifen und fasste mit zynischem Unterton in der Stimme seinen ersten Eindruck zusammen: »Alter Mann klaut in aller Herrgottsfrühe Steine aus dem Gleisbett, bekommt dabei einen Herzinfarkt und bricht ausgerechnet genau über der Bahnschwelle zusammen.«

»Schon seltsam«, pflichtete Frau Schmidt ihm versteckt grinsend bei.

»Frau Kollegin, Sie hatten etwas mehr Zeit, sich umzuschauen. Was sagt Ihnen Ihr geschultes Auge?«

»Hier gibt es eine Schubkarre mit ein paar Steinen drin, aber keine Schaufel oder so was, und an den Händen des Opfers ist kein Basaltstaub.«

Köhler blickte auf die mit den Handflächen nach oben neben dem Gleis liegenden Unterarme. »Sie haben die Hände schon untersucht?«

»Was sein muss, muss sein.« Frau Schmidt zuckte schicksalsergeben mit den Schultern.

Köhler trat an die Schubkarre heran und deutete auf einen roten Fleck. »Blut?«

Frau Schmidt nickte. »Ja, relativ frisches Blut – und Hundehaare.«

»Hundehaare?«, fragte Köhler erstaunt nach und ließ die Info kurz durchsacken.

»Kurze schwarze Hundehaare«, präzisierte Frau Schmidt. »Auch Speichel ist dabei. Das Blut sieht aus wie menschliches.«

»Menschenblut und Hundespeichel in derselben Schubkarre«, sinnierte Köhler und streichelte kurz seinen kahlen Schädel.

»Das Labor wird uns mehr darüber sagen können.«

»Was wissen wir über den Toten?«

»Männliches Wesen, siebzig bis achtzig Jahre alt, vermutlich deutschstämmig. Geputzte Schuhe, Hose von C&A, T-Shirt von KiK. Und eine Vermutung, wie er heißen könnte, haben wir auch.«

»Hatte er Papiere dabei?«

»Eine Quittung mit einem Namen drauf«, erläuterte Frau Schmidt, »und einen einzelnen Schlüssel. Normschloss Haustür. Baumarktartikel.«

Sie reichte ihm zwei durchsichtige Tütchen. In einem war ein Schlüssel, im anderen die recht formlose Quittung einer Tierarztpraxis auf der Neusser Straße. Ausgestellt auf den Namen »Walter Grützmacher«. Diagnose: Intoxikation, Liquidation: hundertvierzig Euro. Bar erhalten. Ausgestellt am gestrigen Tag.

»Das ist doch schon mal was«, sagte Köhler und nickte dem Kollegen Demir zu, der sich fleißig Notizen machte und ein paar Handyfotos schoss.

»Was war denn mit dem Zeugen und dem weißen Kastenwagen?«

»Der Streifenführer hat sich mit ihm unterhalten«, antwortete der junge Kommissar und suchte den Blick des ältesten der anwesenden Uniformierten. Der etwa vierzigjährige strohblonde Mann fühlte sich auch sofort angesprochen. Er kam auf die Kripo-Männer zu und ergriff die Hand, die der KK2-Boss ihm entgegenstreckte.

»Köhler«, stellte sich der Hauptkommissar vor.

»Husemann«, machte es ihm der Streifenführer nach. Sie schüttelten Hände mit smart, cool und einseitig verzogenen Mundwinkeln.

»Kollege Demir sagte, es gäbe einen Zeugen, der etwas über einen weißen Kastenwagen erzählen konnte?«

Husemann zückte ein in hellbraunes Leder gebundenes Notizbuch. »Seine Personalien habe ich notiert. Guido Nietiet. Mit zwei Mal ie. Wenn Sie ihn persönlich sprechen wollen: Er arbeitet hundert Meter entfernt in der Motorradwerkstatt linker Hand.«

»Gut zu wissen«, konstatierte Köhler. »Was hat er denn ausgesagt, der Schrauber?«

Husemann hatte eine Menge Stichworte notiert, und es gelang ihm mühelos, die vor einer Stunde stattgefundene Zeugenbefragung nachzuerzählen. Der sechsunddreißigjährige Nietiet habe bis in den frühen Morgen mit zwei Kumpeln in der Werkstatt drüben Skat gespielt. Gegen vier Uhr morgens habe er mit dem Fahrrad den Heimweg Richtung Longerich angetreten. Da habe ein weißer Kangoo mit Kölner Kennzeichen und eingeschalteter Innenbeleuchtung auf dem Weg gegenüber der Brücke gestanden. Das sei ungewöhnlich. Deshalb habe Nietiet zwanzig Meter weiter hinter dem Busch angehalten und eine Zigarette geraucht. Da sei ein junger Mann mit schwarzer Wollmütze auf dem Kopf und nacktem Oberkörper und einem Stoffknäuel in der Hand das Gleisbett hochgekrochen gekommen. Der Mann sei dann zügig in den Kangoo gestiegen und in Richtung Weidenpesch abgefahren.

Husemann holte Luft, und sofort platzte es ungeduldig aus Köhler: »Hat der Mann das Autokennzeichen notiert?«

»Ich war noch nicht fertig, Kollege«, mahnte Husemann und schlug unbeirrt die nächste Seite seines Notizbüchleins auf. »Das Kennzeichen fing wohl mit K-KC an. Er war sich nicht ganz sicher. Die Zahlen hat er nicht erkennen können.«

»Schade.«

»Aber es sei eine Firmenwerbung an der Tür gewesen«, tröstete ihn Husemann. »Irgendwas mit Kabel soll es gewesen sein.«

50

Er hatte keine Sekunde geschlafen in der letzten Nacht. Aber an den vier Koffeindröhnungen in der Tanke am Rhein und im Hightech-Kiosk von Bad Neuenahr lag es nicht, dass Karols Körper pulsierte wie der eines Zehnkämpfers im Olympiafinale vor dem abschließenden Tausendfünfhundert-Meter-Lauf.

Karol hatte den Namen und die Adresse von Timo Neufert erfahren, und er spürte, dass dies die Spur war, die ihn zu seiner Marie führen würde.

Er hätte mit den Füßen nachgeholfen, bis die Sohlen verbrannt wären, wenn sein Kymco dadurch auch nur einen Kilometer pro Stunde schneller geworden wäre.

In Rodenkirchen war er in den Militärring eingebogen und hatte weiterhin hemmungslos Vollgas gegeben, mehrere rote Ampeln überfahren und unzählige Stinkefinger von gesetzestreueren Verkehrsteilnehmern einkassiert.

Am FC-Stadion vorbei, unter der Aachener Straße durch, Blumen Dinger's passiert und dann rechts in die Venloer. Zwischen Friedhof, Steinmetzen und Blumengeschäften durch, dann links in die Mathias-Brüggen-Straße und gleich wieder links in die Karl-Bosch-Straße. Die war er durchgebrettert und hatte den Roller oben an der Westendstraße abgestellt.

Er klickte den Helm mit dem Spezialschloss an einem der Chrombügel fest und stopfte stattdessen die rostrote Outdoorjacke in den Hohlraum unter der Sitzbank. Falls er später hinter Barischovs Sohn herfahren müsste und der ihm vorher zufällig hier in der Gegend über den Weg gelaufen wäre oder ihn vielleicht aus dem Zimmer seiner Wohnung heraus beobachtet hätte, würde dieser Timo den recht auffälligen Farbton der Jacke unter Umständen im Rückspiegel wiedererkennen.

Zu kalt war es ihm nicht in dem Kapuzenpulli, und diese Mode kam ihm heute ganz gelegen. Er zog die Kapuze über den

Kopf und an beiden Schnurenden, bis ihm die Vorderkante tief in der Stirn hing. Er sah aus wie ein zeitlos alter Hip-Hopper mit Knieschaden. In diesem Viertel die perfekte Tarnung.

In der Nöckerstraße war er in seinem bisherigen Leben noch nie gewesen. Als sich der Blick in die von vierstöckigen Mietshäusern gesäumte Straße vor seinen Augen auftat, stellte er fest, dass er nicht viel verpasst hatte.

Haus Nummer 17 war grau und verkommen, mit alten Fenstern und ungepflegtem Eingang. Karol schaute auf die Schellen. Fast keines der Schildchen war beschriftet. »Neufert« stand nirgendwo. Die Haustür ließ sich widerstandslos aufdrücken. Auch auf keinem der Briefkästen stand der gesuchte Name. Die meisten Kästen waren aufgebogen, sodass man die Post auch ohne Schlüssel rausnehmen konnte. Im Gegensatz zu den Klingeln aber waren hier alle Kästen bis auf einen mit Namen versehen. Oder mit Kürzeln. Auf einem klebte ein Streifen Malerkrepp mit den draufgekritzelten Initialen T.N.T. Timo Neufert vermutlich. Der dritte Buchstabe in Verbindung mit den beiden Vorgängern war vermutlich ein Gagversuch. Das spielte aber nicht wirklich eine Rolle, denn er hatte nicht vor, Timo Neufert einen Liebesbrief in den richtigen der acht verbeulten Kästen zu stecken.

Karol blieb nichts anderes übrig, als sich unauffällig in der Gegend herumzudrücken und den Hauseingang im Auge zu behalten, bis Timo Neufert zurückkäme. Dann würde er warten, bis der Mann sich wieder in Bewegung setzte, und darauf hoffen, dass er ihn zu Maries Versteck führen würde.

Wenn das im Laufe der nächsten zwölf Stunden nicht geschehen würde, würde er zum Polizeipräsidium fahren und Köhler die Bickendorfer Personalie nennen.

Unabhängig davon, dass er an die gespeicherte Handynummer mit plattem Akku nicht drankam, wollte er es erst mal auf eigene Faust probieren. Denn Polizeiapparate sind schwerfällig und von Vorschriften kastriert. Vermutlich musste man dem

Innenminister erst drei sorgfältig ausgearbeitete Vorgehenspläne darlegen, bevor sich der Oberbefehlshaber für eine der Varianten entschied. Der hohe Herr würde wahrscheinlich eine in geschlossener Schlachtreihe anrückende Tausendschaft favorisieren, die den Entführer dann aber wegen eines Kommunikationsproblems bedauerlicherweise knapp verpassen würde. Da könnte Karol als Ein-Mann-Armee im Vorteil sein.

Er verließ das Haus und stromerte um den Block. Etwa zehn Mal, dann erweiterte er den Radius. Er lernte alle Häuser in der Wolffsohnstraße kennen, in der Daimlerstraße, in der Karl-Bosch-, in der Karl-Benz- und in der Westendstraße bis zur Ecke Ossendorfer Weg. Weiter durfte er sich weder von Timos Haustür noch von seinem Kymco wegbewegen.

Die Situation wurde nerviger und nerviger. Karol hatte mittlerweile tierischen Hunger und Durst. Aber es gab keinen Kiosk und keine Bäckerei im Block.

Er begutachtete alle Autos, die hier parkten, und alle Motorräder, Mopeds und Roller, die vor den Häusern abgestellt waren. Zwei baugleiche Brüder von seinem Kymco waren darunter. Der Taiwanese erfreute sich bei einer bestimmten Klientel offenbar großer Beliebtheit.

Auf seiner nächsten Runde drehte er gerade am Ossendorfer Weg wieder ab, als er etwas weiter hoch das aus einer Parktasche rausstippende Heck eines weißen Kastenwagens erblickte. Konnte nicht schaden, sich das Teil mal anzuschauen.

Es war ein weißer Renault Kangoo mit Leverkusener Kennzeichen in der Handwerkerversion mit nur einer Schwingtür zum fensterlosen Laderaum.

Karol schaute durchs Fenster der Beifahrertür. Das typische Firmenauto, verdonnert zum Dauereinsatz bei einem jungen Handwerker: total verdreckt und zugemüllt mit Kaugummipapierchen, Kaffeebechern, zerdrückten Coladosen, Werbeflyern und Boulevardblättern.

Karol senkte den Blick und entdeckte die hauchdünne Kante

einer Folie, die unterhalb des Fensters auf der Tür klebte. Er knibbelte mit dem Fingernagel die obere Ecke los und zog das Plastiktuch so weit runter, bis er das vollständige Logo mit Adresse, Telefonnummer und E-Mail-Kontakt einer Firma namens KabelCom lesen konnte. Er zog seinen Kuli aus der Hosentasche und notierte alle Angaben auf der Tankquittung von der Rheinuferstraße, auch das Kfz-Kennzeichen krakelte er dazu.

Er packte den Türgriff und zog. Pech. Auch das Schloss zur Ladefläche war verschlossen.

Karol trat von dem Fahrzeug weg, zog die Kapuze in seine Stirn und machte sich wieder auf die Runde, die er schon hundertmal gemacht hatte. Gefühlt hundertmal. Jetzt wäre es nicht schlecht, den Köhler an der Seite zu haben. Einen erfahrenen Mann, dem auch an Maries Schicksal gelegen war. Aber momentan war es vollkommen unmöglich, sich von hier wegzubewegen, um einen geladenen Akku zu besorgen oder eine Telefonzelle zu suchen. Hier im Block stand leider keine. Vermutlich weil sie schon die erste Nacht nicht überlebt hätte.

Der geparkte Kangoo ließ vermuten, dass Timo Neufert zu Hause war. Er könnte natürlich seinen Firmenwagen hier auch nur abgestellt haben. Wenn es überhaupt sein Firmenwagen war. Wobei sich Karol wieder schemenhaft an den Kastenwagen vor der Bäckerei erinnerte, der am frühen Morgen, als Marie entführt wurde, auf der Neusser Straße drehte und stadtauswärts davonfuhr. Mit einer Person am Steuer, die eine schwarze Wollmütze trug. Der Wagen hatte so ausgesehen wie der gegenüber der Friedhofsmauer dahinten.

51

Auf einmal hatte ihn ein Müdigkeitsschock erwischt. Trotz der Pillen konnte Timo die Augen nicht mehr offen halten, und seine schmerzenden Handgelenke waren so schwer geworden, dass sie ihn fast auf den versifften Teppichboden in seinem Apartment runtergezogen hätten. Er hatte sich aufs Bett fallen lassen und war sofort weg gewesen.

Gegen Mittag war er aufgewacht und hatte seinen Plan noch mal durchdacht. Er würde mit Lotta auf der Ladefläche am späten Nachmittag Richtung Österreich losfahren, dort in Vladyslavs Lkw umsteigen, dann von Kiew irgendwie zurück zum Kangoo und den dann wieder nach Köln fahren, den Job kündigen und in die Ukraine zurückreisen.

Das klang irgendwie irre. Kam er überhaupt ohne die Begleitung von Onkel Vladyslav durch Tschechien und wieder in die Ukraine rein? Er war zwar ein professionell ausgebildeter Autofahrer, aber würde er die Strecke Köln–Wien–Köln–Kiew ohne Übernachtungsstopp schaffen?

Timo musste sich was anderes einfallen lassen. Und ihm war etwas eingefallen. Er hatte seinen Chef angerufen und gesagt, seine Tante in Mecklenburg-Vorpommern sei plötzlich gestorben, er müsse sich sofort um die Beerdigung und die Erbschaft kümmern, dafür brauche er drei Tage Urlaub. Eine Antwort des Chefs hatte er nicht abgewartet, sondern nach seinem Monolog gleich das Firmenhandy ausgeschaltet.

Die Nummer seines privaten Prepaid-Smartphones hatte er seinem Chef nicht gegeben. Die Adresse hier in Bickendorf auch nicht.

Timo würde das Firmenhandy nur noch ein Mal anmachen. Und zwar, wenn Lotta auf der Ladefläche von Onkel Vladyslavs Laster lag.

Er würde seinem Chef mit panischer Stimme mitteilen, dass

ihn in Mecklenburg-Vorpommern osteuropäische Gangster verschleppt hätten und er nicht wisse, wo sie ihn hinbrächten. Und Ende.

Er würde das Handy in Misteldorf unter den Vorderreifen des startbereiten Lkw legen und die Folien vom Kangoo abziehen. Irgendwann käme die örtliche Polizei bestimmt auf die Idee, KabelCom in Köln anzurufen und zu fragen, was ihr herrenloser Kangoo in der österreichischen Provinz verloren hatte.

Dieser Plan gefiel ihm viel besser. Auch weil er dann nicht so lange von seiner Lotta getrennt sein würde und er gemeinsam mit ihr die Arrestzelle in Kiew gemütlich herrichten könnte.

Dieser Plan bedeutete aber auch, dass er von seiner Bude hier nun Abschied für immer nehmen müsste. Das gefiel ihm im Prinzip natürlich sehr gut, aber er besaß doch ein paar Sachen, die er mitnehmen wollte. Seine Lieblingsklamotten, seinen Laptop und seinen Computer, seine Sammlung klassischer Modellautos und ein paar teure Spezialwerkzeuge.

Auf dem Laptop hatte er jede Menge geile US-Serien gespeichert, und er hatte einen Adapter fürs Netzkabel gelötet, den er in die Buchse des Zigarettenanzünders stecken konnte. Wenn die Wirkung des Schlangengifts nachgelassen hätte, könnte die gefesselte Lotta während der langen Zeit auf der Autobahn eine Serie nach der anderen schauen.

Zum Glück hatte er im Keller noch vier zusammengefaltete Umzugskartons. Aber die Ladefläche des Kangoos war nicht besonders groß. Er müsste das Firmenwerkzeug ins Stellwerkhaus stellen, damit er Lottas Matratze, sein Fahrrad und die vier Kartons darin unterbringen könnte.

Timo verließ das Haus, ging die Westendstraße hoch und stieg in den Kangoo. Er setzte sich hinters Steuer und steckte den Schlüssel ins Schloss. War das jetzt ein guter Plan? Hatte er an alles gedacht?

Er versuchte, konzentriert nachzudenken. Aber es rauschte in seinen Ohren, seine Handgelenke pulsierten, und die Beule am Hinterkopf stieß spitze Pfeile in seine Hirnmasse.

Es gab Situationen, da kam man mit Denken nicht weiter. Da musste man handeln. Augen auf und durch. Wie beim Autorennen. Wer zu viel nachdachte hinterm Steuer, der starb jung.

Timo fuhr um den Block und parkte direkt vor seinem Haus. Er schob die vier Kartons auf die Ladefläche und warf die Hausschlüssel in seinen Briefkasten.

Er würde der Hausverwaltung eine SMS schreiben. Die hätten keine Not, die Bude direkt wieder zu vermieten. Dreihundertzwanzig Euro im Monat war ein guter Preis für ein Singleapartment.

52

Noch vom Weidenpescher Bahndamm aus hatte Köhler Hannes Burbach die Neuigkeiten durchgegeben und den Kollegen instruiert, die Soko Jeff ausschwärmen zu lassen.

Auf der Rückfahrt zum Präsidium dann hatte er vom Beifahrersitz aus mehrfach versucht, Karol Stanjek anzurufen. Der ging aber nicht dran. Es war jetzt schon nach zehn Uhr, und es gab verschiedene Optionen. Stanjek hatte wie verabredet vor der Sparkasse am Ebertplatz auf ihn gewartet und war nun stocksauer, dass Köhler nicht erschienen war. Stanjeks Handy war verloren gegangen oder kaputt, oder er hatte es aus Versehen abgeschaltet, oder der Akku war alle.

In dem Fall hätte Stanjek vielleicht von einem öffentlichen Münztelefon aus im Präsidium anrufen können. Das hatte er nicht getan, wie Burbach mitteilte. Blöd gelaufen. Aber nicht mehr zu ändern.

Hoffentlich machte der Kerl jetzt keine Dummheiten. Zuzutrauen war dem alten Haudegen einiges.

Köhler hatte sich zu Burbach ins Büro gesetzt, den Termin der Pressekonferenz auf den morgigen Nachmittag verschoben und sich von den Soko-Kollegen live über jeden Schritt der Ermittlungen informieren lassen.

Schnell ließen sich die Mosaiksteine zusammenfügen. Der Tierarzt von der Neusser Straße hatte ausgesagt, Rentner Walter Grützmacher sei mit seinem alten Rottweiler Walter gestern bei ihm gewesen. Der Hund habe vorsätzlich ausgelegtes vergiftetes Rindfleisch gefressen. Ob der Hund die Nacht überlebt habe, wisse er nicht.

Zwei Kollegen waren zu Grützmachers Adresse gefahren. Der alte Mann hatte dort allein mit seinem Hund gelebt, von dem ein Foto auf der Kommode im Wohnzimmer stand. Ein bulliger schwarzer Rottweiler mit treuem, traurigem Blick. Die Futternäpfe seien noch gefüllt gewesen, von dem Tier aber fehle jede Spur.

Die Zeugenaussage des Motorradschraubers mit den zweimal ie im Nachnamen war ein Volltreffer gewesen. Es gab tatsächlich eine Firma namens KabelCom, und die verfügte über eine Flotte von zwölf Kastenwagen verschiedener Hersteller, aber alle weiß und mit dem Firmenlogo auf beiden Türen. Alle zwölf Kennzeichen begannen mit K-KC. Ins Profil des Gesuchten passten vier junge Techniker, von denen keiner Juri hieß. Drei von ihnen hatte der Chef gebeten, mal kurz zum Firmengelände zu kommen, um mit seinem »Besuch« ein paar Takte zu reden. Die drei Techniker waren brav angetanzt und hatten entspannt mit den Kripo-Leuten geplaudert.

Der vierte hieß Timo Neufert, und der hatte sich heute Morgen für drei Tage freigenommen, um eine dringende Erbschaftsangelegenheit in Mecklenburg-Vorpommern zu regeln. Der Chef sagte augenzwinkernd über diesen Neufert, der Mann sei irgendwie genial und irgendwie verrückt. Fünfzig Prozent so, fünfzig Prozent so.

Das war ihr Mann. Da waren sich alle beteiligten Kripo-Leute sicher.

Als Adresse hatte Timo Neufert bei der Unterschrift des Arbeitsvertrags seinem Chef Lerchenweg 8 in Stommeln bei Pulheim angegeben.

Zwei Kollegen waren sofort aufgebrochen und hatten dort die verwitwete Adoptivmutter Marlis Neufert angetroffen, die weinend bedauerte, dass »ihr« Timo vor sieben Jahren jeden Kontakt abgebrochen habe und sie nicht wisse, wo sich ihr Sohn seitdem aufhalte. Sogar zur Beerdigung ihres Mannes im vorletzten Jahr hatte sie »den Bub« nicht einladen können.

Der weiße Kangoo, mit dem Timo Neufert unterwegs war, hatte das Kennzeichen K-KC 535 und das auffällige Logo der Firma KabelCom auf beiden Türen. Köhler hatte alle Streifen und Zivilfahnder mit höchster Dringlichkeitsstufe aufgefordert, nach diesem Wagen Ausschau zu halten und ihm dessen Standort über eine eigens freigeschaltete Funkfrequenz unverzüglich ins KK2 zu melden. Es sei größte Sensibilität geboten. Der Fahrer dürfe auf keinen Fall merken, dass er verfolgt werde. Wenn er irgendwo sein Fahrzeug verließe, müssten sich unauffällig Zivilfahrzeuge in der Nähe so positionieren, dass die möglichen Zu- und Abfahrten unter Kontrolle wären. Bei allen Aktionen sei größte Sorgfalt geboten, denn das Leben der Kollegin Carlotta Jefferson stehe auf dem Spiel.

53

Es war sehr mühsam, den Zement mit dem geplätteten Tischbein von dem Schwerlastdübel wegzukratzen, in den Timo den Ringhaken geschraubt hatte, an dem die Befestigung ihrer Handfessel verschweißt war. Sie hatte erst zwei oder drei Millimeter geschafft, und in ihren beiden Handflächen blühten schon pralle Blasen. Kolikartig verkrampfte sich immer wieder ihr Unterleib, und die Toilette hatte sie seit Langem nicht mehr benutzen müssen.

Lotta legte sich aufs Bett und starrte das an, was sie im matten Lichtschein des LED-Lämpchens von der Decke ihres Verlieses erkennen konnte. Sie sollte versuchen zu schlafen.

Sie schloss die Augen und atmete kontrolliert ein und aus, wie sie es mal in einem Wochenendkurs für autogenes Training gelernt hatte. Ganz tief und ruhig bis runter zum Sonnengeflecht. Immer wieder. Ihr Körper wurde schwer und warm.

Da hörte sie etwas über sich. Sie erhob sich und klemmte ein Handtuch über den Ringhaken, an dessen Umfeld sie herumgekratzt hatte.

Die Riegel wurden geschoben, die Tür ging auf, und die Leiter senkte sich runter auf den Kunstrasen. Sie sah neue Turnschuhe, zwei Beine in Jeans, einen orangefarbenen Rücken ohne Rucksack und dann einen Hinterkopf ohne schwarze Wollmütze.

Es war ihr Entführer Timo, der zum ersten Mal nicht in seiner Arbeitsmontur zu ihr herunterstieg. Seine Handgelenke waren mit weißem Mull verbunden. Er hielt sich nur mit einer Hand am Holm der Leiter fest, denn die andere hielt einen Pappträger, in dem vier Becher steckten.

Timo drehte sich zu ihr um und lächelte. Richtig nett und offen und ehrlich. Er sah aus wie der gut erzogene Schwiegersohn von nebenan, in seiner sauberen Jeans und seinem leuchtenden

Poloshirt mit dem kleinen Krokodil auf dem Herzen. Das Einzige, was nicht in dieses Bild passte, war die Pistole, die vorn in seinem Gürtel steckte.

Aber als er dieses Unbehagen in ihrem Blick las, zog er die Pistole aus dem Bund und legte sie hinter den Klappstuhl.

»Ich habe Cappuccino mitgebracht«, sagte er, »und für jeden einen Brownie.«

Er checkte kurz ab, wie groß die Gefahr einer Attacke war, machte dann einen großen schnellen Schritt, stellte zwei der Becher auf den Boden und huschte zu seinem Campingstuhl zurück.

»Das ist gut.« Lotta lächelte. »Eben habe ich noch gedacht: Ein Kaffee wäre jetzt genau das Richtige für meine Stimmung und für meine Verdauung.«

Sie lächelte, kroch vom Bett und setzte sich neben die beiden Pappbecher. Sie machte die Deckel ab und schnupperte am Kaffee.

»Wunderbar!«, schwärmte sie.

»Erst wenn man etwas nicht mehr hat, lernt man es so richtig zu schätzen.«

Sie nahm einen kleinen Schluck, und auch Timo hielt seinen Becher an die Lippen. Sie prosteten sich zu. Lotta zog aus dem zweiten Becher ein weiches dunkelbraunes Gebäck, schnupperte verzückt daran, schloss die Augen und biss lustvoll hinein.

Timo beobachtete sie verliebt.

»Bis zu meinem sechzehnten Lebensjahr dachte ich, meine Adoptiveltern seien meine echten«, begann er zu reden, »aber ab dem Moment, in dem ich die Wahrheit erfuhr, war mir klar, warum ich mich nie richtig wohl bei ihnen gefühlt hatte. Ich mochte das Essen nicht, das sie kochten, ich hasste die Musik, die sie hörten, ich verachtete alle ihre Bekannten und Verwandten. Ich hatte mich immer gefühlt, als lebte ich in einem fremden Körper.«

Er brach ab und nahm einen Schluck Kaffee.

Auch Lotta nahm einen.

Was redete der da? Fremd im eigenen Körper? Genauso hatte sie sich als blondes Mädchen mit einer alleinerziehenden, immer traurigen Mutter auf Sizilien auch gefühlt.

»Aber es war genau umgekehrt«, fuhr Timo mit ruhiger Stimme fort. »Ich war im richtigen Körper, aber die Welt um mich herum war die falsche.«

Lotta schaute ihn an.

»Ich kenne dieses Gefühl«, sagte sie schließlich. »Deshalb bin ich nach Köln zurückgekehrt.«

»Von wo?«

»Sizilien.«

Timo schaute sie lange an, bevor er leise sagte: »Dein Vater hat meinen Vater getötet und damit uns beide zu Waisenkindern gemacht.«

Lotta starrte ihn an. Fast wäre der Kaffeebecher aus ihrer Hand gerutscht. Jetzt wurde ihr alles klar. Timo war der Sohn von Sergej Barischov. Er rächte sich an ihr für das, was ihr Vater seinem Vater angetan hatte.

Als sie langsam wieder ihre Fassung zurückgewonnen hatte, schaute sie ihm in die Augen. »Das tut mir sehr leid, glaub mir«, sagte sie. »Ich habe die Akte vor Kurzem noch mal gelesen. Dein Vater hatte sich in dieser Angelegenheit tatsächlich nichts zuschulden kommen lassen. Und mein Vater war das Opfer einer Intrige.« Kaum hatte sie das letzte Wort ausgesprochen, da zuckte etwas in ihrem Kopf, und die Luft vor ihren Augen flirrte. Vermutlich war das alles zu viel für ihren Körper und ihre Psyche.

Sie schaute zu Timo, der sie sehr genau beobachtete.

Plötzlich horchte er auf und hob den Kopf. Er stand langsam auf und ergriff die Pistole, die hinter dem Klappstuhl lag.

54

Nachdem Karol den weißen Kangoo auf der Westendstraße entdeckt hatte, war er ständig hin- und hergependelt auf den entscheidenden fünfzig Metern, von denen aus er sowohl das Heck des Kastenwagens als auch die Eingangstür von Timos Haus im Blick hatte.

Er war wahnsinnig durstig, hungrig und steinmüde. Außerdem zermürbte ihn dieses tatenlose Abgammeln. Aber er konnte jetzt auf keinen Fall zu einer Bäckerei düsen, um schnell drei Brötchen, drei Kaffees und drei Flaschen stilles Wasser zu kaufen. So gern er es auch getan hätte. Er musste hier ausharren. Auch auf das Risiko hin, dass er auf die falsche Karte gesetzt hatte. Es könnte schließlich durchaus sein, dass dieser Timo hier seinen Firmenwagen abgestellt hatte und mit einem Motorrad oder einem Fahrrad oder mit der Straßenbahn oder einem Privatwagen in der Weltgeschichte herumgondelte. Vielleicht sogar mit Marie im Kofferraum.

Wenn sich hier bis zum Abend nichts getan hätte, würde er ins Haus Nöckerstraße 17 gehen und an allen Wohnungstüren klopfen und irgendwas erzählen von wegen Fensterfirma, die im Auftrag des Hausbesitzers nachschauen müsse, wie gut die Rahmen noch seien. Irgend so was. Wenn das auch nichts brächte, würde er zur nächsten Telefonzelle fahren und beim KK2 anrufen.

Karol war mal wieder bei seinem Roller angelangt, hatte sich kurz auf die Sitzbank gesetzt und heftig gegähnt, als ein junger Mann aus Haus Nummer 17 trat. Er trug ein orange leuchtendes Hemd und hellblaue Jeans. Keine schwarze Wollmütze, keine graue Monteurskluft. Der Mann war schlank und hatte einen sportlichen Gang. An beiden Handgelenken trug er weiße Schweißbänder. Es konnten auch Mullverbände sein.

Er bog in die Westendstraße ein, ging an der Friedhofsmauer entlang und blieb in Höhe des weißen Kangoos stehen. Er schaute sich kurz um, huschte dann zur Fahrertür und stieg ein.

Karol setzte den Helm auf und drehte den Schlüssel auf Startmodus.

Der Kastenwagen schob sich aus der Parkbucht, fuhr direkt auf Karol zu und bog in die Nöckerstraße ab. Der Fahrer stoppte vor Nummer 17 und verschwand im Haus. Nach zwei Minuten erschien er wieder mit einem Umzugskarton, den er durch die Schiebetür auf die Ladefläche hievte. Das wiederholte sich noch drei Mal, dann verschwand der Mann ein letztes Mal für ein paar Sekunden im Haus, bevor er in den Wagen sprang und losfuhr.

Karol zog sich die Outdoorjacke an und betätigte den Startknopf. Er wippte den Kymco vom Ständer und nahm die Verfolgung auf. Er blieb auf Distanz. Je nachdem, wie weit die Reise ging, würde dem Fahrer der konstante Lichtkegel im Rückspiegel auffallen. Denn der Kymco hatte Dauerlicht. Man konnte es nicht ausmachen. Vermutlich weil es Pflicht war, immer mit Licht zu fahren, wollte der Hersteller den Kymco-Bikern dadurch nervige Diskussionen mit eifrigen Schutzmännern und unnötige Bußgelder ersparen.

Der Kangoo fuhr stadteinwärts auf der Venloer Straße, bog rechts in die Wilhelm-Mauser-Straße ab und parkte schräg gegenüber auf dem Parkplatz vom Netto-Supermarkt.

Der Fahrer verschwand in dem Discounter und kam nach fünfzehn Minuten mit einem gefüllten Karton und einer prallen Plastiktüte wieder heraus. Er platzierte die Einkäufe auf dem Beifahrersitz, drehte und fädelte sich auf der Venloer Straße in die Linksabbiegerspur ein. Er fuhr auf der Äußeren Kanalstraße an der Kreuzung Escher Straße vorbei ins Industriegelände, bog dann rechts ab und hielt neben dem Lidl an einem italienischen Schnellrestaurant. Er betrat den Laden und kam nach fünf Minuten mit einem Pappträger, in dem vier Becher steckten, wieder heraus.

Die Fahrt ging weiter über die Longericher Straße, dann links durch die Eisenbahnunterführung, am Nordfriedhof vorbei, über die Jesuitengasse, rechts in die Kapuzinerstraße, an der Kreuzung Neusser Straße geradeaus in die Scheibenstraße und nach hundert Metern in die Sackgasse. Links das große Gelände der Feuerwache, rechts eine Schrebergartensiedlung. Der Kangoo fuhr jetzt nur noch im Schritttempo, und Karol stoppte den Kymco, stieg kurz ab und beugte sich kurz nach hinten, als müsste er den Hinterreifen kontrollieren. Der Kangoo holperte an der Tennisanlage vorbei und verschwand hinter der Halle. Karol setzte sich wieder auf den Roller und folgte. Für Sekunden hatte er den Wagen aus den Augen verloren. War er hinter der Halle nach rechts oder nach links abgebogen?

Links endete der Weg vor einem Gebüsch, rechts führte er schnurgerade am alten Weidenpescher Güterbahnhof vorbei. Die schmale Straße war gut einsehbar, der Kangoo nicht zu sehen. War er auf das Gelände der Schrottverwertung des karnevalsjecken Chefs der orangefarbenen Nippeser Bürgerwehr abgebogen?

Dann aber erblickte Karol halb links über den Büschen das flache Dach des früheren Stellwerkhäuschens, und das Herz verkrampfte in seiner Brust. Er fuhr nach links und zog den Kymco am Ende des Wegs auf den Ständer. Der Kangoo parkte zwanzig Meter weiter an dem einspurigen Gleisstrang der früheren Frechen-Benzelrather Eisenbahn. Karol zog den Helm aus und spähte zu dem Kastenwagen hinüber. Der Fahrer hatte den Wagen verlassen. Vermutlich war er über das Gleis gestiegen und hatte den Flachbau betreten. Karol schlich sich an den Kangoo heran, ging hinter der Karosserie in Deckung und starrte zu dem vergammelten Gebäude.

Kein Mensch zu sehen.

Karol huschte über das Gleis zu dem vermüllten Vorgarten des Häuschens und schaute in das verkommene Souterrain. Hier hatten wohl mal ein paar Obdachlose gehaust. Als Gefängnis für eine Geisel war diese offene Rumpelkammer völlig ungeeignet.

Karol schlich um das Gebäude herum und fand auf der Rückseite den offen stehenden Eingang zu einem kleinen Raum. Eine schwere Eisenplatte stand hoch in rostigen Scharnieren, und vor ihr war ein quadratisches Loch im Boden, durch das man auf eine Eisenstiege treten konnte, die in einen dunklen Kellerraum hinabführte.

Karol beugte sich runter und lauschte. Ganz leise hörte er Stimmen. Die eines Mannes und die einer Frau.

Nachdem Karol eine Zeit lang in die Tiefe gelauscht und gestarrt hatte, konnten seine Augen einen leichten Schein von rechts erkennen, von dort, woher auch die beiden Stimmen zu hören waren.

Karol schlich zum Bahndamm zurück, steckte vier handliche Schottersteine in seine Jacke und huschte zurück zur Bodenplatte.

Es war schwer für ihn, mit dem fast steifen rechten Knie die perforierten Eisenstufen geräuschlos hinabzusteigen.

Aber es gelang ihm, und er trat in einen finsteren Raum, von dem eine offen stehende Tür weiterführte in den nächsten Raum, aus dem schwacher Lichtschein fiel. Über der Schwelle dieser Tür ragten die Holme einer Leiter einen halben Meter in die Höhe, was bedeutete, dass der anschließende Raum tiefer lag als der, in dem Karol sich befand.

Er schlich an die Tür heran und lauschte. Zwei Personen unterhielten sich. Ganz harmonisch anscheinend. Kein Streit, keine Schreierei.

War das der Dialog zwischen einem Entführungsopfer und einem psychisch kranken Kidnapper? Hallo? War alles, was Köhler und er sich ausgemalt hatten, womöglich totaler Quatsch gewesen? Hirngespinste? Verschwörungstheorien?

Hatte Marie sie etwa alle an der Nase herumgeführt? Arbeitete sie als Undercover-Mafia-Braut für die Cosa Nostra und wollte den deutschen Polizeiapparat von innen aushöhlen?

Was phantasierte er sich da gerade wieder zusammen! Unglaublich.

Aber selbst wenn Marie tatsächlich ein falsches Spiel spielte, wäre das, was er jetzt tun musste, keine falsche Entscheidung. Dachte er.

Er stellte sich mit dem Rücken zur Wand in den dunklen Spalt zwischen Türrahmen und Seitenmauer, zog einen Basaltstein aus seiner Jacke, holte aus und warf ihn mit voller Wucht in den dunklen Raum vor sich. Gefühlt flog der Klotz mindestens zehn Meter, bis er gegen eine Steinmauer prallte.

Der zweite Stein, den er in die Dunkelheit feuerte, klatschte noch lauter als der erste.

Karol lauschte zum Türrahmen. Die Stimmen waren verstummt. Nun bewegten sich die Holme der Leiter leicht. Vorsichtige Schritte wurden lauter, und dann trat der Kangoofahrer über die letzte Sprosse in den Raum. An seiner Stirn hatte er eine grelle Stirnlampe und in der rechten Hand eine Pistole.

Karol trat sofort zu. Er erwischte das bandagierte Handgelenk. Die Pistole flog weg und landete irgendwo in der Dunkelheit.

Karol holte gerade zum Schlag aus, da hechtete der Mann seiner Pistole hinterher, und Karol hechtete dem Mann hinterher.

Der Mann bekam den Griff der Waffe zu fassen, und in dem Moment, als ein furchtbarer Schlag seine Schläfe traf und er die Besinnung verlor, riss er instinktiv am Abzug. Ein entsetzlich lauter Knall zerriss die Luft in dem stickigen Kellerraum.

Erst spürte Karol keinen Schmerz. Der kam erst, als er dem Mann die Stirnlampe von Kopf zog. Da fühlte Karol warme Brühe an seinem linken Schienbein runterlaufen. Es war Blut. Karol stemmte sich hoch. Der Schuss hatte sein linkes Knie zerfetzt. Sein linkes. Sein ehemals gesundes. Der untere Teil des Beins schlackerte hin und her wie eine Tür im Westernsaloon. Ihm wurde schlecht, er kämpfte gegen die aufsteigende Übelkeit.

Von unten, aus der offenen Tür, hörte er die Stimme einer jungen Frau. Sie rief irgendwas, aber Karol hörte nur noch das Rauschen aller Ozeane in seinem Schädel. Er zog die Kabelbinder vom KK2 aus der Tasche und fesselte damit die Beine des Mannes, dann drehte er dessen stöhnenden Körper auf den Bauch und verschnürte ihm die verbundenen Handgelenke auf dem Rücken.

Karol wurde schwarz vor Augen.

»Hilfe!«, hörte er unten eine Stimme. »Hilfe!«

Er kroch zu der Leiter und schwenkte mit der in seiner Hand zitternden Stirnlampe in den tiefer liegenden Raum. Eine junge Frau stand in etwa drei Meter unter ihm, sie zerrte an einem Seil, mit dem sie an der Wand befestigt war, und schrie zu ihm hoch: »Helfen Sie mir! Der Mann ist ein Mörder!«

Karol packte die beiden Holme der Leiter und stemmte sich hoch. Er zog seinen Oberkörper in den Raum hinein und sagte: »Marie.«

Dann rollte er über die oberste Sprosse und kippte mit der Leiter in die Tiefe.

Lotta erstarrte. Sie hatte Kampfgeräusche gehört und natürlich den Schuss. Dann war der Lichtpunkt der Stirnlampe im Türrahmen aufgetaucht und hatte sie angestrahlt. Sekunden später war ein Mann die Leiter heruntergepoltert und ohnmächtig auf dem Kunstrasen liegen geblieben. Der Mann hatte einen schneeweißen Bürstenschnitt und trug eine rostrote Outdoorjacke. Die Hose an seinem linken Knie war blutdurchtränkt, und sofort bildete sich darunter eine Lache.

Lotta kroch zu ihm, legte sich flach auf den Boden und bekam die rechte Hand des Sterbenden zu fassen. Sie zog ihn zu sich heran. Ruck um Ruck, bis sie ihm die Stirnlampe vom Kopf ziehen konnte.

Sie drehte den Lichtkegel in sein Gesicht und schrie: »Papa!«

Dann setzten augenblicklich ihre Instinkte ein und verdrängten jede Art von Schock, Fassungslosigkeit oder Euphorie.

Ihr Vater hatte sie gerade gerettet und war nun auf dem besten Weg, im Laufe der nächsten Minuten zu verbluten. Offenbar hatte der eben gefallene Schuss eine lebenswichtige Ader durchschlagen, und sein Körper entleerte sich auf den Kunstrasen. Mindestens einen Liter hatte er schon verloren.

Lotta riss sich das T-Shirt über den Kopf, drehte es zu einem dicken Seil, schob es oberhalb des Knies unter den Oberschenkel ihres Vaters und legte es zu einem Knoten zusammen. Sie packte beide Enden und zog so lange, bis ihre Finger weiß waren.

Sie wischte sich den Schweiß und das Blut aus dem Gesicht und legte die rechte Hand ihres Vaters in ihre. Mit den Fingerkuppen der anderen suchte sie seinen Puls. Sie fand ihn nicht. Aber sie selbst war so aufgeregt, dass sie sich eventuell täuschte. Täuschen musste.

Sie hatte ihren Vater vor vielen Jahren verloren, und nun sollte er wieder sterben nach einem nur fünfminütigen Wiedersehen? Das dufte nicht sein. Nein! Sie hob seine Hand, legte sie an ihr zerspringendes Herz und schrie: »Bleib bei mir, Papa! Bleib bei mir!«

55

Willi nahm die Tennistasche aus dem Kofferraum und schlug den Deckel zu. Seit er vor einem Jahr in den freiwilligen Vorruhestand getreten war und sein langjähriger Arbeitgeber Ford ihm dies mit einer saftigen Abfindung angefettet hatte, spielte er wieder regelmäßig Tennis. Die Knochen taten ihm danach zwar jedes Mal weh, aber das war ein Preis, den er gern bezahlte.

In zwei Wochen würde die Sommersaison wieder beginnen, da wollte er fit sein und sich vielleicht in die Herren-über-sechzig-Mannschaft hineinspielen. Deshalb hatte er während der ganzen Wintersaison jeden Dienstag und Freitag von sechzehn bis siebzehn Uhr einen Hallenplatz gemietet. Freitags spielte er mit Rüdiger und dienstags mit Udo. Rüdiger kam meist ein paar Minuten zu spät. Aber was sollte Willi sich darüber aufregen? Ob er nun sechzig Minuten oder nur dreiundfünfzig hinter gelben Filzkartoffeln herjagte, machte unterm Strich keinen wirklichen Unterschied.

Was war das denn? Er drehte sich um und wäre fast in Ohnmacht gefallen. Hinter ihm stand ein riesiger schwarzer Hund und stupste ihn mit seiner nassen Schnauze an den Oberschenkel.

Willi hatte es nicht so mit Hunden. Als er drei war, hatte ihn mal der Dackel einer Nachbarin gebissen. Seitdem war er traumatisiert.

Er ließ den Blick über den Parkplatz wandern, aber es war niemand da, den er zu Hilfe rufen konnte. Wobei ihn dieser schwarze Rottweiler ganz offensichtlich nicht beißen wollte. Im Gegenteil. Der Hund schaute mit so traurigen Augen zu ihm hoch, dass man ihm eigentlich keine Bösartigkeit zutrauen konnte. Vielleicht erinnerte Willi den Hund ja an irgendjemanden. Warum sonst sollte das schwere Tier seinen Kopf an seiner Trainingshose reiben?

Willi machte zwei zaghafte Schritte aufs Clubheim zu, aber der schwarze Körper folgte ihm und schaute flehend zu ihm hoch. Der Hund bog winselnd den Kopf in den Nacken, als wolle er Willi auffordern, ihm irgendwohin zu folgen.

Nach dem Schlag, den der Fremde ihm an die Schläfe gezimmert hatte, war Timo fast weggetreten. Fast. Wie war der Typ überhaupt hierhin gekommen? Was wollte der? Der Schlag war auf jeden Fall der eines Profis gewesen.

Ein Bulle aber war er vermutlich nicht. Bullen kommen nie allein. Die Kabelbinder, mit denen er ihn verschnürt hatte, konnte man auch im Baumarkt kaufen.

Wie eine Raupe hatte Timo sich zu der Stiege vorgekämpft und war Stufe für Stufe hochgerobbt. Bestimmt hatte er sich dabei die Hälfte seiner Rippen gebrochen. Aber egal. Er hatte nur noch eine Chance. Er musste es irgendwie schaffen, die Kabelbinder loszuwerden, dann seine Siggi wiederfinden und den Typ abknallen, der in das Verlies runtergekracht war.

Noch war nichts verloren.

Leider hatte seine Lotta nur ein Drittel von ihrem Cappuccino getrunken. Er hätte die K.o.-Tropfen höher dosieren müssen. Aber er hatte auch an das Baby gedacht. Egal. Jetzt war eine neue Zeit angebrochen. Vorbei die Gefühlsduselei.

Er würde Lotta mit einer Hand die Siggi an die Schläfe halten und ihr mit der anderen die Schlangengiftspritze in den Oberschenkel drücken. Dann wären sie noch vor fünf auf der Autobahn.

Aber erst mal musste er eine scharfe Kante oder eine Scherbe finden, mit der er die Kabelbinder durchkriegte. Oben im Einstiegsraum bestand die Chance. Da lagen viele scharfe Scherben von den Obdachlosen rum. Vielleicht konnte er die Fußfesseln aber auch an der Mauerkante durchscheuern. Das würde verdammt anstrengend. Noch anstrengender, als Stiege für Stiege im Regenwurmmodus hochzukrabbeln. Horror. Aber er schaffte es, sich aus dem Einstiegsloch zu schlängeln.

Draußen war es hell. Ein Riesenvorteil. Er robbte zur Eingangstür, drehte sich auf den Rücken und peilte mit den gefesselten Füßen die verputzte Rahmenkante der Eingangstür an. Aber so funktionierte das leider nicht. Er musste mit dem Hintern näher ran.

Er schob sich vor, bis er fast wie ein rechtwinkliges Dreieck an der Türkante lehnte. Nur so erreichte er mit dem Plastikriemen die Mauerkante. Das Schubbern aber war die Hölle. Seine Bauchmuskulatur rebellierte, aus seinem Mund liefen Speichel und Magensäure, seine Handgelenke und sein Hinterkopf flehten um Gnade.

Scheiße. Da war jemand. Ein sabberndes Maul schob sich in sein Blickfeld. Der Köter von dem Opa hatte überlebt. Unfassbar. Aber der Monsterrüde war nicht allein gekommen. Er hatte einen etwas beleibten Mann in einem schwarz-weißen Trainingsanzug mitgebracht, der völlig verwirrt zu ihm runterblickte.

»Was ist denn hier los?«, fragte Willi und schaute zwischen dem schmerzverzerrten Gesicht des jungen Manns, der da mit hochgestreckten und gefesselten Beinen an der Mauerecke klebte, und dem traurigen Gesicht des Rottweilers hin und her.

»Sie schickt der Himmel«, stöhnte der gefesselte Mann. »Ich bin Kripo-Kommissar. Da unten ist ein Mörder, der mich umbringen will.«

Der Rottweiler stieß sein Maul an Willis Oberschenkel und versuchte winselnd, ihn in den kleinen Raum mit der aufgeklappten Luke im Boden zu schieben.

»Jetzt machen Sie schon!«, drängte der Mann auf dem Boden. »Haben Sie ein Messer dabei? Oder sonst was, mit dem man Kabelbinder durchkriegt?«

Willi hatte natürlich kein Messer dabei. Nur ein Feuerzeug in seiner Tasche. Obwohl er seit zwanzig Jahren nicht mehr rauchte, hatte er trotzdem immer ein Feuerzeug in der Tasche. Denn viele Damen im Club rauchten, und sobald eine sich eine

Fluppe zwischen die Lippen schob, war *ZIPP* der Willi zur Stelle.

»Ich hab ein Feuerzeug«, sagte Will und kramte es aus der Trainingshose.

»Besser als nix«, stöhnte der Mann am Boden.

Willi beäugte skeptisch den Kabelbinder, der sich tief in der Haut des Gefesselten eingefleischt hatte. Brennen solche gehärteten Plastikstreifen überhaupt?

»Ich weiß nicht, ob das funktioniert«, gab er zu bedenken. »Und einiges Fleisch müsste ich vermutlich mit abflemmen.«

»Okay, dann lassen Sie es besser sein«, sagte der junge Mann nach kurzer Überlegung. »Ich hab 'ne andere Idee. Gehen Sie die Treppe runter und suchen Sie mit dem Feuerzeug den Boden ab. Irgendwo da unten liegt meine Dienstpistole. Eine SIG Sauer. Edelstes Teil. Die holen Sie hoch und schießen die Fessel an meinem Rücken ab. Wenn dabei ein bisschen Haut draufgeht, ist nicht weiter schlimm. Hauptsache, ich krieg die Hände frei.«

Willi schaute den Mann an. Das sollte wirklich ein Kripo-Kommissar sein? Im Fernsehen sahen die anders aus. Und dann kam noch dazu, dass der Hund permanent versuchte, ihn in den Raum zu stupsen.

Aber im Endeffekt zählte der Mensch mehr als das Tier.

»Okay«, sagte Willi schweren Herzens, »ich suche Ihre Pistole.«

Der Hund jaulte und schob sich hinter Will in den Raum.

»Hilfe!«, hörte Willi die Stimme einer Frau aus dem dunklen Raum unter der aufgestellten Eisenplatte rufen.

»Das sind Mörder!«, schrie da der gefesselte Mann panisch von der Mauerkante. »Wenn Sie mich nicht befreien, killen die uns beide, hundertpro!«

Willi blieb oberhalb des Einstiegs stehen und wusste nicht mehr weiter. Vierundsechzig Jahre alt musste er werden, um das zu erleben, was er gerade erlebte. Unglaublich.

»Geben Sie Gas, Mann!«, drängte der Gefesselte.

»In Gottes Namen, dann hole ich eben Ihre Pistole«, sagte Willi genervt, der nichts wie zurück wollte zur Tennishalle. »Hoffentlich finde ich die überhaupt.«

»Klar finden Sie die!«, bestärkte ihn der Mann am Boden. »Und wenn die Dreckschweine da unten Ihnen irgendeinen Mist zurufen, dann ignorieren Sie das! Das ist ein Mörderpärchen. Die sind spezialisiert auf Rentner. Die kriegen vom Staat 'ne Prämie für jeden, den sie allemachen.«

Willi zögerte. Was redete der Mann da? Prämien vom Staat für getötete Rentner?

Der Rottweiler wankte, als würde er jede Sekunde zusammenbrechen. Rötlicher Schleim schlabberte aus seinen Maulwinkeln. Was für ein Szenarium. Auch Willi wankte.

Er schaute in die traurigen Augen des Rottweilers und sagte: »Du bist schuld. Du hast mich hierhin gelockt. Was soll ich tun?«

Da riss der Rüde sein Maul auf, taumelte zu dem gefesselten Mann und schloss seine Kiefer mit einem vernehmlichen Knacken um dessen rechten Oberschenkel. Der Mann schrie auf.

Der massige Hundekörper erschlaffte und sackte auf der Brust des Gefesselten zusammen, der die Augen schloss und sich aus diesem blutigen Nachmittag verabschiedete.

Der Rottweiler zappelte wie ein Fisch am Haken und starb. Mit Timos Oberschenkel im Maul.

Willi glaubte, er sei in einem Horrorfilm gelandet. Außerdem würde Rüdiger gerade drüben in der Tennishalle fluchend Aufschläge üben und ihn gleich mächtig zur Schnecke machen.

Er fummelte sein Handy aus der Trainingshose und tippte die Zahlenkombination 110 aufs Display.

56

Eine Sekunde nachdem der Notruf eingegangen war, hatten sich Köhler und Burbach in ihre Jacken geschmissen und den berüchtigtsten Fahrer aller Kölner Polizeiinspektionen genötigt, sie mit Blaulicht durch die Stadt zu chauffieren.

Am Stellwerkhäuschen in Weidenpesch waren sie aus dem volldampfenden Ford Mondeo Turbo Kombi gesprungen, hatten den massigen Körper des toten Hundes, der sich im Oberschenkel eines jungen Manns final verbissen hatte, aus dem Eingang geräumt und waren die Stiege in den ehemaligen Schutzbunker runtergehetzt.

Burbach wäre fast in das Verlies gefallen, wenn Köhler ihn nicht noch am Hemdkragen erwischt hätte.

Lotta Jefferson hatte die umgekippte Leiter wieder aufgerichtet und an die Einstiegsschwelle gelehnt. Hauptkommissar Köhler hatte seit Jahren mal wieder seine Dienstwaffe gezogen und mit einem Schuss den Ringhaken aus der Wand geballert. Carlotta hatte die Kollegen umarmt, und gemeinsam hatten sie den bewusstlosen Karol Stanjek angefleht, diese Welt doch bitte noch nicht zu verlassen.

Der bald darauf eingetroffene Notarzt hatte den Zustand des Ohnmächtigen stabilisiert und die Verantwortung für den Transport in die Uni-Klinik übernommen.

Dort hatte man ein Zwei-Bett-Zimmer hergerichtet, in dem Karol und Lotta nebeneinander die Nacht verbringen konnten.

Am nächsten Morgen war Karol noch vor seiner Tochter aufgewacht. Am späten Vormittag war dann der behandelnde Professor mit einem durchfallbraunen DIN-A4-Kuvert und drei weiblichen Domestiken im Schlepptau in den Raum geschwebt. Der Meister des goldenen Schnitts hatte zwei Röntgenbilder aus dem Umschlag gezogen, gegen das Fenster gehalten und darauf mit seinem rechten Zeigefinger den Elevinnen anhand präziser Umkreisungen erläutert, warum an beiden Knien sowohl die Regio genus anterior als auch die Regio genus posterior, salopp ausgedrückt die ventrale und dorsale Kniegegend, komplett »im Arsch« seien.

Lotta hatte daraufhin nachgehakt, was man unter »im Arsch« zu verstehen habe, worauf der Professor mit den Schultern zuckte und sagte, in Europa sei nichts mehr zu machen, aber in Tokio gebe es eine Spezialklinik, da bekäme man perfekte Hightech-Knie implantiert, die seien besser und robuster als angeborene. Aber natürlich nicht ganz billig.

»Zwei?«, hatte Karol zweifelnd nachgefragt.

»Wennschon, dennschon, würde ich empfehlen«, riet der Professor.

»Was würden denn solche neuen Knie kosten?«, wollte Lotta wissen.

»Schätzungsweise vierzigtausend«, erwiderte der Professor. »Pro Stück.«

»Das rechnet sich nicht«, sagte Karol. »Einen Rolli mit E-Motor gibt's schon für fünf Mille.«

»Papa!«, mahnte seine Tochter mit strafendem Blick. »Im nächsten Jahr werde ich verbeamtet. Dann kriege ich jeden Kredit.«

»Blödsinn«, erwiderte Karol. »Spar dein Geld für den Junior.«

Kaum hatte der Professor mit seinem Gefolge den Raum verlassen, stürmte ein ganzes Rudel in den Raum. Schwager Paolo mit Anwalt Markus Hempel, die KK2-Kommissare Köhler und Burbach und Staatsanwalt Jürgen Botzem mit einer Protokollantin.

Karol legte ein lückenloses Geständnis ab, und sein Verteidiger schacherte mit dem Staatsanwalt ein gefordertes Strafmaß von vier Jahren aus. Davon müsste er bei guter Führung nur drei Viertel absitzen und davon wiederum zehn Monate im geschlossenen Vollzug und die restlichen knapp zwei Jahre als

Freigänger. Wie Uli Hoeneß. Tagsüber am Starnberger See chillen und abends mit Chauffeur im 7er BWM nach Stadelheim. Für Manni wären das dann entsprechend das Escher Baggerloch und sein selbst gesteuerter Kymco.

»Nur eines müssen wir beachten«, mahnte der Staatsanwalt, »ein Freigänger muss einen Arbeitsplatz nachweisen können.«

Alle Augen richteten sich auf Karol, der hilfesuchende Blicke zum Fenster hinaus in den hellgrauen Himmel sandte.

»Ich wüsste da was«, meldete sich Lotta aus dem Nebenbett.

»Ich höre«, forderte der Staatsanwalt genaue Infos.

»Kleinkindbetreuung«, konkretisierte Lotta.

Karol wurde noch blasser, als der heftige Blutverlust ihn eh schon hatte werden lassen.

»Denkbar wäre das«, erwägte der Staatsanwalt zögernd und ergriff schließlich Karols schlaffe Hand.

»Ich denke, Sie können nun auch wieder Ihren legalen Namen annehmen, Herr Thielen.«

»Hab ich nichts gegen«, erwiderte Karol und bemühte sich um ein dankbares Grinsen.

»›Manni‹ passt auch besser zu dir als ›Karol‹«, konstatierte Schwager Paolo grinsend.

Hauptkommissar Köhler übergab Lotta das Heft mit Karols Aufzeichnungen und den Ring mit ihren Ersatzschlüsseln.

Hannes Burbach, der sich in dem ganzen Trubel dezent im Hintergrund gehalten hatte, schob sich nun an Lottas Bettkante heran und reichte der Kollegin ihren Laptop und ihr Smartphone.

»Die Teile mussten wir leider cracken«, sagte er.

»Macht nichts«, erwiderte Lotta gelassen, »ich hab nicht viel zu verbergen.«

Sie ergriff das Smartphone und schaute in ihren Mailbriefkasten.

Eine Nachricht war von der Stadtsparkasse. Der Text lautete: »Bitte beachten Sie Ihren Kontostand.«

Lotta tat dies und murmelte anschließend eine Minute lang in Endlosschleife: »Das gibt's nicht. Das gibt's nicht. Das gibt's nicht.«

»Sag das nicht«, unterbrach sie Manni Thielen in der zehnten Runde. »Es gibt nichts, was es nicht gibt.«

Mit versteinerter Miene schaute Lotta zu ihrem Vater und sagte: »Vor meiner Entführung hatte ich genau zweitausenddreihundertvierundsiebzig Euro auf dem Konto.«

»Da hatte ich zehn Mal mehr am Brustkorb kleben«, konterte Manni unbeeindruckt.

»Aber jetzt hab ich zweihundertzweiundfünfzigtausenddreihundertvierundsiebzig Euro auf dem Konto«, sagte Lotta.

»Bankirrtum zu deinen Gunsten«, sagte Manni. »Kennen wir doch von Monopoly.«

»Nee«, sagte Lotta und starrte auf ihr Display. »Hier steht was anderes. Hier steht: ›Erbschaft Dr. Raymund Mertens‹.

Manni grinste. »Das ist ja ein Ding.«

»Dr. Raymund Mertens?«, sinnierte Lotta. »Doch nicht etwa der FDP-Mann, der vor Kurzem in Brüssel gestorben ist?«

Manni grinste immer noch.

»Hier steht auch ein Betreff dabei«, sagte Marie.

»Und wie lautet der?«

»Kippenberger.«

Christoph Gottwald
TÖDLICHER KLÜNGEL
Broschur, 512 Seiten
ISBN 978-3-7408-0374-2

»Während der Debütkrimi noch ziemlich düster daherkommt, spielt der Humor im zweiten Werk eine deutlich größere Rolle, während ›Marie Marie‹ ein echter Köln-Thriller ist.« Westdeutsche Zeitung